CULPABLE

LISA BALLANTYNE

CULPABLE

Algunas cosas nunca
se pueden perdonar

Título original: *The Guilty One*

© Lisa Ballantyne, 2012

© De la traducción: Máximo Sáez

© De esta edición: 2013, Santillana Ediciones Generales, S. L.

Avenida de los Artesanos, 6. 28760 Tres Cantos (Madrid)

Teléfono 91 744 90 60

Telefax 91 744 92 24

www.sumadeletras.com

Fotografía de cubierta: Silas Manhood

Diseño de cubierta: Jenny Richards

Primera edición: enero de 2013

ISBN: 978-84-8365-462-0

Depósito legal: M-35574-2012

Impreso en España

Printed in Spain

PRISA EDICIONES

A mi familia

Sumida en las tinieblas, el alma peca, pero el verdadero pecador es quien causó la oscuridad.

Victor Hugo, *Los miserables*

CRÍMENES

1

UN NIÑO PEQUEÑO HALLADO MUERTO
EN BARNARD PARK

El aire olía a pólvora cuando Daniel salió del metro y se dirigió a la comisaría de Islington. Era pleno verano y no corría el aire. La luna se deslizaba por un cielo brillante y agitado. Era un día cargado, a punto de estallar.

Al subir por Liverpool Road, oyó un trueno y poco después cayeron gruesas gotas de lluvia, reprochadoras, flagelantes. Se subió el cuello y corrió por Waitrose y Sainsbury's, esquivando a los compradores de última hora. Como le gustaba correr, no sintió el esfuerzo en el pecho o las piernas, ni siquiera cuando la lluvia cayó con más fuerza, empapándole los hombros y la chaqueta, por lo que corrió más y más rápido.

Dentro de la comisaría, se sacudió el agua del pelo y se limpió el rostro con una mano. Secó el maletín de un manotazo. Al decir su nombre, el cristal que lo separaba de la recepcionista se cubrió de vapor.

El agente de servicio, el sargento Turner, lo estaba esperando y le dio un seco apretón de manos. En el despacho del sargento, Daniel se quitó la chaqueta y la colgó en el respaldo de la silla.

—Qué rápido ha venido —comentó Turner.

Por educación, Daniel dejó su tarjeta de visita en el escritorio del sargento. Daniel frecuentaba las comisarías de policía de Londres, pero era la primera vez que acudía a la de Islington.

—¿Socio fundador de Harvey, Hunter y Steele? —dijo el sargento, sonriendo.

—Por lo que tengo entendido, se trata de un menor.

—Sebastian tiene once años.

El sargento miró a Daniel, como si buscara una respuesta en su rostro. Daniel había dedicado toda la vida a perfeccionar su impasibilidad y sabía que sus ojos castaño oscuro no revelaban nada al sostener la mirada del detective.

Daniel tenía mucha experiencia como defensor de menores: como abogado había defendido quinceañeros acusados de disparar contra sus compañeros de pandilla y a varios adolescentes que habían robado droga. Pero nunca un niño, nunca un chiquillo. De hecho, apenas había tenido contacto con niños. Su propia infancia era su único punto de referencia.

—No está detenido, ¿verdad? —preguntó Daniel a Turner.

—De momento no, pero hay algo que no encaja. Ya lo verá usted mismo. Sabe exactamente qué le ocurrió a ese niño... Puedo olerlo. Hasta después de llamarle a usted no encontramos a la madre. Llegó hace unos veinte minutos. La madre dice que no había salido, pero que se sentía mal y no había oído los mensajes. Hemos solicitado una orden de registro del domicilio familiar.

Daniel vio cómo las mejillas rojizas de Turner se hundían para realzar lo dicho.

—Entonces, ¿es sospechoso del asesinato?

—Vaya que si lo es.

Daniel suspiró y sacó un cuaderno de su maletín. Aunque cada vez tenía más frío debido a su ropa húmeda, tomó notas cuando el agente de policía describió en pocas palabras el crimen y los testigos y los detalles del interrogatorio al niño.

Estaban interrogando a Sebastian respecto a la aparición del cadáver de un niño. El pequeño que había sido hallado muerto se llamaba Ben Stokes. Al parecer, había sido golpeado hasta morir en un rincón frondoso de Barnard Park el domingo por la tarde. Un ladrillo, arrojado contra su rostro, le había fracturado la cuenca del ojo. Con este ladrillo, además de con ramas y hojas, el agresor había cubierto la cara rota. El cadáver quedó oculto en un rincón del parque, bajo una casita de madera, y ahí fue donde, el lunes por la mañana, lo halló uno de los jóvenes trabajadores a cargo de las atracciones del parque.

—La madre de Ben denunció su desaparición el domingo por la noche —dijo Turner—. Dijo que el muchacho había salido a montar en bicicleta por las aceras de Richmond Crescent esa tarde. No tenía permiso para dejar el barrio, pero cuando la madre salió a mirar no había ni rastro de él.

—Y están interrogando a este niño porque...

—Tras hallar el cadáver, aparcamos una de nuestras furgonetas en Barnsbury Road. Un vecino declaró que había visto a dos niños peleando en Barnard Park. Uno de los pequeños encajaba con la descripción de Ben. Dijo que pidió a los niños que parasen, y el otro niño le sonrió y respondió que solo estaban jugando. Cuando le dimos la descripción del otro niño a la madre de Ben, esta mencionó a Sebastian Croll (el niño que tenemos ahí), que vive a unas puertas de la casa de los Stokes.

»Sebastian estaba solo en la casa de Richmond Crescent (o al menos eso pensábamos) cuando dos policías se pasaron por ahí a las cuatro de la tarde. Sebastian dijo a los agentes que su madre había salido y que su padre se encontraba en el extranjero por motivos de negocios. Buscamos a un adulto cualificado y lo llevamos a la comisaría sin más demora. Desde el principio ha sido evidente que oculta algo... El asistente social insistió en que llamáramos a un abogado.

Daniel asintió y cerró el cuaderno.

—Venga conmigo —dijo Turner.

Al dirigirse a la sala de interrogatorios, Daniel sintió cómo se cernía sobre él la claustrofobia habitual de las comisarías. Las paredes estaban cubiertas con anuncios de las autoridades acerca de la conducción en estado de embriaguez, las drogas y la violencia doméstica. Todas las persianas estaban echadas y sucias.

La sala de interrogatorios carecía de ventanas. Las paredes, pintadas de verde pálido, estaban desprovistas de cualquier adorno. Justo delante de él se encontraba sentado Sebastian. La policía había confiscado la ropa del niño, por lo que iba vestido con un uniforme desechable, que crujía cuando se movía en su silla. Con ese uniforme tan grande el muchacho parecía más pequeño y vulnerable, menor de once años. Era sorprendentemente hermoso, casi como una niña pequeña, con una cara con forma de corazón, pequeños labios rojos y grandes ojos verdes que rebosaban inteligencia. Las pecas de la nariz salpicaban una piel pálida. Tenía el pelo marrón oscuro, y bien cortado. Sonrió a Daniel, quien le devolvió la sonrisa. El niño parecía tan joven que Daniel casi no supo cómo hablarle e hizo lo posible por ocultar su sorpresa.

El sargento Turner comenzó con las presentaciones. Era un hombre alto, incluso más alto que Daniel, y parecía demasiado grande para esa sala tan pequeña. Se encorvó al presentar a Daniel a la madre de Sebastian, Charlotte.

—Gracias, muchísimas gracias por venir —dijo Charlotte—. Le estamos muy agradecidos.

Daniel asintió y se volvió hacia el hijo.

—Tú debes de ser Sebastian, ¿verdad? —dijo, se sentó y abrió su maletín.

—Sí, eso es. Me puede llamar Seb si lo prefiere.

Daniel se sintió aliviado al ver la actitud tan abierta del niño.

—Muy bien, Seb. Encantado de conocerte.

—Encantado. Eres mi abogado, ¿verdad? —Sebastian sonrió y Daniel alzó una ceja. El niño iba a ser su cliente más joven, pero hablaba con más aplomo que los adolescentes que había defendido. Los ojos verdes e inquisitivos de Sebastian y su voz cadenciosa y educada lo desarmaron. Las joyas de la madre daban la impresión de pesar más que ella; su ropa era cara. Los finos huesos de su mano se movieron como un pájaro para acariciar la pierna de Sebastian.

«Este pequeño tiene que ser inocente», pensó Daniel al abrir la carpeta.

Trajeron café, té y galletas de chocolate. El sargento Turner los dejó solos, de modo que Daniel pudiese hablar en privado con su joven cliente y su madre.

—¿Podría tomar una? —preguntó Sebastian, al tiempo que sus dedos pulcros y esbeltos, tan similares a los de su madre, sobrevolaban las galletas.

Daniel asintió, sonriendo ante la cortesía del muchacho. Recordaba que él había sido problemático, enfrentado a un mundo de adultos, y de repente se sintió responsable del niño. Colgó la chaqueta todavía húmeda del respaldo de la silla y se aflojó la corbata.

Charlotte se pasaba los dedos por el cabello. Se detuvo para examinar la manicura antes de apretar las manos. También la madre de Daniel había tenido uñas muy largas. Hizo una pausa, distraído.

—Disculpe —dijo Charlotte, alzando los párpados maquillados y bajándolos nuevamente a continuación—. ¿Esto va a tardar mucho? Tengo que salir para llamar al padre de Seb y decirle que está usted aquí. Está en Hong Kong, pero me pidió que le mantuviese al corriente. Voy a ir a casa rápido, cosa de un minuto. Me dijeron que podría traer algo de ropa a Seb antes de que comenzaran a interrogarlo de nuevo. No me puedo creer que se llevaran toda su ropa. Incluso tomaron una muestra de ADN... y yo ni siquiera estaba aquí...

El aire estaba recargado, por el cuero del maletín y el intenso olor a almizcle del perfume de Charlotte. Sebastian se frotó las manos y se sentó erguido, como si sintiese un extraño entusiasmo ante la presencia de Daniel. Sacó una de las tarjetas de Daniel de una ranura de la carpeta y se reclinó contra el asiento, observándola.

—Qué tarjeta tan bonita. ¿Eres uno de los socios fundadores?

—Así es.

—Entonces, ¿me podrás sacar de aquí?

—No te han acusado de nada. Vamos a mantener una breve charla para revisar tu historia y, a continuación, la policía volverá a hacerte algunas preguntas.

—Me dijeron: «¿A que hicistes daño a ese niño?», pero no es verdad.

—Se dice *hiciste* —susurró Charlotte—. ¿Qué te he enseñado?

Daniel frunció el ceño con discreción ante esa corrección fuera de lugar.

—Vale, ¿podrías contarme lo que ocurrió el domingo por la tarde? —dijo Daniel. Tomó notas a medida que el niño le relataba su versión de la historia, cómo salió a la calle a jugar con su vecino, Ben Stokes.

—La familia Stokes vive en la misma calle —añadió Charlotte—. De vez en cuando juegan juntos. Ben es buen chico, muy listo, pero es un poco pequeño para Sebastian.

—Solo tiene ocho años —dijo Sebastian, que sonrió a Daniel y asintió, mirándole a los ojos. Se puso la mano sobre la boca como si quisiese reprimir la risa—. ¿O debería decir que *tenía* ocho? Ahora está muerto, ¿no?

Daniel se esforzó para no sobresaltarse ante las palabras de Sebastian.

—¿Te parece gracioso? —preguntó Daniel. Dirigió la mirada a la madre de Sebastian, pero estaba distraída, mirándose las uñas, como si no hubiese oído nada—. ¿Sabes qué le ocurrió?

Sebastian apartó la vista.

—Creo que quizás alguien lo atacó. Tal vez un pedófilo.

—¿Por qué lo dices?

—Bueno, me han estado haciendo un montón de preguntas. Piensan que le ocurrió algo desde que lo vi por última vez y supongo que si está muerto habrá sido un pedófilo o un asesino en serie o algo así...

Daniel frunció el ceño, pero el niño, de aspecto tranquilo, parecía considerar el destino de Ben como una mera cuestión intelectual. Daniel insistió e interrogó a Sebastian sobre qué hizo antes y después de regresar a casa el día anterior. El muchacho se expresó con claridad y coherencia.

—Bien —dijo Daniel. Sintió que el chico podría confiar en él. Daniel lo creía—. ¿Señora Croll?

—Por favor, llámeme Charlotte, nunca me ha gustado mi apellido de casada.

—Muy bien, Charlotte. Quería hacerle un par de preguntas, si no es molestia.

—Por supuesto.

Daniel notó una mancha de lápiz de labios en los dientes y, al girarse hacia ella, percibió la tensión en su pequeño cuerpo. A pesar de los párpados y el delineador, cuidado y preciso, la piel que rodeaba los ojos denotaba cansancio. Su sonrisa suponía un esfuerzo. «Si supiese que tiene una mancha de pintalabios en los dientes —pensó Daniel—, se sentiría abochornada».

—Cuando la policía encontró a Sebastian hoy, ¿estaba solo en casa?

—No, yo estaba en casa, pero dormida. Tenía migraña y me tomé un par de pastillas. Estaba muerta para el mundo.

—Según el informe policial, cuando se lo llevaron, Sebastian dijo que no sabía dónde estaba usted.

—Oh, estaría bromeando. Él es así. Le gusta tomar el pelo a la gente, ¿sabe?

—Solo les estaba tomando el pelo —asintió Sebastian con entusiasmo.

—La policía no tenía ni idea de dónde se encontraba, de ahí que llamaran a un asistente social...

—Como ya le he dicho —explicó Charlotte tranquilamente—, me había acostado.

Daniel apretó los dientes. Se preguntó qué ocultaba Charlotte. Le inspiraba más confianza el niño que su madre.

—Y el domingo, cuando Sebastian llegó a casa, ¿estaba usted ahí?

—Sí, cuando volvió de jugar con Ben yo estaba en casa. Siempre estoy en casa...

—¿Y no notó nada extraño cuando Sebastian regresó a casa?

—No, nada de nada. Vino y... vio un poco la tele, creo.

—¿Y a qué hora llegó a casa?

—Alrededor de las tres.

—Bien —dijo Daniel—. ¿Cómo te sientes, Seb? ¿Podrías aguantar el interrogatorio policial un poco más de tiempo?

Charlotte se volvió hacia Sebastian y le rodeó con el brazo.

—Bueno, ya es tarde. Nos encantaría ayudar, pero quizás deberíamos dejarlo para mañana.

—Lo voy a solicitar —contestó Daniel—. Les voy a decir que necesita un descanso, pero quizás no estén de acuerdo. Y si lo conceden tal vez no exijan fianza.

—¿Fianza? ¿Qué diantres? —se sorprendió Charlotte.

—Voy a pedirlo, pero no es habitual cuando ha habido un asesinato.

—Sebastian no tiene nada que ver con todo esto —dijo Charlotte, con los tendones del cuello en tensión al alzar la voz.

—Está bien. Espere aquí.

Eran casi las nueve de la noche, pero la policía estaba decidida a continuar el interrogatorio. Charlotte volvió a toda prisa a Richmond Crescent en busca de ropa para su hijo, de modo que Sebastian pudo sustituir el uniforme desechable por unos pantalones de chándal azules y una sudadera gris. Lo llevaron de nuevo a la sala de interrogatorios.

Sebastian se sentó junto a Daniel, con su madre al otro lado, al final de la mesa. El sargento Turner se sentó frente a Daniel. Iba acompañado de otro oficial de policía, Black, un inspector de cara larga que se sentó enfrente de Sebastian.

—Sebastian, no tienes la obligación de decir nada, pero puede ser perjudicial para tu defensa si no mencionas ahora algo que más tarde te pueda servir en el tribunal. Todo lo que digas podrá ser usado como prueba...

Sebastian resopló y miró a Daniel. Se cubrió las manos con las mangas de la sudadera y escuchó esas palabras tan formales.

—¿Estás cómodo ahora con tu ropa limpia y bonita? —preguntó el agente de policía—. Sabes por qué confiscamos tu ropa, ¿no es así, Seb?

—Sí, quieren buscar pruebas forenses.

Las palabras de Sebastian eran comedidas, claras y serenas.

—Eso es. ¿Qué tipo de pruebas piensas que encontraremos?

—No estoy seguro.

—Cuando te recogimos esta tarde, tenías algunas manchas en las zapatillas de deporte. Esas manchas parecían sangre, Seb. ¿Me podrías explicar qué eran esas manchas?

—No estoy seguro. Quizás me cortase cuando estaba jugando, no lo recuerdo. O tal vez fuese tierra...

El sargento Turner se aclaró la garganta.

—¿No crees que te acordarías si te hubieses hecho una herida tan grande como para dejar manchas de sangre en los zapatos?

—Depende.

—Entonces, ¿crees que esas manchas son sangre, pero piensas que es tuya? —continuó el inspector con una voz agrietada por el tabaco.

—No, no sé qué son esas manchas. Cuando salgo a jugar, muchas veces me ensucio un poco. Solo quería decir que, si es sangre, entonces supongo que me cortaría jugando.

—¿Cómo te habrías cortado?

—Quizás me caí y me golpeé contra una piedra o me la haría al saltar de un árbol. A lo mejor me di con una rama.

—¿Saltaste de muchos árboles ayer? ¿Y hoy?

—No, sobre todo he visto la tele.

—¿No has ido a la escuela hoy?

—No, no me sentía bien por la mañana. Me dolía la tripa, por eso me he quedado en casa.

—¿Tu profesora sabía que estabas enfermo?

—Bueno, lo que solemos hacer es llevar una nota al día siguiente...

—Si has estado en casa todo el día, Sebastian, ¿cómo se ensuciaron así tus zapatillas? ¿Cómo llegó ahí la sangre? —preguntó el sargento Turner, inclinándose hacia delante. Daniel podía sentir el olor amargo a café en su aliento—. ¿Quizás la sangre era de ayer?

—No sabemos si se trata de sangre, sargento. ¿Quizás podría reformular la pregunta? —dijo Daniel, alzando una ceja ante el agente de policía. Sabía que trataría de tender una trampa al muchacho.

—¿Era el mismo calzado —preguntó Turner, de mal humor— que llevabas el domingo, Sebastian?

—Tal vez. A lo mejor me lo volví a poner. No lo recuerdo. Tengo un montón de zapatos. Supongo que tendremos que esperar y ver qué pasa.

Daniel echó un vistazo a Sebastian y trató de acordarse de cómo era con once años de edad. Recordó que le daba vergüenza sostener la mirada de los adultos. Recordó picaduras de ortigas y sentirse mal vestido. Recordó la ira. Sin embargo, Sebastian se mostraba confiado y elocuente. Una chispa en la mirada del niño sugirió que estaba disfrutando del interrogatorio, a pesar de la dureza del detective.

—Sí, habrá que esperar. Pronto sabremos qué son esos restos de tus zapatillas y, si se trata de sangre, de quién es exactamente.

—¿Han tomado muestras de la sangre de Ben?

El nombre del niño muerto sonó primitivo, sagrado, en esa sala sin ventanas, como una pompa de jabón fugaz y colorida que flota ante todo el mundo. Daniel contuvo la respiración, pero la pompa acabó reventando de todos modos.

—Muy pronto sabremos si hay rastros de su sangre en tu calzado —susurró Turner.

—Cuando alguien muere —dijo Sebastian, con voz clara, inquisitiva— ¿la sangre sigue fluyendo? ¿Sigue siendo un líquido? Pensaba que se volvería sólida o algo así.

Daniel sintió cómo se le erizaba el vello de los brazos. Notó cómo se estrechaban los ojos de los policías ante el macabro giro de la conversación. Daniel podía percibir lo que estaban pensando, pero aun así siguió creyendo en el niño. Recordó cómo lo juzgaban los adultos cuando era niño y qué injustos habían sido. Era obvio que Sebastian era inteligente y una parte de Daniel comprendía esa mente rebosante de curiosidad.

Eran bien pasadas las diez cuando terminó el interrogatorio. Daniel se sintió desolado al ver a Sebastian acostarse en la cama de su celda. Charlotte estaba inclinada junto al muchacho, acariciando su cabello.

—No quiero dormir aquí —dijo Sebastian, volviéndose hacia Daniel—. ¿No podrías convencerlos para que me dejen ir a casa?

—Todo irá bien, Seb —trató de tranquilizarlo Daniel—. Estás siendo muy valiente. Lo que pasa es que necesitan comenzar con las preguntas mañana bien temprano. Se duerme bien aquí. Al menos estarás seguro.

Sebastian alzó la vista y sonrió.

—¿Ahora vas a ir a ver el cadáver? —preguntó Sebastian.

Daniel sacudió la cabeza con rapidez. Deseó que el policía que estaba cerca de las celdas no hubiese oído nada. Se recordó a sí mismo que los niños interpretan el mundo de manera diferente a los adultos. Incluso los menores más maduros que había defendido hablaban de modo impulsivo y Daniel había tenido que recomendarles que pensaran mucho antes de decir algo o actuar. Se puso la chaqueta, y sintió un escalofrío bajo el cuero todavía húmedo. Con los labios apretados, se despidió de Charlotte y Sebastian y les dijo que los vería por la mañana.

Cuando salió de la estación Mile End, ya eran más de las once y media y el cielo estival era azul marino. Había dejado de llover, pero el aire aún seguía cargado.

Respiró profundamente y caminó con la corbata en el bolsillo de la camisa, las mangas arremangadas y la chaqueta sobre un hombro. Solía ir a casa en autobús: subía de un salto al 339 si le daba tiempo, pero esta noche caminó por Grove Road y pasó frente a la vieja barbería y los restaurantes de comida para llevar, la iglesia bautista y los locales donde nunca entraba y los apartamentos modernos del otro lado de la calle. Cuando vio Victoria Park delante de él, casi estaba en casa.

Había sido un día duro, y deseó que no acusaran al niño, que las pruebas forenses lo descartasen. El sistema ya era despiadado para los adultos; era difícil imaginar qué suponía para los niños. Necesitaba estar solo y tener un momento para pensar, y le alegró que su última novia se hubiese mudado de piso dos meses antes.

Ya en casa, cogió una cerveza de la nevera y bebió mientras abría el correo. En la parte inferior del montón había una carta. Estaba escrita en un papel azul pálido con la dirección anotada a mano. La lluvia había humedecido la carta y parte del nombre y la dirección de Daniel estaban borrosos, pero reconoció la letra.

Bebió un buen sorbo de cerveza antes de deslizar el meñique dentro del pliegue del sobre y rasgarlo.

Queridísimo Danny:

Qué difícil es escribir esta carta.

No me encontraba bien, y ahora sé que no me queda mucho tiempo. No puedo estar segura de tener energías más adelante, así que quiero escribirte ya. He pedido a la enfermera que la envíe cuando me llegue la hora. No puedo decir que me haga ilusión el fin, pero no me asusta morir. No quiero que te preocupes.

Solo quiero verte una vez más, eso es todo. Ojalá estuvieras aquí conmigo. Me siento lejos de casa, y lejos de ti.

Cuántos remordimientos... Bendito seas, cariño, tú eres uno de ellos, si no el mayor. Ojalá hubiese hecho más por ti; ojalá hubiese luchado con más ahínco.

Te lo he dicho muchísimas veces, pero has de saber que todo lo que hice fue para protegerte. Quería que fueses libre, feliz y fuerte, y ¿sabes qué?... Creo que lo eres.

Aunque sé que hice mal, pienso en ti ahora, trabajando en Londres, y siento una extraña paz. Te echo de menos, pero es que soy así de egoísta. En el fondo de mi corazón sé que te va de maravilla. Estoy a punto de estallar de orgullo porque eres abogado, pero no me sorprende ni un poquito.

Te dejo la granja, valga lo que valga. Quizás puedas comprar ese viejo lugar con el salario de una semana, pero tal vez sientas que una vez fue tu hogar. Por lo menos, eso es lo que deseo.

Siempre supe que tendrías éxito. Solo espero que seas feliz. La felicidad es más difícil de lograr. Sé que probablemente todavía no comprendes, pero tu felicidad lo era todo para mí. Te quiero. Eres mi hijo, te guste o no. Intenta no odiarme por lo que hice. Líbrame de ese peso y descansaré en paz.

Te envío todo mi amor,

Mamá

Dobló la carta y la volvió a meter en el sobre. Terminó la cerveza y se detuvo un momento, la palma de la mano contra los labios. Le temblaban los dedos.

2

Lo suyo es correr —dijo la asistente social a Minnie.
De pie en la cocina de Minnie, Daniel estaba junto a
una bolsa de viaje que contenía todo lo que poseía. La cocina tenía
un olor peculiar: a animales, fruta y madera quemada. La casa era
pequeña y oscura, y Daniel no quería quedarse.

Minnie lo miró a los ojos, con las manos en las caderas. Daniel
notó enseguida que era una mujer amable. Tenía las mejillas rojas y
sus ojos se movían sin cesar. Vestía una falda que le llegaba hasta los
tobillos, botas de hombre y una rebeca grande y gris que no dejaba
de alisar sobre su cuerpo. Tenía unos pechos grandes, un estómago
voluminoso y un cabello rizado y gris, que llevaba recogido.

—Sale corriendo a la menor oportunidad —dijo la asistente
social con un tono cansado y, a continuación, en voz más alta, dirigiéndose a Daniel—: Ya no tienes adonde correr, ¿eh, cielo? Tu madre
no está bien, ¿verdad?

Tricia extendió la mano para estrechar el hombro de Daniel,
que se apartó de ella y se sentó a la mesa de la cocina.

El perro pastor de Minnie, Blitz, comenzó a lamerle los nudillos. La asistente social susurró «sobredosis» a Minnie, pero Daniel
lo oyó. Minnie le guiñó un ojo para hacerle saber que ella sabía que lo
había oído.

En un bolsillo Daniel apretaba el collar de su madre. Se lo había dado hacía tres años, cuando no tenía novio y estaba sobria. Fue

la última vez que le habían permitido ir a verla. Finalmente, los Servicios Sociales prohibieron todas las visitas no supervisadas, pero Daniel siempre volvía a ella. Estuviese donde estuviese, siempre era capaz de encontrar a su madre. Ella lo necesitaba.

En su bolsillo, con el índice y el pulgar recorría la inicial de su nombre: *S.*

Una vez en el coche, la asistente social le dijo a Daniel que le iba a llevar a Brampton, porque en la región de Newcastle nadie estaba dispuesto a acogerlo.

—Está un poco lejos, pero creo que te va a caer bien Minnie —dijo.

Daniel apartó la vista. Tricia se parecía a todas las asistentes sociales que le habían encomendado: cabello color orina y ropa fea. Daniel la odiaba, como le sucedía con todas las demás.

—Tiene una granja y vive por su cuenta. Sin hombres. Seguro que te va bien si no hay hombres, ¿eh, cielo? No necesitas mucho equipaje. Tienes suerte de que Minnie te aceptase. Ahora tienes una casa de verdad. Nadie quiere a un muchacho con todos tus problemas. A ver cómo te portas, vendré a fin de mes.

—Quiero ver a mi madre.

—No está bien, cielo, por eso no puedes verla. Es lo mejor para ti. Necesita un tiempo para recuperarse, ¿no es así? Quieres que se recupere, ¿o no?

Una vez que Tricia se fue, Minnie le mostró su habitación. Le costó subir las escaleras y Daniel observó cómo sus caderas se estremecían. Se puso a pensar en los movimientos de un chico en una orquesta que marca el ritmo aporreando el bombo que lleva al pecho. El dormitorio estaba bajo el tejado de la casa: una sola cama desde la que se veía el patio trasero, donde estaban las gallinas y la cabra, Hector.

Ese patio era la granja Flynn.

Se sentía como siempre que le enseñaban su nueva habitación. Frío. Fuera de lugar. Quería irse, pero en vez de eso dejó la bolsa de viaje en la cama. La colcha de la cama era rosada y un papel con rosas diminutas cubría la pared.

—Disculpa el color. Normalmente me envían niñas.

Se miraron el uno al otro. Minnie abrió los ojos de par en par y Daniel sonrió.

—Si todo va bien, podemos cambiarlo, ¿vale? Puedes escoger el color que prefieras.

Daniel se miró las uñas de las manos.

—Puedes guardar tu ropa interior aquí, cariño. Cuelga el resto ahí —dijo mientras desplazaba su cuerpo por el reducido espacio. Una paloma se arrullaba en la ventana y Minnie golpeó el cristal para ahuyentarla—. Odio las palomas —dijo—. No son más que alimañas, si quieres saber mi opinión.

Minnie le preguntó qué quería para merendar y Daniel se encogió de hombros. Le dijo que podía elegir entre empanada de ternera y carne asada, y Daniel eligió la empanada. Le pidió que se lavase para la cena.

Cuando Minnie se fue, Daniel se sacó la navaja automática del bolsillo y la puso bajo la almohada. También llevaba una navaja en el bolsillo de los vaqueros. Guardó la ropa como le había indicado, los calcetines y la camiseta limpia a cada lado del cajón vacío. Era extraño verlos tan solitarios, así que los acercó. Forrado con motivos florales, el cajón desprendía un olor extraño y le preocupó que su ropa acabase oliendo así.

Daniel cerró la puerta del baño de Minnie, estrecho y largo, y se sentó al borde de la bañera. El baño era de color amarillo brillante y el empapelado era azul. Había polvo y moho en todos los grifos y el suelo estaba cubierto de pelos de perro. Se puso en pie y comenzó a lavarse las manos, de puntillas, para poder mirarse en el espejo.

«Eres un pequeño malnacido».

Daniel recordó estas palabras al contemplarse el rostro, el pelo corto y negro, los ojos oscuros, el mentón cuadrado. Eran palabras de Brian, su último padre adoptivo. Daniel le había rajado los neumáticos y había derramado su vodka en la pecera. Los peces se murieron.

Había una pequeña mariposa de porcelana en un estante del cuarto de baño. Parecía vieja y barata, pintada con colores vivos, amarillo y azul, como el cuarto de baño. Daniel se la guardó en el bolsillo, se secó las manos en los pantalones y bajó las escaleras.

Culpable

El suelo de la cocina estaba sucio, con migas y huellas de barro. El perro estaba acostado en su cesta, lamiéndose las pelotas. La mesa de la cocina, la nevera y las encimeras estaban atestadas. Daniel se mordió el labio y lo observó todo. Macetas y bolígrafos, un pequeño rastrillo. Una bolsa de galletas para perros, enormes cajas de estaño, libros de cocina, jarras de las que sobresalían espaguetis, tres teteras de diferentes tamaños, tarros de mermelada vacíos, guantes de horno sucios y grasientos, trapos y botellas de desinfectante. La papelera estaba llena y al lado había dos botellas vacías de ginebra. Podía oír el cloqueo de las gallinas fuera.

—No eres de muchas palabras, ¿verdad? —dijo Minnie, mirándolo por encima del hombro mientras cortaba las hojas de la lechuga—. Ven aquí y ayúdame con la ensalada.

—No me gusta la ensalada.

—No pasa nada. Haremos una pequeña para mí. La lechuga y los tomates son de mis huertos, ¿sabes? No has probado una ensalada hasta que la has cultivado tú mismo. Anda, ayúdame.

Daniel se levantó. La cabeza le llegaba al hombro de ella y se sintió alto a su lado. Minnie colocó una tabla de cortar frente a él y le dio un cuchillo, lavó tres tomates y los puso sobre la tabla, junto al cuenco que contenía las hojas de lechuga. Le enseñó cómo cortar los tomates.

—¿No quieres probarlos? —Sostuvo un trozo de tomate junto a los labios de Daniel, que negó con la cabeza. Minnie se metió el trozo en la boca.

Daniel cortó el primer tomate, observando cómo Minnie ponía hielo en un vaso alto, exprimía zumo de limón sobre el hielo y vaciaba lo que quedaba de la botella de ginebra. Cuando añadió la tónica, el hielo se agrietó y crujió. Se agachó para dejar la botella junto a las otras y volvió a su lado.

—Bien hecho —dijo—, son unos trozos perfectos.

Había pensado en hacerlo desde que le dio el cuchillo. No quería hacerle daño, pero sí asustarla. Quería que descubriese cuanto antes la verdad acerca de él. Se volvió y acercó el cuchillo a su rostro, con la punta a unos centímetros de su nariz. Las semillas de tomate manchaban el filo como si fuera sangre. Quería ver cómo su boca se deformaba por el pavor. Quería oírla gritar. Ya había probado con otros y se había sentido poderoso al verlos estremecerse y retroceder. No le importaba si ella era su última oportunidad. No quería estar en esa casa apestosa.

El perro se sentó en la cesta y ladró. Ese ruido súbito sobresaltó a Daniel, pero Minnie no se apartó. Apretó los labios y resopló.

—Solo has cortado un tomate, cariño —dijo.

Sus ojos habían cambiado; ya no eran tan amables como cuando llegó.

—¿No estás asustada? —preguntó apretando el mango del cuchillo, de modo que tembló ante el rostro de la mujer.

—No, cariño, y si hubieras vivido mi vida tú tampoco estarías asustado. Ahora termina con ese tomate.

—Podría apuñalarte.

—Ah, ¿podrías...?

Daniel clavó el cuchillo en la tabla de cortar una vez, dos veces, y luego se apartó de ella y comenzó a cortar el otro tomate. Le dolía un poco el antebrazo. Se lo había torcido al clavar el cuchillo en la madera. Minnie se volvió de espaldas y echó un trago a su bebida. Blitz se acercó y ella dejó caer una mano para que le pudiera lamer los nudillos.

Cuando sirvió la cena, Daniel estaba hambriento, pero fingió lo contrario. Comía con el codo sobre la mesa y el rostro apoyado en una mano.

Minnie hablaba sin parar de la granja y las verduras y hortalizas que cultivaba.

—¿De dónde eres? —preguntó Daniel, con la boca llena.

—Bueno, nací en Cork, pero he pasado más tiempo aquí que allí. También viví en Londres durante una época...

—¿Dónde está Cork?

—¿Dónde está Cork? Madre mía, ¿no sabes que Cork está en Irlanda?

Daniel bajó los ojos.

—Cork es la verdadera capital de Irlanda. Aunque, ojo, es más o menos la mitad de grande que Newcastle —declaró, sin mirarlo, ocupada con su ensalada. Se detuvo y al cabo de un momento añadió—: Siento lo de tu madre. Parece que no está muy bien.

Daniel dejó de comer un momento. Empuñó con fuerza el tenedor y lo clavó lentamente en la mesa. Vio que del cuello de la mujer colgaba un crucifijo de oro. Se quedó maravillado por un momento ante el diminuto sufrimiento tallado en la cruz.

—¿Por qué viniste aquí, entonces? —preguntó señalándola con el tenedor—. ¿Por qué dejar la ciudad por esto? En medio de la nada.

—Mi esposo quería vivir aquí. Nos conocimos en Londres. Trabajaba como enfermera psiquiátrica allí, tras irme de Irlanda. Él era electricista, entre otras cosas. Creció aquí, en Brampton. Para mí, en ese momento, era un lugar tan bueno como cualquier otro. Él quería estar aquí y a mí me pareció bien. —Terminó la copa y el hielo tintineó. Tenía la misma mirada que cuando la había amenazado con el cuchillo.

—¿Qué es una enfermera psiquiátrica?

—Bueno, es una enfermera que cuida a personas con enfermedades mentales.

Daniel sostuvo la mirada de Minnie por un momento y luego apartó la vista.

—Entonces, ¿estás divorciada?

—No, mi marido murió —dijo, y se levantó para lavar el plato. Daniel observó su espalda mientras se terminaba el té. Raspó el plato un poco.

—Hay más, si quieres —dijo Minnie, que aún le daba la espalda. Quería más, pero dijo que estaba lleno. Le llevó el plato y ella le dio las gracias. Notó que su mirada había cambiado, que era cálida una vez más.

Cuando terminó de fregar, Minnie subió a su habitación con algunas toallas y le preguntó si necesitaba algo, pasta dentífrica o un cepillo de dientes.

Él se sentó en la cama, mirando las espirales rojas de la alfombra.

—Te dejo uno en el cuarto de baño. Tengo un par nuevos. ¿Necesitas algo más? —Daniel negó con la cabeza—. No tienes muchas cosas, ¿verdad? Quizás tengamos que comprarte ropa para la escuela. —Minnie había abierto el armario y tocaba el dobladillo de unos pantalones que Daniel había colgado.

Daniel se dejó caer en la cama. Se metió las manos en los bolsillos y sacó la pequeña mariposa de porcelana. Tumbado, la estudiaba. Ella le estaba hablando mientras se agachaba y recogía cosas del suelo y cerraba las ventanas. Cuando se inclinaba dejaba escapar pequeños gruñidos y gemidos.

—¿Qué tienes ahí? —dijo de repente.

Daniel volvió a guardársela en el bolsillo, pero ella la había visto. Él sonrió. Le agradó la expresión de su rostro, trémulo, preocupado. Minnie entrecerró los labios y se quedó al pie de la cama, frunciendo el ceño.

—Eso no te pertenece.

Daniel la miró. ¡Qué extraño que ni se inmutase ante un cuchillo pero perdiese la compostura por una estúpida mariposa de porcelana! Hablaba en voz tan baja que tuvo que incorporarse un poco para oírla. Contuvo la respiración.

—Daniel, sé que no nos conocemos muy bien. Sé que has pasado por momentos difíciles y voy a hacer lo posible para que te vaya bien. Sé que habrá problemas. No me dedicaría a esto de lo contrario. Pero hay algunas cosas que tienes que respetar. Es la única manera de que esto funcione. Esa mariposa no es tuya. Es importante para mí. Cuando te cepilles los dientes, quiero que la dejes en el estante.

—No —dijo Daniel—. Quiero quedármela. Me gusta.

—Bueno, eso lo entiendo. Si la cuidas, puedes quedártela un par de días, pero luego me gustaría que la dejases en el estante del cuarto de baño, donde ambos podemos verla. Ojo, solo dos días, como un gesto especial contigo porque esta es tu nueva casa y quiero que te sientas bienvenido. Pero al cabo de dos días volveré a pedírtela, si aún no la has devuelto.

Nunca antes habían hablado a Daniel de esta manera. No estaba seguro de si ella estaba enfadada o le estaba consintiendo un capricho. Le dolían un poco los codos de apoyarse en ellos.

Minnie se cubrió con su rebeca y salió de la habitación. El olor a zumo de limón se fue con ella.

3

Daniel se levantó a las cinco y media de la mañana y corrió unos quince kilómetros entre Victoria Park y South Hackney. Normalmente no habría corrido tanto entre semana, pero ese día lo necesitaba. Solía tardar una hora y doce minutos en completar la vuelta, pero ahora era capaz de hacerlo en una hora y cinco minutos si se esforzaba. Aspiraba a ser un minuto más rápido cada año. Ese logro era como desafiar a la muerte.

Para Daniel correr era una de las actividades más naturales; a menudo huir es la opción más lógica.

No había dormido, pero se esforzó en tardar el tiempo de siempre. Mientras corría, se concentró en diferentes músculos. Tensó el torso y se fijó en sus movimientos, de lado a lado. Al subir la cuesta, se concentró en los muslos y la energía de sus movimientos para mantener el ritmo. Había vivido en esta zona del East End durante casi ocho años y conocía ese parque, que se veía desde la ventana de su habitación, como la palma de su mano. Sabía dónde las raíces de los árboles causaban baches en el camino, como dedos que se escapan de la tumba. Sabía dónde estaría fresco en verano y qué partes se helaban en invierno. Sabía qué lugares se encharcaban cuando llovía.

De vez en cuando le acechaban los pensamientos. Cuando lograba apartarlos, Daniel notaba que le habían ralentizado.

Al dirigirse a casa sus pensamientos se centraron de nuevo en esa carta. No podía creer que estaba muerta de verdad.

«Muerta». Su pie tropezó con una piedra y se abalanzó hacia delante. Incapaz de recuperar el equilibrio, cayó cuan largo era, se arañó en la rodilla, el antebrazo y la mano, y sangró.

—¡Mierda! —exclamó en voz alta, levantándose.

Un anciano que paseaba un perro labrador con sobrepeso le saludó con el gorro.

—¿Estás bien, hijo? Has tenido una mala caída. La luz siempre hace extraños a estas horas.

Tenía la respiración demasiado entrecortada para responder, pero trató de sonreír al hombre y alzó una mano para que supiese que se encontraba bien. Intentó continuar con la carrera, pero de la mano brotaba sangre que le corría por el brazo. A regañadientes, corrió por Old Ford Road y subió los escalones de piedra que daban a su apartamento.

Daniel se duchó, se vendó la mano y se vistió con una camisa rosada con cuello y puños blancos. La herida de la mano le dolió al abrocharse los gemelos. Respiró hondo. Desde que conoció al muchacho y recibió la carta, las horas habían arremetido contra él. Al mirarse en el espejo, enderezó los hombros en un intento de despejar la mente. Ese día no quería pensar en la carta. Se sentía igual que cuando era niño: confuso, desmemoriado, incapaz de saber cómo había empezado todo y por qué había acabado mal.

Daniel decidió ir a buscar a Charlotte al hogar familiar de los Croll y acompañarla a la comisaría. Le parecía extraño que no se hubiese despertado cuando la policía se llevó a su hijo y quería aprovechar esta oportunidad para hablar con ella.

Bajo el sol de agosto Richmond Crescent estaba resplandeciente: las elegantes ventanas de guillotina relucían sobre los alféizares blancos. Daniel subió la escalera y se aflojó la corbata. El timbre, con incrustaciones de porcelana, estaba decorado con motivos florales. Daniel pulsó una vez y se aclaró la garganta, mirando por encima del hombro un antiguo Bentley aparcado en la acera. Iba a llamar de nuevo cuando la puerta se abrió y apareció una anciana con bata que sostenía un plumero.

—Por favor, entre —dijo con un acento que podría haber sido polaco. Inclinó la cabeza y se dirigió al salón, señalando las escaleras con el plumero—. La señora Croll está en la cocina.

Solo en el vestíbulo, Daniel observó los lirios, los jarrones y sedas chinos, los muebles antiguos y oscuros. Se metió una mano en el bolsillo. No sabía dónde estaba la cocina. Se dejó guiar por el olor a tostada y bajó una escalera cubierta con una gruesa alfombra, preocupado por si sus zapatos dejarían alguna marca.

Charlotte llevaba gafas de sol. Estaba inclinada ante un café y un periódico. Rayos de sol irrumpían en la cocina y se reflejaban en las superficies blancas.

—¡Daniel! —exclamó Charlotte, volviéndose—. Sírvase café. Estaré lista en un minuto. Discúlpeme, me duele la cabeza y aquí hay demasiada luz incluso a esta maldita hora.

—Va a ser un día caluroso —asintió Daniel, en medio de la cocina, sosteniendo el maletín con ambas manos.

—Siéntese, tome un café.

—Gracias, acabo de tomar uno.

—Mi marido llamó al amanecer. Eran las dos de la tarde en Hong Kong. —Se posó dos dedos en la sien mientras bebía el zumo de naranja—. Me preguntó si habían detenido a Sebastian o no. Se enfadó muchísimo conmigo. Le dije que me parecía que no. ¿Es eso cierto? Quiero decir..., se trata solo de que Sebastian conocía a Ben... Y sin embargo ¡parece que van tan en serio...!

—Lo han detenido, pero no hay cargos contra él. Ha recibido una advertencia formal y lo van a interrogar respecto a un asesinato, lo cual podría durar unos días. Es mejor que esté preparada. En estos momentos, hace bien en mostrarse colaboradora. Vamos a ver qué pasa hoy.

Por unos instantes la cara de Charlotte se quedó inmóvil. Bajo esa luz brillante, Daniel notó la gran cantidad de maquillaje que se acumulaba en las arrugas de alrededor de la boca.

—Tenemos que ayudarle a lidiar con esta situación de la mejor manera posible. No queremos que se incrimine, pero debemos asegurarnos de que conteste a las preguntas lo mejor que pueda. Si ahora no dice algo que más adelante resulte importante, podría perjudicarle en el juzgado —dijo Daniel.

—Dios, es todo tan ridículo... Que el pobrecillo tenga que pasar por esto... El caso no llegará a juicio, ¿verdad?

—Solo si la policía tiene pruebas suficientes para presentar cargos en su contra. Por el momento es un sospechoso, nada más. No tienen pruebas, en realidad, pero la evidencia forense es clave. Es posible que reciban ese informe hoy, y esperemos que descarte a Sebastian —Daniel se aclaró la garganta. Quería creer en sus propias palabras—. ¿Ha estado en algún apuro como este antes? —preguntó.

—No, por supuesto que no. Todo esto es solo un terrible error.

—¿Y le va bien en la escuela? ¿No tiene problemas con los otros niños o... dificultades académicas?

—Bueno, no es que le encante ir a la escuela. Mi marido dice que se debe a que es demasiado inteligente. La escuela no le motiva lo suficiente, ya sabe.

—Entonces, ¿tiene problemas? —dijo Daniel, enarcando una ceja y notando la tensión en la garganta de Charlotte al defender a su hijo.

—Se frustra. Es que es muy inteligente, de verdad. Ha salido a su padre, o al menos eso dice Ken siempre. No saben cómo tratarlo en la escuela, cómo... estimular su potencial.

»¿Le gustaría...? —Charlotte se detuvo, se quitó las gafas de sol. Daniel vio en sus ojos el súbito resplandor de la expectativa—. ¿Le puedo enseñar algunos de los trabajos que ha hecho? Es sin duda un niño excepcional. No sé cómo he tenido un hijo así.

Charlotte se limpió las palmas en el pantalón y subió las escaleras. Daniel la siguió. Hizo un esfuerzo por mantener su ritmo al subir a la planta principal y, a continuación, subió otra más hasta el dormitorio de Sebastian.

Charlotte giró el picaporte de latón y abrió la puerta del dormitorio de Sebastian. Daniel receló a la hora de entrar, pero Charlotte le pidió con un gesto que pase.

Era una habitación pequeña. Daniel se fijó en la colcha de Spiderman y en las paredes azules. Parecía más armoniosa que la cocina y también más oscura, pues la ventana daba al norte. Era un espacio íntimo invadido y Daniel sintió que era un intruso.

—Mire esto —dijo Charlotte señalando un dibujo al carboncillo colgado en la pared. Daniel vio a una anciana de nariz aguileña. El carboncillo se había emborronado en algunos lugares y los ojos de la mujer eran amenazantes—. Quizás haya notado que se trata de mí. Fue un regalo de Navidad. Uno de nuestros amigos artistas dice que muestra un talento muy precoz. Yo no veo el parecido, pero dicen que refleja mi personalidad...

Daniel asintió. Sobre la cama había una fila de muñecos de peluche. Charlotte se agachó y recogió la mochila escolar de Sebastian, sacó cuadernos y hojeó las páginas en las que el muchacho había sido elogiado antes de dárselos a Daniel. Echó un vistazo a las páginas antes de guardar los cuadernos en la cómoda.

Charlotte se agachó para recoger unos lápices de colores esparcidos por el suelo. Al mirarla Daniel notó el pulcro orden de las zapatillas de Sebastian, junto a la cama, y la manera en que sus libros estaban apilados, los más voluminosos debajo y los pequeños encima.

—Es un muchacho excepcional —dijo Charlotte—. En clase de Matemáticas casi nunca se equivoca y ya toca el piano muy bien. Lo que sucede es que sus dedos son demasiado pequeños.

Daniel respiró hondo, recordando su propia infancia y cómo aprendió a tocar el piano. Recordó el casi doloroso esfuerzo de sus manitas para alcanzar las teclas.

En el vestíbulo, mientras se preparaba para salir, Charlotte se puso un pañuelo de seda en el cuello. Una vez más, Daniel fue consciente de lo frágil que era. Observó sus vértebras, que se le marcaron al agacharse para recoger el bolso.

Pensó en Sebastian, que estaría esperando a Charlotte en su celda. Una vez más, recordó a su propia madre: esas esperas en las oficinas de las asistentes sociales y las comisarías de policía preguntándose si aparecería. Solo más tarde, ya adulto, esos años habían logrado inspirarle cierta amargura. De niño tan solo sentía agradecimiento cuando ella se presentaba.

Caminaron hacia la comisaría de Islington, al otro lado de la calle de Barnard Park. Se trataba de un tramo del parque al descubierto, con senderos y un campo de fútbol. Rodeado de arbustos y árboles, el parque infantil, al lado de la calle Copenhagen, era el único lugar donde era posible ocultar una agresión. Daniel sabía que la policía ya había obtenido las grabaciones de las cámaras de seguridad del municipio de Islington. Se preguntó qué revelarían. La esquina de la calle Copenhagen, justo tras la furgoneta de policía, estaba llena de flores en memoria de Ben. Daniel se había detenido para leer algunos mensajes cuando iba a la casa de los Croll.

La calidez y la luz de la mañana no tenían acceso a la sala de interrogatorios. Sebastian se sentó a un extremo de la mesa y Daniel y su madre frente a los agentes. Al sargento Turner lo acompañaba esta vez el agente Hudson, un hombre delgado y avizor cuyas rodillas golpeaban contra la mesa al moverse. Daniel sabía que había otra sala llena de policías escuchando la conversación. Iban a grabar el interrogatorio y lo observarían desde otra sala.

—Muy bien, Sebastian —dijo el sargento Turner—, ¿a qué hora crees que viste a Ben jugando con la bicicleta en la calle?

—No lo sé.

—¿Recuerdas si fue antes o después de comer?

—Fue después de comer.

—Sin duda alguna, después de comer —indicó Charlotte—. Le preparé la comida antes de que saliese.

El agente de policía frunció el ceño ante la interrupción de Charlotte y tomó notas.

—¿De quién fue la idea de ir al parque?

Sebastian se metió cuatro dedos en la boca. Miró hacia el techo y puso los ojos en blanco.

—No lo recuerdo.

—¿Cómo no vas a recordar de quién fue la idea? Él iba en bicicleta y tú no. ¿Fue idea tuya?

—Acabo de decir que no me acuerdo.

Daniel vio un ligerísimo arrebato de ira en los labios del niño. Se preguntó si eso era lo que comprendía cuando miraba a Sebastian. La ira era su principal recuerdo de la infancia: la ira y el miedo. Daniel nunca había poseído la confianza de Sebastian, pero aun así Sebastian le recordaba su propia niñez.

—¿Qué te ha pasado en la mano? —preguntó Sebastian de repente a Daniel.

Al principio Daniel se preguntó si el niño estaba intentando evitar el interrogatorio policial. Tras mirar al sargento de la policía, Daniel respondió:

—Me he caído... corriendo.

—¿Te ha dolido?

—No mucho.

—Bueno, Seb, retomemos tu historia —dijo el sargento Turner—. Uno de vosotros decidió ir al parque, ¿qué pasó luego?

Sebastian se hundió en su silla, el mentón contra el pecho. Charlotte comenzó a acariciarle la pierna.

—Lo siento mucho, sargento, está muy cansado. Todo esto es muy intenso, ¿verdad, cariño? Es agobiante fijarse en tantos detalles...

—Discúlpeme, señora Croll, pero fijarse en detalles es mi trabajo. ¿Le molestaría permanecer en silencio y no responder por él?

La señora Croll asintió.

—Entonces, ¿cómo entrasteis al parque, Seb?

—Por la puerta principal...

—Ya veo. Dentro del parque, ¿comenzaste a reñir con Ben?

Sebastian sacudió la cabeza como si quisiese espantar una mosca.

—Niegas con la cabeza, pero un testigo ha dicho que vio a dos chicos de tu edad peleando en esa parte del parque. ¿Habló alguien con vosotros? ¿Os dijo que dejarais de pelear?

.   —Lo siento muchísimo, sargento —dijo Charlotte—. Acaba de decir que él y Ben no se pelearon. Seb no es de los que se meten en peleas, ¿verdad, Seb?

El sargento respiró hondo y preguntó a Sebastian si necesitaba un descanso o quería un zumo. Cuando el niño salió al baño, acompañado del agente Hudson, el sargento dobló los brazos sobre la mesa. Daniel observó la carnosa flaccidez de sus manos.

—Sé que es difícil, señora Croll, pero ¿podría abstenerse de responder por él?

—Lo sé, lo haré, es que no puedo evitarlo. Veo que no se explica tan bien como podría y solo quiero ayudarle a aclarar las cosas.

—Eso es lo que todos queremos: aclarar las cosas. ¿Le molestaría salir un rato, a tomar una taza de café quizás, mientras termino con el resto de las preguntas?

Charlotte se sentó en su asiento y miró a Daniel.

—Como usted quiera —dijo Daniel—. Podría quedarse, si permanece en silencio. Tiene derecho a estar aquí.

—¿Se asegurará de que esté bien? —preguntó Charlotte.

—Por supuesto.

Cuando volvió Sebastian, sin su madre, optó por sentarse más cerca de Daniel. Parecía inquieto y en ocasiones Daniel sintió el brazo del niño contra el suyo; un pie contra la pierna.

—Entonces, ¿dices que no te peleaste con Ben?

—No, jugamos a pelearnos un poco. Estábamos jugando al escondite y persiguiéndonos y luego, cuando me alcanzó, caímos rodando por la hierba y peleamos de broma.

—A veces, cuando jugamos a pelearnos, la cosa puede pasar a mayores. ¿Es eso lo que sucedió? ¿Se os fue de las manos?

Una vez más, las mejillas de Sebastian se sonrojaron de rabia.

—No —dijo—. *A mí no,* pero Ben me pegó un par de veces y me hizo daño, aunque quizás no quería, y por eso lo aparté de un empujón.

—Ya veo. Empujaste a Ben. ¿Qué estabas haciendo cuando ese hombre os dijo que paraseis? ¿Le estabas pegando?

—No. —Sebastian comenzaba a mostrarse dolido.

—Sargento, esto se está volviendo muy repetitivo —dijo Daniel—. Creo que estará de acuerdo en que ya ha respondido a estas preguntas. ¿Podríamos pasar a otro tema?

Sebastian suspiró y Daniel captó su atención y le guiñó un ojo. El muchacho sonrió de oreja a oreja e intentó devolverle el guiño cerrando ambos ojos.

—No puedo hacerlo, mira —dijo con los ojos cerrados por completo—. Necesito practicar.

—Ahora eso no importa —dijo el sargento—. Después de la pelea, ¿fuisteis al parque infantil?

Sebastian sonreía con los ojos cerrados y el sargento miró a Daniel, exasperado. Daniel se aclaró la garganta y tocó el brazo de Sebastian con delicadeza.

—Sé que es duro, pero ya queda poco, ¿vale, Seb?

—¿Te duele la mano?

—No, gracias, ya está mejor.

—¿Te sangró?

—Ya no.

—¿Estaba cubierta de sangre? —Una vez más esos ojos verdes se abrieron de par en par.

Daniel se sorprendió al sentir que su corazón latía más rápido. Negó con la cabeza una vez, enderezó los hombros y observó a los policías, que se humedecían los labios mientras estudiaban al muchacho.

—¿Qué sucedió cuando llegasteis al parque?

—Subimos a lo más alto y jugamos con las ruedas, entonces dije que quería ir a casa porque tenía hambre.

—Aquí tengo una fotografía del parque. ¿Adónde subisteis?

—Quiero ver a mi madre —dijo Sebastian.

—Solo un poco más, Sebastian. Le hemos pedido a tu madre que espere fuera y la podrás ver en cuanto nos digas qué ocurrió —dijo el sargento.

Daniel sabía qué era tener la edad de Sebastian y que le negaran ver a su madre, la desesperación ante esa distancia impuesta entre ambos. Se imaginó que Sebastian también la sentía.

—Si puedes, señala adónde subisteis —dijo el sargento.

—No lo sé —gimoteó Sebastian—. Quiero a mi mamá...

Daniel exhaló un suspiro y con delicadeza posó la palma de la mano sobre la mesa.

—Es evidente que mi cliente desea que vuelva su madre.

—La madre ha aceptado salir para que pudiésemos hablar con su hijo sin ella.

—Tiene derecho a que su madre esté presente si así lo desea. A menos que vuelva, mi defendido no va a responder más preguntas.

El interrogatorio se detuvo mientras un agente iba a buscar a la madre de Sebastian. Daniel fue al cuarto de baño y el sargento se acercó a él en el pasillo.

—Mira, hijo, entiendo que tienes que hacer tu trabajo, pero los dos sabemos de qué va esto. No te voy a explicar tu trabajo. Sé que quieres mostrarle bajo la mejor luz..., la mejor perspectiva de lo que hizo..., pero el chico quiere decir la verdad. Es un niño pequeño y quiere decir la verdad acerca de lo que hizo... Déjale hacerlo. Lo hizo; solo tiene que decir que lo hizo. No viste ese cadáver apaleado..., yo sí. No tuviste que consolar a la...

—¿Puedo interrumpirle? Traiga a su madre y así podremos continuar con el interrogatorio. Si así se tarda más, entonces tardaremos más.

—El súper acaba de concedernos otras doce horas.

Daniel asintió y se metió las manos en los bolsillos.

—Es decir, hasta las cuatro de la madrugada del martes, además también hemos solicitado más tiempo al juez. Óigame bien, tenemos todo el tiempo del mundo.

Daniel entró en la sala de interrogatorios y pasó una hoja del cuaderno. Desde una esquina el ojo de la cámara los observaba.

—Ahora viene tu madre.

—¿Les has convencido? Eres buen abogado, me parece.

—Tienes derecho a ver a tu madre si quieres. Mi trabajo es asegurarme de que conoces tus derechos.

El perfume de Charlotte ocupó la sala antes que ella. Se sentó al otro lado del sargento Turner. Daniel sospechó que le habrían pedido que no se sentase junto a su hijo y que no hablara.

Mientras el sargento continuaba con el interrogatorio, ella no dijo nada y apenas lo miró. Su atención pasó de la pulsera a la falda, de ahí a las cutículas y a Daniel. Este sintió la mirada de la mujer mientras anotaba las preguntas del sargento y las taciturnas respuestas de Sebastian.

El sargento Turner tachó algo en su cuaderno y subrayó otra parte.

—Bien. Volvamos a donde estábamos. Volvamos al parque infantil. Háblame otra vez de la pelea con Ben.

—Ya lo dije —se quejó Sebastian, mostrando otra vez los dientes—. No era una pelea, era una discusión. Yo dije que quería ir a casa, pero él no quería que me fuera.

—Háblame otra vez de esa discusión.

Daniel hizo un gesto a Sebastian para que respondiera. Quería que el niño se tranquilizase. Si perdía la compostura parecía culpable, y Daniel no quería que se incriminase. Al igual que la policía, también él se preguntaba acerca del repentino temperamento del niño, pero quería que Sebastian mantuviese la coherencia. Daniel decidió pedir un descanso si el niño se alteraba más.

—Subimos a las ruedas, en lo alto del columpio de madera —prosiguió Sebastian—. Está muy alto. Me estaba cansando y pensaba en mi madre y su dolor de cabeza. Dije que quería ir a casa, pero Ben no quería dejarme. Intentó que me quedase. Luego se enfadó y me empezó a empujar y le dije que parase.

—¿Él te empujaba a ti?

—Sí, quería que me quedase a jugar.

—¿Te enfadaste cuando te empujó? ¿Lo empujaste tú también?

—No.

—¿Quizás lo empujaste y se cayó del columpio?

—Ya ha respondido, sargento —dijo Daniel, su voz sonó fuerte en la pequeña sala de interrogatorios.

—Yo no lo empujé, pero Ben dijo que iba a saltar. Quería impresionarme, ya sabe. Yo iba a ir a casa y él quería que me quedase y viese el salto.

—Ben era un niño pequeño, no un muchacho grandote como tú. Estabais muy arriba. ¿Estás seguro de que decidió saltar?

—¿Adónde quiere llegar, sargento? —dijo Daniel.

El sargento se aclaró la garganta y soltó el bolígrafo.

—¿Es eso lo que ocurrió, Sebastian?

—Sí, eso es. —Ahora estaba irascible, hundido en la silla.

—¿Seguro que no lo empujaste? ¿Lo empujaste y quizás empezaste a pelearte con él?

—¡No! —Una vez más la rabia destelló en los labios y las mejillas del niño.

—¿Te estás enfadando, Seb?

Sebastian cruzó los brazos y entrecerró los ojos.

—¿Estás enfadado conmigo por haberlo averiguado? ¿Empujaste a Ben?

—No.

—A veces, cuando la gente se enfada, es que intenta ocultar algo. ¿Comprendes?

Sebastian se deslizó de la silla y cayó al suelo de repente. Yacía sobre la espalda y comenzó a gritar. Daniel se sobresaltó. Sebastian lloró y gimió y, cuando se volvió hacia Daniel, tenía el rostro contraído y bañado en lágrimas.

—No lo empujé. No lo empujé.

—Entonces, ¿cómo crees que acabó ahí abajo?

—No lo sé, no le hice daño. Yo... Yo no... —los gritos de Sebastian eran tan agudos que Turner se tapó las orejas.

Daniel tardó unos momentos en darse cuenta de que tenía la boca abierta y miraba fijamente al muchacho. De repente tuvo frío en esa sala sin ventilación, y se sintió fuera de lugar, a pesar de su experiencia.

Turner detuvo el interrogatorio para que Sebastian pudiera serenarse. Charlotte se acercó cautelosa a su hijo, con los codos sobresaliéndole. La cara del niño estaba roja de rabia y bañada en lágrimas.

—Cariño, por favor —dijo Charlotte, sin llegar a tocar a su hijo. Tenía las manos rojas, llenas de venas, y le temblaban los dedos—. Cariño, ¿qué ocurre? Por favor, ¿no podrías calmarte? A mamá no le gusta verte tan alterado. Por favor, no permitas que esto te trastorne tanto.

Daniel quería correr, para estirar los músculos y disipar los gritos del muchacho y la abarrotada solemnidad de la sala de interrogatorios. Fue de nuevo al aseo, se mojó la cara con agua fría y se observó frente al espejo, apoyándose en el lavabo.

Quería renunciar al caso, no por lo que era sino por lo que llegaría a ser. Por la manera en que la policía acosaba a Sebastian, supuso que ya tenían los resultados del laboratorio. Si presentaban cargos contra el niño, los periodistas se cebarían en el caso. Daniel no se sentía preparado. Hacía un año había aceptado el caso de un menor, un muchacho acusado de disparar contra un miembro de su banda. El caso había llegado al Tribunal Central de lo Penal y el muchacho había sido condenado. Había sido un cliente vulnerable, que hablaba en voz baja y se mordía las uñas. Incluso ahora Daniel detestaba pensar que estaba ahí dentro. Y de pronto otro niño estaba a punto de entrar en el sistema, todavía más joven.

Daniel se hallaba junto al mostrador cuando el superintendente se acercó y lo agarró del codo. Era un hombre alto, de complexión fuerte, cabello gris y corto y mirada desesperada.

—Tranquilo —dijo, dando un golpecito en el hombro de Daniel—. Todos nos sentimos así.

—Estoy bien —contestó Daniel. La respiración se le quedaba en la garganta, como mariposas atrapadas. Tosió para dejarlas escapar.

—¿Es de Tyneside?

Daniel asintió.

—¿Y usted?

—De Hull. A veces es difícil distinguirles, su acento tiene mucho de Londres, ¿no es cierto?

—Llevo aquí un tiempo.

El sargento Turner dijo que el superintendente McCrum quería ver a Daniel. Le acompañaron al despacho, que era agobiante y oscuro. La luz del día descendía por una ventana pequeña.

—Estamos todos un poco tensos —dijo el superintendente al entrar.

Daniel no quería suspirar, pero McCrum lo oyó y se rio casi en silencio, como muestra de que lo comprendía.

—Todos hemos pasado por eso, pero nadie se acostumbra.

Daniel tosió y asintió. Por primera vez sintió afinidad con aquel hombre.

—Lo más duro que he hecho en mi vida ha sido mirar a esa pobre mujer cuando vio a su pequeño asesinado de esa forma. Es duro... ¿Tiene hijos, Daniel?

Negó con la cabeza.

—Yo tengo dos. No hay quien lo soporte, ¿cierto?

—La situación...

—La situación ha cambiado. Es probable que lo acusemos del asesinato del pequeño Ben.

—¿En qué se basan? Por lo que he podido...

—Lo vieron peleando con Ben, a quien encontramos muerto al día siguiente. Ahora tenemos un informe oral del forense que confirma que en la ropa y el calzado de Sebastian había restos de sangre de Ben. Le vamos a preguntar acerca de esto durante las próximas horas. Solicitaremos más tiempo al juez si no obtenemos una confesión antes de las dos. Esta mañana hemos obtenido la orden de registro de la casa y el equipo forense aún está ahí... ¿Quién sabe qué más van a encontrar?

—¿Y las grabaciones?

—Todavía las estamos analizando.

4

Daniel se levantó por la mañana, se vistió y bajó las escaleras. Minnie no estaba y se quedó en la cocina unos momentos, preguntándose qué hacer. En realidad, no había dormido. No había devuelto la mariposa de porcelana cuando se cepilló los dientes. La había escondido en su habitación. Había decidido que no iba a devolvérsela nunca. Quería quedársela solo porque ella deseaba que la devolviese. Ni siquiera sabía por qué la había cogido, pero ahora tenía valor para él.

—Ahí estás, cariño. ¿Tienes hambre? —Arrastraba un balde de comida para animales hacia el vestíbulo—. Voy a preparar gachas y luego te enseño la granja. Y te enseño tus trabajos. Aquí todos trabajamos.

Daniel frunció el ceño. Hablaba como si tuviera una gran familia, pero eran solo ella y los animales.

Minnie cocinó las gachas y limpió la mesa para que pudiesen comer. Hacía un sonido extraño al comer, como si inhalase la comida. Después de tragar, chasqueaba la lengua para elogiar el sabor. El ruido distrajo a Daniel, que terminó primero.

—Hay más si quieres, cariño.

Una vez más, dijo que estaba lleno.

—Vale. Vayamos al grano. No tienes botas, ¿verdad?

Negó con la cabeza.

—No pasa nada, tengo de casi todos los números. Vamos.

Fuera, ella abrió el cobertizo y él entró. Olía a tierra mojada. En una de las paredes había una fila de botas de goma, grandes y pequeñas, como había dicho. Había diez o doce pares en total. Algunas eran para niños; había también unas botas Wellington verdes gigantescas.

—¿Son de todos los chicos que han vivido aquí? —preguntó mientras se probaba un par.

—Y más —dijo ella, agachándose para poner derechas las botas que se habían caído. Al agacharse, la falda dejó al descubierto unas pantorrillas blancas.

—¿Cuánto tiempo llevas acogiendo niños?

—Oh, no lo sé, cielo. Más de diez años, creo.

—¿Te pones triste cuando se van?

—No si van a un buen hogar. Un par de veces los adoptaron buenas familias.

—A veces volvemos con nuestras madres...

—Cierto. A veces, si es lo mejor.

Las botas le quedaban un poco grandes, pero servían. Siguió a Minnie cuando entró en el gallinero y el cobertizo. El interior olía a pis. Las aves cacareaban a sus pies y pensó en alejarlas a patadas, como solía hacer con las palomas en el parque, pero se contuvo.

—Yo me ocupo de Hector —dijo ella—. Es viejo y a veces tiene mal genio. Me encargo de él desde que me levanto. Tu trabajo consiste en dar de comer a las gallinas y buscar huevos. Es el trabajo más importante. Hector está aquí solo porque le quiero, pero las gallinas son las que dan dinero. Te voy a enseñar cómo darles de comer y luego podemos buscar los huevos. Es muy fácil, se aprende enseguida y así puedes hacerlo por la mañana antes de ir al colegio. Va a ser tu trabajo.

El gallinero medía unos cuarenta y cinco metros. Tenía una parte cubierta, pero el resto estaba al aire libre. Daniel la observó mientras cogía puñados de pienso y los esparcía por el camino. Le pidió que lo intentase, de modo que Daniel la imitó.

—Es maíz —dijo Minnie—. El granjero de al lado me lo da a cambio de una caja de huevos. Ojo, no eches mucho. Basta con uno o dos puñados. Se comen las sobras de la cocina y además están la hierba y las malezas que tanto les gustan. ¿Cuántas crees que hay?

—Unas cuarenta —afirmó.

Minnie se volvió y miró a Daniel de un modo extraño, con la boca abierta.

—Muy bien, sabelotodo. Hay treinta y nueve. ¿Cómo lo has sabido?

—Es la impresión que me ha dado.

—Muy bien, ahora, mientras están ocupadas comiendo, vamos a buscar los huevos. Toma... —Entregó a Daniel una bandeja de cartón—. Se nota dónde han estado sentadas —dijo—. ¿Lo ves? Mira, aquí tengo uno. Bien grande y hermoso.

A Daniel no le gustaban ni la granja ni la casa, pero descubrió que le agradaba esa tarea. Lo embargó una poderosa ráfaga de alegría según buscaba y hallaba los huevos. Estaban sucios, salpicados con excrementos de gallina y cubiertos de plumas pegajosas, pero le gustaban. A diferencia de lo que le ocurría con la mariposa de porcelana y las gallinas, no quería romperlos. Se quedó uno y se lo metió en un bolsillo a escondidas. Era pequeño y marrón, y aún estaba templado.

Tras acabar, contaron los huevos. Había veintiséis. Minnie comenzó a moverse por el patio, preparando la comida de Hector y hablando con las gallinas, que cloqueaban en torno a sus tobillos. Había un rastrillo apoyado contra la pared y Daniel lo cogió. Era casi demasiado pesado para él, pero lo alzó por encima de la cabeza como un levantador de pesos. Cayó a un lado.

—Cuidado, cielo —dijo ella.

Daniel se agachó y lo volvió a coger. Minnie estaba agachada, lo que realzaba su enorme trasero. Con el rastrillo cerca de la cabeza, dio un paso al frente y la pinchó en el culo.

—Venga —dijo Minnie, que se irguió enseguida—, deja eso. —Tenía un acento raro, sobre todo al pronunciar ciertas palabras.

Daniel le sonrió, blandió el rastrillo y dio un paso hacia ella, y otro, apuntándola a la cara con las púas del rastrillo. Una vez más, Minnie no se apartó.

Daniel sintió una súbita sacudida cuando su pelvis fue lanzada contra su columna vertebral. Soltó el rastrillo y lo sintió de nuevo.

La cabra volvió a embestir en su región lumbar y él se cayó encima del rastrillo, con la cara en el barro. Se levantó de inmediato y se dio la vuelta, los puños cerrados, listo para pelear. La cabra bajó la cabeza, de modo que Daniel vio la cornamenta marrón.

—No, Dani —dijo Minnie, que lo cogió del codo y lo apartó—. ¡Ni se te ocurra! Te aplastaría. Esa vieja cabra me tiene cariño. No le ha gustado lo que has hecho. Déjala tranquila. Si esos cuernos te alcanzan, acaban contigo.

Daniel permitió que lo alejase. Caminó hacia la casa, de lado, para no perder de vista a la cabra. Al acercarse a la puerta, le sacó la lengua a Hector. La cabra embistió de nuevo y Daniel entró corriendo en la casa.

Minnie le dijo a Daniel que se lavase y se preparase para salir. Obedeció, y ella se quedó mientras tanto en la cocina lavando los huevos y colocándolos en la bandeja.

Daniel se lavó la cara en el baño, se cepilló los dientes y fue a rastras a su dormitorio. El huevo, aún entero, seguía en su bolsillo y lo guardó en el cajón de la mesilla de noche. Lo puso en un guante y colocó tres calcetines a su alrededor, como si fuese un nido, para que conservase el calor, cerró el cajón y estaba a punto de bajar cuando se le ocurrió algo. Regresó a la habitación, cogió el collar de su madre y lo dejó junto al nido, justo al lado del huevo. Comprobó si los cuernos de la cabra le habían dejado arañazos en la espalda y las nalgas. Tenía rasguños en las palmas debido a la caída.

Minnie se estaba poniendo una bufanda de lana rosa. Aún llevaba la misma falda gris y las botas del día anterior. Por encima de la rebeca, se puso un abrigo verde. Como le quedaba estrecho y no podía abrochar los botones, salió así, con el abrigo abierto y la bufanda al viento.

Minnie dijo que iban a apuntar a Daniel en el colegio y luego comprarían ropa nueva para él.

—Vamos andando —dijo cuando pasaron junto al coche. Era un Renault rojo oscuro de cuyo espejo derecho colgaban telarañas—. De todos modos, tengo que enseñarte cómo se va, ¿no?

Daniel se encogió de hombros y la siguió.

—Odio ir a la escuela —dijo—. Seguro que me expulsan. Siempre me expulsan.

—Bueno, si tienes esa actitud, no me sorprende.

—¿Si tengo qué?

—Sé optimista. Si lo eres, quizás te lleves una sorpresa.

—¿Como pensar en que mi madre va a mejorar y así se cumplirá?

Minnie no dijo nada. Él caminaba un paso por detrás de ella.

—He deseado eso durante años y nunca ha ocurrido.

—Ser optimista no es lo mismo que pedir deseos. Tú estás hablando de pedir deseos.

Caminaron unos quince metros antes de llegar a un camino de verdad. Minnie le dijo que se tardaba veinte minutos en llegar a la escuela.

Primero pasaron ante unas fincas, a continuación un parque, luego un prado con vacas. Mientras paseaban, Minnie habló acerca de Brampton, aunque Daniel dijo que no le interesaba. No iba a quedarse mucho tiempo.

Brampton estaba unos tres kilómetros al sur de la muralla de Adriano, según dijo ella. Cuando Daniel admitió que nunca había oído hablar de la muralla, Minnie dijo que lo llevaría un día. Estaba a unos quince kilómetros de Carlisle y a casi noventa de Newcastle.

«Casi noventa», pensó Daniel caminando detrás de ella.

—¿Estás bien, cariño? —preguntó—. No estás muy hablador.

—Estoy bien.

—¿Qué te gusta hacer? No estoy acostumbrada a los muchachos, no. Tienes que ponerme al día. ¿Qué te gusta, eh? ¿El fútbol?

—No sé —dijo Daniel.

Pasaron ante el parque y Daniel se volvió a mirar los columpios. En uno de ellos un hombre corpulento, solo, se dejaba mecer suavemente sobre un pie.

—¿Quieres montarte? Tenemos tiempo, ¿sabes?

—Hay un tipo ahí —dijo, con los ojos entrecerrados por el sol.

—Es solo Billy Harper. Billy no te va a molestar. Le encantan los columpios. De siempre. Es un buen tipo. No haría daño a una mosca. Por aquí, cariño, todo el mundo se conoce. Es lo peor del lugar, ya lo verás. Pero lo bueno es que una vez que sabes de qué pie cojean los demás ya no hay nada que temer. No hay secretos en Brampton.

Daniel pensó en ello: no hay secretos y todo el mundo sabe de qué pie cojeas. Sabía cómo eran los pueblos pequeños. Lo habían llevado a unos cuantos, cuando su madre estaba enferma. No le gustaban. Le gustaba Newcastle. Quería vivir en Londres. No le gustaba que la gente supiese de qué pie cojeaba.

Como si oyera sus pensamientos, Minnie dijo:

—Entonces, ¿te gusta Newcastle?

—Sí —respondió.

—¿Te gustaría volver a vivir ahí?

—Quiero vivir en Londres.

—Vaya, ¿de verdad? Londres, qué buena idea. Me encantó. Si te mudas a Londres cuando crezcas, ¿qué crees que vas a ser?

—Voy a ser carterista.

Daniel pensó que lo iba a regañar, pero ella se volvió y le dio un golpecito con el codo.

—¿Como Fagin?

—¿Quién es ese?

—¿No conoces *Oliver Twist*?

—Tal vez. Sí, creo que sí.

—Sale un anciano, un carterista... Acaba mal.

Daniel dio patadas a las piedras. Una vaca se dio la vuelta y se dirigió hacia él. De un salto, Daniel se situó detrás de Minnie.

—Ay, muchacho —se rio Minnie—, las vacas no te van a hacer nada. Con los toros sí has de tener cuidado. Ya aprenderás.

—¿Cómo sabes si es una vaca o un toro?

—Vaya, qué suerte tienes. Estás en Brampton, un pueblo lleno de granjeros... Aquí puedes averiguarlo.

—Pero eso es una vaca, ¿verdad?

—Sí.

—Una vaca vieja como tú.

Minnie se volvió hacia él, dejó de caminar y lo miró. Tenía la respiración entrecortada y las mejillas rojas. Una vez más, la luz de sus ojos se había extinguido. El corazón de Daniel comenzó a latir muy rápido, como cuando volvía junto a su madre tras una ausencia.

El corazón se le desbocaba al tocar el pomo de la puerta, sin saber con qué se encontraría al abrir.

—¿Te he insultado alguna vez desde que llegaste?

Daniel la miró, con los labios entrecerrados.

—¿Sí o no?

Negó con la cabeza.

—Habla.

—No, no lo has hecho.

—Todo lo que pido es que me trates igual. ¿Comprendes?

Asintió.

—Y ya que estamos, pronto vas a tener que devolver la mariposa.

—¿Qué quieres decir?

—Te dije que te la podías quedar unos días, pero la necesito. Esta noche, cuando te laves la cara y te cepilles los dientes, quiero que la dejes en su sitio, ¿comprendes?

Asintió de nuevo, pero Minnie ya le daba la espalda.

—He preguntado si lo comprendes.

—Sí —dijo, más alto de lo que pretendía.

—Bien —dijo ella—. Me alegra que nos entendamos el uno al otro. Ahora, olvidémoslo.

La siguió, mirando el movimiento de sus botas en la hierba y las salpicaduras de barro de la falda. Tenía una sensación extraña en los brazos y los agitó para librarse de ella.

—¡Mira! —dijo Minnie, que se detuvo y señaló al cielo—. ¿Lo ves?

—¿El qué?

—¡Un cernícalo! ¿Ves las alas que acaban en punta y la larga cola?

El pájaro esculpió un amplio arco en el cielo y se posó en lo alto de un árbol. Daniel lo vio y alzó la mano para verlo con mayor claridad.

—Son preciosos. Hay que tener cuidado para que no se coman a los polluelos, pero qué elegantes son, ¿verdad?

Daniel se encogió de hombros.

Llegaron a la escuela, un viejo edificio rodeado de barracones destartalados. No le gustó su aspecto, pero siguió a Minnie por las escaleras. No habían concertado una cita, por lo que tuvieron que sentarse y esperar. No le gustaban los colegios y sentía que el techo lo oprimía. Una vez más, ella pareció darse cuenta de cómo se sentía.

—No pasa nada, cielo —dijo—. No tienes que empezar hoy. Solo vamos a matricularte. Cuando acabemos, vamos a buscarte ropa nueva. La puedes escoger tú mismo. Siendo razonable, claro, que no estoy forrada —dijo acercándose.

Casi olía a flores. Sin duda, el hedor de la ginebra de la noche anterior, pero también el limón y el olor húmedo de la lana, las gallinas y, por algún motivo, la hierba de verano por la que habían pasado de camino al colegio. Por un momento, al olerla, se sintió más cerca de ella.

El director del colegio estaba listo para verlos. Daniel creía que Minnie le iba a decir que esperase fuera, pero lo agarró por el codo y entraron juntos al despacho del director. Era un hombre de mediana edad, con gafas de gruesos cristales. Daniel lo odió antes incluso de haberse sentado.

Minnie tardó siglos en sentarse en la silla junto a Daniel, frente al escritorio del director. Se quitó la bufanda y el abrigo y dedicó un tiempo a alisarse la rebeca y la falda. Daniel notó que había dejado huellas de barro que iban de la sala de espera a la oficina.

—Minnie —dijo el director—, siempre un placer.

Gracias a una placa triangular en el escritorio, Daniel supo que se llamaba F. V. Hart.

Minnie tosió y se giró hacia Daniel.

—Sí —dijo Hart—. ¿Y a quién tenemos aquí?

—Este es Daniel —dijo Minnie—, Daniel Hunter.

—Ya veo. Y ¿cuántos años tienes, Daniel?

—Once —dijo. Su voz sonaba extraña en el despacho, como la de una niña. Daniel volvió a mirar la alfombra y las botas embarradas de Minnie.

Los ojos del señor Hart se entrecerraron al observar a Daniel. Minnie abrió una bolsa y puso un papel delante del señor Hart. Era un documento de Servicios Sociales. El señor Hart lo cogió y encendió la pipa al mismo tiempo, mordiendo con fuerza la boquilla y succionando hasta que el humo, sucio y pesado, flotó sobre Minnie y Daniel.

—Parece que no tenemos los papeles de su último colegio. ¿Cuál fue?

—Quizás le podrías preguntar a él. Está sentado aquí mismo.

—¿Y bien, Daniel?

—El colegio Graves, en Newcastle, señor.

—Ya veo. Se lo pediremos. ¿Qué tipo de alumno fuiste allí, Daniel, en tu opinión?

—No sé —dijo. Oyó la respiración de Minnie y pensó que quizás le estuviese sonriendo, pero vio que ni siquiera lo miraba. Hart alzó las cejas y Daniel añadió—: No el mejor.

—¿Por qué presiento que esas palabras se quedan cortas? —dijo Hart, que volvió a encender la pipa y aspiró hasta que le salió humo por la nariz.

—Esto es un nuevo comienzo para ti —dijo Minnie mirando a Daniel—. ¿No es así? A partir de ahora, piensa en ser bueno y ejemplar.

Se volvió hacia ella y sonrió, se volvió hacia Hart y asintió.

A la mañana siguiente, Daniel se despertó abrumado por el recuerdo del nuevo colegio, más pesado que las mantas de la cama. ¡Cuántos colegios nuevos! Escuchó a las gallinas del patio y el arrullo de las palomas en los canalones. Había vuelto a soñar con su madre. Estaba recostada en el sofá del viejo apartamento y no lograba despertarla. Llamó a una ambulancia, pero la ambulancia no llegaba, así que trató de reanimarla, trató de darle el beso de la vida como en la televisión.

El sueño se asemejaba a una de sus vivencias. Gary, el novio de su madre, les dio una paliza a ambos, a él y a su madre, y se llevó casi todo el dinero y una botella de vodka. La madre de Daniel se gastó lo que le quedaba del subsidio en un pico porque, según dijo, quería sentirse mejor.

Cuando Daniel se despertó en mitad de la noche, ella colgaba con medio cuerpo fuera del sofá y tenía los ojos medio abiertos. Daniel no logró despertarla y llamó a una ambulancia. En la vida real la ambulancia llegó enseguida y su madre revivió. Daniel tenía cinco años.

Una y otra vez soñaba con ella. Nunca conseguía salvarla.

Tumbado sobre un costado, Daniel metió las manos en el cajón de la mesilla. Las manos se cerraron sobre el huevo, ahora frío como una piedra. Lo calentó en la palma de la mano. Una vez más exploró el cajón, buscando con los dedos el collar barato que su madre le regaló un día por ser bueno. «Por ser bueno».

No estaba ahí.

Daniel se sentó y sacó el cajón. Puso el huevo en la almohada y buscó el collar. Dio la vuelta al cajón y sacudió el calcetín y los libros para niños, la pluma y los sellos viejos arrancados de sobres que habían dejado en el cajón los otros niños. El collar no estaba ahí.

—No puedo ir a clase —dijo. Estaba vestido con la ropa que había preparado para él: calzoncillos y camiseta blancos, pantalones grises y una camisa blanca. Se había abotonado la camisa a toda prisa y los botones no coincidían. Se plantó ante ella frunciendo el ceño, con el pelo revuelto.

Minnie le estaba sirviendo gachas y se puso una aspirina en un vaso.

—Claro que puedes, cariño. Te he preparado la comida. —Le acercó una bolsa con bocadillos.

Daniel se quedó ante ella temblando, el huevo en la mano derecha. Los calcetines limpios estaban ensuciándose en el suelo de la cocina.

—¿Has robado mi collar? —Solo podía hablar en susurros.

Minnie alzó una ceja.

—Estaba en un cajón con el huevo y ahora no está. Dámelo, ya mismo.

Daniel tiró el huevo contra el suelo de la cocina y se rompió con un ruido que envió a Blitz de vuelta a su cesta de un salto.

Minnie se inclinó y guardó los bocadillos en la mochila. Daniel le arrebató la bolsa y la arrojó al otro lado del suelo. Minnie se irguió, muy derecha, y juntó las manos frente a ella.

—Tienes que ir al colegio. Si me devuelves la mariposa, te devuelvo el collar.

—Voy a destrozar tu mariposa de mierda si no me das el collar, vieja vaca ladrona.

Minnie le dio la espalda. Pensó en sacar la navaja del bolsillo, pero el cuchillo no había surtido ningún efecto en ella. Se dio la vuelta y corrió escaleras arriba. Había escondido la mariposa bajo el colchón.

—Toma —dijo, dejándola sobre la repisa—. Aquí tienes tu estúpida mariposa, ahora dame el collar.

Minnie llevaba el collar puesto. Daniel no se lo podía creer. Se lo quitó, se lo ofreció a Daniel y se guardó la mariposa en el bolsillo.

—¿Qué hemos aprendido de esto, Danny? —dijo mientras recuperaba el aliento.

—Que eres una gorda ladrona de mierda.

—Yo creo que hemos aprendido que los dos tenemos cosas preciosas. Si tú respetas las mías, yo respetaré las tuyas. ¿Recuerdas cómo se va a la escuela?

—Vete a la mierda.

Se puso los zapatos y cerró de un portazo, arrastrando la mochila detrás de sí. Por el camino fue dando patadas a las ortigas y los dientes de león. Cogió piedras y se las tiró a las vacas, pero estaban demasiado lejos. Billy Harper no estaba en los columpios, así que Daniel se paró y les dio vueltas para que los niños no pudiesen jugar con ellos. Llegó tarde a la escuela, pero no le importó.

No le importaban las últimas oportunidades ni los nuevos comienzos. Solo quería que todo el mundo se fuese a la mierda y le dejasen en paz.

Le amonestaron por el retraso.

Su profesora era la señorita Pringle y le recordó a la mariposa. Vestía un suéter azul pálido y tenía el pelo rubio, que le llegaba a media espalda. Sus ajustados vaqueros lucían una rosa bordada en el bolsillo. Era la profesora más joven que jamás había tenido.

—¿Te importaría sentarte a la mesa azul, Daniel? —dijo la señorita Pringle, agachándose un poco para hablar con él con las manos entre las rodillas.

Daniel asintió y se sentó a la mesa, junto al escritorio de la señorita Pringle. Había dos chicos y dos chicas en la mesa. Había un papel azul pegado en medio de la mesa. Daniel se sentó con las manos bajo la mesa, la mirada perdida en un lugar del suelo cercano al escritorio.

—Muchachos y muchachas, estamos encantados de dar la bienvenida a Daniel. ¿Os gustaría decir bienvenido a clase?

—Bienvenido a clase, Daniel.

Sus hombros se encorvaron al sentir las miradas sobre él.

—Daniel viene de Newcastle. A todos nos gusta Newcastle, ¿verdad?

Hubo una serie de comentarios y ruidos de sillas. Daniel alzó la vista hacia su profesora. Parecía a punto de hacerle una pregunta, pero desistió. Daniel se sintió agradecido.

A lo largo de la mañana, la señorita Pringle le frotaba la espalda y se inclinaba junto a él para preguntarle si todo iba bien. Como no estaba haciendo la tarea, pensó que no sabía.

Los chavales de su mesa se llamaban Gordon y Brian. Gordon dijo que le gustaba el estuche de Daniel, que Minnie le había comprado. Daniel se acercó a Gordon y le susurró que, si lo tocaba, le apuñalaría. Daniel le dijo que tenía una navaja. Las chicas se rieron y él les prometió que se la enseñaría.

Las chicas se llamaban Sylvia y Beth.

—Mamá dijo que eres el nuevo niño de la Flynn —dijo Sylvia.

Daniel se reclinó contra el escritorio, frente al cuaderno que tenía cubierto con dibujos de pistolas, aunque la señorita Pringle les había pedido que escribieran acerca de su pasatiempo favorito.

Beth se inclinó y cogió el cuaderno de Daniel.

—Devuélvemelo —dijo.

—¿Cuánto tiempo llevas viviendo aquí? —preguntó Beth, los ojos rebosantes de alegría, sosteniendo el cuaderno fuera de su alcance.

—Cuatro días. Dame el cuaderno o te tiro del pelo.

—Si me tocas, te doy una patada en las pelotas. Mi papá me enseñó. Ya sabes que la vieja Flynn es una bruja irlandesa, ¿no? ¿Has visto ya su escoba?

Daniel tiró a Beth del pelo, pero no tan fuerte como para que llorase. Estiró el brazo y le arrebató el cuaderno.

—Ten cuidado. Echa a todos los niños al guiso. Se comió a su hija y luego mató a su marido con el atizador del fuego. Lo dejó desangrándose en el jardín de atrás y la sangre manchó toda la hierba...

—¿Qué pasa aquí? —La señorita Pringle tenía las manos apoyadas en las caderas.

—Daniel me ha tirado del pelo, señorita.

—No se dicen mentiras, Beth.

En el patio, a la hora del almuerzo, Daniel comió el bocadillo de queso y pepinillos que había preparado Minnie, mientras miraba a los chavales que jugaban al fútbol. Se sentó en el muro para mirar, husmeando el viento, tratando de llamar la atención de alguien. Cuando terminó la comida, tiró la bolsa al suelo. El viento la arrastró hacia la alcantarilla, cerca de la alambrada. Se metió las manos en el bolsillo y se arqueó. Hacía frío, pero no tenía adonde ir hasta la hora de volver a clase. Le gustaba verlos jugar.

—¿Quieres jugar, tío? Nos falta uno.

El muchacho que le preguntó era bajo, como Daniel, de pelo rojizo y pantalones grises manchados de barro. Se limpió la nariz con la manga mientras esperaba la respuesta de Daniel.

Daniel saltó del muro y se acercó con las manos en los bolsillos.

—Claro, tío.

—¿Sabes jugar?

—Sí.

Se sintió bien al jugar. Desde que se peleó con Minnie por el collar, había sentido en el estómago algo oscuro y pesado, que se desvaneció un momento mientras corría a lo largo del campo embarrado. Quería marcar, demostrar su valía, pero no se presentó la oportunidad. Jugó con intensidad, hasta quedarse sin aliento cuando sonó la campana.

El muchacho que le había pedido que jugase se le acercó al final. Caminó junto a Daniel, con el balón bajo el brazo.

—Juegas bien. Puedes jugar otra vez mañana, si Kev no viene.

—Vale.

—¿Cómo te llamas?

—Danny.

—Yo, Derek. ¿Eres el nuevo?

—Sí.

Un chaval de pelo negro trató de quitarle el balón a Derek.

—Dámelo. Es mío. Este es Danny.

—Ya lo sé —dijo el chaval de pelo negro—. Tú eres el chico nuevo de la granja Flynn, ¿verdad? Nosotros vivimos en la granja de abajo. Mamá me dijo que Minnie la Bruja tenía un chico nuevo.

—¿Por qué la llamas bruja?

—Porque lo es —dijo Derek—. Más te vale que tengas cuidado. Mató a su hija y luego a su marido en el jardín de la casa. Lo sabe todo el mundo.

«No hay secretos —pensó Daniel—. Todo el mundo sabe de qué pie cojeas».

—Mi madre vio a su marido muriéndose y llamó a la ambulancia, pero era demasiado tarde —dijo el chaval de pelo negro. Sonreía a Daniel, mostrando un hueco entre los dientes.

—¿Por qué tendría que ser bruja? A lo mejor es solo una asesina.

—¿Por qué no la acusaron nunca, entonces? Mi padre dice que basta mirarla para saber que algo no anda bien. Tal vez acabes como la última.

—¿Qué quieres decir?

—Solo estuvo en casa de Minnie un mes. En la escuela nadie sabía su nombre. Una chica tranquila, normal. Le dio un patatús en el patio y murió.

El chaval de pelo negro se tiró al suelo para imitar el ataque de la niña. Yacía con las piernas abiertas y sacudía los brazos, convulsos y electrizados.

Daniel lo observó. Sintió unas súbitas ganas de patearlo, pero se contuvo. Se encogió de hombros y los siguió al colegio.

5

Daniel sintió frío después de la carrera. Agradeció ese frío extraño, sabedor de que el metro estaría caldeado en un día como este. Tras arreglarse la corbata, vio en el espejo la habitación detrás de él y los primeros rayos del sol de la mañana. Tenía que llegar a la comisaría antes de las ocho y media para que pudiesen reanudar el interrogatorio, pero se tomó su tiempo, como siempre, para anudarse bien la corbata. Contuvo un bostezo.

Tras tomarse una cerveza pasada la medianoche, había buscado el número del Hospital General de Carlisle. Decidió no llamar, pero anotó el número de todos modos. Si Minnie realmente estaba enferma, sabía que la habrían llevado ahí. Bastó pensar en ella, enferma y agonizante, para que le asaltase un dolor en el esternón, por lo que respiró hondo. Al cabo de un rato, lo sustituyó el ardor de su furia contra ella, seco en la garganta..., todavía ahí, después de tanto tiempo. No la llamaría. De todos modos, había estado muerta para él durante estos años.

De vuelta en la sala de interrogatorios, Daniel inhaló el aire viciado por las preguntas del día anterior mientras esperaba a Sebastian. Los ojos del sargento Turner estaban medio adormilados. El sargento se tiró con cuidado del cuello de la camisa y enderezó los puños. Daniel sabía que la policía había recibido un informe oral de los forenses que confirmaba la presencia de sangre en la ropa de Sebastian, perteneciente a Ben Stokes sin lugar a dudas. Las grabaciones de las cámaras de seguridad habían sido analizadas por la policía, que aún no había confirmado la presencia de los muchachos.

Sebastian estaba cansado cuando el agente de policía lo trajo. Charlotte lo seguía y solo se quitó las gafas después de sentarse, con manos temblorosas.

El sargento Turner cumplió con el ritual de identificarse, indicando la fecha y la hora. Daniel destapó el bolígrafo y esperó el comienzo del interrogatorio.

—¿Cómo te sientes esta mañana, Sebastian? —dijo el sargento Turner.

—Bien, gracias —afirmó Sebastian—. He desayunado tostadas. Aunque no estaban tan ricas como las de Olga.

—Olga te hará tostadas cuando vayas a casa —dijo Charlotte, su voz áspera, casi ronca.

—¿Recuerdas que nos llevamos tu ropa, Sebastian, para analizarla en el laboratorio?

—Cómo no me iba a acordar.

—Bueno, hemos recibido un informe oral según el cual esas manchas rojas eran en realidad sangre.

Sebastian frunció los labios, como si fuese a besar a alguien. Se reclinó en su asiento y alzó una ceja.

—¿Sabes de quién podría ser la sangre de tu camiseta, Sebastian?

—De un pájaro.

—¿Por qué? ¿Hiciste daño a un pájaro?

—No, pero una vez vi uno muerto y lo cogí. Todavía estaba caliente y su sangre era muy pegajosa.

—¿Viste ese pájaro muerto el día en que Ben fue asesinado?

—No lo recuerdo con exactitud.

—Bueno, resulta que la sangre de tu camiseta no es la de un pájaro. Es sangre humana. Era la sangre de Ben Stokes.

Sebastian observó los rincones de la sala y Daniel habría jurado que vio al muchacho sonreír. No fue una sonrisa amplia, apenas una ligera curvatura de los labios. Daniel sintió los latidos de su corazón.

Culpable

—¿Sabes cómo habría podido llegar la sangre de Ben a tu camiseta, Sebastian?

—Quizás se cortó y me tocó mientras jugábamos.

—Bueno, esos doctores especiales que miraron tu camiseta son capaces de decir muchas cosas acerca del tipo de sangre. Resulta que la sangre de tu camiseta es lo que se llama sangre exhalada. Es sangre que salió de la boca o la nariz de Ben...

Charlotte se cubrió el rostro con las manos. Sus largas uñas llegaron hasta la frente, a las raíces del cabello.

—También hay una salpicadura de sangre en tus pantalones y tus zapatos. Se trata de sangre que se dispersa como resultado de la fuerza...

Esta vez las dos cejas de Sebastian se alzaron. Miró a la cámara. Por un momento, Daniel se quedó paralizado. Fue la visión de ese niño guapo mirando el ojo de la autoridad; todas esas personas ocultas que lo observaban, arriba, analizando sus expresiones inocentes, tratando de encontrar un motivo para culparlo. Daniel recordó los santos a los que rezaba Minnie, mientras sus dedos, rotundos y suaves, fervientemente retorcían las cuentas del rosario. Las flechas laceraban a san Sebastián, que aun así sobrevivía. Daniel no recordaba cómo había muerto, pero había sido una muerte violenta. Incluso mientras los agentes presentaban más pruebas de la culpabilidad de Sebastian, Daniel sintió una necesidad más intensa de defenderlo. El testigo había declarado que también había visto a Sebastian peleándose con Ben mucho más tarde, en el parque infantil, después de que, según la madre, regresase a casa, a pesar de que las cámaras no lo habían confirmado. Daniel no se dejó intimidar por esto ni por el informe forense. Había socavado pruebas semejantes muchas veces.

Daniel percibió el entusiasmo de los agentes a medida que persistían con las preguntas. Esperaba que se sobrepasasen: casi quería que se pasasen de la raya para poner fin a esta situación.

—¿Me podrías explicar cómo pudo llegar la sangre de Ben a tu camiseta, Seb? —preguntó una vez más Turner, la papada imponente—. Los científicos nos dicen que el tipo de sangre presente en tu ropa quizás sugiera que heriste a Ben y por eso sangró de esa manera.

—Quizás lo sugiera —dijo Sebastian.

—¿Disculpa?

—La sangre quizás sugiera que le hice una herida. Eso quiere decir que no lo sabéis seguro...

Daniel vio una ráfaga de indignación cruzar el rostro de Turner. Querían doblegar al muchacho (de ahí esos largos interrogatorios), pero Sebastian estaba demostrando ser más fuerte que ellos.

—Claro que lo sabes, ¿no, Sebastian? Dinos qué le hiciste a Ben.

—Ya lo he dicho —respondió Sebastian, los dientes inferiores asomando por encima del labio—. No le hice daño. Se hizo daño él mismo.

—¿Cómo se hizo daño, Sebastian?

—Quería impresionarme, así que saltó de lo alto de los columpios y se hizo daño. Se dio un golpe en la cabeza y le sangró la nariz. Fui a ver si estaba bien, así que supongo que fue entonces cuando me manché con su sangre.

A pesar del enfado, esta nueva información pareció satisfacer a Sebastian. Se sentó más erguido y asintió un poco, como para confirmar su autenticidad.

A las siete en punto del miércoles, sirvieron la cena a Sebastian y a su madre, que comieron en la celda. Daniel se deprimió al mirarlos. Charlotte comió poco. Daniel la siguió cuando salió a fumar. Llovía de nuevo. Se subió el cuello de la chaqueta y metió las manos en los bolsillos. El olor del humo del cigarrillo le revolvió el estómago.

—Acaban de decir que van a presentar cargos en su contra —dijo Daniel.

—Es inocente, ya lo sabe. —Sus enormes ojos suplicaban.

—Pero van a presentar cargos.

Charlotte se apartó de él un poco y Daniel vio que sus hombros temblaban. Solo cuando gimió se dio cuenta de que estaba llorando.

—Vamos —le dijo Daniel, sintiéndose casi protector—, ¿se lo decimos juntos? Necesita que usted sea fuerte en estos momentos. —No estaba seguro de por qué había dicho eso (siempre mantenía la distancia con sus clientes), pero una parte de él recordaba haber sido un niño con problemas con una madre incapaz de protegerlo.

Charlotte aún temblaba, pero Daniel vio que enderezaba los hombros y respiraba hondo. El escote de su jersey dejaba al descubierto el tórax. Se giró y le sonrió, los ojos aún cubiertos de lágrimas.

—¿Cuántos años tiene? —preguntó, clavándole las uñas en el antebrazo de repente.

—Treinta y cinco.

—Parece más joven. No trato de halagarle, pero pensaba que aún estaba en la veintena. Tiene buen aspecto, me preguntaba si tenía edad suficiente para esto... Para saber qué hacer, quiero decir.

Daniel se rio y se encogió de hombros. Se miró los pies. Cuando alzó la vista vio que el cigarrillo se estaba mojando. Cálidas gotas de lluvia colgaban de los estoicos rizos de su cabello.

—Me gustan los hombres que se cuidan. —Arrugó la nariz ante la lluvia—. Entonces, presentan cargos, ¿y luego qué? —Dio una calada al cigarrillo y se le hundieron las mejillas. Hablaba en un tono severo, pero Daniel vio que seguía temblando. Se preguntó por el marido en Hong Kong, cómo podía dejarla sola en estos momentos.

—Tendrá que presentarse en el tribunal de menores a primera hora de la mañana. El caso en sí probablemente irá al Tribunal Superior, por lo que habrá una audiencia preliminar dentro de unas dos semanas...

—¿Una audiencia preliminar? Bueno, por supuesto que no es culpable.

—Van a solicitar que permanezca detenido durante el proceso, probablemente en un centro de seguridad. Van a pasar unos cuantos meses hasta el juicio. Obviamente, pediremos la libertad bajo fianza, pero en casos de asesinato el juez tiende a denegarla, incluso cuando se trata de un niño.

—Asesinato. Casos. Asesinato. Podemos pagar, ¿sabe? Cueste lo que cueste.

—Como ya he dicho, les conseguiré un buen abogado, pero tenemos que prepararnos para que esté encerrado durante un tiempo antes del juicio.

—¿Cuándo será el juicio?

—Depende. Supongo que antes de noviembre...

Charlotte se cubrió la boca al tragar saliva.

—¿Y su defensa?

—Vamos a ponernos en contacto con posibles testigos para la defensa, así como con expertos, en este caso psiquiatras, psicólogos...

—¿Por qué?

—Bueno, van a evaluar a Sebastian para ver si es apto o bastante cuerdo para ir a juicio.

—No sea ridículo. Está perfectamente cuerdo.

—Pero también hablarán sobre el crimen y evaluarán si Sebastian es lo suficientemente maduro como para comprender de qué se le acusa.

Charlotte dio una intensa calada a su cigarrillo. Era una colilla perdida entre sus uñas enormes y aun así seguía aspirando. Daniel vio las manchas de pintalabios en el cigarrillo y las manchas de tabaco en los dedos. Recordó los dedos amarillentos de su madre y la línea de los huesos de su rostro, que aparecía cuando aspiraba. Recordó la mordedura del hambre al ver cómo cambiaba su último billete por droga. Recordó las cenas de piruletas, que masticaba demasiado rápido.

Cerró los ojos y se tomó un respiro. Era la carta, lo sabía, y no Charlotte, lo que despertaba esos recuerdos. Sacudió la cabeza como para librarse de ellos.

Eran las siete de la tarde. La sala de interrogatorios se sosegó gracias al dulce aroma que emanaba del chocolate caliente de Sebastian.

El sargento Turner se aclaró la garganta. Charlotte y Daniel, como representantes de Sebastian, recibieron por escrito la notificación de los cargos.

—Sebastian Croll, se le acusa del crimen indicado a continuación: asesinar a Benjamin Tyrel Stokes el domingo 8 de agosto de 2010.

—Vale —respondió Sebastian. Contuvo la respiración, como si estuviera a punto de zambullirse en el mar.

Daniel sintió un nudo en la garganta al mirar al muchacho. Una parte de él admiraba el valor del niño, pero otra parte se preguntaba qué ocultaba. Echó un vistazo a Charlotte, que se balanceaba suavemente, apoyándose en los codos. Era como si la acusada fuese ella y no su hijo.

Turner vaciló un momento ante la respuesta del niño. El chico se volvió hacia su madre.

—¡Yo no lo hice, mamá!

Charlotte posó una mano sobre su pierna para calmarlo. Él comenzó a mordisquearse las uñas.

—No tienes que decir nada, pero puede ser perjudicial para tu defensa si no mencionas ahora algo que más tarde te pueda servir en el tribunal. Todo lo que digas podrá ser usado como prueba...

—Yo no lo hice, ¿sabes? Mamá, no lo hice —dijo Sebastian.

Comenzó a llorar.

Daniel estaba ahí a las 8.55 de la mañana siguiente cuando la camioneta aparcó y abrió las puertas para que entrara Sebastian. Daniel observó con los brazos cruzados mientras el muchacho era llevado desde su celda, las delgadas muñecas esposadas, a una jaula en la parte trasera de la camioneta. Con las gafas puestas, Charlotte lloró. Agarró el antebrazo de Daniel cuando cerraron las puertas.

—¡Mamá! —la llamó Sebastian desde dentro—. ¡Mamá! —Sus gritos eran como un clavo que atravesaba la carcasa metálica de la camioneta. Daniel contuvo la respiración. Había visto a muchos clientes pasar por lo mismo, personas por las que estaba dispuesto a luchar, personas que admiraba, personas que despreciaba. En esos momentos siempre había mantenido la calma. Era una señal del comienzo. El comienzo de su caso, el comienzo de la defensa.

Al mirar cómo se cerraban las puertas frente a Sebastian, Daniel oyó los gritos de su propia niñez en las súplicas desesperadas del muchacho. Recordó cuando tenía la edad de Sebastian. Había tenido problemas. Había sido capaz de recurrir a la violencia. ¿Qué fue lo que le había salvado de este destino?

Cuando las puertas se cerraron, Daniel y Charlotte oyeron a Sebastian llorando dentro. Daniel no sabía si el pequeño era inocente o culpable. Una parte de él creía que Sebastian había dicho la verdad; otra parte se preocupaba por su extraño interés en la sangre y sus arrebatos, propios de un niño más pequeño. Pero la inocencia o la culpabilidad de Sebastian eran intrascendentes. Daniel no juzgaba a sus clientes. Todos tenían derecho a una defensa y trabajaba igual de duro para los que despreciaba o los que admiraba. Sin embargo, los menores eran siempre difíciles. Incluso cuando eran culpables, como Tyrel, quería mantenerlos lejos del sistema penitenciario. Había visto lo que les sucedía a los menores ahí dentro: drogas y reincidencias. La ayuda que Daniel creía que necesitaban se consideraba demasiado costosa; los políticos utilizaban la justicia penal para ganar votos.

Daniel se sentó en su oficina, con vistas a la calle Liverpool. Tenía la radio a bajo volumen mientras tomaba notas sobre el caso de Sebastian.

Había guardado la carta en el bolsillo delantero del maletín; el papel ya estaba arrugado, de tanto leerla y releerla. La sacó y la leyó de nuevo. Todavía no había llamado al hospital. Se negaba a creer que Minnie estuviera muerta, pero leyó la carta de nuevo, como si hubiese algo que no comprendía. Era una treta cruel, pensó. Todas esas llamadas a lo largo de los años suplicando perdón para al final desistir y pedirle solo que la dejase verlo una vez más.

Daniel se preguntaba si la carta era otro intento de volver a recuperar el contacto. Quizás estuviese enferma, pero intentase manipularlo. Dobló la carta y la dejó a un lado. Le bastaba pensar en ella para que la furia anidase en su estómago.

El despacho estaba cálido y por las ventanas entraban unos delicados rayos de sol que iluminaban el polvo. Cogió el teléfono.

A pesar de todas las cosas que Daniel le había dicho, Minnie seguía llamando cada año, por su cumpleaños y a veces por Navidad. Él evitaba sus llamadas, pero luego permanecía despierto toda la noche, discutiendo con ella en su mente. Los años no habían hecho nada para mitigar la furia que sentía contra ella. En las escasas ocasiones en que habían hablado, Daniel había sido frío y distante, sin ofrecerle conversación cuando ella le preguntaba si le gustaba el trabajo o si tenía novia. Dominaba el arte de la impasibilidad desde hacía mucho tiempo, pero Minnie le ayudó a perfeccionarlo. Por causa de ella no quería permitir a nadie que se acercara. Ella le hablaba de la granja y los animales, como intentando recordarle su hogar. Solo recordaba cómo le había decepcionado. A veces decía una vez más que lo sentía y él la interrumpía. Colgaba el teléfono. Detestaba sus excusas más que lo que había hecho. Decía que había sido por su propio bien. No le gustaba recordar, y casi nunca lo hacía, pero ese dolor aún le cortaba la respiración.

Él llevaba sin llamarla más de quince años.

No la había llamado desde su pelea, cuando le dijo que ojalá estuviese muerta.

No le había parecido suficiente. Recordó que había deseado hacerle más daño.

Aun así, marcó el número sin consultar la agenda, recordándolo sin esfuerzo. El teléfono sonó y Daniel respiró hondo. Se aclaró la garganta y se apoyó en el escritorio, mirando la puerta del despacho.

Se la imaginó levantándose a duras penas del sillón de la sala de estar, mientras su último chucho la observaba. Casi podía oler la ginebra y escuchar sus suspiros. «Tranquilo, un momento, ya voy, ya voy», diría. Saltó el contestador automático. Daniel se apoyó el receptor en la barbilla un momento, pensativo. No tenía tiempo para esto. Colgó.

Por la ventana vio a un corredor, esbelto y enjuto. Daniel observó cómo sorteaba el tráfico y los peatones. Por su estilo y la longitud de su zancada, supo que iba a buen ritmo, pero, debido a la lejanía, daba la impresión de que apenas avanzaba. Los árboles resplandecían tras el cristal. Había llegado al despacho a primera hora de la mañana y no había salido a disfrutar del sol.

—¿Estás ocupado? —preguntó Veronica Steele, la socia de Daniel, asomándose por la puerta.

—¿Qué tal?

Veronica se sentó en el brazo del sofá, frente a él.

—Solo quería saber cómo lo llevas.

Daniel dejó caer el lápiz sobre un cuaderno cubierto de garabatos. Se giró para mirarla, con las manos detrás de la cabeza.

—Estoy bien. —Daniel se reclinó en su asiento.

—¿Has decidido quedártelo?

—Sí. —Se pasó la mano por el pelo—. Aunque seguro que no es lo mejor para mi carrera. Sé que va a ser un engorro. Por una parte, me siento inseguro; por otra, quiero intentar... ¿salvarlo?

—¿Va a declararse no culpable?

—Sí, va a ceñirse a su versión. La madre le respalda.

—¿Fuiste a Highbury Corner el jueves?

—Sí, fianza denegada, como preveíamos, así que lo han enviado al centro de seguridad de Parklands House.

—Dios, qué lúgubre. Va a ser el más joven ahí.

Daniel asintió, frotándose la mandíbula.

—¿Quién es tu abogado? Irene es ahora abogada de la corona, ¿no?

—Sí, le dieron el visto bueno. La designaron en marzo.

—Recuerdo que le escribí para felicitarla.

—Me sorprendió que aceptara el caso, pero incluso estaba en el tribunal de menores. Me alegro muchísimo. Tenemos una oportunidad.

Sonó el teléfono y Daniel lo cogió, la mano sobre el receptor, pidiendo disculpas a Veronica.

—Steph —dijo—, te había pedido que no me pasaras llamadas.

—Lo sé, Danny, lo siento. Pero es que es una llamada personal para ti. Dice que es urgente. Pensé que sería mejor preguntarte.

—¿Quién es?

—Un abogado del norte. Dice que se trata de un miembro de tu familia.

—Pásamelo. —Daniel suspiró y se encogió de hombros mirando a Veronica, que sonrió y salió del despacho.

Daniel se volvió a aclarar la garganta. De repente los músculos de su cuerpo se tensaron.

—Hola. ¿Hablo con Daniel Hunter? Mi nombre es John Cunningham, soy el abogado de la señora Flynn. Daniel, lo siento. Tengo malas noticias: su madre ha fallecido. No sé si ya lo sabrá..., pero ha dejado instrucciones...

—Ella no es mi madre.

Daniel no pudo contener la furia de su voz.

Se hizo un silencio al otro lado de la línea. Daniel solo podía oír su corazón latiendo.

—Según tengo entendido, Minnie... lo adoptó en 1988.

—Bueno, ¿de qué se trata? Estoy a punto de entrar en una reunión.

—Siento molestarle. ¿Quizás podría llamar a otra hora? Se trata del funeral y además está el testamento.

—No quiero nada de ella.

—Le ha dejado todos sus bienes.

—Sus bienes. —Daniel se levantó. Intentó reírse, pero solo logró abrir la boca.

—Se va a celebrar un sencillo funeral el martes 17, por si desea asistir.

Las palabras casi se le quedaron en la boca, pero dijo:

—No tengo tiempo.

—Ya veo, pero la herencia...

—Como ya le he dicho, no quiero nada.

—Muy bien, entonces no hay ninguna prisa. Supongo que llevará un tiempo vender la casa. Me pondré en contacto de nuevo cuando...

—Mire, de verdad que no tengo tiempo ahora mismo.

—De acuerdo. ¿Podría llamarle el miércoles, después del funeral? Le he dado mis datos a su colega, por si quiere ponerse en contacto conmigo.

—Muy bien. Adiós.

Daniel colgó. Se frotó los ojos con el índice y el pulgar y respiró hondo.

Daniel hizo trasbordo en Whitechapel y tomó el London Overground a Parklands House. Cuando salió en Anerley, la calle olía a tubos de escape y a lluvia evaporada. Daniel podía sentir el sudor que se le acumulaba en el cabello y entre los omóplatos. Había un cielo bajo, opresor. Era viernes por la mañana, tan solo un día después de la audiencia preliminar en Highbury Corner, y se dirigía a ver a Sebastian y a sus padres. El padre de Sebastian había regresado de Hong Kong, y Daniel iba a verlo por primera vez.

Sintió una extraña aprensión por ver al muchacho de nuevo y conocer a su familia. Daniel no había dormido bien. Por la mañana había corrido despacio, porque estaba cansado antes de empezar. Se había despertado dos noches consecutivas soñando con Brampton, con la casa de suelos sucios y los pollos sueltos en el patio.

Su funeral se celebraría dentro de unos pocos días, pero aún no sentía su pérdida.

Cuando llegó al centro de seguridad, los Croll ya estaban esperando. Daniel les había pedido reunirse con ellos antes de hablar con Sebastian. Estaban sentados a una mesa en una luminosa habitación con ventanas altas y pequeñas.

—Encantado de conocerle, Daniel —dijo el padre de Sebastian, que cruzó la habitación para darle la mano. Era dos o tres centímetros más alto que Daniel, así que se irguió y echó los hombros hacia atrás al estrechar su mano. Era una mano seca y cálida y, no obstante, su fuerza hizo que Daniel aspirase un poco.

Kenneth King Croll era un hombre poderoso. Era corpulento: tripa y papada, piel morena y enrojecida y cabello oscuro y poblado. Se quedó con las manos en las caderas, inclinando la pelvis, como si afirmase que él era más hombre que Daniel. Las arañas vasculares en las mejillas se debían a los mejores vinos y whiskys. Poseía una presencia y una arrogancia sísmicas. Absorbió toda la energía de la habitación, como un remolino. Charlotte se sentó cerca de él, los ojos siempre pendientes de él cuando hablaba o levantaba las manos. Daniel quitó la tapa de su bolígrafo y dejó su tarjeta de visita en la mesa. Kenneth la estudió con una ligera mueca en sus labios carnosos.

Charlotte trajo un café aguado de la máquina. Todavía estaba impecable; sus largas uñas eran de un color diferente cada vez que la veía. Sus manos temblaban ligeramente cuando dejó las tazas sobre la mesa.

—Odio que esté aquí —dijo—. Es un lugar inmundo. Uno de los chicos se suicidó la semana pasada, ¿lo sabía? Se ahorcó. No soporto ni pensarlo. ¿Lo sabía, Daniel?

Daniel asintió. Un cliente suyo, Tyrel, había intentado suicidarse poco después de la condena. A los diecisiete, el chico había sido trasladado a una nueva institución para delincuentes y Daniel temía que lo intentara de nuevo. Ni siquiera los centros de seguridad proporcionaban la atención que, según Daniel, necesitaban los menores.

Los temblorosos dedos de Charlotte se posaron en sus labios en actitud pensativa.

—Sobrevivirá —dijo Kenneth—. Daniel, adelante, ¿cómo está la situación?

—Es que no quiero que esté aquí —susurró Charlotte mientras Daniel repasaba sus notas. Kenneth chistó.

Ante los Croll, los músculos de Daniel se contrajeron por la tensión. Intuía que, bajo el colorido esmalte, la seda y la elegante lana italiana, algo andaba mal en esta familia.

—Solo quería comentar un par de cosas antes de ver a Sebastian. Quería... avisarles, supongo, de que puede haber una considerable repercusión en los medios. Debemos tener cuidado con eso, planear una estrategia e intentar ceñirnos a ella para reducir esa intrusión al mínimo. Por supuesto, su identidad no se va a revelar... Todavía estamos esperando la acusación por escrito y, cuando la recibamos, probablemente en los próximos días, podremos formular nuestra defensa. Tendrán la oportunidad, ustedes y Sebastian, de conocer a la abogada: Irene Clarke, abogada de la corona. Vino a la audiencia, pero creo que no la vieron.

—¿Cuántos años tiene, hijo? —dijo Kenneth Croll. Sostenía la tarjeta de Daniel entre el pulgar y el índice y daba golpecitos en la mesa con ella.

—¿Tiene alguna importancia?

—Le ruego que me disculpe, pero parece que acaba de salir de la universidad.

—Soy socio fundador de mi bufete. Trabajo en el derecho penal desde hace casi quince años.

Croll guiñó un ojo para indicar que había comprendido. De nuevo comenzó a dar golpecitos con la tarjeta en la mesa.

—Como ya he dicho, esperamos recibir los papeles de la fiscalía en los próximos días. Por lo que sabemos hasta ahora, la acusación se basa en la sangre hallada en la ropa de Sebastian, junto con el testigo que supuestamente vio a los chicos pelearse tanto antes como después de la hora en que Charlotte dice que Seb estaba en casa. Sabemos que también cuentan con una vecina y un maestro como testigos... Son menos importantes. Además está el hecho de que el cadáver fue encontrado en el parque infantil donde Sebastian estuvo con Ben el día del asesinato, según su propia declaración.

—¡Tiene once años! —bramó Croll—. ¿Dónde diablos iba a ir sino a un parque? Esto es una broma de mal gusto.

—Creo que el caso de la defensa es sólido. Casi todas las pruebas son circunstanciales. Se basan en el análisis forense, pero Sebastian tiene una razón legítima que explica la sangre de la víctima en su ropa. Tendremos más datos tras hablar con el patólogo y los forenses, pero por ahora parece que los chicos se pelearon y la víctima tuvo una hemorragia nasal que causó la presencia de sangre en la ropa de Sebastian. Este tiene una coartada (usted, Charlotte) a partir de las tres de la tarde y el testimonio que declara haberlo visto después de esa hora es dudoso. La policía no encontró imágenes en las cámaras de seguridad que respaldasen la acusación. Fue un asesinato sangriento, pero Sebastian no llegó a casa cubierto de sangre. Él no lo hizo.

—Se trata de un error, ¿lo ve? —sugirió Charlotte con la voz resquebrajada—. Incluso con todos esos forenses, la policía comete errores a menudo.

—¿Qué sabrás tú? —dijo Croll, su voz apenas un susurro—. Salgo del país dos semanas y permites que lo detengan. Me parece mejor que no te entrometas, ¿no crees?

Charlotte exhaló el aire de repente, sus frágiles hombros alzándose casi hasta los oídos. Enrojeció bajo el maquillaje ante la crítica de Croll. Daniel la miró a los ojos.

—Daniel —dijo Croll, su voz ahora tan alta que Daniel casi sintió vibraciones en la mesa sobre la que se apoyaban—, ha hecho un buen trabajo y se lo agradecemos. Gracias por su ayuda en la comisaría y por encargarse de todo, pero dispongo de algunos contactos. Creo que preferimos que otro grupo de abogados se encargue de la defensa. No queremos correr ningún riesgo. No quiero ser grosero, pero siento la necesidad de ir al grano. No creo que disponga de la experiencia que necesitamos... ¿Me comprende?

Daniel abrió la boca para hablar. Pensó en explicarle que Harvey, Hunter y Steele era uno de los bufetes más importantes de Londres. Sin embargo, no dijo nada. Se levantó.

—Es su decisión —dijo tranquilamente, tratando de sonreír—. Como usted quiera. Tiene derecho a escoger la defensa más adecuada para usted. Buena suerte. Ya sabe dónde estoy si necesita algo.

Culpable

Al volver a la calle, Daniel se quitó la chaqueta y se remangó, entornando los ojos bajo el sol. Hacía años que no le despedían y trató de recordar si alguna vez había sido tan rápido. Se sintió herido por el desprecio de Kenneth Croll, pero no sabía si le dolía el orgullo o la oportunidad perdida de defender a ese chico. Daniel se paró en la calle y miró hacia Parklands House. Era un nombre cruel para una prisión, con su referencia a parques y hogares.

Comenzó a caminar hacia el tren, diciéndose que habría sido un caso difícil, en especial por la repercusión mediática que iba a tener, pero era desgarrador. Era difícil irse. Aún hacía calor y, sin embargo, parecía que caminaba contra el viento. En su cuerpo un tira y afloja lo desorientaba. No se había sentido así en mucho tiempo, pero era una emoción familiar; era como una despedida y una derrota.

6

Después de la escuela regresó a casa de Minnie. Caminó despacio, la cartera colgando del hombro y la corbata desatada. Cogió un palo para golpear la hierba a ambos lados del camino. Estaba cansado y pensaba en su madre. La recordaba sentada delante del espejo en su dormitorio, maquillándose los ojos, preguntándole si se parecía a Debbie Harry. Estaba guapa así maquillada.

Pestañeó dos veces al recordar el delineador de ojos corriéndose por las mejillas y esa sonrisa retorcida tras el pinchazo. No estaba guapa entonces.

Alzó la vista y vio de nuevo al cernícalo, sobrevolando el páramo. Daniel se detuvo y observó cómo atrapaba un ratón de campo y se lo llevaba.

No los oyó llegar, pero alguien le empujó el hombro derecho, con fuerza, y se tambaleó hacia delante. Se volvió y vio a tres muchachos.

—¡Hola, nuevo!

—Idos a la mierda y dejadme en paz.

Se dio la vuelta, pero le volvieron a empujar. Apretó el puño, pero sabía que le darían una paliza si atacaba. Eran demasiados. Se quedó quieto y dejó que la cartera cayera al suelo.

—¿Te gusta vivir con la vieja bruja?

Se encogió de hombros.

—¿Por qué lo haces? ¿Eres maricón? ¡Ooooh! —El muchacho más alto contoneó las caderas y se frotó las palmas contra el pecho. La navaja de Daniel estaba en la cartera, pero no había tiempo para cogerla. Cargó contra el alto y le golpeó en el estómago con la cabeza.

Le hizo daño.

Se arqueó como si fuera a vomitar, pero los otros dos muchachos derribaron a Daniel. Le patearon el cuerpo, las piernas, los brazos y la cara. Daniel se protegió la cara con los codos, pero el muchacho que le había llamado maricón le agarró del pelo y le apartó la cabeza. Daniel sintió que le levantaban la barbilla y le estiraban el cuello. El puño del muchacho se estrelló contra la nariz de Daniel. Daniel oyó un crujido y saboreó la sangre.

Lo dejaron sangrando sobre la hierba.

Daniel permaneció acurrucado hasta que las voces se alejaron. Tenía sangre en la boca y el cuerpo dolorido. Los brazos le picaban y escocían. Cuando se miró el antebrazo, vio que estaba cubierto de manchas blancas. Estaba tumbado en un lecho de ortigas. Se dio la vuelta y se puso de rodillas. No estaba llorando, pero tenía los ojos llorosos y se los limpió con la parte del antebrazo que escocía por las ortigas. Las lágrimas parecieron ayudar con el escozor por un momento, pero la picazón no tardó en volver.

Pasó un anciano con su perro. Era un rottweiler, que le gruñó, salivando, con la nariz arrugada. Tras el ladrido y el tirón de la cadena Daniel saltó. Se puso en pie.

—¿Estás bien, chaval? —preguntó el hombre, volviendo la vista hacia Daniel, sin pararse.

Daniel se dio la vuelta y empezó a correr.

Corrió por el Dandy hacia la estación de Brampton. No tenía dinero para el autobús o el tren, pero sabía cómo ir a Newcastle. Corrió agarrándose el costado donde le habían golpeado, y luego caminó durante unos pocos pasos antes de intentar correr de nuevo.

Los coches pasaban a tal velocidad que alteraban su equilibrio. Tenía la mente en blanco, reducida al dolor en la nariz, el dolor en el costado, la sangre en la garganta, el furioso escozor del brazo y la ligereza de su cuerpo, quemado y volatizado como papeles en una chimenea. La sangre de la nariz se había secado sobre la barbilla y se la limpió. No podía respirar por la nariz, pero no quería tocarla por si sangraba de nuevo. Tenía frío. Se bajó las mangas de la camisa y se abotonó los puños. La piel, hinchada, ardía contra el algodón de la camisa.

«Casa». Quería estar con ella, estuviese donde estuviese. La asistente social le había dicho que ya no estaba en el hospital. Estaría en casa cuando ella lo acogiese, cuando ella lo abrazase. Casi se dio la vuelta, pero volvió a imaginarla. Olvidó los coches y la carretera y la sangre de la garganta. Recordó a su madre maquillándose y cómo olía tras el baño, a polvos de talco. Le ayudó a olvidar el frío.

Tenía sed. La lengua se le quedó pegada al paladar. Intentó olvidar la sed y recordó en su lugar el hormigueo de los dedos de ella al acariciarle el pelo. Intentó recordar cuánto tiempo había pasado desde que hizo algo así. Le había cortado el pelo varias veces. ¿Había llegado a tocar este pelo que ahora le crecía en la cabeza?

Iba caminando, contando los meses con los dedos, cuando una camioneta paró junto a él.

Daniel se apartó. El conductor era un hombre de pelo largo con tatuajes en el antebrazo. Bajó la ventanilla y se inclinó para hablarle a gritos.

—¿Dónde vas, chaval?

—A Newcastle.

—Sube, anda.

Daniel sabía que aquel hombre podía ser un chalado, pero subió de todos modos. Quería volver a ver a su madre. El hombre estaba escuchando la radio, tan alto que Daniel no sintió la necesidad de hablar. Conducía con las manos dobladas sobre el volante. Los músculos de sus brazos se flexionaban al girarlo. Olía a sudor viejo y la camioneta estaba sucia, llena de latas aplastadas y paquetes de cigarrillos vacíos.

—Eh, tío, mejor ponte el cinturón, ¿vale?

Daniel obedeció.

El hombre sacó con la boca un cigarrillo del paquete que había en el salpicadero y pidió a Daniel que le pasara el encendedor, que estaba a sus pies. Daniel observó cómo encendía el cigarrillo. En el brazo tenía un tatuaje de una dama desnuda y en el cuello una cicatriz similar a una quemadura.

El hombre bajó la ventanilla y soltó el humo al aire que se estremecía en el exterior.

—¿Quieres uno?

Culpable

Mordiéndose el labio, Daniel cogió un cigarrillo. Lo encendió y bajó la ventanilla, tal y como había hecho el hombre. Puso un pie sobre el asiento y apoyó el brazo izquierdo en la ventanilla abierta. Daniel fumó, sintiéndose libre y amargado, salvaje y solo. El humo del cigarrillo le dejó los ojos llorosos. Echó la cabeza hacia atrás cuando lo golpeó el vértigo. Se mareó, como siempre que fumaba, pero sabía que no vomitaría.

—¿Y a qué vas a Newcastle?

—A ver a mi madre.

—Te has metido en una pelea, ¿no?

Daniel se encogió de hombros y dio otra calada.

—Ya te limpiarás cuando llegues a casa.

—Sí.

—¿Qué habrías hecho si no hubiese parado?

—Caminar.

—Eh, es una buena caminata, chaval. Habrías tardado toda la noche.

—No me habría molestado, pero gracias por el viaje de todos modos.

El hombre se rio y Daniel no sabía por qué se estaba riendo. Los dientes del hombre estaban rotos. Se acabó el cigarrillo y lo tiró por la ventanilla. Daniel vio alejarse las chispas rojas del cigarrillo. También quería tirar su cigarrillo, pero solo iba por la mitad. Daniel pensó que tal vez se metería en un lío si lo desperdiciaba. Dio unas pocas caladas y lo arrojó por la ventanilla cuando el hombre se asomó a escupir.

—¿Tu madre te habrá preparado el té?

—Sí.

—¿Qué te cocina?

—Cocina... ternera asada y pudín Yorkshire.

Su madre solo le había preparado tostadas. Se le daba bien untar el queso.

—¿Ternera asada un martes? Vaya, debería ir a vivir contigo. No está nada mal, no. ¿Dónde te dejo?

—En el centro. Donde te sea más fácil.

—Puedo llevarte a casa, tío. Voy a pasar la noche en Newcastle. Quiero que llegues a tiempo para tu ternera asada, de verdad. ¿Dónde vives?

—En Cowgate, está...

El hombre se rio de nuevo y Daniel frunció el ceño.

—Claro que sí, tío. Sé dónde está Cowgate. Yo te llevo.

Daniel sintió frío cuando se bajó. El hombre lo dejó en la rotonda y tocó la bocina al alejarse.

Daniel subió los hombros para protegerse del frío y corrió el resto del camino: por la calle Ponteland, a lo largo de la avenida Chestnut hasta llegar a Whitethorn Crescent. Su madre había vivido ahí los últimos dos años. Hacía unos pocos meses Servicios Sociales le permitió pasar una noche con ella. Era una casa blanca al final de la calle, al lado de dos casas de ladrillo rojo abandonadas. Corrió hacia ella. La nariz comenzó a sangrar de nuevo y le dolía al correr, así que fue más despacio. Se tocó la nariz con la mano. Era demasiado grande, como si fuese de otra persona. Incluso con la nariz taponada por la sangre, notó que los dedos olían a tabaco. La cartera le daba golpes sobre los hombros, así que la llevó en una mano.

Se detuvo en el camino que daba a la casa. Todas las ventanas tenían los cristales rotos y la ventana de arriba había desaparecido; dentro todo estaba negro. Frunció el ceño al mirar la ventana de ella. Oscurecía, pero en esa ventana la oscuridad era más intensa que en las otras. La hierba del jardín le llegaba a las rodillas y estaba invadiendo el camino. Dio pasos de gigante hasta la puerta lateral. La hierba estaba repleta de objetos: un cono de tráfico aplastado, un cochecito volcado, un zapato viejo. Oyó los ladridos de un perro. Respiraba con dificultad.

Se detuvo ante la puerta antes de girar el picaporte. Tenía el corazón desbocado y se mordió un labio. No habría ternera asada. A pesar de todo, deseó que ella abriera la puerta y lo abrazara. Quizás ahora no tenía novio. Quizás sus amigos no estaban. Quizás estaba limpia. Quizás le haría tostadas y se sentarían juntos en el sofá a ver la televisión. Sintió un extraño ardor en el pecho. Contuvo la respiración.

Cuando abrió la puerta y entró en el vestíbulo, olía a humedad y a quemado. Echó un vistazo al salón, pero todo estaba a oscuras. No lloró. Entró. La cocina había desaparecido. Puso una mano en la pared y luego se miró la palma negra. El aire estaba cargado de humedad y humo y le irritó la garganta. En el salón, el sofá era un esqueleto calcinado de muelles. Subió las escaleras. La alfombra estaba encharcada y el pasamanos carbonizado. La ducha y el lavabo estaban cubiertos de hollín. En una de las habitaciones, el espejo del armario se había roto, pero consiguió abrir la puerta un poco. La ropa de su madre aún estaba ahí, intacta. Daniel se deslizó en el armario y estrechó sus vestidos contra la cara. Se agachó entre sus zapatos y sandalias. Apoyó la frente en las rodillas.

No sabía cuánto tiempo estuvo agazapado en el armario, pero al cabo de un rato oyó a alguien en las escaleras. Iba caminando de habitación en habitación, gritando: «¿Hay alguien ahí?».

Daniel quería saber dónde había ido su madre, pero, cuando llegó al pasillo, un hombre lo agarró por el cuello y lo empujó contra la pared. El hombre era solo un poco más alto que Daniel. Vestía un chaleco blanco. Daniel percibió el olor a sudor salado del hombre sobre el olor a chamusquina de la casa. El estómago del hombre se aplastó sobre Daniel para inmovilizarlo contra la pared.

—¿Qué diablos haces aquí? —preguntó el hombre—. ¡Fuera de aquí!

—¿Dónde ha ido mi madre?

—¿Tu madre? ¿Quién es tu madre?

—Vivía aquí, su ropa aún está aquí.

—Los drogatas quemaron la casa, ¿no? Estaban idos, todos ellos. Ni se dieron cuenta de que había un incendio. Tuve que llamar a los bomberos. Se les podría haber caído el techo encima.

—¿Y mi madre?

—No sé nada de tu madre. Se los llevaron a todos en camillas…, todavía idos, seguramente. Uno de ellos estaba quemadito y crujiente. Era asqueroso. Casi acaban con toda la manzana.

Daniel se deshizo de él y salió corriendo por las escaleras. Oyó que el hombre lo llamaba. Empezó a llorar al bajar y resbaló y cayó sobre los últimos escalones. Se arañó el brazo, pero no llegó a sentirlo. Se levantó y salió corriendo por la hierba, tropezándose de nuevo con el cono de tráfico. Sus pies golpearon la acera. No sabía adónde iba, pero corrió tanto como pudo. La cartera se debía de haber caído en algún lugar, en el armario o en las escaleras, y se sintió ligero y rápido sin ese peso desigual. Corrió por la calle Ponteland.

Había oscurecido y estaba sentado en la acera de West Road cuando una agente de policía se acercó a él. No la miró, pero, cuando le pidió que la acompañase, obedeció porque estaba exhausto. En la comisaría llamaron a su asistente social, que le llevó de vuelta a la casa de Minnie.

Eran más de las diez cuando llegaron a Brampton. El pueblo tenía un aspecto lúgubre, el verde de los prados negro contra el cielo nocturno. Le pesaban los párpados y trató de mantener los ojos abiertos, mirando por la ventanilla del coche. Tricia hablaba acerca de las huidas y los reformatorios y cómo acabaría ahí a menos que encontrase su lugar. No la miró mientras hablaba. El olor de su perfume le lastimaba la nariz y la cabeza.

Minnie aguardaba frente a la puerta, envuelta en su gran rebeca. Blitz corrió hacia Daniel cuando salió del coche. Minnie se acercó, pero él se apartó y entró en la casa. El perro lo siguió. Daniel se sentó en las escaleras a la espera de que entrasen, jugueteando con las orejas del perro, que eran como retazos de terciopelo. Blitz se dio la vuelta para que Daniel le rascase la tripa y, aunque estaba cansado, se puso de rodillas para hacerlo. El pelo blanco de la tripa del perro estaba sucio por el patio.

Oyó a Minnie y a Tricia hablando fuera. Susurraban. «Colegio». «Madre». «Policía». «Incendio». «Decisión». Aunque se esforzaba, fueron las únicas palabras que pudo oír con claridad. Había preguntado por su madre a la policía y a su asistente social. La policía ni se molestó en tratar de averiguarlo, pero Tricia le dijo en el coche que investigaría lo sucedido y hablaría con Minnie si se enteraba de algo.

—¿Por qué vas a hablar con Minnie?, ¿por qué no me lo dices a mí? —le gritó Daniel.

—Si no te portas bien, vas a ir a un centro de detención de menores el próximo año y ahí estarás hasta que cumplas los dieciocho.

Minnie cerró la puerta y se quedó mirándole con las manos en las caderas.

—¿Qué?

—Parece que has tenido un mal día. Deja que te prepare un baño.

Pensó que iba a decir algo más. Se había preparado para una buena reprimenda. Fue al baño y se sentó en el inodoro mientras ella removía las pompas de jabón. El espejo se empañó y el aire olía a limpio.

Minnie cogió una toalla y la mojó en el agua caliente de la bañera.

—Tu nariz no tiene buena pinta. Deja que te lave esa sangre antes de meterte en la bañera. Es un poco tarde, pero vamos a ponerle hielo. No queremos que tengas la nariz aplastada de un boxeador, ¿verdad? No un muchacho tan guapo como tú, no te quedaría bien.

Le permitió que le curase la nariz. Ella era delicada y la toalla estaba cálida. Limpió la sangre seca y lavó la piel alrededor de la nariz.

—¿Te duele, cariño?

—No mucho.

—Qué valiente eres.

Olió la ginebra en su aliento cuando se acercó a él.

Cuando terminó, le pasó la mano por el pelo y la posó en su mejilla.

—¿Quieres hablar?

Él se encogió de hombros.

—¿Fuiste a buscar a tu madre?

—No estaba allí —dijo con la voz espesa.

Ella lo acercó con cuidado, y él sintió la áspera lana de su rebeca contra la mejilla. Comenzó a llorar de nuevo, pero no sabía por qué.

—Vamos —dijo Minnie, frotándole la espalda—. Mejor fuera que dentro. Tricia me contará qué averigua acerca de tu madre. Te va a ir bien. Ya sé que no lo parece, pero desde el primer momento que te vi supe que eras un chico muy especial. Eres fuerte e inteligente. No vas a ser siempre un niño pequeño. Da igual lo que te digan los demás: ser adulto es mucho mejor. Tomas tus propias decisiones y vives donde quieres y con quien quieres; seguro que vas a estar muy bien.

El baño estaba lleno de vapor. Daniel se sintió muy cansado. Apoyó la cabeza sobre el estómago de Minnie y lloró. La rodeó con los brazos. No podía juntar las manos, pero se sintió bien descansando contra su estómago y sintiendo el ritmo de su respiración.

Se sentó y se limpió las lágrimas con la manga.

—Venga. Métete ahí y entra en calor mientras te preparo la cena. Deja esa ropa sucia en el suelo. Ahora te traigo un pijama.

Cuando se fue, él se desnudó y se metió en la bañera. El agua estaba muy caliente y tardó un rato en dejarse caer. Las pompas le susurraban. Sus brazos eran un desastre, con arañazos de las escaleras y moratones de las patadas. También tenía moratones en el costado y las costillas. Se sintió mejor en el agua. Se tumbó y metió la cabeza bajo el agua, preguntándose si la muerte sería así: calor, silencio y el sonido del agua. Sintió la presión en los pulmones y se sentó. Estaba limpiándose la espuma de la cara cuando Minnie entró de nuevo.

Dejó el pijama en la taza del inodoro y luego puso una toalla encima. Había un taburete al lado de la bañera y se apoyó en el lavabo para sentarse.

—¿Qué tal tu baño? ¿Te sientes mejor?

Él asintió.

—Tienes mejor aspecto, tengo que decirlo. Qué susto me has dado con toda esa sangre. ¿Qué te ha pasado? Mira cómo tienes los brazos. Estás lleno de moratones.

—Me peleé en el colegio.

—¿Con quién? Conozco a todo el mundo en Brampton. Me compran huevos. Puedo hablar con sus madres.

Daniel aspiró. Le iba a decir que le dieron una paliza por ella, pero prefirió no hacerlo. Estaba demasiado cansado para discutir con ella y le caía bien, al menos un poco, al menos en ese momento, por cuidar de su nariz y prepararle el baño.

—Tendrás hambre.

Él asintió.

—He cenado guisado. El tuyo todavía está en la nevera. Si quieres, te lo caliento.

Volvió a asentir, tocándose la nariz para comprobar si sangraba de nuevo.

—¿O prefieres una tostada con queso, ya que es tan tarde? Con una taza de chocolate.

—Una tostada con queso.

—Muy bien. Ahora lo hago. Deberías salir pronto. Si te quedas mucho tiempo, te vas a enfriar.

—¿Minnie? —Puso una mano sobre el borde de la bañera—. Esa mariposa, ya sabes..., ¿por qué te gusta tanto? ¿Vale mucho dinero?

Minnie se puso la rebeca. Daniel no estaba siendo impertinente. Quería saberlo, aunque notó su reticencia.

—Vale mucho para mí —dijo. Empezó a salir, pero se dio la vuelta en la puerta—. Fue un regalo de mi hija.

Daniel se apoyó en un lateral de la bañera para poder ver su rostro. Pareció triste por un momento, pero enseguida se fue y la oyó suspirar cuando bajaba las escaleras.

Más tarde, en su dormitorio, escuchando los crujidos de la casa dormida, comprobó que el collar de su madre aún estaba ahí y su navaja seguía bajo la almohada.

7

Daniel apretó los hombros contra el asiento mientras conducía el M6. Conducía con la ventanilla bajada y el codo fuera. El ruido del viento casi ahogaba al de la radio, pero necesitaba el aire. Iba hacia el norte, sentía una atracción casi magnética. No había planeado ir al funeral, pero había pasado un fin de semana difícil, atormentado por recuerdos de Sebastian y Minnie. Tras despertarse con dolor de cabeza a las seis de la mañana, se duchó, se vistió y fue derecho al coche. Llevaba casi cuatro horas en la carretera, conduciendo de manera insensata, fantaseando y recordando, pisando a fondo el acelerador.

Se imaginaba llegando a Brampton y frenando ante el verde imperecedero, el olor del estiércol en el aire. Se imaginaba aparcando ante su casa y escuchando los ladridos de su último perro. Se le acercaría corriendo: un boxer, un chucho o un collie. Fuese cual fuese el trauma al que había sobrevivido, el perro se pararía en seco y obedecería cuando ella le pidiese que dejase de ladrar. Le diría al perro que Daniel era de la familia y no hacía falta ese jaleo.

«Familia». El suelo de la cocina estaría sucio y la masilla de las ventanas estaría picoteada por las gallinas. Estaría medio borracha, le ofrecería una ginebra y la aceptaría y beberían toda la tarde, hasta que ella sollozase por verlo y llorase una vez más su pérdida. Lo besaría con sus labios de limón y le diría que lo quería. «Lo quería». ¿Qué sentiría él? A pesar de todo el tiempo que había pasado lejos de ella, su olor aún sería familiar. Si bien estaba tan enfadado como para golpearla, su olor lo reconfortaría y se sentaría junto a ella en el salón. Disfrutaría de su compañía y del modo en que su rostro se ruborizaba al hablar. Se sentiría aliviado al estar cerca de ella, escuchando el acento irlandés de su voz cantarina. Sería como un bautizo, liberador, y lo anegaría, lo empaparía como la lluvia del norte y lo dejaría limpio ante ella, dispuesto a aceptar todo lo que había hecho, y todo lo que ella había hecho. Sería capaz de perdonar a ambos.

Aparcó en el área de servicio.

«Nunca te perdonaré», le había gritado una vez, hacía mucho tiempo.

«Yo no he sido capaz de perdonarme a mí misma, cielo. Cómo iba a esperar que tú lo hicieses», había dicho Minnie más tarde, años más tarde, por teléfono, tratando de hacerle entender. Había llamado a menudo cuando se mudó a Londres, menos según pasaban los años, como si hubiera perdido la esperanza de que la pudiese perdonar.

«Yo solo quería protegerte», trataría de explicar. Pero nunca la escuchaba. Nunca le permitió explicarse, por mucho que lo intentase. Algunas cosas no se pueden perdonar nunca.

Daniel compró café y estiró las piernas. Estaba a unos treinta kilómetros de Brampton. El aire era más fresco y pensó que ya podía oler las granjas. Dejó la taza de café en el techo del coche y se metió las manos en los bolsillos, subiendo los hombros hasta las orejas. Le ardían los ojos por el esfuerzo de concentrarse en la carretera. Era casi la hora de comer y el café era como mercurio en el estómago. Había conducido hasta el medio del campo y ahora le resultaba inexplicable. Si no hubiese llegado tan lejos, habría dado la vuelta.

Condujo los últimos kilómetros despacio, manteniéndose en el carril interior, escuchando la fricción del aire contra la ventanilla abierta. En la rotonda de Rosehill tomó la tercera salida, haciendo una mueca de dolor ante la señal de Hexham, Newcastle.

Tras la granja de truchas vio Brampton, entre los campos labrados como una joya en bruto. Un cernícalo revoloteaba al lado de la carretera y luego desapareció de la vista. Como esperaba, llegó el cálido olor a estiércol y lo relajó de inmediato. En comparación con el de Londres, el aire era fresquísimo. Las casas de ladrillo rojo y los cuidados jardines eran más pequeños de lo que recordaba. Era un pueblo primitivo y tranquilo. Daniel comprobó su velocidad y fue directo a la granja donde creció, en lo alto de Carlisle Road.

Aparcó fuera de la granja de Minnie y permaneció sentado durante unos minutos, las manos en el volante, escuchando el sonido de su respiración. Podría haberse marchado de nuevo, pero en cambio salió del coche.

Caminó muy lentamente hacia la puerta de Minnie. Los dedos le temblaban y tenía la garganta seca. No ladró ningún chucho, ni cacareó el gallo, ni cloquearon las gallinas. La granja estaba cerrada, aunque Daniel pensó que aún se podían ver las huellas de sus botas de hombre por el patio. Miró hacia la ventana que había sido su dormitorio. Apretó los puños dentro de los bolsillos.

Caminó alrededor de la parte trasera de la casa. El gallinero seguía ahí, pero vacío. La puerta del cobertizo se dejaba mover por el viento y había unas pocas plumas blancas pegadas a la malla. No había ninguna cabra, pero Daniel vio huellas de pezuñas en el barro. ¿Sería posible que las viejas cabras la hubiesen sobrevivido? Daniel suspiró al pensar en los animales que Minnie perdía y reemplazaba, al igual que esas hijas adoptivas que criaba para dejarlas ir una tras otra.

Daniel sacó la llave de la casa. Junto con la llave de su apartamento de Londres, todavía conservaba la de la casa de Minnie. La misma que le había dado cuando era niño.

La casa olía a humedad y silencio cuando abrió la puerta. Desde sus profundidades, el frío lo rodeó como manos de anciano. Entró, cubriéndose las manos con las mangas del suéter para entrar en calor. La casa aún olía a ella. Daniel llegó a la cocina y dejó que sus dedos pasaran de la repisa abarrotada a la cesta de costura, de las cajas de pienso a los frascos de monedas, botones y espaguetis. En la mesa de la cocina se amontonaban los periódicos. Unas arañas cautelosas se escabulleron por el suelo.

Culpable

Abrió el frigorífico. No había mucha comida, pero no lo habían vaciado. Los tomates estaban arrugados, cubiertos de sucios sombreros grises. La leche, media botella, estaba amarilla y cortada. La lechuga marchita era como algas marinas. Daniel cerró la puerta.

Fue a la sala de estar, donde el último periódico que había leído yacía abierto en el sofá. Entonces, había sido un martes la última vez que ella estuvo en casa. Podía imaginarla con los pies en alto leyendo *The Guardian*. Tocó el periódico y sintió un escalofrío. La sintió cerca y distante, como si fuese un reflejo que podía ver en una ventana o un lago.

El viejo piano estaba abierto junto a la ventana. Daniel sacó el taburete y se sentó, escuchando el crujido de la madera bajo su peso. Con delicadeza apretó uno de los pedales con el pie y dejó caer los dedos pesadamente sobre las teclas. Las notas eran discordantes bajo su mano. Recordó esas noches en que bajaba sigiloso y se sentaba en las escaleras, los dedos de un pie calentando los dedos del otro, mientras la escuchaba tocar. Tocaba piezas clásicas lentas y tristes que no reconoció en su momento pero cuyos nombres había aprendido más tarde: Rachmaninov, Elgar, Beethoven, Ravel, Shostakovich. Cuanto más se emborrachaba, más alto tocaba y más notas se saltaba.

Recordó quedarse en el frío del vestíbulo, mirándola por la puerta entornada del salón. Aporreaba las teclas, de modo que el piano parecía protestar bajo ella. Sus pies desnudos y encallecidos bombeaban los pedales mientras mechones de sus rizos canos caían sobre su rostro.

Daniel sonrió, pulsando notas sueltas. No sabía tocar. Minnie había tratado de enseñarle un par de veces. Su índice encontró las notas y las escuchó: frías, temblorosas, solitarias. Cerró los ojos, recordando; en el salón aún había un penetrante olor a perro. Se preguntó qué habría sido del perro cuando Minnie murió.

Todos los años, desde que la conoció, el 8 de agosto bebía hasta el estupor escuchando una y otra vez el mismo disco. Era un disco que nunca le dejó tocar. Lo mantenía guardado en su funda salvo durante ese día, cuando lo dejaba girar y permitía que la fina aguja recorriese sus surcos. Se sentaba en la penumbra, el salón apenas iluminado por el fuego, y escuchaba el *Concierto para piano en sol mayor* de Ravel. Hasta que no llegó a la universidad, Daniel no supo el nombre de la pieza, aunque había memorizado cada nota mucho antes.

Una vez ella le había dejado sentarse a su lado. Daniel tenía trece o catorce años y todavía le costaba comprenderla. Le hizo sentarse en silencio, de espaldas a ella, mirando el disco que giraba mientras ella esperaba, la barbilla subiendo y bajando un poco a la espera de las notas y la conmoción que la dominaría.

Cuando la música comenzó, se giró para verle la cara, sorprendido ante el efecto que la música tenía en ella. Le recordaba a su madre cuando se inyectaba heroína. El mismo éxtasis, la misma atención devota, el mismo desconcierto aunque su madre la buscaba sin descanso, una y otra vez.

Al principio Minnie parecía buscar las notas con los ojos y su respiración se volvía profunda y alzaba el pecho. Sus ojos se llenaban de lágrimas y, al otro lado del salón, Daniel veía su resplandor. Era como una pintura: un Rembrandt, luminosa, rústica, real. Los dedos reproducían las notas sobre el sillón, aunque nunca la había oído tocar esta pieza. Minnie la escuchaba, pero nunca, ni siquiera una vez, llegó a tocarla.

Y, a continuación, las notas discordantes, el la sostenido y el si. A medida que sonaban una y otra vez, una lágrima se formaba y rodaba por su mejilla. Disonante pero por algún motivo acertada: era el sonido de lo que sentía.

Parecía buscar esa discordancia, como un dedo busca la herida.

¡Cuántas noches de agosto le había despertado el sonido del piano y había bajado para darse cuenta de que ella estaba llorando! Los sollozos eran sus despojos. Era como si la estuviesen golpeando en el estómago, una y otra vez. Daniel recordó que se hacía un ovillo al escucharla, preocupado por ella, sin comprender qué pasaba pero sabedor de que no podía consolarla. Le daba miedo entrar y encontrársela así. Ya la consideraba fuerte e impenetrable: más valiente, más dura de lo que nunca fue su madre. Siendo solo un niño, no podía ni imaginar su dolor. Nunca llegó a comprender por qué. Había llegado a querer esas pantorrillas musculosas, esas manos fuertes y esa risa imponente. No soportaba verla así, rota, perdida.

Pero por la mañana, sin duda, estaría bien de nuevo. Dos aspirinas y una tortilla tras dar de comer a las gallinas y se acabó, hasta el año próximo. El verano siguiente ocurriría de nuevo. Su dolor parecía no cesar nunca. Cada año volvía con la misma furia, como una helada perenne.

Daniel pensó en ello. Minnie debió de fallecer el 9 o el 10 de agosto. ¿Fue ese dolor lo que finalmente la mató?

Recorrió con la vista toda la habitación. Le sorprendió sentir el peso de la casa. Los recuerdos que contenía se apoyaban en él y se frotaban contra su cuerpo. Recordó tanto sus lágrimas como su risa: esa sencilla cadencia que una vez lo embelesó. Luego, una vez más, recordó lo que le había hecho. Se había ido, pero ni aun así podía perdonarla. Comprenderla ayudaba, pero no era suficiente.

Daniel cerró la tapa del piano. Miró el sillón de Minnie, recordando cómo se sentaba con los pies en alto, contando cuentos con la luz del fuego reflejada en los ojos y las mejillas rosadas de alegría. Junto al sillón había un archivador abierto. Daniel lo cogió y se sentó en el sillón de Minnie a examinar el contenido. Recortes de periódicos de *Brampton News* y el *Newcastle Evening Times* aletearon en su regazo como polillas ansiosas.

TRÁGICA MUERTE DE NIÑA DE SEIS AÑOS

Un accidente de coche en el que se vieron involucradas una mujer y dos niñas dio como resultado la muerte de Delia Flynn, de seis años, en Brampton (Cumbria). La otra niña sufrió heridas leves, pero recibió el alta médica el jueves por la tarde. Delia fue llevada al Hospital General de Carlisle, donde falleció dos días después debido a graves lesiones internas.

La madre de la niña, que conducía el coche y que sufrió heridas leves, se negó a ofrecer declaraciones.

Había otros dos artículos sobre el accidente y otro recorte que llamó la atención de Daniel. Estaba parcialmente roto, arrancado cerca del pliegue del periódico.

AGRICULTOR HALLADO MUERTO, POSIBLE SUICIDIO

Un agricultor, vecino de Brampton, fue hallado muerto el martes por la noche tras un disparo. Hay una investigación en curso, pero la policía no considera la muerte sospechosa.

Daniel se sentó en silencio en el frío salón. De niño había tratado de preguntarle sobre su familia, pero ella siempre cambiaba de tema. El resto del archivador estaba lleno de dibujos de Delia: pinturas a dedo, mosaicos de lentejas y macarrones. Sin saber por qué, Daniel dobló los dos recortes y los guardó en su bolsillo trasero.

Hacía frío y dio patadas en el suelo al caminar. Cogió el teléfono. Ya no había línea. El contestador parpadeaba, así que reprodujo los mensajes.

Una voz entrecortada de mujer susurró: «Minnie, soy Agnes. He oído que no puedes venir el domingo. Solo quería decirte que estoy encantada de encargarme del puesto. Espero que no te sientas muy mal. Hablamos luego, espero...».

La máquina pasó al siguiente mensaje: «Señora Flynn, soy el doctor Hargreaves. Espero que pueda devolverme la llamada. Tengo los resultados de sus pruebas. No acudió a su última cita. Tenemos que hablar, de modo que espero que pueda concertar otra cita. Gracias».

«No hay más mensajes», proclamó el contestador.

En el vestíbulo, cerca del teléfono, había cartas apiladas sobre el sillón. Daniel las hojeó. Había cartas rojas de la compañía de electricidad y la empresa telefónica, cartas de sociedades para la protección de animales, revistas de agricultura. Daniel las tiró al suelo y se sentó, cubriéndose la boca con una mano.

El escalofrío de las notas discordantes resonaba en su cabeza. «Muerta. Muerta. Muerta».

Daniel fue incapaz de pasar la noche en la doliente casa de Minnie. Encontró una habitación en un hotel cercano, donde comió un filete casi crudo y bebió una botella de vino tinto. Se quedó dormido con la ropa puesta, encima de las mantas de nailon, en una habitación húmeda que olía como si alguien hubiera muerto en ella. Había telefoneado a Cunningham, el abogado de Minnie, desde el coche. Tal como esperaba, el funeral se celebraría en la capilla del crematorio de Crawhall.

Era martes. El sol desterrado tras las nubes, hacía más frío en Brampton que en Londres. Daniel podía oler los árboles y su verdor implacable era agobiante. El silencio lo impregnaba todo y la gente parecía girarse a mirar cuando oía sus pisadas. Echó de menos el anonimato, las prisas y el ruido de Londres.

Las puertas de la capilla estaban abiertas cuando llegó y le señalaron el camino. La sala estaba medio llena. Los congregados eran hombres y mujeres de la edad de Minnie. Daniel se sentó al fondo, en medio de unos bancos vacíos. Un hombre alto, delgado, con entradas y vestido de gris, se acercó a él.

—¿Es usted... Danny? —susurró el hombre, aunque la ceremonia no había comenzado. Daniel asintió—. John Cunningham, encantado de conocerle. —La mano era dura y seca. Daniel sintió la suya sudada—. Me alegra que se haya decidido a venir. Acérquese. Así quedará mejor.

Daniel quería esconderse en la parte de atrás, pero se levantó y siguió a Cunningham. Mujeres que reconocía de su infancia y agricultores que habían trabajado en los puestos del mercado con Minnie lo saludaron con la cabeza cuando se sentó.

—No hay bebidas ni nada después —le susurró Cunningham al oído. El aliento le olía a café con leche—. Pero si tiene tiempo para charlar... —Daniel asintió una vez—. Voy a decir unas palabras en su memoria. Me pregunto si le gustaría hacer lo mismo. Se lo podría decir al pastor.

—No se moleste —dijo Daniel, apartando la vista.

Permaneció sentado durante la breve ceremonia, los dientes apretados con tanta fuerza que comenzaron a dolerle los músculos de la mandíbula. Hubo cánticos y las palabras estudiadas y amables del pastor con su acento de Carlisle. Daniel se descubrió mirando fijamente el ataúd, no se podía creer que Minnie estuviese en el interior. Tragó saliva cuando el pastor llamó a John Cunningham para que pronunciase el panegírico.

En el estrado, el abogado de Minnie se aclaró la garganta de forma ruidosa y leyó un papel doblado.

—Me enorgullece ser una de las personas aquí reunidas hoy en honor de una mujer maravillosa que iluminó nuestras vidas y las vidas de muchos otros más allá de estas cuatro paredes. Minnie es un ejemplo para todos nosotros y espero que se sintiera orgullosa de todo lo que logró en vida.

»Conocí a Minnie por motivos profesionales tras las trágicas muertes de su marido y su hija, Norman Flynn y Cordelia Rae Flynn..., que en paz descansen.

Daniel se incorporó y respiró hondo. «Cordelia Rae». Nunca había sabido su nombre completo. Las raras veces que Minnie la mencionaba, era Delia.

—A lo largo de los años, llegué a estimar su amistad y a respetarla porque servía a los demás de un modo al que todos deberíamos aspirar.

»Minnie... fue una rebelde.

Hubo risas tristes. Daniel frunció el ceño. Su respiración era poco profunda.

—No le importaba lo que pensasen de ella. Vestía como quería, hacía lo que quería y decía lo que quería; podías aceptarlo... u olvidarlo. —Una vez más, risas que eran como una alfombra golpeada—. Pero ella era sincera y amable y esas cualidades la llevaron a ser madre adoptiva de docenas de niños con problemas y a convertirse en madre de nuevo, en los ochenta, al adoptar a su querido hijo, Danny, quien por fortuna está hoy con nosotros...

Las mujeres sentadas a la derecha de Daniel lo miraron. Notó que se sonrojaba. Se inclinó apoyándose en los codos.

—La mayoría de los aquí presentes conocen a Minnie como granjera: o bien hemos trabajado con ella o bien le hemos comprado sus productos. Una vez más, mostró su esmero en la forma en que cuidaba su ganado. Esa pequeña granja no era solo una forma de ganarse la vida: los animales eran como hijos y los cuidaba como cuidaba a todo el que la necesitaba.

»Como amigo, esta es mi impresión final. Fue independiente, fue rebelde, fue dueña de sí misma, pero, por encima de todo, fue una persona bondadosa y el mundo es un lugar peor ahora que la ha perdido. Dios te ama, Minnie Flynn, que en paz descanses.

Daniel vio que las mujeres sentadas a su lado inclinaban la cabeza. Él hizo lo mismo, sintiendo aún el ardor en las mejillas. Una de las mujeres comenzó a llorar.

Cunningham se sentó y la mujer que se encontraba a su derecha le dio unos golpecitos en el hombro. El pastor se apoyó en el estrado con ambas manos.

—Antes de las exequias, Minnie nos pidió que escuchásemos esta pieza musical tan especial para ella. La vida terrenal de Minnie ha llegado a su fin, y ahora dejamos su cuerpo a merced de los elementos. Tierra a la tierra, cenizas a las cenizas y polvo al polvo, confiando en la misericordia infinita de Dios...

Daniel contuvo la respiración. Miró a su alrededor, preguntándose de dónde vendría el sonido. Antes de escuchar los acordes del piano, ya sabía qué pieza había elegido.

A pesar de sí mismo, cuando comenzó la música, sintió disiparse la tensión acumulada. Los pasos insistentes y cadenciosos de la música lo absorbieron mientras observaba el telón, que caía lentamente sobre el ataúd. El tiempo pareció detenerse y, ahí sentado, entre desconocidos, escuchando esa música que formaba parte de la intimidad de ambos, empezó a recordar.

Ante él se formaban y se desvanecían escenas de su vida, como las mismas notas. Primero, el la sostenido y, a continuación, el si; abrió la boca, asombrado, las mejillas enrojecidas. Le dolía la garganta.

¿Cuánto tiempo desde que había escuchado el concierto completo? Seguramente, cuando era adolescente: en su memoria era más doloroso, la discordia más nítida. Ahora le sorprendía la serenidad de la pieza y cómo (en su totalidad, acabada, completa) tanto su armonía como su disonancia eran perfectas.

Los sentimientos que la música le inspiraba eran extraños para él. Apretó los dientes, hasta el final mismo, sin querer admitir su dolor.

Recordó sus dedos fuertes y cálidos y sus delicados rizos grises. La piel recordó la aspereza de sus manos. Así renació la tensión en el cuerpo y el rubor en las mejillas. No iba a llorar; ella no lo merecía, pero una pequeña parte de él estaba cediendo y le pedía lamentar su muerte.

En el aparcamiento, había salido el sol. Daniel se quitó la chaqueta andando hacia el coche. De repente se sintió agotado, incapaz de conducir siete horas para volver a Londres. Notó una mano en el brazo y se dio la vuelta. Era una mujer anciana, de rostro hundido y arrugado. Daniel tardó un momento, pero la reconoció: era la hermana de Minnie, Harriet.

—¿Sabes quién soy? —le dijo, los labios fruncidos, una mueca en el rostro.

—Por supuesto. ¿Cómo estás?

—¿Quién soy? Di mi nombre, ¿quién soy?

Daniel inhaló aire y dijo:

—Eres Harriet, la tía Harriet.

—Al final has venido, ¿no? Tuviste tiempo, ahora que está muerta.

—Yo... Yo no...

—Espero que estés avergonzado, jovencito. Espero que por eso estés aquí. Que Dios te perdone.

Harriet se alejó, apuñalando el aparcamiento con su bastón. Daniel se volvió hacia su coche y se apoyó en el techo. La cabeza le daba vueltas debido al revoloteo de las hojas y al funeral y al campo en silencio. Espiró, frotándose la humedad de la punta de los dedos. Oyó que Cunningham lo llamaba y se volvió.

—Danny... No hemos tenido ocasión de hablar. ¿Tendría tiempo para almorzar o para una taza de té?

Le hubiera gustado negarse, irse cuanto antes, pero solo quería acostarse, así que aceptó.

En el café, Daniel agachó la cabeza y se cubrió la cara con una mano. Cunningham había pedido té para ambos y un plato de sopa para sí. Daniel no tenía hambre.

—Debe de ser duro para usted —dijo Cunningham, cruzando los brazos.

Daniel se aclaró la garganta y apartó la mirada, avergonzado por sus confusos sentimientos hacia Minnie y escarmentado por las duras palabras de Harriet. No estaba seguro de por qué le embargaban las emociones. Había dicho adiós a Minnie hacía mucho tiempo.

—Era una joya. Una joya pura. Influyó en muchísimas personas.

—Era una vieja idiota —dijo Daniel—. Creo que tenía tantos enemigos como amigos...

—Aunque venimos de la capilla, ella pidió una ceremonia y una cremación no religiosas. Una cremación, ¿lo puede creer?

—Ya no creía en Dios —dijo Daniel.

—Sé que durante muchos años no fue practicante. La verdad es que yo mismo no tengo tiempo, pero siempre había pensado que su fe seguía siendo importante para ella.

—Me dijo una vez que los rituales y los fetiches eran lo más difícil de dejar... No es que creyese en ellos, pero no podía abandonarlos. Me dijo una vez que el cristianismo era otra de sus malas costumbres. Rezaba el rosario cuando estaba borracha. Las malas costumbres van juntas... Su discurso fue bueno. Es cierto: fue una rebelde.

—Creo que debería haber vuelto a Cork después de la muerte de Norman. Su hermana piensa lo mismo. ¿Habló con ella? Era la mujer que estaba al final de la fila.

—La conozco. Solía visitarnos. Me dijo unas palabras. —Una vez más Daniel apartó la vista, pero Cunningham no lo notó y continuó hablando.

—Minnie fue una mujer adelantada a su tiempo, vaya si lo fue. Necesitaba la ciudad, un lugar cosmopolita...

—Qué va, le encantaba el campo. Era su razón de vivir.

—Pero sus ideas eran ideas urbanas, le habría ido mejor ahí.

—Tal vez. Fue su elección. Como usted ha dicho, amaba sus animales.

Llegó la sopa de Cunningham y durante unos momentos se ocupó de su servilleta y de untar el pan con mantequilla. Daniel dio un sorbo a su té y observó, sin saber todavía qué tendría que decirle Cunningham que era tan urgente. No le molestaba el silencio.

—Va a tardar un poco en arreglarse lo de la finca. Necesito contratar una empresa para limpiar la casa y luego la pondré en el mercado. En su condición actual, no espero una venta rápida, pero nunca se sabe. Solo quiero que sepa que van a pasar unos pocos meses antes de arreglar las cuentas, por así decirlo.

—Como le dije por teléfono, no quiero nada.

Cunningham probó cauteloso la sopa. Se limpió la boca con la servilleta y dijo:

—Pensé que habría cambiado de parecer, tras venir al funeral y todo.

—No sé por qué he venido. Supongo que tenía que... —Daniel se pasó las manos por la cara— ver por mí mismo que estaba muerta de verdad. Habíamos perdido el contacto.

—Me lo dijo... No hay prisas con la finca. Como le he dicho, va a tardar varios meses. Me pondré en contacto con usted cuando se acerque la fecha, a ver cómo se siente entonces.

—De acuerdo, pero le puedo decir ya que no voy a cambiar de opinión. Se lo puede dar a la perrera. Seguro que eso le habría gustado.

—Bueno, lo podemos decidir a su debido tiempo.

El silencio se estiró ante ellos, como un perro en espera de unas caricias.

Cunningham miró por la ventana.

—Minnie fue una joya, ¿eh? Cómo nos reíamos. Tenía un gran sentido del humor, ¿eh?

—No lo recuerdo.

El hombre miró extrañado a Daniel y luego centró su atención en la sopa.

—Entonces, ¿fue cáncer? —dijo Daniel, respirando hondo.

Cunningham tragó y asintió.

—Pero no luchó, ¿sabe? Pudo haber recibido quimioterapia; la cirugía era una opción, pero se negó a todo.

—Por supuesto..., muy propio de ella.

—Me dijo que era infeliz. Sé que tuvieron una disputa hace algunos años.

—Ya era infeliz mucho antes de eso —dijo Daniel.

—Usted fue uno de sus hijos adoptivos, ¿no? —La cuchara de Cunningham sonó contra el tazón al acabar los restos.

Daniel asintió una sola vez. Los hombros y los brazos de repente se le pusieron tensos y cambió de postura para relajarse.

—Usted era especial para ella. Me lo dijo. Era como un hijo de verdad —dijo Cunningham.

Daniel lo miró. Tenía una mancha de sopa en el bigote y sus ojos, muy abiertos, lo observaban inquisitivos. Daniel sintió una sorprendente furia contra aquel hombre. De repente, el café estaba demasiado caliente.

—Lo siento —dijo Cunningham, que pidió la cuenta, como si hubiese comprendido que había ido demasiado lejos—. Me dio una caja con cosas para usted. Son baratijas y fotografías principalmente, nada de gran valor, pero ella quería que se las diera. Lo mejor es que se las dé ahora. Están en el coche. —Cunningham vació su taza—. Sé que esto debe de ser duro para usted. Sé que tenían sus diferencias, pero aun así...

Daniel negó con la cabeza, sin saber qué decir. Le volvía a doler la garganta. Se sentía como en el crematorio, conteniendo las lágrimas y molesto consigo mismo por ello.

—¿Querría encargarse de la casa usted mismo? Como familiar, está en su derecho...

—No, no hay nada que... En realidad, no tengo tiempo. —Se sintió mejor diciéndolo. Sus palabras eran como aire fresco. Se sintió delimitado por ellas, apoyado.

—Siéntase libre de llevarse cualquier objeto de la finca mientras esté aquí, pero, como le dije, hay unas cuantas cosas que ella le guardó.

Se levantaron para irse; Cunningham pagó la cuenta. Antes de abrir la puerta, Daniel preguntó:

—No sufrió, ¿verdad?

Salieron bajo el sol de otoño. Daniel entrecerró los ojos ante la súbita claridad.

—Sufrió, pero sabía que era inevitable. Creo que ya había tenido bastante y solo quería que todo acabase.

Se estrecharon la mano. Daniel presintió en el apretón intenso y breve de Cunningham un conflicto, algo no dicho. Le recordó a los apretones que había dado a ciertos clientes tras la condena del juez. Amabilidad transmitida mediante una breve violencia.

Daniel estaba a punto de alejarse, de excusarse, pero Cunningham alzó las manos.

—¡Su caja! Está en mi coche. Un minuto.

Daniel esperó mientras Cunningham buscaba la caja de cartón en el maletero. El olor de los campos y las granjas no lo calmó.

—Aquí tiene —dijo Cunningham—. No vale mucho, pero me pidió que se lo diese.

Para evitar un segundo apretón de manos, Cunningham hizo un saludo militar. Daniel se quedó confundido por el gesto, pero asintió con la cabeza.

La caja era ligera. La dejó en el maletero de su coche, sin mirar qué había dentro.

8

Se puso las botas Wellington, que le quedaban demasiado grandes. A pesar de los calcetines, estaban frías, como gelatina que se ha puesto dura. Esparció las sobras entre las gallinas, tal como le había pedido Minnie. Intentó no tocarlo con los dedos, pero el maíz se le metía bajo las uñas. Se lo quitó como si fuesen mocos. Minnie le había dicho que pensaba que su nariz estaba rota. Le costaba respirar al dar de comer a las gallinas. No le importaba demasiado, pues odiaba el hedor: a amoniaco, a verduras podridas y a plumas mojadas.

Era sábado y ella le estaba preparando bacon y huevos. La veía por la ventana de la cocina. Siempre estaba silenciosa por las mañanas. Sabía que era la otra cara de la ginebra. Tenía once años y conocía las resacas de la droga y de la bebida, aunque nunca había sufrido una. Una vez se emborrachó. Una noche se llevó dos latas de cerveza a la cama y se las bebió mientras veía *Dallas* en la televisión en blanco y negro de la habitación de su madre. Acabó mojando el pijama.

Llevaba puesto el collar de su madre mientras daba las sobras a las aves; no le importaba si así parecía una niña. Quería saber que el collar estaba a salvo. Quería saber que ella estaba a salvo. Se preguntó qué habría dicho la asistenta social a Minnie. Al volver en coche, cuando Tricia le dijo que no sabía nada acerca de su madre y del incendio, intuyó que le ocultaba algo.

Daniel entró en casa mientras Hector, el macho cabrío, lo miraba compungido. La cara de la cabra le recordó a la asistenta social.

Dejó las botas en el vestíbulo. Blitz estaba acostado justo enfrente de la puerta. Levantó la cabeza cuando Daniel entró, pero no se apartó, así que tuvo que pasar por encima de él. La cocina olía a grasa y carne de cerdo y cebollas.

Minnie sirvió el desayuno. Las salchichas eran tan resbaladizas que se deslizaron por encima del plato. Cogió el tenedor y perforó la piel. Era lo que más le gustaba: perforar la piel y ver salir el jugo.

—¿Te sientes mejor esta mañana? —preguntó Minnie.

Daniel se encogió de hombros, mirando la comida.

—¿Qué tal la nariz? ¿Pudiste dormir bien?

Él asintió.

—Necesito hablar contigo.

La miró a la cara; su tenedor se detuvo sobre el plato. Los ojos de Minnie estaban un poco más abiertos que de costumbre. Daniel perdió el apetito, sintió la grasa de la salchicha en la garganta.

—A veces, cuando te sucede algo malo, parece más fácil simplemente salir corriendo, huir, pero quiero que intentes no salir corriendo, que hagas frente a lo que no te gusta. Parece más difícil pero a la larga es lo mejor. Confía en mí.

—No estaba huyendo.

—¿Qué hacías, entonces?

—Iba a visitar a mi madre.

Minnie suspiró y apartó el plato. Daniel vio cómo se mordía el labio, se inclinaba hacia delante y le cogía la mano. Se apartó de ella lentamente, pero Minnie se quedó inmóvil, con la mano tendida sobre la mesa.

—Vamos a averiguar qué le pasó a tu madre. Quiero que sepas que me paso el día al teléfono por eso. Te prometo que lo vamos a averiguar por ti...

—Seguro que está bien. Siempre está bien.

—Eso creo yo. Solo quiero que confíes en mí. Estoy de tu lado, cariño. Ya no necesitas hacerlo todo solo.

«Prometo. Confía. Solo». Las palabras se le clavaron en el pecho. Era como si no la hubiera oído o como si las palabras fuesen piedras, que lo golpeaban. «Cariño. Confía. Solo». Daniel no tenía claro por qué dolían.

—Cállate.

Culpable

—Danny, sé que quieres ver a tu madre. Lo comprendo. Voy a ayudarte a descubrir dónde está y, dentro de lo razonable, podemos hablar con tu asistente social sobre ir a visitarla. Pero debes tener cuidado, Danny. No puedes salir corriendo todo el tiempo. No te dejarán seguir aquí conmigo, ¿sabes?, y eso es lo último que deseo.

Daniel no estaba seguro de si lo que le asustaba era la idea de no ver a su madre o la de no seguir junto a Minnie. Estaba cansado de ir a lugares nuevos y que lo echasen, aunque no esperaba quedarse aquí. Sabía que pronto se iría. Era mejor comenzar ya.

En primer lugar percibió sus dedos, aún pegajosos por el maíz, juntos como si estuviesen soldados, luego su corazón comenzó a palpitar y no pudo respirar. Se levantó de la mesa y la silla cayó al suelo. El golpe sobresaltó a Blitz, que se levantó de un salto. Daniel salió corriendo de la cocina y subió a su habitación.

—¡Danny! —oyó que lo llamaba.

Se quedó junto a la ventana del dormitorio, mirando al patio. Sus ojos ardían y sus manos temblaban. La oyó en las escaleras, agarrada del pasamanos para sobrellevar su peso. Se dio la vuelta y las rosas de la pared se abalanzaron sobre él.

Se agarró el pelo y tiró hasta que se le saltaron las lágrimas. Gritó a pleno pulmón hasta quedarse sin aliento. En cuanto Minnie entró en el dormitorio, Daniel cogió el joyero y lo lanzó contra el espejo del armario. Cuando ella se acercó, agarró el tocador y lo derribó para cortarle el camino. La vio subirse en la cama para alcanzarlo y él comenzó a golpear el cristal de la ventana con el puño y luego con la cabeza. Quería salir, estar lejos de ella. Quería a su madre.

No podía oír lo que le decía, pero los labios de Minnie se movían y sus ojos reflejaban la angustia. Tan pronto como sintió sus manos sobre él, giró y la golpeó en la boca. Daniel se apartó entonces. No quería ver el reproche en su mirada. Comenzó a golpear la ventana de nuevo, con el puño y luego con la cabeza, y se resquebrajó, pero entonces sintió las manos de ella sobre el hombro. Se giró con los puños apretados, pero ella lo estrujó contra su cuerpo y cayeron al suelo.

Lo rodeó con los brazos. El rostro de Daniel estaba aplastado contra el pecho de ella y sentía los brazos de Minnie a su alrededor como sogas y su enorme peso encima. Luchó. Lanzó patadas y trató de liberarse, pero en vano. Intentó gritar de nuevo, pero lo agarró con más fuerza.

—Ya está, muchacho, estás bien. Vas a estar bien. Desahógate. No dejes nada dentro. Estás bien.

No tenía intención de llorar. Ni siquiera intentó evitarlo. Estaba demasiado cansado. Salieron de él, sin más, las lágrimas y los sollozos. No podía parar. Minnie se incorporó y se apoyó contra el espejo roto del armario, manteniéndolo cerca, siempre. Dejó de agarrarle los brazos, pero lo abrazó con fuerza. Daniel sintió sus labios sobre la frente. Era consciente del ruido que hacía: su respiración entrecortada y el olor de ella. De repente, la lana húmeda de la rebeca lo calmó y la olfateó.

Daniel no sabía cuánto tiempo permanecieron así, pero fue mucho. Fuera el día había cambiado y la húmeda mañana había dejado paso a un sol brillante que bañaba la casa y la granja. Había dejado de llorar, pero seguía respirando entre suspiros, como si probase algo muy caliente. Estaba desgastado como una moneda. No sabía qué iba a ser de él.

—Ya, ya, tranquilo, mi amor —le susurró Minnie mientras trataba de controlar la respiración—. Estás bien. No soy tu madre. Nunca seré tu madre, pero estoy aquí de todos modos. Siempre estaré aquí si me necesitas.

Daniel estaba demasiado cansado para sentarse o responder, pero una parte de él se alegró de estar con ella, y la abrazó con más ganas. Ella lo estrechó un poco más fuerte como respuesta.

Al cabo de un rato, pudo respirar con normalidad. Poco a poco, Minnie lo soltó. Más tarde, en la cama, trató de recordar si alguien lo había abrazado así antes. La mayoría de la gente no se acercaba tanto a él. Su madre lo había besado. Sí, le había pasado los dedos por el pelo. Lo había consolado una o dos veces cuando se había hecho daño.

Daniel ayudó a Minnie a levantarse y luego, juntos, trataron de poner la habitación en orden. La ventana estaba rota y el espejo resquebrajado. Minnie suspiró al contemplar la destrucción.

—Lo siento. No quería romper todo esto —dijo—. Te los voy a arreglar.

—No sabía que tuvieses tanto dinero —dijo Minnie, riendo.

—Podría conseguir algo.

—¿Estás hablando de tu carrera de ladronzuelo otra vez? Ni se te ocurra. —Se agachó para recoger el joyero del suelo. Se inclinó de tal modo que el trasero sobresalía y se le subió la falda, por lo que se veían sus piernas blanquísimas y sus calcetines de hombre que llegaban hasta la rodilla. Daniel reparó en que la había agotado. Tenía las mejillas enrojecidas y sudor sobre los labios.

—Puedo repartir periódicos.

—¿Repartir periódicos? Me puedes ayudar en el puesto los fines de semana. Ayúdame a repartir los huevos. Te pagaré por eso.

—Muy bien, vale.

—Sí, pero, ojo, necesito a alguien cuidadoso. ¿Puedes tener cuidado con los huevos?

—Tendré cuidado. Lo prometo.

—Bueno, veremos. Veremos.

9

En el coche, Daniel sobrepasó el límite de velocidad, las ventanillas abiertas una vez más, disfrutando del aire fresco, respirando hondo, dilatando el diafragma. Frunció el ceño al tratar de entender por qué le había afectado tanto el funeral y por qué se había enojado con Cunningham. Había sido pueril y emotivo. Se reprendió a sí mismo, maldiciendo entre dientes mientras conducía.

Ahora que se encontraba en la carretera de nuevo, se sintió mejor: relajado, pero cansado. Brampton fue una decepción; las distracciones del trabajo todavía parecían distantes. Respiró hondo de nuevo y se preguntó si el olor del estiércol lo estaba adormeciendo. Debería haber tomado la M6, directo hacia Londres (quería llegar a casa antes de que oscureciese) pero se encontró a sí mismo conduciendo con la ventanilla abierta, oliendo los campos, observando las pequeñas casas y recordando los lugares que había visitado de niño.

Se encontró en la A69, casi por accidente, y quedó atrapado en el tráfico, con Newcastle frente a él. Daniel no había previsto dar un rodeo, pero había algo que quería ver otra vez, algo que necesitaba hacer, hoy más que nunca.

Daniel entró en la ciudad, pasó ante la universidad y llegó a Jesmond Road. Condujo mucho más despacio aquí, casi temeroso de volver.

Culpable

Cuando salió del coche, el sol se había ocultado tras una nube. Era consciente del largo viaje que le esperaba, pero quería quedarse y verla una vez más.

La entrada del cementerio era un arco de arenisca roja y se vio arrastrado a sus profundidades. Sabía dónde ir; había seguido el camino con pasos adolescentes y halló el lugar donde fue enterrada.

A Daniel le sorprendió encontrar con tanta rapidez su lápida. El mármol blanco estaba ahora descolorido y sucio. Las letras de su nombre se habían descascarillado casi por completo, de modo que, a cierta distancia, se leía «Sam Gerald Hunt» en lugar de «Samantha Geraldine Hunter». Daniel suspiró, con las manos en los bolsillos.

Era una simple cruz rodeada de grava, como si así se negase la necesidad de flores, de cuidado, de muestras de amor.

Meciéndose sobre los talones ante la tumba, Daniel pensó en las palabras de la ceremonia de Minnie: «Dejamos. Cuerpo. Elementos. Terrenal. Polvo. Cenizas. Confiando. Misericordia». Se recordó a sí mismo, ante esta misma tumba, más joven, dolido porque su nombre no había sido grabado en el mármol barato. Quería que dijese «Devota madre de Daniel Hunter». ¿Había sido una madre devota? ¿Lo había querido?

Había estado enojado por esta muerte durante mucho tiempo, pero ahora no sintió nada al ver que su nombre no figuraba en la lápida. Sabía que compartía ADN con los huesos que había bajo sus pies, pero ya no tenía necesidad alguna de esos huesos.

Pensó en Minnie, inmolada y arrojada al viento. En su mente, podía olerla, sentir la aspereza de la rebeca contra las mejillas y ver la alegría en sus llorosos ojos azules. Como el presente mismo la perseguía, efímero, como el ahora, siempre inalcanzable. Durante años la había rechazado, pero ahora ya no estaba: ni en la vieja casa, ni en la granja, ni en el cementerio, ni en los ojos de su hermana. Minnie había desaparecido de la tierra y ni siquiera una estúpida lápida de mármol mencionaba su marcha.

Daniel recordó haber llorado ante esta tumba. Ahora tenía los ojos secos y las manos en los bolsillos. Recordaba a Minnie mejor que a su propia madre. Había sido muy pequeño la última vez que vivió con su madre. Durante años sus encuentros fueron tensos y breves. Había corrido a su encuentro y lo habían alejado a rastras.

Se había quedado con Minnie. Ella lo había acompañado durante su niñez, su adolescencia y su juventud. Ahora que se había ido se sentía extrañamente sosegado, pero solo: más solo que antes de conocer su muerte. Esto era lo que no lograba comprender. La había perdido años atrás, y sin embargo era ahora cuando sentía su pérdida.

Las pérdidas no debían ser comparadas, pensó. Y, sin embargo, ahora, pensando en la de sus dos madres, la de Minnie era más devastadora.

Al conducir de vuelta a Londres, Daniel se detuvo en la gasolinera de Donnington Park. Echó gasolina, se tomó un café y miró el teléfono por primera vez tras su salida.

Había tres llamadas perdidas del trabajo. Mientras bebía el café tibio y tragaba los humos de la gasolinera, Daniel llamó a Veronica. Se sentó en el asiento del conductor con la puerta abierta, escuchando el ronco susurro de la autopista.

—¿Estás bien? —dijo Veronica—. Hemos estado intentando hablar contigo. No te lo vas a creer... ¿Qué tal en el funeral, por cierto? No era nadie cercano, ¿verdad?

—No... —Daniel se aclaró la garganta—, no. ¿Qué ha ocurrido?

—¡No respondías las llamadas!

—Sí... Lo tenía apagado. Tenía cosas que hacer.

—Vuelves a tener el caso de Sebastian Croll, si lo quieres. ¿Lo vas a aceptar?

—¿Qué quieres decir?

—Resulta que Kenneth Croll sí tiene buenos contactos. —Daniel se frotó la mandíbula. No se había afeitado y sintió la barba contra la palma de la mano—. El caso acabó con McMann Walkers, pero..., no te lo vas a creer, Sebastian no los quiso. Le entró una enorme rabieta y dijo que solo tú podías ser su abogado.

—¿Por qué Seb no quería que lo defendiesen? ¿Qué hicieron?

—Bueno, el abogado de McMann Walkers fue a ver a Sebastian al día siguiente de tu salida. Yo lo conozco, Doug Brown, al parecer, un viejo compañero de colegio de Croll...

»En cualquier caso, no sé todos los detalles, pero Sebastian fue muy antipático con él. Sus padres intervinieron pero Sebastian empezó a gritar que quería que volvieses. Fue él quien pidió tu vuelta..., la vuelta de su abogado, Daniel. —Las risas de Veronica eran como gorjeos de pájaro—. Fue tan desagradable que McMann Walkers rechazó el caso. Ese King Kong o como se llame... me llamaba sin parar. Quieren que vuelvas para que Sebastian esté contento.

Daniel terminó su café y se mordió el labio. Había sentido la necesidad de proteger al niño, de salvarlo. Sebastian tenía los mismos años que Daniel cuando entró en la cocina de Minnie por primera vez. Pero ahora Minnie se había ido y Daniel se sintió agotado. No estaba seguro de estar preparado para ese juicio.

—Entonces, ¿te vuelves a encargar del caso? —preguntó Veronica. Su voz era clara e insistente—. He mirado el expediente y parece que la defensa es sólida.

—Claro que lo acepto —dijo Daniel, pero eran palabras robadas, que no le pertenecían. La autopista gruñía detrás de él y se apartó de ese ruido insensible y aberrante.

—Estupendo. ¿Vas a llamar al bufete de Irene mañana? ¿Para asegurarte de que ella y su asistente están disponibles todavía? Lo habría hecho yo, pero quería consultarlo contigo primero.

Daniel condujo deprisa, dejando el norte atrás. Pasó por la oficina para recoger las notas del caso de Sebastian. Era tarde y, mientras caminaba por el silencio surrealista del bufete, se sintió aliviado al ver que no estaba ninguno de sus colegas.

Comenzaba a oscurecer cuando regresó finalmente a Bow. Compró comida para llevar en South Hackney y encontró espacio para aparcar no lejos de su apartamento en Old Ford Road. El sol se ponía sobre Victoria Park. El estanque, con su fuente similar a un reloj de sol acuático, reflejaba el cielo ensangrentado. Olió los restos de barbacoas en el aire. Tras abrir el maletero, sacó la caja que le había dado Cunningham y caminó hacia el apartamento, la caja en una mano y la comida y sus llaves en la otra.

Se sentía extrañamente abatido, aún dentro de esa granja vacía, desvencijada, dominada por la ausencia de ella. Oyó las notas de nuevo, dolorosas como una herida abierta. Sonaban frías y duras.

Puso la caja en la mesa de la cocina, pero no la abrió todavía. En vez de eso, comió con rapidez, inclinado sobre la mesa, a la sombra de la caja, y se duchó. El agua estaba demasiado caliente y se inclinó bajo el chorro, agarrando el cabezal con ambas manos. La piel le escoció mientras se secaba. Se quedó desnudo en el cuarto de baño, mirando su rostro en el espejo mientras su piel se enfriaba, y pensó en el cernícalo que había visto merodeando sobre los campos de Brampton. Se sintió solo e implacable, estirando las alas y ascendiendo en una corriente de aire.

Los dos últimos días le habían dejado atemorizado, pero no sabía si el miedo se debía al caso del muchacho y todo lo que implicaba o a la pérdida de Minnie, el temor a la vida sabiendo que se había ido; ya no era necesario guardarle rencor.

«Pérdida». Daniel reflexionó mientras se frotaba la mandíbula y decidía no afeitarse. «Pérdida». Se ató la toalla alrededor de la cintura y espiró. «Pérdida». Era como todo lo demás. Podía practicarse. Ya casi había dejado de sentirlo. Había perdido a su madre y ahora había perdido a Minnie; le iría bien.

Daniel se vistió y comenzó a hojear el expediente de Sebastian. Esperaba que Irene aún estuviese disponible y aceptase. Llamaría a su secretario a primera hora de la mañana. Él e Irene habían colaborado en varias causas, pero especialmente en el tiroteo de la pandilla de Tyrel el año pasado. Había sido devastador para ambos cuando Tyrel fue condenado.

La última vez que la había visto fue en la fiesta de su promoción a abogada de la corona, en marzo, aunque apenas consiguió hablar con ella. Ella era londinense, nacida en Barnes, y varios años mayor que Daniel, pero había estudiado Derecho en Newcastle. Le gustaba intentar impresionarlo con su acento norteño. Daniel era incapaz de pensar en otra persona defendiendo a Sebastian.

Solo en su apartamento, Daniel comprendió que no podría dormir, así que se puso a trabajar. Su secretario ya había visto las cintas entregadas a la defensa. Daniel las vio una vez más, por si se le hubiese escapado algo. A lo largo del día, las cámaras se centraban en Copenhague Street y Barnsbury Road y pasaban a enfocar el parque después de las siete de la tarde. Daniel avanzó hasta las secuencias del parque, pero no había niños no acompañados, ni nadie de aspecto sospechoso.

A la una de la mañana, terminó de tomar notas sobre la defensa de Sebastian y solo entonces abrió la tapa de la caja de cartón. Contenía lo que esperaba: fotografías escolares, fotos de picnics en la playa de Tynemouth. Ahí estaban sus medallas de primaria y las condecoraciones de secundaria, dibujos y pinturas que había hecho para ella de niño, una vieja libreta de direcciones de Minnie.

Ahí estaba la fotografía enmarcada de la repisa de la chimenea, con Minnie, su hija y su esposo. El marido sostenía en brazos a la niña, que hacía pompas de jabón que flotaban ante la cara de Minnie. De niño a Daniel le había maravillado esa imagen de la juventud de Minnie. Era más esbelta y su pelo era corto y moreno y lucía una gran sonrisa blanca. Tenía que examinar con atención la fotografía para descubrir los rasgos que le eran familiares.

En el fondo de la caja, los dedos de Daniel hallaron algo frío y duro. Terminó la cerveza mientras rescataba el objeto de las profundidades de cartón.

Era la mariposa de porcelana, cuyo azul y amarillo eran más brillantes de lo que recordaba. Parecía barata. Había una muesca en el ala, pero, aparte de eso, estaba intacta. Daniel la sostuvo en la palma de la mano.

Pensó en Minnie reuniendo estas cosas y reservándolas para él, en su enfermedad y en cómo se habría manifestado. La imaginó pidiendo a la enfermera que la ayudase a sentarse en su cama de hospital, para poder escribirle. Casi era capaz de verla, suspirando un poco por el esfuerzo, el resplandor de sus ojos azules al firmar la carta: «Mamá». Sabía que estaba muriendo. Sabía que nunca lo volvería a ver.

Trató de recordar la última vez que había hablado con ella. Cuántos años, pero nunca pasó un cumpleaños o una Navidad sin sus tarjetas o llamadas telefónicas. Las últimas Navidades Daniel había ido a esquiar a Francia. Minnie le dejó dos mensajes y envió una tarjeta con un cheque de veinte libras en el interior. Como siempre,

Daniel borró los mensajes, rompió el cheque y tiró la tarjeta a la basura sin leerla. Sintió una punzada de remordimiento por la agresión implícita en esos actos.

Debió de ser en su cumpleaños, en abril, la última vez que habló con ella. Tenía prisa; de lo contrario, se habría fijado en su número antes de coger el teléfono. Había llegado tarde del trabajo y ahora iba a llegar tarde a la cena.

—Soy yo, cariño —dijo Minnie. Siempre hablaba con la misma familiaridad, como si se hubieran visto la semana anterior—. Solo quería desearte un feliz cumpleaños.

—Gracias —respondió, un dolor punzante en el músculo del mentón—. No puedo hablar ahora, me estoy preparando para salir.

—Por supuesto. Para ir a un lugar agradable, espero.

—No, es una cosa del trabajo.

—Ah, entiendo. ¿Y qué tal el trabajo? ¿Te sigue gustando?

—Mira, ¿cuándo vas a parar? —gritó. Minnie no respondió—. No quiero hablar contigo.

Daniel recordó esperar su respuesta antes de colgar. Quizás por aquel entonces Minnie ya supiese lo del cáncer. Había colgado, pero pensó en ella el resto de la noche, el estómago revuelto por la rabia. ¿O era culpa?

La música del funeral todavía resonaba en su mente. Recordó el tono acusador de Harriet, como si la culpa fuese de él, como si no tuviese nada que reprochar a Minnie. Daniel dudó que Minnie le hubiese contado lo que había hecho. Harriet pensaba que era un desagradecido, pero era él quien tenía motivos de queja.

Daniel alzó la mariposa para mirarla. Recordó la primera vez que pisó la cocina de Minnie, cuando alzó el cuchillo ante ella. La mirada de Minnie fue impávida, implacable. Fue lo primero que le gustó de ella: su valentía.

Daniel pensó entonces en Sebastian. Se preguntó qué habría visto en él, por qué había insistido en que fuese su abogado. Una vez más acarició la mariposa con el pulgar y la colocó con cuidado sobre la mesita.

10

Mira —dijo Daniel, saludando a Minnie desde el patio—. ¡Le estoy dando de comer!

Con los pies juntos, ofrecía una zanahoria a Hector, la cabra. Llevaba casi un año viviendo con Minnie y sentía un extraño consuelo en ese patio embarrado y en la cocina desordenada. Le gustaban sus trabajos y le gustaban los animales, aunque Hector aún lo toleraba a duras penas.

—¡Ten cuidado! —Minnie dio unos golpes en la ventana—. Puede ser muy astuto.

También en la pequeña escuela de Brampton le iba mejor. Le habían amonestado unas pocas veces y le habían dado con la correa una (por derribar un escritorio), pero también había logrado una medalla de oro en Inglés y otra de plata en Matemáticas. A Minnie se le daban bien las matemáticas y le gustaba ayudarlo con sus deberes. Le caía bien a la bonita señorita Pringle, su profesora, y formaba parte del equipo de fútbol.

—¡Cuidado con los dedos! —Minnie golpeó otra vez el cristal.

Daniel escuchó el sonido del teléfono y Minnie desapareció tras la ventana. Era mayo y los ranúnculos y las margaritas salpicaban la hierba que rodeaba la casa. Mariposas embriagadas flotaban de flor en flor y Danny las observó mientras la zanahoria se volvía más y más corta. Haciendo caso a Minnie, retiró la mano antes de que fuese demasiado pequeña. Hector bajó la cabeza y se acabó la zanahoria, tallo incluido. Suavemente, Danny acarició el pelo corto y cálido de la cabra, retirando la mano y apartándose cada vez que la cabra bajaba la cabeza.

—Te daré otra más tarde —dijo.

Ahora se llevaba bien con Minnie. Los fines de semana se reían juntos. Un día, después del mercado, hicieron una tienda de campaña en el salón con la mesa plegable y un montón de sábanas. Bajó su viejo joyero, que sería el tesoro, entró a gatas junto a él y se hicieron pasar por ricos beduinos. Le preparó palitos de pescado para la merienda y los comieron en la tienda con las manos, untados en ketchup.

Otro día jugaron a los piratas y ella le hizo saltar al mar con los ojos vendados desde la banqueta del salón.

A Daniel le gustaba su risa, que siempre comenzaba con tres grandes explosiones y luego se convertía en una carcajada o en una risita que se prolongaba durante varios minutos. Le bastaba con ver esa risa para sonreír.

El fin de semana anterior habían decorado su dormitorio y Minnie le dejó escoger el color. Eligió un azul pálido para las paredes y un azul intenso para la puerta y los rodapiés. Minnie le dejó pintar junto a ella y pasaron todo el fin de semana con la radio puesta, arrancando las rosas de la pared y pintando.

La puerta de la casa se abrió de golpe y Minnie se quedó parada con una mano sobre la frente.

—¿Qué tal? —preguntó Daniel.

Ahora comprendía las expresiones de Minnie. A menudo fruncía el ceño mientras trabajaba, absolutamente feliz. Cuando estaba preocupada o enojada, el ceño fruncido desaparecía y sus labios se hundían ligeramente.

—Ven, muchacho, entra. Acabo de hablar con Tricia por teléfono. Va a venir a buscarte.

A pesar de la cálida brisa de verano y el sudor de una tarde dedicada a sus quehaceres, Daniel de repente se quedó frío. El sol seguía en lo alto de un cielo de un azul doliente, pero las sombras acechaban el patio como si surgiesen de su propia mente, oscureciendo el color de las mariposas que jugueteaban entre las flores.

Daniel posó una mano sobre Hector; la vieja cabra se sobresaltó de inmediato y brincó tanto como le permitía la cuerda sobre el barro seco del patio.

—No, no voy. No me voy de aquí... Yo...

—¡Tranquilo!, ¡un momento! No creo que te vaya a enviar a otra casa, pero va a haber una reunión con tu madre.

Minnie permaneció junto a la puerta y se cruzó de brazos. Miró a Daniel con los labios apretados.

Para Daniel el aire se llenó de ruidos de repente: las abejas rugían y las gallinas aullaban. Se tapó las orejas con las manos.

Minnie se acercó, pero él se apartó y entró en la casa. Lo encontró acurrucado tras el piano, que era a donde iba cuando se sentía así. No se sentía así a menudo últimamente.

Vio los pies de ella al acercarse, en sus zapatillas sucias, y luego aparecieron los tobillos cuando se sentó junto al piano.

—No tienes que ir si no quieres, cariño, pero creo que podría ser bueno para ti. Sé que es inquietante. Hace mucho que no la ves, ¿verdad?

Daniel se movió un poco y dio una pequeña patada al piano; sonó un quejido hueco, como si le hubiese hecho daño. Daniel resopló. En esa postura podía oler la madera sin barnizar del piano. Era un olor reconfortante.

—Ven aquí.

Normalmente Daniel no se habría acercado. Se habría quedado donde estaba y Minnie habría esperado cerca si Daniel se sentía mal o habría ido a la habitación de al lado si estaba tranquilo. Hoy, como no quería que se fuese, se levantó y se sentó sobre el brazo del sillón. Minnie lo apretó contra sí. A Daniel le gustaba que ella fuese tan grande. Incluso cuando era pequeño, su madre le parecía frágil. Cuando lo abrazaba a veces le clavaba los huesos con su presión insistente.

Daniel sintió la barbilla redonda de Minnie contra el cuero cabelludo.

—Creo que solo quieren charlar contigo, ¿vale? Luego puedes volver y te preparo ternera asada para la cena. Iré a comprarla mientras estás fuera. Vamos a comer el asado del domingo en sábado, solo para ti.

—¿Con pudín Yorkshire?

—Pues claro, y salsa y zanahorias de las que has plantado tú. Son las más sabrosas que jamás ha dado la tierra. Tienes un don, claro que lo tienes. —Lo bajó del sillón—. Muy bien, ve a limpiarte. Tricia está a punto de llegar.

Daniel miró a Minnie por encima del hombro mientras Tricia lo llevaba al coche. Llevaba una camisa de manga corta a cuadros y pantalones vaqueros. Una sensación familiar le anudó el estómago, como si le hubiesen sacado las entrañas y en su lugar hubiesen puesto papel arrugado u hojas secas. Se sentía relleno, pero vacío y ligero. Se había puesto el collar de su madre y lo frotó con el índice y el pulgar cuando se sentó al lado de Tricia en el coche.

—Te estás portando mucho mejor, Danny. Sigue así.

—¿Voy a vivir con mi madre? —preguntó mirando por la ventanilla, como si esperase que un transeúnte le respondiese.

—No, no vas a vivir con ella.

—¿Me vas a enviar a otro lugar?

—Por ahora, no. Esta noche te traigo de vuelta a casa de Minnie.

—¿Voy a estar a solas con ella? —Aún mirando por la ventana, Daniel se mordió el labio.

—¿Con tu madre? No, Danny, me temo que es una visita supervisada. ¿Quieres que ponga la radio?

Daniel se encogió de hombros y Tricia giró el dial hasta encontrar una canción que le gustaba. Daniel trató de pensar en recoger los huevos o plantar zanahorias o jugar al fútbol, pero su mente estaba en blanco y a oscuras. Recordó cuando se sentó en el armario del apartamento de su madre calcinado por el fuego.

—¿Para qué sacas la lengua? —dijo Tricia de repente.

Daniel metió la lengua. Aún podía saborear el humo.

—Eeeh, hombrecito, mira cómo has crecido.

Los huesos de ella todavía eran dolorosos. Se puso en tensión aun antes del abrazo, a la espera de las costillas y el codo. Ella estaba igual, pero había una negrura bajo sus ojos. A Daniel le sorprendió que no quería tocarla.

—Voy a buscar algo de beber —Tricia cogió su bolso con las dos manos—, así tenéis unos momentos para poneros al día, luego vuelvo y os ayudo con todo.

Daniel no estaba seguro de a quién le estaba hablando. No sabía que necesitasen ayuda.

Vio que su madre estaba a punto de llorar. Se levantó y le acarició el cabello como a ella le gustaba.

—Está bien, mamá, no llores.

—Tú siempre serás mi héroe, ¿verdad? ¿Cómo te ha ido? ¿Vives en una buena casa?

—Todo bien.

—¿Has jugado al fútbol?

—Un poco.

Daniel vio cómo se secaba los ojos con las uñas mordidas. Tenía magulladuras en los antebrazos, que intentó no mirar.

Tricia volvió con dos tazas de café y una lata de zumo para él. Se sentó en el sofá y colocó una taza frente a su madre.

—Ahí lo tienes. ¿Cómo lo lleváis?

—No puedo hacer esto. Necesito un pitillo primero. ¿Tienes? —Estaba de pie, mirando a Tricia con las manos en el pelo. Daniel detestaba que hiciese eso; su rostro parecía más delgado—. ¿Tienes, Danny? Necesito un pitillo.

—Voy a buscarte uno —dijo Daniel, pero Tricia se puso en pie.

—No, quédate aquí. Yo... voy a buscar cigarrillos.

Estaban en la oficina de la asistente social en Newcastle. Daniel había estado allí antes. Odiaba esas sillas, naranja y verde, de respaldo inclinado, y el suelo de linóleo gris. Se dejó caer en una de las sillas y miró a su madre, que caminaba de un lado a otro. Llevaba vaqueros y una camiseta blanca ajustada. Podía ver su columna vertebral y las aristas agudas de las caderas.

—No voy a decir esto delante de ella, pero lo siento, Danny —dijo, de espaldas a él—. Siento haber sido una basura. Te va a ir mejor, lo sé, pero me siento como una mierda...

—No eres una basura... —comenzó Daniel.

Tricia entró y entregó los cigarrillos y un encendedor a su madre.

—Le he gorroneado la mitad de un paquete de Silk Cut a un colega. Dice que te los puedes quedar.

La madre se inclinó sobre la mesa y encendió un cigarrillo protegiendo la llama con una mano, como si estuviera fuera, en medio del viento. Dio una calada y Daniel observó cómo la piel se aferraba a los huesos de su rostro.

—Tu madre y yo hemos ido al juzgado esta semana, Danny —explicó Tricia.

Daniel observó la cara de Tricia. Miraba a su madre con los ojos demasiado abiertos. Su madre miraba la mesa y se balanceaba levemente. Tenía el vello de los brazos erizado.

—He perdido mi última oportunidad, Danny. Esta es la última vez que te veo. No habrá más visitas; te van a ceder en adopción.

Daniel no oyó las palabras en el orden correcto. Revolotearon a su alrededor como abejas. Su madre no lo miró. Ella miraba la mesa, los codos apoyados en las rodillas, y respiró dos veces antes de terminar de hablar.

Daniel seguía hundido en la silla. Dentro de él las hojas secas se movieron.

—Cuando cumplas dieciocho —Tricia se aclaró la garganta—, tendrás derecho a retomar el contacto si quieres...

Las hojas ardieron de repente debido a las chispas del cigarrillo de su madre. Daniel endureció los abdominales. Se levantó de un salto y cogió los cigarrillos y los tiró a la cara de Tricia. Trató de golpearla, pero le agarró de las muñecas. Consiguió darle una patada en la espinilla antes de que ella lo inmovilizara contra la silla.

—¡No, Danny! —oyó decir a su madre—. Solo estás haciendo que sea más difícil para todo el mundo. Es lo mejor, ya verás.

—No —gritó Daniel, sintiendo que le ardían las mejillas y la raíz del pelo—. No.

—¡Para! ¡Para! —gritaba Tricia. Daniel olió el olor a café con leche en su aliento.

Sintió los dedos de su madre en el pelo, el suave cosquilleo de las uñas en el cuero cabelludo. Se relajó bajo el peso de Tricia, que se levantó y lo alzó para que se sentase en la silla.

—Eso es —dijo Tricia—. Pórtate bien. Recuerda que también es tu última oportunidad.

Culpable

La madre de Daniel apagó el cigarrillo en el cenicero de aluminio que había sobre la mesa.

—Ven aquí —dijo, y él se derrumbó sobre ella. Los dedos que le tocaban la cara olían a cigarrillo. Los huesos de ella cedieron una vez más ante Daniel, y sintió su dolor.

Daniel dio cabezadas de un lado a otro mientras Tricia conducía de vuelta a la casa de Minnie. Sentía la vibración de los neumáticos en la carretera. Tricia tenía la radio apagada y hablaba con él de vez en cuando, como si Daniel le hubiera pedido una explicación.

—O sea, te vas a quedar con Minnie por ahora, pero vamos a solicitar tu adopción. Es una gran oportunidad, de verdad. Se acabó el ir de un lado a otro: tu propia casa, un nuevo padre y una nueva madre, quizás incluso hermanos, imagínate... Por supuesto que vas a tener que seguir portándote bien. Nadie quiere adoptar a un niño que se porta mal, ¿verdad? Ni mamá ni papá van a querer que les den patadas o puñetazos... Como ha dicho tu madre, es lo mejor para ti. Es difícil encontrar un hogar para los niños mayores, pero si eres bueno a lo mejor hay suerte.

Se quedó en silencio mientras recorrían Carlisle Road y Daniel cerró los ojos. Los abrió cuando el coche se paró de golpe. Vio a Blitz, que se acercaba, moviendo la cola y con la lengua colgando.

—Si nadie me quiere —Daniel tragó saliva—, ¿me puedo quedar aquí entonces?

—No, cariño... Minnie es una madre de acogida. Habrá otros niños o niñas que necesiten venir aquí. Pero no te preocupes. Te voy a encontrar un estupendo...

Daniel cerró de un portazo antes de que Tricia pudiese pronunciar la palabra *hogar*.

11

Una vez dentro de Parklands House, Daniel pasó por un cacheo y un escáner. Un perro olisqueó su ropa y su maletín en busca de drogas.

Un guarda le trajo café y le dijo que Sebastian no tardaría en llegar. Charlotte había llamado a Daniel para decirle que llegaba un poco tarde, pero que comenzasen sin ella. Se sintió inquieto en esa sala pequeña. Tenía que estar cerrada en todo momento, le habían advertido, pero había una alarma por si necesitaba algo. En el estómago sintió el papel y las hojas, secas y revoloteando; estaba inquieto.

Sebastian entró acompañado de un auxiliar.

—Me alegro de volver a verte, Seb —dijo Daniel—. ¿Estás bien?

—En realidad, no. Odio este lugar.

—¿Quieres algo de beber?

—No, gracias. Acabo de tomar zumo de naranja. ¿Me puedes sacar de aquí? Lo odio. Es horrible. Quiero ir a casa.

—¿Han venido tu madre y tu padre a verte a menudo?

—Mi madre unas cuantas veces, pero quiero ir a casa... ¿No podrías arreglarlo? Solo quiero ir a casa.

De repente la cabeza de Sebastian se desplomó sobre su brazo. Con el otro brazo se abrazó a sí mismo.

Culpable

Daniel se levantó, se inclinó sobre Sebastian y posó la mano sobre el hombro del muchacho. Lo acarició y le dio unos golpecitos.

—Vamos, no te va tan mal. Estoy de tu lado, ¿recuerdas? Sé que quieres ir a casa, pero tenemos que cooperar con la ley. No puedo llevarte a casa justo ahora. El juez quiere que te quedes aquí, sobre todo para protegerte.

—No quiero que me protejan. Solo quiero ir a casa.

Una vez más, Daniel comprendió al muchacho. Era como una picadura de ortiga: un picor y un escozor que agitaban sus recuerdos. Se recordó llegando a casa de Minnie por primera vez, y evocó a la asistente social, quien decía que, por su propio bien, tenía que mantenerse alejado de su madre.

—Lo que sí puedo hacer es trabajar para que vayas a casa después del juicio. ¿Qué te parece? ¿Estás dispuesto a trabajar conmigo? Necesito tu ayuda. No puedo hacerlo yo solo.

Sebastian suspiró y se limpió las lágrimas con la manga. Cuando alzó la vista, sus pestañas estaban mojadas y abiertas.

—Mi madre se ha retrasado —dijo Sebastian—. Seguro que está en la cama. Mi padre se fue ayer por la noche. Es mejor si estoy ahí. Por eso tienes que sacarme de aquí.

—¿Qué sería mejor si estás ahí? —preguntó Daniel. Aunque sabía lo que Sebastian iba a decir, se preguntó si proyectaba sus vivencias en el muchacho.

—¿Te cae bien tu padre? —preguntó Sebastian, como si no hubiera oído la pregunta de Daniel.

—No tengo padre.

—Todo el mundo tiene padre, tonto. ¿Es que no lo sabes?

—Bueno —Daniel sonrió al muchacho—, no llegué a conocerlo. Eso es lo que quería decir. Se fue antes de que yo naciese.

—¿Trataba bien a tu madre?

Daniel sostuvo la mirada de Sebastian. Sabía lo que el muchacho estaba tratando de decir. Había visto a los padres del niño y había presenciado la agresividad de Kenneth contra la madre. Daniel recordó a su madre lanzada por los aires con tal fuerza que rompió el brazo del sillón en el que cayó. Se recordó a sí mismo entre ella y el hombre que quería volver a golpearla. Recordó el temblor de la pierna y el olor a orina.

—Escucha, tenemos que ponernos a trabajar. Ahora que volvemos a trabajar juntos, ¿has recordado algo que quieras decirme?

Sebastian miró a Daniel y negó con la cabeza.

—Ahora estamos solos. Soy tu abogado y tú eres mi cliente. Puedes contármelo todo. No te voy a juzgar. Mi deber es hacer lo mejor para ti. ¿Hay algo que quieras decirme acerca de ese domingo que jugaste con Ben? Si es así, ahora es el momento. No nos gustan las sorpresas más adelante.

—Lo he dicho todo, absolutamente todo.

—Bien, voy a hacer todo lo posible para sacarte de aquí.

Se oyó un chasquido metálico al abrirse la puerta electrónica. Charlotte entró en la sala entre una ráfaga de disculpas y pulseras tintineantes. Con delicadeza, giró la cara de Sebastian hacia ella y le besó en la sien.

—Lo siento mucho, ¡el tráfico era una pesadilla! —exclamó, aflojando el pañuelo de seda y quitándose la chaqueta—. Y luego esos asquerosos perros de la entrada. Me dan muchísimo miedo. Se me hizo eterno hasta que me dejaron pasar.

—A mamá no le gustan los perros —explicó Sebastian.

—Está bien —dijo Daniel—. Solo quería repasar con Sebastian lo que va a suceder a partir de ahora.

—Genial, adelante —replicó Charlotte con un entusiasmo extraño y forzado. Llevaba un suéter de cuello alto y no dejaba de estirar las mangas para cubrirse las manos.

—Bueno, tenemos mucho trabajo que hacer en los próximos meses para prepararte para el juicio y hay una serie de personas con las que tendrás que hablar... Vamos a concertar una cita con un psicólogo que vendrá a verte y luego, dentro de una semana más o menos, vas a ver de nuevo a la abogada que va a presentar tu caso ante el tribunal. ¿Está claro?

—Creo que sí. Pero ¿qué va a hacer el psicólogo?

—No te preocupes por eso. Solo va a ver cómo te afectaría el juicio. Es nuestro testigo, recuerda, así que no hay motivos para preocuparse, ¿vale?

»Lo que quería tratar de explicar hoy es la táctica de la fiscalía, es decir, los argumentos que van a emplear para tratar de probar que has matado a Ben. Acabamos de recibir estos documentos y aún estoy elaborando la defensa, teniendo en cuenta lo que tienen contra ti... Si hay algo que no comprendes, dímelo.

—Está claro como el agua —contestó Sebastian.

Daniel se detuvo y observó al muchacho. De niño había estado a punto de llegar a la situación de Sebastian, pero nunca había poseído esa confianza en sí mismo.

—La principal prueba en tu contra es que, aunque dices que solo estabais jugando y que Ben se cayó y se hizo daño mientras estabais juntos, en tu ropa y tu calzado hay sangre de Ben.

—Eso no es problema —dijo Sebastian, con los ojos brillantes y atentos de repente.

—¿Por qué?

—Bueno, porque puedes decir que me manché con la sangre y lo demás porque se hizo una herida...

Se produjo una pausa. Sebastian sostuvo la mirada de Daniel y asintió una vez.

—Vamos a mantener que Ben se cayó y se hizo una herida y tu madre es tu coartada a partir de las tres de la tarde, lo que pone en entredicho al testigo que afirma que te vio peleando con Ben más tarde. Pero la fiscalía va a argumentar que la sangre y el ADN de tu ropa prueban que lo asesinaste.

Daniel echó un vistazo a Charlotte. Le temblaba el dedo anular de ambas manos. Su atención parecía vagar, por lo que Daniel se preguntó si había estado escuchando.

—Yo no le hice daño a Ben, solo estábamos jugando...

—Lo sé, pero alguien le hizo daño, ya lo sabes, muchísimo daño... Alguien lo asesinó.

—Asesinar no es algo tan malísimo.

En el silencio de la sala, Daniel oyó a Charlotte tragar saliva.

—Bueno, todos morimos, ¿no? —dijo Sebastian, sonriendo ligeramente.

—¿Me estás diciendo que sabes cómo murió Ben? Me lo puedes contar ahora, si quieres. —Daniel se estremeció a la espera de lo que el niño fuese a decir.

Sebastian inclinó la cabeza a un lado y sonrió de nuevo.

Daniel alzó las cejas para que respondiese. Al cabo de unos momentos, el niño negó con la cabeza.

En su cuaderno, para que Sebastian lo viese, Daniel anotó la secuencia de los acontecimientos venideros: desde la primera reunión formal con la abogada hasta la preparación del juicio.

—Después de la instrucción, pasará un tiempo en espera del juicio. Quiero que sepas que tú y tus padres podéis verme o hablar conmigo durante ese periodo si tenéis preguntas.

—Chachi —dijo Sebastian—. Pero... ¿cuándo será el juicio?

—Aún quedan algunos meses, Seb. Tenemos mucho trabajo que hacer antes, pero te prometo que te llevaré a ver el tribunal antes del juicio.

—Noooooo —se quejó Sebastian, dando bofetadas a la mesa—. Quiero irme antes. No quiero quedarme aquí.

Charlotte se incorporó y respiró hondo, como si alguien le hubiera arrojado un vaso de agua a la cara.

—Ya, cariño, ya —dijo, los dedos revoloteando sobre el pelo de Sebastian.

Los ojos de Sebastian resplandecían como si estuviese a punto de llorar.

—Mira, Seb, tengo una idea —dijo Daniel—. ¿Qué tal si voy a comprar unos bocadillos? ¿Te apetece?

—Ya voy yo —dijo Charlotte, levantándose. Daniel percibió un moratón en la muñeca cuando estiró el brazo para coger el bolso—. De todos modos necesito un poco de aire fresco. Enseguida vuelvo.

Cuando la pesada puerta se cerró, Sebastian se levantó y comenzó a caminar por la sala. Era un niño delgado, de muñecas delicadas y codos que sobresalían. Daniel pensó que, aparte de otros motivos, era demasiado pequeño para ser capaz de cometer un asesinato tan brutal.

—Seb, ese día en el parque, ¿habló alguien contigo aparte del hombre que os pidió que dejarais de pelear? —Las sillas no se podían mover, así que Daniel se levantó para estar frente a Sebastian. El muchacho apenas llegaba a Daniel por la cintura. Ben Stokes era tres años menor que Sebastian, pero solo cinco centímetros más bajo.

Sebastian se encogió de hombros. Negó con la cabeza, sin mirar a Daniel. Estaba apoyado contra la pared, mirándose las uñas y luego jugando a empujarse los dedos de una mano contra los de la otra.

—¿Notaste si alguien actuó de forma extraña en el parque? ¿Viste si alguien os observaba cuando estabais jugando?

Una vez más, Sebastian se encogió de hombros.

—¿Sabes por qué lleva ese suéter? —dijo Sebastian. Se llevó las manos al rostro. Los dedos de ambas manos se tocaban y miró a Daniel a través del rectángulo que formaban.

—¿Qué? ¿Te refieres a tu madre?

—Sí, cuando lleva ese suéter significa que tiene marcas de estrangulamiento en el cuello. —Sebastian aún miraba a Daniel entre los dedos.

—¿Marcas de estrangulamiento?

Sebastian se llevó ambas manos a la garganta y apretó hasta ponerse rojo.

—Ya vale, Seb —dijo Daniel. Estiró la mano y dio un leve tirón del codo del niño.

Sebastian cayó contra la pared, riendo.

—¿Estabas asustado? —preguntó, con una sonrisa tan amplia que Daniel vio el hueco de una de las muelas que le faltaban.

—No quiero que te hagas daño —respondió Daniel.

—Solo quería enseñarte lo que te estaba contando —dijo Sebastian. Volvió a sentarse en su sitio. Parecía cansado, pensativo—. A veces, si se enfada, la agarra de la garganta. Así también se puede morir, ¿sabes? Si aprietas mucho.

—¿Estás hablando de tu madre y de tu padre?

Oyeron el sonido de la puerta al abrirse. Sebastian se inclinó sobre la mesa, cubriéndose la boca con una mano, y susurró:

—Si le bajas el cuello del suéter, verás las marcas.

Charlotte llegó con los bocadillos y Daniel se descubrió mirándola con más atención mientras ella sacaba los alimentos y las bebidas de la bolsa. Miró a Sebastian, quien escogió un bocadillo. «Mejor cuando estoy ahí», recordó que había dicho el niño. Una vez más, Daniel sintió una súbita empatía por el pequeño. Recordó a su propia madre con las manos de un hombre alrededor de su garganta. Recordó lo desesperado que se había sentido de niño, alejado de ella, incapaz de protegerla. Eso lo había llevado a hacer cosas terribles.

12

Amanecía y Daniel estaba en el cobertizo de las gallinas. Era la primera helada del otoño y sus dedos estaban agarrotados por el frío. El día se extendía perezoso ante él mientras respiraba el olor del cobertizo, frío por la escarcha pero cálido por las plumas y la paja. Minnie estaba dormida. Había oído sus ronquidos junto al sonido del despertador cuando bajaba las escaleras. En la sala de estar, una bebida se había derramado sobre el piano. Se había secado y era una mancha blanca, como una gran ampolla en la madera.

Mientras ella yacía inconsciente, él estaba fuera, dedicado a sus quehaceres con esmero. Se sentía extraño: despojado de todo, solo, cruel, como un halcón que había visto de camino a la escuela, concentrado, sobre un poste, mientras despedazaba un ratón de campo.

No sabía dónde estaba su madre. Era como si se la hubiesen robado.

Daniel cogió un huevo cálido y marrón. Estaba a punto de dejarlo en la bandeja de cartón que Minnie le había dejado, como siempre, en la carbonera de la cocina. Palpó su dureza con la palma de la mano. La palma percibió la vulnerabilidad del huevo. La palma conocía la cáscara y la yema que contenía, la promesa pospuesta de un pollo.

Sin proponérselo, casi para que la palma pudiese sentir la súbita rotura de la cáscara y el empalagoso chorrear de la clara, Daniel apretó el huevo y lo aplastó. La yema corrió entre sus dedos como sangre.

De repente se sintió acalorado, en la nuca y en la zona lumbar. Cogió un huevo tras otro y apretó. De sus dedos caían gotas claras de esta pequeña violencia sobre la paja.

Como en señal de protesta, las gallinas se apartaron de él, graznando descontentas. Daniel dio una patada a una gallina, pero voló ante su rostro, un aleteo rojo y alocado. Daniel arremetió contra la gallina, los dedos aún pegajosos por los huevos. La aplastó contra el suelo y sonrió al notar que un ala se rompía bajo su peso. Se sentó sobre las rodillas. El pájaro cloqueó y se tambaleó, arrastrando el ala rota. El pico se abría y cerraba, sin emitir sonido alguno.

Daniel esperó un momento, con la respiración entrecortada. Detrás de él el griterío de las gallinas le erizó el vello de los brazos. Despacio, de forma metódica, como si doblara calcetines, Daniel intentó arrancar un ala a la gallina. El pico abierto y la lengua enardecida lo consternaron, así que le rompió el cuello. Se inclinó sobre la gallina y separó la cabeza del cuerpo.

La gallina se quedó inmóvil, los ojos vidriosos y ensangrentados.

Daniel se tropezó al salir del gallinero. Cayó sobre los codos y la sangre de la gallina le manchó la cara. Se levantó y entró en la casa con la mejilla cubierta de sangre y las plumas del pájaro que había matado pegadas aún a los pantalones y los dedos.

Minnie estaba despierta y se encontraba llenando la tetera cuando entró. Estaba de pie, de espaldas a él. La bata sucia le llegaba a las pantorrillas. Tenía la radio puesta y tarareaba una canción pop. Al principio, Daniel pensó en subir las escaleras hasta el cuarto de baño, pero se quedó clavado en el sitio. Quería que Minnie se diese la vuelta y lo viese, manchado con los restos de su violencia.

—¿Qué diablos? —dijo ella, con una sonrisa, al girarse.

Quizás fuesen las plumas que se aferraban a los pantalones o el amarillo brillante de la yema que le embadurnaba la mejilla junto a la sangre de la gallina. Minnie apretó los labios y pasó junto a él hacia el patio. Daniel miró desde la puerta trasera mientras Minnie se llevaba una mano a la boca a la entrada del cobertizo.

Culpable

Regresó a casa y Daniel buscó en su rostro señales de rabia, de horror, de decepción. Ella ni lo miró. Subió por las escaleras y poco después reapareció vestida con la falda gris, las botas de hombre y la vieja sudadera que se ponía para limpiar. Daniel se quedó al pie de las escaleras. El huevo y la sangre se secaban en sus manos y la piel estaba tensa y áspera. Se interpuso en su camino, esperando que lo castigase, deseando que lo castigase.

Minnie se paró a los pies de la escalera y lo miró por primera vez.

—Límpiate —fue todo lo que dijo.

Pasó a su lado de nuevo y salió al patio.

Por la ventana del baño, la vio recogiendo las cáscaras rotas y la paja sucia. Se restregó las manos y la cara y se quedó mirando cómo trabajaba. Se quitó las plumas de los pantalones y siguió mirando por la ventana, que sostenía entre el índice y el pulgar. Dejó que las plumas volasen al viento, mareado pero confiado, cuando vio que Minnie volvía a casa. Llevaba la gallina muerta agarrada por las patas. El cuello de la gallina giraba a cada paso.

Se quedó arriba, bajo la colcha, y luego en el armario, mientras ella seguía atareada abajo. Empezó a sonarle el estómago a medida que el calor y la energía de la mañana lo abandonaban. Le entró frío y se cubrió las manos con las mangas. Salió del armario y se miró en el espejo que había roto tan solo una semana antes.

«Pequeño malnacido», recordó de nuevo. Se miró a la cara, aunque los fragmentos no encajaban. Su corazón latió con más fuerza. Se paró en lo alto de las escaleras y se sentó ahí, escuchando los sonidos de Minnie en la cocina. Blitz subió y se quedó mirándole, jadeante. Daniel acarició las suaves orejas del perro. Blitz lo consintió durante un momento, hasta que se giró y bajó. Daniel se adelantó un poco, hasta el escalón del medio, luego al de abajo, y ahí se quedó, agarrado a la barandilla. Pasaron diez minutos hasta que reunió el valor para llegar a la puerta de la cocina.

—No quiero ni mirarte —dijo Minnie, que aún le daba la espalda.

—¿Estás enfadada?

—No, Danny —dijo Minnie, girándose hacia él. Tenía los labios fruncidos y el pecho erguido—. Pero estoy muy triste. Muy triste, sí.

Sus ojos, llorosos y abiertos de par en par, eran de un azul intenso y temible. Su rostro parecía erguirse ante él, aunque estaba al otro lado de la cocina. Daniel suspiró y bajó la cabeza.

Ella apartó una silla para él.

—Siéntate. Tengo un trabajo para ti.

Se sentó donde le dijo. Minnie trajo una tabla de cortar sobre la cual yacía la gallina muerta y la puso frente a él.

—Se hace así —dijo, agarrando la gallina y arrancando las plumas. Tiró y tiró, y pronto quedó al descubierto un trozo de piel desnuda, blanca, cubierta de granos—. Este pájaro asesinado va a ser nuestra cena —añadió—. Tenemos que desplumarlo para poder destriparlo y asarlo.

Minnie se situó junto a él y observó cómo agarraba con cuidado las plumas suaves, el rojo convirtiéndose en gris cerca de la raíz.

—Tira —dijo Minnie—. Tira fuerte.

Daniel tiró demasiado fuerte y la piel se desprendió junto a las plumas, lo que dejó una marca enrojecida en la carne.

—Así —dijo, apartando su mano y arrancando otro puñado de plumas. La piel quedó blanca y suave, cubierta de granos—. ¿Puedes hacer eso?

Daniel se avergonzó al sentir un nudo en la garganta y los ojos húmedos. Asintió y abrió la boca para hablar.

—No quiero hacerlo —dijo, en un susurro.

—Ella no quería morir, pero la mutilaste y la mataste. Hazlo, hazlo ya.

Estaba de espaldas a él y, mientras hablaba, posó un vaso sobre la repisa de madera. Daniel oyó los cubitos de hielo y el débil sonido del zumo Jif, que usaba cuando no tenía dinero o tiempo para los limones de verdad. Ante la intensa pesadumbre que transmitió la botella de ginebra al abrirse, Daniel se puso a temblar y obedeció. Esta vez con más cuidado, agarró las plumas del ave y tiró. La repentina calva del pájaro era sorprendente.

Culpable

Cuando terminó de desplumar la gallina, Daniel se sentó con las plumas pegadas a los dedos. Quería irse, correr fuera, al otro lado del Dandy, y quitarles los columpios a los niños pequeños. Quería volver al armario, abandonarse a su estrecho y oscuro abrazo. El olor de la gallina muerta le provocó náuseas.

Minnie cogió el ave e hizo un corte entre los muslos. Era un tajo tosco y Daniel notó el esfuerzo que le costó. Minnié metió la mano, ancha y roja, y Daniel vio cómo desaparecía.

—Tienes que llegar al fondo, tan lejos como puedas, hasta que sientas un bulto sólido: la molleja. Agárralo con firmeza y tira, con cuidado, despacio. Ojo: todo tiene que salir junto. ¡Toma! Inténtalo, no lo voy a hacer por ti.

—No quiero hacerlo. —Daniel oyó un quejido que era su propia voz.

—No te portes como un niño pequeño. —Minnie nunca antes le había hablado con desprecio, pero eso fue lo que percibió en su voz.

Inclinado sobre el fregadero, la pila temblando bajo él, Daniel introdujo la mano en las entrañas sanguinolentas de la gallina.

—No te preocupes demasiado por los pulmones —dijo Minnie—. Suelen quedarse pegados.

Daniel se mareó, pero trató de agarrar las cálidas entrañas y tirar de ellas. A cada tirón se le revolvía el estómago y la bilis le llegó a la garganta. Cuando al fin logró sacar esa masa oscura y roja, se apartó y sus propias entrañas se derramaron por el suelo junto a las de la gallina.

Daniel se inclinó y vomitó en el suelo de la cocina. No había comido, por lo que el vómito era un líquido amarillo que salpicó las entrañas del ave.

—No pasa nada —dijo Minnie—. Ya me encargo yo. Sube a limpiarte.

En el baño, Daniel vomitó en el váter y luego se acurrucó contra la pared. La mariposa le sonreía desde el estante. Se sintió muy mal, como un caracol al que arrancan el caparazón. Se lavó la cara con agua fría y se secó con una toalla. Se cepilló los dientes hasta borrar el sabor del vómito.

Esperó unos minutos antes de volver a la cocina.

Se sentía extraño, como si no quisiera abandonar el cuarto de baño. Se sentía como en el baño de casa, cuando uno de esos hombres hacía daño a su madre. Tenía el mismo líquido lúgubre del miedo en el estómago y la misma comezón en los músculos.

Sin hacer ruido, Daniel abrió la puerta y se quedó en lo alto de las escaleras. Fue a la cama con la ropa puesta, pero no durmió. Escuchó con atención los sonidos que venían de la cocina. El horno que se abría y se cerraba, los pasos de Minnie que recorrían el suelo, sus palabras a Blitz y el sonido de la comida de Blitz al llenarle el tazón.

—Has tardado siglos —dijo Minnie cuando lo vio—. Casi voy a buscarte. Son más de las dos y no has desayunado nada. ¿Tienes hambre?

Daniel negó con la cabeza.

—Vas a comer igual. Siéntate.

Daniel se sentó a la mesa y se quedó mirando el estúpido mantel en el que aparecía un potro.

Minnie había asado y trinchado la gallina. En el plato, junto al maíz dulce y las patatas cocidas, había unos filetes de pechuga.

—Cómetelo.

—No quiero.

—Te lo vas a comer.

—No quiero. —Apartó el plato.

—Si puedes asesinarla, puedes asumir la responsabilidad. Te lo vas a comer. Así sabrás que ha muerto y que su bondad está dentro de ti.

—No lo voy a comer.

—Tú te vas a sentar ahí y yo me voy a sentar aquí hasta que te lo hayas comido. —Minnie dejó la bebida sobre la mesa con un golpe. El hielo se estremeció en señal de protesta.

Permanecieron sentados hasta que se acabó la bebida. Daniel pensó que se levantaría a buscar otra y él aprovecharía la oportunidad para irse, pero Minnie dejó el vaso vacío ante ella. Lo miró y parpadeó lentamente. El tiempo comenzó a pudrirse a su alrededor, como el musgo sobre las piedras del patio. Daniel observó la gallina y las verduras ya frías y se preguntó si podría tragárselas como si fuesen píldoras.

—¿Y si me como las verduras?

—Eres un muchacho inteligente, así que ¿para qué me preguntas eso? Ya sabes que no me importa si tocas las verduras, pero te vas a comer hasta el último bocado del ave que has matado. Esas gallinas son mi forma de ganarme la vida, pero no es por eso por lo que estoy enfadada. Tú sabes que yo me las como cuando les llega la hora. Las cuido y las quiero y sí, me las como, pero mueren como tienen que morir, sin violencia, ni odio, ni cólera. Esta está muerta y no la vamos a desperdiciar, pero quiero que comprendas que ha muerto por ti, por lo que hiciste. De otro modo, mañana nos habría dado sus huevos. Ya sé que lo has pasado mal, Danny, y conmigo puedes hablar de ello cuando quieras. Sé que estás enojado y tienes derecho a ello. Haré lo posible para ayudarte, pero no puedo permitir que mates a mis aves cada vez que te sientas mal.

Daniel comenzó a llorar. Lloró como un niño pequeño, encogido en la silla y tarareando en voz baja su tristeza. Se tapó los ojos con una mano para no tener que mirarla.

Cuando cesó el llanto, abrió los ojos y recuperó el aliento poco a poco. Minnie aún se encontraba delante con el vaso vacío y los ojos azul acero clavados en él.

—Cálmate, así. Recupera el aliento y come.

Derrotado, Daniel se incorporó y comenzó a cortar la carne de gallina. Cortó un pedazo muy pequeño y lo pinchó con el tenedor. La carne tocó su lengua y entró en su boca.

CULPA

13

Daniel miró el reloj y vio que eran cerca de las tres. Una luz azul y fría se filtraba en la habitación. No habría sabido decir si era la luna o las farolas las causantes de esa iluminación austera y gélida. Había trabajado hasta las diez, había comido en su escritorio y se había pasado por The Crown para tomar una cerveza de camino a casa. Lo acosaba un deseo indefinido, pero el estrés del día lo había dejado vacío y se sintió ligero dando vueltas y vueltas desvelado.

En la oscuridad casi completa, yacía bocarriba con las manos detrás de la cabeza. Pensó en los años de furia contra Minnie que se habían convertido en años de desprecio. Comprendió que esa había sido su defensa contra ella: furia y desprecio. Ahora que había muerto la furia persistía, pero a la deriva. Medio dormido, la observó flotar y girar.

Había elegido abandonarla muchos años atrás y ahora era difícil llorar su pérdida. Para llorarla necesitaba recordar, y eso era demasiado doloroso. En la penumbra parpadeó al rememorar su graduación y los primeros años de abogado en Londres. Había hecho todo eso sin ella. Se había sentido orgulloso de su independencia. Tras romper los lazos, se había pagado los estudios y consiguió un trabajo en un bufete de Londres, apenas tres meses después de graduarse. Se había atribuido el mérito a sí mismo, pero ahora, en la oscuridad casi completa, fue lo suficientemente sincero como para preguntarse si hubiera ido a la universidad de no ser por Minnie.

Culpable

La oscuridad que lo rodeaba se posó en su pecho, encapuchada, traviesa, negra y brillante como un cuervo. Daniel puso la palma de la mano sobre el pecho desnudo, como para aliviar el escozor de sus garras.

Fue él quien la había abandonado, pero ahora se adentraba en un abandono más intenso. Mientras daba vueltas y más vueltas percibió la muerte, ajena al abandono que lo acosaba. La muerte de Minnie era pesada y oscura, como un ave de presa contra el cielo nocturno.

Las tres y diez.

Con la boca y los ojos abiertos, Daniel recordó la muerte de la gallina. Recordó las manos del niño que estrangularon el ave que ella tanto estimaba. Se sentó y sacó las piernas de la cama. Se quedó ahí sentado, en la penumbra, el cuerpo inclinado sobre las rodillas. Como nada podría evitarlo, se puso los pantalones cortos, las zapatillas de deporte y se fue a correr.

Eran las cuatro de la mañana cuando miró el reloj. Era una mañana cálida y fresca de principios de otoño. Olió el agua de la fuente al pasar corriendo y el rocío en las hojas de los árboles. El golpeteo de los pies contra el suelo y los músculos entrando en calor le dieron energía y corrió más rápido de lo normal, alargando las zancadas, dejando que el torso lo impulsase. Incluso a este ritmo, las imágenes lo acechaban, así que perdía la concentración: volvía a ver el ataúd; a Minnie con las botas puestas y las manos en la cadera, con las mejillas sonrojadas por el viento; a Blitz agachando la cabeza, obediente, cuando ella entraba en la habitación; el puesto del mercado repleto de huevos frescos; la habitación de su infancia y las rosas del papel pintado.

Había sido un salvaje. ¿Quién sino Minnie habría acogido a un niño así? Su asistente social se lo había advertido. Minnie lo cuidó cuando nadie más lo habría hecho.

A pesar de que ya le costaba respirar, Daniel corrió más rápido. Sintió calor en los abdominales y los muslos. Una punzada le recorrió el costado y disminuyó la velocidad para recuperarse, pero el dolor no cesó. Respiró más hondo y despacio, como le habían enseñado, pero la punzada persistía. En la oscuridad del parque, los indigentes cambiaban de postura en los bancos fríos, cubiertos con periódicos. Su mente se debatía entre el dolor en el costado y el sufrimiento que, muy a su pesar, sentía al pensar en Minnie. Ella había sido la culpable, pero ahora, tras ser acusado en el funeral, se planteaba si él tenía parte de responsabilidad en su muerte. Al fin y al cabo, había querido hacerle daño. Había sido consciente de estar castigándola. Se lo había merecido.

«Merecido». Daniel se tambaleó y comenzó a caminar. Todavía estaba a ochocientos metros de su casa. La noche cedía ante un fulgor tímido y reluctante procedente del este. El amanecer. Daniel creyó que era apropiado que el nuevo día fuese una pequeña violencia. El cielo azul oscuro comenzaba a ensangrentarse. Caminó con las manos en las caderas. Le costaba respirar, el sudor descendía entre sus hombros. No estaba preparado para comenzar el día. Estaba agotado incluso antes de llegar a su inicio.

Cuando regresó al piso, estaba sudando muchísimo. Bebió medio litro de agua y se duchó, quedándose bajo el chorro más de lo normal, dejando que el agua corriese sobre su rostro. Sintió el pulso lento en las venas debido al ejercicio y, sin embargo, por una vez, eso no lo relajó. Se había pasado toda la vida corriendo. Había salido corriendo de la casa de su madre y de sus novios. Había salido corriendo de los hogares de acogida, de vuelta junto a su madre; había salido corriendo de la casa de Minnie, hacia la universidad, hacia Londres. Aún quería seguir corriendo (todavía sentía la necesidad, esa hambre furiosa de los músculos), pero ya no había ningún lugar al que ir. Y no quedaba nada de lo que escapar corriendo. Su madre estaba muerta, y ahora Minnie también; ambas, a quien había amado y quien lo había amado, se habían ido, y con ellas su amor y la prueba de que podía ser amado.

Mientras se vestía, abrió la caja que Minnie le había dejado y sacó la fotografía de su familia. Se preguntó por qué le habría dejado esa fotografía. Comprendía que le dejara las fotografías en las que él y Minnie estaban en la playa, las del puesto del mercado o las de la granja. Esta fotografía siempre le había llamado la atención, pero solo porque mostraba a una Minnie joven: una buena madre junto a su familia perfecta. Las familias perfectas habían obsesionado a Daniel desde niño. Solía verlas en autobuses y parques y estudiaba con ansiedad la relación entre padres e hijos y entre padre y madre. Le gustaba ver aquello de lo que carecía su infancia.

Con el ceño fruncido, Daniel colocó la fotografía en la repisa, junto a la jarra del Newcastle United.

Se abotonó la camisa, desayunó y a las cinco y media ya estaba listo para salir. Llegaría al trabajo a las seis. Se le ocurrió, tras cepillarse los dientes y guardar unos archivos en el maletín, sacar la mariposa de la caja. No sabía por qué, pero también la guardó en el maletín.

Daniel compró un periódico al salir del metro en Liverpool Street. Rara vez había llegado a trabajar tan temprano. Incluso el periódico parecía fresco, cálido como pan recién hecho. Conocía un café que estaría abierto, junto a la estación. Compró café y, en lugar de llevarlo a su oficina, se quedó y se permitió el lujo de leer el periódico mientras saboreaba el líquido caliente.

En la página cuatro del *Daily Mail,* Daniel vio el titular «Ángel de la muerte» y suspiró.

Un muchacho de once años permanece detenido por el terrible asesinato de Ben Stokes, de ocho años, hallado muerto a golpes en Barnard Park (Islington), hace más de una semana.

La fiscalía afirmó que había aconsejado a la policía de Iislington Borough presentar cargos por asesinato contra el niño, quien al parecer reside en el barrio. Ben Stokes fue hallado muerto oculto en un parque infantil.

Jim Smith, jefe de servicios del Tribunal de la Corona, dijo: «Hemos autorizado a la policía a presentar cargos contra un crío de once años por el asesinato de Ben Stokes».

El niño, cuyo nombre no puede divulgarse por razones legales, compareció en un tribunal de menores en Highbury Corner el viernes por la mañana y permaneció junto a un agente de seguridad. El muchacho llevaba camisa y corbata y un jersey verde cuando se leyeron los cargos contra él. No mostró emoción alguna durante la audiencia. El niño se encuentra en prisión preventiva y comparecerá de nuevo ante el tribunal el 23 de agosto.

El muchacho, que vive con sus padres en un próspero barrio de Angel, era muy conocido en la escuela primaria de Islington por su conducta violenta y perturbadora. La madre del muchacho se negó a recibir a la prensa el jueves pasado. Los padres de Ben Stokes estaban demasiado afectados para hablar con los periodistas, pero publicaron una declaración que decía: «Nos invade el dolor por la muerte de nuestro querido Ben. No podremos descansar hasta que la persona responsable sea llevada ante la justicia».

La agresión, que presenta semejanzas con el asesinato del niño James Bulger a manos de dos niños de diez años en 1993, ha horrorizado a la nación. Tanto el primer ministro, David Cameron, como la ministra del Interior, Theresa May, lo han calificado de «atroz».

Daniel se aflojó la corbata y guardó el periódico bajo el brazo. El café se estaba quedando frío y dio sorbos mientras caminaba a la oficina. Había habido otros artículos: notas breves en la prensa local que informaban de la audiencia preliminar. Este artículo era diferente. Estaba en la primera plana.

«Está comenzando —pensó—. Ya está comenzando». Ya había muchísima luz, pero el día aún olía a joven. Su estómago gruñía agotado y Daniel sabía que se podría acostar en la acera, apoyar la mejilla sobre el suelo sucio y dormir.

Fue el primero en llegar al trabajo. Los trabajadores de la limpieza aún estaban vaciando papeleras y limpiando escritorios. En su despacho, Daniel terminó el café mientras leía los documentos de la fiscalía acerca del caso de Sebastian. Había varias fotografías del maltrecho cuerpo de Ben. La primera mostraba la escena del crimen, con la cara de Ben enterrada bajo el ladrillo y los palos empleados para agredirlo, como si el asesino hubiese querido hacer un santuario de su pequeño cuerpo. Otras fotografías tomadas durante la autopsia mostraban el alcance de las lesiones del rostro: las fracturas de la nariz y la cuenca del ojo. No parecía la cara de un niño, sino más bien la de un muñeco roto, estrujado, deforme. Daniel frunció el ceño al mirar las fotografías.

Justo antes de las nueve sonó el teléfono y Daniel respondió.

—Es Irene Clarke —dijo Stephanie.

—Muy bien, pásamela.

Daniel esperó a oír su voz. Aparte de un breve encuentro durante su fiesta de promoción a abogada de la corona, en marzo, había pasado casi un año sin verla. Habían salido la noche de la condena de Tyrel. Recordó esa boca pequeña y sarcástica y sus cejas arqueadas.

—Hola, Danny, ¿cómo estás?

—¿Cómo estás tú, que es lo importante? ¿Qué tal tu vida como abogada de la corona? Enhorabuena por el nombramiento.

Irene se rio.

—¿Mañana vienes conmigo a ver a la patóloga? —preguntó Daniel—. Justo ahora estaba mirando los informes.

—Sí, claro que sí. Iba a llamarte para decir que deberíamos quedar en Green Park o por ahí... para ir juntos.

—Claro —dijo Daniel—. Y después quizás hasta te invite a tomar una copa... para brindar por tu éxito, vaya. —Intencionadamente, habló con un acento más marcado. Sonrió, esperando que mordiese el anzuelo, que ofreciese su mejor imitación.

—He estado trabajando tantísimo —dijo— que casi se me había olvidado. Pero qué alegría volver a verte. Ha pasado mucho tiempo.

—No sé cómo decirte lo mucho que me alegra que aceptaras el caso. —La sinceridad lo sonrojó por un momento.

—Tenía que hacerlo. Me toca la fibra sensible... —dijo.

—Lo sé. A mí también.

Irene lo esperaba en Green Park cuando llegó, a última hora de la tarde. Estaba pálida y cansada, el cabello aplastado sobre la frente y las sienes como si acabara de quitarse la peluca de abogada, pero su rostro se iluminó en cuanto lo vio. Daniel la besó en las mejillas y ella le dio un apretón en la parte superior del brazo, tras lo cual bajó la mano hasta su muñeca, que sostuvo durante un segundo antes de soltarla.

—Danny, muchacho. Tienes buen aspecto.

—Tú también —dijo Daniel, sinceramente. A pesar del pelo rubio aplastado por la peluca y los ojos cansados, destacaba en la calle, con la barbilla inclinada a un lado para admirarlo. La presencia de Irene siempre lo motivaba a ponerse derecho y enderezar los hombros.

Bajaron por Piccadilly, pasaron junto al Ritz y llegaron a Carlton House Terrace, donde se encontrarían con la patóloga, Jill Gault, en su oficina, con vistas a Saint James's Park.

Daniel olía el perfume de Irene al caminar, incluso cuando los autobuses dejaban a su paso cálidas ráfagas de humo. Llevaban el mismo paso y Daniel se distrajo un momento por el sencillo ritmo de su caminar.

Era tarde pero el sol brillaba implacable, en lo alto del cielo, como un ojo crítico. El despacho de la patóloga fue un alivio: no disponía de aire acondicionado, pero era fresco, pues el calor del día no podía traspasar las gruesas paredes de piedra. Estaba sentada detrás de un amplio escritorio, con gafas de carey en el pelo rojizo y rizado.

—¿Les gustaría tomar té o café? —dijo la doctora Gault.

Tanto Daniel como Irene rechazaron el ofrecimiento.

La doctora Gault abrió una carpeta marrón y se bajó las gafas hasta la punta de la nariz para poder revisar el informe patológico de Ben Stokes.

—Su informe es muy interesante, doctora Gault —dijo Daniel—. ¿Tiene absoluta certeza de que la causa de la muerte fue un hematoma subdural agudo causado por un golpe en la sien derecha?

La doctora Gault dejó una placa de rayos X sobre el escritorio, frente a ellos. Con el bolígrafo, señaló el alcance de la hemorragia.

—¿Está segura de que el arma que causó la muerte fue el ladrillo hallado en la escena del crimen? —preguntó Irene.

—Sí, el contorno encaja a la perfección.

—Ya veo. Corríjame si me equivoco —continuó Irene—, ha calculado que la muerte ocurrió aproximadamente a las siete menos cuarto de la tarde, pero no ha podido establecer el momento de la agresión... ¿Es lo habitual con este tipo de heridas?

—Eso es —dijo la doctora Gault, que soltó el bolígrafo sobre el escritorio y se reclinó en la silla, con las manos entrelazadas sobre el estómago—. Con este tipo de lesiones, es casi imposible determinar la hora de la agresión. La hemorragia ejerce presión sobre el cerebro, pero pueden pasar minutos o hasta diez horas antes de que sea fatídico.

—¿Significa eso que la agresión podría haber ocurrido en torno a las seis de la tarde? —preguntó Daniel, con una ceja arqueada.

—Correcto, y también podría haber ocurrido algunas horas antes.

Daniel e Irene se miraron el uno al otro. Daniel ya podía ver a Irene mencionando este hecho ante el tribunal.

No hacía tanto calor cuando salieron del despacho, pero las calles de Londres seguían sucias, ruidosas y sofocantes. Eran las cinco pasadas y estaban abarrotadas: la gente avanzaba como peces; los coches pitaban a los ciclistas; los transeúntes hablaban por móviles invisibles. Las puertas de los taxis se cerraban de golpe; los autobuses inspiraban y espiraban pasajeros sobre las aceras; por encima de todos, los aviones cruzaban en silencio el cielo azul.

—Bueno, ha sido útil —dijo Irene, que se puso las gafas de sol y se quitó la chaqueta.

Tenía hombros fuertes y anchos, como los de una jugadora de tenis, y Daniel los admiró. Se quitó la corbata y la guardó en el bolsillo.

—Entonces, ¿me permites que invite a una copa a la flamante abogada de la corona?

Era buena hora para encontrar una mesa al aire libre. Se sentaron uno frente al otro, bebiendo a sorbos sus cervezas mientras las sombras se alargaban y las agotadas avispas estivales flotaban perezosas sobre los vasos vacíos.

—Por ti —brindó Daniel, entrechocando el vaso con ella.

—Bueno —dijo Irene, que se apoyó en el respaldo y observó a Daniel—. ¿Crees que Sebastian lo hizo?

—Insiste en que no lo hizo. —Daniel se encogió de hombros. El sol le bañaba la frente—. Es un niño raro, pero creo que dice la verdad. Es solo que está hecho un lío.

—A mí me pareció inquietante, pero... casi no hablé con él.

—Es muy inteligente. Hijo único. Creo... que muy aislado, probablemente. Me ha dicho algunas cosas sobre que su padre maltrata a su madre. Son ricos, pero no creo que sea un hogar feliz.

—Me lo creo. El padre parece un misógino... No nos quería en el caso porque soy mujer.

—¡No! —dijo Daniel—. Era por mí. Piensa que soy demasiado joven y no tengo experiencia.

Irene suspiró, se encogió de hombros y luego pareció más seria:

—Por lo que nos ha dicho Gault, es fácil que hubiese habido otro agresor, ¿sabes? Sebastian tiene coartada desde las...

—Desde las tres en punto..., y la declaración del hombre que afirmó haber visto a Sebastian peleando más tarde parece confusa o inducida por la policía. No hay nada distintivo en su descripción de Sebastian... y con la distancia y las plantas (he ido al parque) seguro que podemos socavarlo. Ojalá pudiéramos encontrar algo útil en las grabaciones.

—He ido a ver las cintas por si se nos había pasado algo. Qué típico, claro, que la policía solo solicitase las del Ayuntamiento...

—¿Es que hay otras?

—Bueno, dos pubs del barrio tienen cámaras de seguridad. Aún estamos viendo las cintas en busca de los muchachos, pero también en busca de esta supuesta aparición tardía de Sebastian...

—Ya lo sé, si en las cintas apareciese otra persona en lugar de Sebastian en ese parque y a esa hora...

Irene apoyó la barbilla en la mano y su mirada se perdió en la lejanía, al otro lado de la calle, en los autobuses y los ciclistas. A Daniel le agradaba su rostro, que tenía la forma de una semilla de melón. La miró pasarse un mechón de pelo detrás de la oreja.

—Todavía estoy dolida por la última vez —dijo al fin—. ¿Alguna vez piensas en ello?

Daniel suspiró y asintió. Se pasó la mano por el pelo. Ambos se habían sentido devastados por una condena que devolvió al adolescente al sistema que le había criado. Los dos se habían encariñado de ese muchacho alto, que tenía una piel tersa y morena como una castaña y una sonrisa resplandeciente y súbita como la inocencia. Había nacido en la cárcel. Su madre era adicta al crack y lo criaron en un centro de acogida. Se habían dejado la piel por él, pero era culpable y lo declararon culpable.

—Si te soy sincera, una de las razones por las que quería este caso fue la condena de Tyrel —añadió.

—Fui a verlo hace cosa de un mes. Estaba esperando un recurso... Fui a decirle que no lo iba a haber. Está muy delgado. —Daniel apartó la vista.

—Y este otro... —continuó Irene—. Ya sé que tiene once años, pero es que es tan pequeñajo... ¿O los niños de once años son así? No sé nada de niños... Es decir, Tyrel por lo menos parecía un chaval joven.

—Tienes que olvidar —dijo Daniel, tras tomar un largo trago—. Seguro que las abogadas de la corona no tienen que preocuparse de estas cosas. —Le guiñó un ojo y sonrió, pero ella no le devolvió la sonrisa. De nuevo Irene miró a otro lado, recordando—. Dios, cómo nos emborrachamos esa noche.

Cerca del final de la noche, Irene se había puesto chapas de botellas de cerveza en los ojos para imitar al juez que condenó a Tyrel.

—Mi hermana no podía comprender por qué estaba tan deprimida —continuó Irene—. Me decía una y otra vez: «¡Pero era culpable...!», como si eso importase, como si invalidase lo que estábamos tratando de hacer. Aún recuerdo esa terrible mirada de pavor que tenía cuando lo encerraron. Qué jovencito era. Sentía con claridad entonces, y lo siento ahora, que necesitaba ayuda, no un castigo.

Daniel se pasó ambas manos por el pelo.

—Tal vez nos hemos equivocado de trabajo. —Se rio levemente—. Tal vez deberíamos ser asistentes sociales.

—O políticos, y arreglarlo todo. —Irene sonrió y negó con la cabeza.

—Eres una magnífica abogada, pero serías una porquería de política. No te callarías ni debajo del agua. ¿Te imaginas en un telediario? Te pondrías a despotricar. Jamás te pedirían que volvieses.

Irene se rio, pero su sonrisa no tardó en apagarse.

—Que Dios ayude a Sebastian si es inocente. Tres meses en prisión preventiva, hasta el juicio, ya es muy duro para un adulto.

—Es duro incluso si es culpable —dijo Daniel, que se acabó la cerveza.

—Ni siquiera soporto pensarlo —prosiguió Irene—. En general me parece bien la administración de penas. En nuestro ámbito son necesarias, ¿no crees? Pero cuando se trata de niños, incluso niños crecidos tan maleados como Tyrel, no dejo de pensar: «Dios, tiene que haber otra manera».

—Y la hay, Inglaterra y Gales están atrasadas respecto a gran parte de Europa. En la mayoría de los otros países europeos los niños menores de catorce años ni siquiera comparecen ante un tribunal penal. —Daniel apoyó las manos sobre la mesa al hablar—. Para los niños se sigue un proceso civil en juzgados de familia, generalmente privado. Sé que cuando se trata de crímenes violentos el resultado a menudo es el mismo: una detención prolongada en centros de seguridad, pero forma parte de un centro de atención, no de... un castigo.

—En comparación con Europa, parecemos medievales...

—Lo sé, a los diez años ya vas a un tribunal penal. Imagina... ¡A los diez años! Me parece absurdo. En Escocia era a los ocho hasta este año. Dios, puedo recordarme a los ocho, a los diez años... La confusión, el ser tan pequeño y tan... inmaduro. ¿Cómo es posible ser penalmente responsable a esa edad?

Irene suspiró, asintiendo.

—¿Sabes cuál es la edad de responsabilidad penal en Bélgica?

—¿Catorce?

—Dieciocho. ¡Dieciocho! ¿Y en los países escandinavos?

—Quince.

—Exacto, quince. Y nosotros, ¡diez! Pero lo que realmente me molesta es que no se trata de dinero ni de recursos o esa mierda. Aproximadamente, ¿qué porcentaje de las personas que defiendes tienen orígenes problemáticos: drogas, violencia doméstica...?

—No lo sé. Diría que un ochenta por ciento, por lo menos.

—Yo también. La inmensa mayoría de los clientes han crecido en situaciones muy difíciles... ¿Sabes cuánto le costará al Estado a lo largo de su vida un niño en el sistema penitenciario?

Irene entrecerró los ojos, pensando, y se encogió de hombros.

—Más de medio millón de libras. Un año de terapia individual costaría una décima parte, como mucho. La encarcelación es anticuada, pero además carísima. Las matemáticas por sí solas deberían convencerlos.

—Vaya, ¿quién está despotricando? Creo que me llevarían a un telediario antes que a ti. —Irene lo miró con afecto y tomó un sorbo de cerveza—. Te gusta ejercer la defensa, ¿no? Es algo natural en ti.

—Sí, me gusta estar a este lado —dijo Daniel, que se apoyó en los codos—. Incluso si me cae mal la persona a la que defiendo me obligo a adoptar su perspectiva. Tiene que existir la presunción de inocencia. Me gusta esa imparcialidad...

—Lo sé; es una de las razones por las que todos nos dedicamos a esto. Es una lástima que no siempre parezca justo.

Observaron el tráfico y las decenas de personas que se apresuraban en volver a casa, y guardaron silencio por unos momentos.

—La prensa se va a volver loca con esto, ya lo sabes. Va a ser mucho peor que con Tyrel. Lo sabes, ¿verdad? —dijo Irene.

Daniel asintió.

—¿Te han molestado ya? —preguntó.

—No, ¿y a ti?

Irene se encogió de hombros e hizo un gesto con la mano, dando a entender que sí pero que prefería no hablar de ello.

—Es él quien me preocupa. La prensa lo retrata como un monstruo, aunque no digan su nombre... ¿Dónde está la imparcialidad en eso? Ni siquiera ha ido a juicio aún.

—Lo vas a sacar a colación, ¿no?

—Sí —Irene suspiró—, podemos solicitar una suspensión alegando que el jurado ha sido influido por el circo mediático, pero ambos sabemos que es inútil. La prensa es perjudicial, pero lo es en todos los casos. ¿Y de qué serviría una suspensión si el niño está encerrado de todos modos...?

Miró a lo lejos, como si imaginara los argumentos ante un tribunal. Daniel observó su mirada fría y azul.

—Debes de ser una de las abogadas de la corona más jóvenes, ¿no?

—No, no seas tonto, la baronesa de Escocia tenía treinta y cinco.

—¿Cumples cuarenta este año?

—No, treinta y nueve, ¡capullo!

Daniel se ruborizó y apartó la mirada. Irene lo miró entrecerrando los ojos.

—Irene —dijo Daniel a los coches que pasaban—. Irene. Parece un nombre demasiado anticuado para ti.

—Me lo puso mi padre —comentó ella, con la barbilla inclinada—. Por Irene de Roma, ¿te lo puedes creer?

—Me lo creo.

—Casi toda mi familia me llama René. Solo la gente del trabajo me llama Irene.

—¿Eso es lo que soy para ti, entonces? ¿Alguien del trabajo? Irene se rio y se acabó la cerveza.

—No —dijo, los ojos resplandecientes pero evasivos—, tú eres el encantador abogado del norte.

Daniel deseó que se hubiese sonrojado, pero podría tratarse de la cerveza.

—¿Cómo va tu acento norteño últimamente? —preguntó.

—Muy bien, vaya —imitó Irene, sonriendo.

Daniel se rio de su forcejeo con las consonantes. Hablaba como si fuese de Liverpool.

—Me alegra trabajar contigo de nuevo —dijo en voz baja, dejando de sonreír.

—A mí también —contestó Irene.

14

Vaya, eres todo un encanto. Muy bien, me llevo una docena. Mientras contaba el cambio para Jean Wilkes, que trabajaba en la tienda de golosinas, Daniel percibió que Minnie le sonreía. Hacía unas semanas, la señora Wilkes había echado a Daniel de su tienda por decir palabrotas. Cogió los huevos y se alejó mientras Daniel contaba las ganancias depositadas en el bote de helados. Treinta y tres libras con cincuenta peniques.

Minnie le sonrió de nuevo y Daniel se sintió raro. Aún se estaba ganando su perdón.

—Se te da bien el mercado, claro que sí —dijo Minnie—. Tienes madera. En solo tres horas ya nos estamos forrando. Te digo una cosa: si al final del día nos va bien, te voy a dar una pequeña comisión.

—¿Qué quieres decir?

—Bueno, si ganamos algo más de ciento veinticinco, te doy una parte.

Daniel respiró hondo y sonrió.

—Parece que les caes bien a los clientes, así que vale la pena. Es que eres muy guapo. Mira a Jean. Se le caía la baba contigo. Normalmente a mí ni me sonríe.

El viento soplaba por encima del cartel que decía: «Granja Flynn: productos frescos». Daniel lo enderezó y se volvió hacia Minnie, cubriéndose las manos con las mangas.

—No me cae bien.

—¿Por qué no? —dijo Minnie. Estaba atareada anotando las transacciones en su cuaderno—. La vieja Jean no le haría daño ni a una mosca.

—Habla mal de ti —dijo Daniel, con una mano en el bolsillo, mirando a Minnie—. Deberías oírla. En la tienda habla a la gente sobre ti.

—Ah, deja que hable todo lo que quiera.

—Todos lo hacen. Toda la gente en las tiendas, todos los niños en el colegio. Dicen que eres una bruja y que mataste a tu marido y a tu hija...

Daniel vio que la cara de Minnie se volvía inexpresiva, relajada y pálida, como si estuviera muerta. Las mejillas parecían más pesadas que de costumbre. Aparentaba ser más vieja.

—Jean dice que tienes una escoba y cosas así, y que Blitz es un espíritu.

Minnie se rio entonces, una carcajada desatada, que la hizo apoyarse en los talones. Apoyó una mano en la tripa y la otra sobre la mesa para recuperar el equilibrio.

—Solo te están tomando el pelo. ¿Es que no lo notas?

—No sé. —Daniel se encogió de hombros y se limpió la nariz con la manga—. Entonces, ¿no asesinaste a tu marido con el atizador de la chimenea?

—No, cariño, claro que no. A algunas personas les gusta tanto el drama que necesitan inventar cosas, porque su vida les aburre.

Daniel miró a Minnie. Se estaba soplando las manos y daba patadas al suelo. Aunque no sabía por qué, el olor de ella lo reconfortaba. Su cuerpo producía esporas que confiaban en ella, pero soplaba el viento de nuevo y se las llevaba, y Daniel volvía a dudar.

La asistente social había confirmado que no se volvería a poner en contacto con su madre. Salió corriendo a Newcastle dos veces después de matar la gallina, para tratar de encontrarla de todos modos, pero en la casa de su madre vivían nuevas personas. Preguntó a los vecinos, pero nadie sabía dónde había ido. El hombre con quien había hablado tras el incendio le dijo que su madre probablemente estaría muerta.

Tricia, la asistente social, había dicho a Minnie que Daniel figuraba en el registro de adopción y que podía «irse en cualquier momento». Ahora que se cernía sobre él la amenaza de otro nuevo hogar, Daniel comenzaba a apreciar la vida en la granja e intentaba portarse bien. Tricia había confirmado que podría retomar el contacto cuando cumpliese dieciocho años, si así lo deseaba, pero hasta entonces no se le permitía recibir información acerca de su madre.

—Entonces, ¿cómo murieron tu marido y tu hija? —preguntó mirándola y lamiéndose los labios resecos por el frío. Al principio Minnie ni siquiera lo miró, demasiado ocupada con el puesto y la rebeca, que se estaba abrochando. Pero al cabo de un rato le devolvió la mirada. Sus ojos eran la parte más dura de ella, pensó Daniel. Eran de un azul acuoso muy diferente a los de él. A veces era doloroso mirarla.

—Un accidente.

—¿Los dos?

Minnie asintió.

—¿Qué pasó?

—¿Cuántos años tienes, Danny?

—Doce.

—Sé que han sido doce años difíciles. No quiero ni intentar imaginar qué cosas terribles has visto, hecho o sufrido. Quiero que sepas que puedes hablarme de todo lo que te ha ocurrido. No te voy a juzgar. Me puedes contar lo que quieras. Pero cuando crezcas tal vez comprendas que hay ciertas cosas sobre las cuales las personas no podemos hablar con facilidad. Tal vez sea bueno hablar de ellas, pero que sea bueno no significa que sea fácil. Quizás haya algunas cosas de las que no quieras hablar ahora..., cosas relacionadas con tu madre o con otras personas. Puedes hablar conmigo de esas cosas, pero, si no quieres, deseo que sepas que lo respeto.

»Aunque solo eres un muchacho, ya sabes lo que es perder a un ser querido. Sabes más que la mayoría, estoy segura. Sé que echas de menos a tu madre. Las pérdidas son parte de la vida, pero no es sencillo asimilarlas. Quiero que sepas, cada vez que eches de menos a tu madre o te sientas muy triste, que yo conozco ese dolor. A veces, cuando perdemos a un ser muy querido el mundo se convierte en un lugar lúgubre. Es como si esa persona fuese un poco de luz y al irse nos dejara a oscuras. Recuerda que todos tenemos esa luz, esa bondad, dentro de nosotros, y que estemos tristes no significa que no

podamos hacer felices a los demás, y hacer feliz a otro es ser feliz...
—Minnie respiró tan hondo que sus pechos se estremecieron—. Vaya, eso es lo que aprendí después de la muerte de Norman y Delia, pero todavía no puedo hablar de ellos. Espero que lo comprendas, cariño, y no es nada contra ti, es que es así como me siento.

«Norman y Delia». Daniel repitió los nombres en silencio. De repente, al igual que la gallina que había matado, sus vidas se alzaron reales ante él. Delia era pálida como la mariposa de porcelana; Norman era oscuro como el atizador con el que decían que le había matado.

Daniel asintió y comenzó a apilar los huevos.

—¿Te trató mal? —dijo Daniel. Se le caían los mocos, salados y claros, y la lengua salía a su encuentro. Minnie lo sorprendió con la lengua sobre el labio y le limpió bruscamente con un pañuelo usado que guardaba bajo la manga de la rebeca.

—¿Te refieres a Norman?

—Sí.

—Dios mío, no. Fue el hombre más amable del mundo. Todo un caballero. Fue el gran amor de mi vida.

Daniel frunció el ceño y de nuevo se limpió la nariz con la manga.

—Ya basta. Hablar del pasado no sirve de nada.

Al final del día, Daniel ayudó a Minnie a cargar en el coche lo poco que no habían vendido, junto a los carteles y el bote del dinero. Se sentó delante. Minnie resopló al dejarse caer en el asiento del conductor y puso en marcha el motor. Respiraba con dificultad. Su pecho, apresado en la rebeca, se aplastaba contra el volante. El coche arrancó al tercer intento y Daniel comenzó a girar el dial de la radio hasta que encontró una canción. La señal era pobre y se perdía.

—Ponte el cinturón —le indicó Minnie.

—Vale —dijo Daniel—. ¿Puedes arreglar la antena como la otra vez para que podamos escuchar la radio?

Le gustaba viajar en el coche con Minnie, pero no sabía por qué. Era una conductora nerviosa y vacilante, y el coche parecía más viejo que ella. Era emocionante cuando agarraba con fuerza el volante y se atrevía a ir rápido. Había una vaga sensación de peligro. Minnie salió del coche y arregló la antena, que en realidad era el alambre de una percha. Daniel alzó los pulgares cuando la señal fue clara.

Se fueron conduciendo por el pueblo. Había un agujero en el tubo de escape y Daniel notó que los peatones se quedaban mirando ese coche ruidoso. Pensando en la comisión que le daría tras contar el dinero por la noche, empezó a cantar la canción de la radio. Era una de Frankie Goes to Hollywood. Daniel se inclinó para seguir el ritmo golpeando con ambas manos en la guantera.

Minnie lo miró y de repente dio un brusco volantazo.

—¿Qué haces? ¿Qué ha...? ¿Qué te he dicho? —gritó, y Daniel se volvió a sentar bien bruscamente.

Conducía por la calle principal, hacia Carlisle Road, junto a hileras de coches aparcados. Dio otro volantazo cuando una furgoneta salió de Bertie's Fish and Chips y se oyó un fuerte bocinazo. El ruido sobresaltó a Minnie y el coche se lanzó al otro lado de la calle, cerca del cruce de Longtown Road. Daniel puso una mano sobre el salpicadero mientras Minnie giraba el volante. El auto derrapó al evitar la furgoneta y se golpeó contra la verja metálica en el lado opuesto del cruce. Daniel salió disparado hacia delante. Se golpeó la cabeza contra el salpicadero.

Con una mano en el chichón, Daniel se quedó agazapado en el suelo del coche, junto a la palanca de cambios. Minnie tenía la mirada clavada al frente, con una respiración tan dificultosa que el pecho se le hinchaba; las manos todavía se aferraban al volante. Daniel comenzó a reír. Le dolía la cabeza, pero le parecía gracioso estar despatarrado debajo del salpicadero y que el coche estuviese al otro lado de la calle, empotrado contra la verja.

Los compases de Frankie Goes to Hollywood eran ahora demasiado ruidosos en ese coche diminuto.

La respiración de Minnie se calmó y estiró el brazo hacia Daniel. Daniel pensó que iba a frotarle la cabeza y preguntarle si estaba bien. En cambio, lo agarró con brusquedad por los brazos y lo puso en su asiento de un tirón.

—¿Qué diablos estabas haciendo? —gritó, sacudiéndolo. A pesar de todo lo que habían vivido juntos, ni una sola vez le había alzado la voz. Daniel subió los hombros hasta las orejas y se giró, así que solo la veía por el rabillo del ojo. Minnie tenía los ojos demasiado abiertos y Daniel le veía los dientes—. ¿Qué te dije? Te pedí que te pusieses el cinturón de seguridad. Tienes que ponerte el cinturón. ¿Qué podría haber sucedido...?

—Se me olvidó —susurró Daniel.

Minnie lo agarró por los hombros de nuevo. Daniel sintió la presión de sus dedos contra la chaqueta.

—Pues no lo puedes olvidar. Tienes que hacer lo que te digo. Tienes que ponerte el cinturón.

—Vale —dijo Daniel y, a continuación, más alto—: Muy bien.

Minnie se relajó. Aún lo tenía agarrado de los hombros, pero ya no apretaba tan fuerte. Se había quedado sin aliento y sus ojos miraban el suelo angustiados.

—No quiero que te pase nada malo —susurró y luego lo acercó a ella—. No quiero que te pase nada malo.

Daniel sintió la calidez de su aliento contra el pelo.

Minnie apagó la radio. Estuvieron sentados en silencio durante unos instantes. Daniel tragó saliva.

—Muy bien, póntelo ahora —dijo, y él obedeció.

Minnie salió del coche y examinó el parachoques y el capó, tras lo cual volvió a entrar. Se aclaró la garganta y arrancó el motor. Daniel notó que sus dedos temblaban sobre el volante. Se frotó los brazos en el lugar donde le había apretado. Volvieron en silencio a la granja.

Daniel dio de comer a los animales mientras Minnie preparaba la cena. Cuando volvió dentro, pisando con las botas sucias el suelo de la cocina, Minnie se estaba sirviendo una copa. Últimamente esperaba hasta después de la cena, pero ahora mientras Daniel rascaba la tripa de Blitz ella se llenó un vaso grande. Danny oyó el tintineo y los chasquidos de los cubitos de hielo y miró hacia arriba. Vio que sus manos aún temblaban.

—Lo siento —dijo Daniel, mirando al perro.

—No pasa nada, muchacho. —Minnie bebió y suspiró—. Yo también lo siento. Perdí el control, lo perdí.

—¿Por qué coges el coche si odias tanto conducir?

—Bueno, cuando tienes miedo de algo, normalmente lo mejor es hacer precisamente eso que te da miedo.

—Pero ¿por qué te da miedo conducir?

—Bueno, seguro que el problema no es el hecho de conducir. Casi todo lo que nos asusta está relacionado con nuestro propio corazón y sus defectos. Siempre tendrás miedo de algo... Nunca te vas a librar del miedo. Pero no pasa nada. El miedo es como el dolor, está en tu vida para que te conozcas a ti mismo.

—¿Qué quieres decir?

—Ya lo entenderás algún día.

Cenaron carne asada, zanahorias, guisantes y patatas asadas. Daniel hizo un espacio en la mesa y puso el mantel y los cubiertos. Las gallinas revoloteaban hasta la ventana mientras el día tocaba a su fin. Cuando sirvieron la cena, Minnie iba por su segunda ginebra y sus manos se movían con firmeza. Daniel sintió una tristeza familiar y efímera asentarse sobre él, ligera como una mariposa. Se le puso carne de gallina. Cogió el tenedor.

—¿Minnie?

—¿Hum? —Alzó la vista. Su rostro había recobrado la calma y tenía las mejillas rosadas.

—¿Te ha llamado Tricia esta semana?

—No, cariño. ¿Por qué? ¿Quieres hablar con ella?

—Bueno, quería preguntarle qué pasaría si no me adoptan... ¿Cuándo me llevarán a otra casa? Quiero saber cuándo va a ocurrir, vaya.

Daniel sintió la calidez de sus dedos en el brazo.

—Claro que te van a adoptar. Cómete la cena.

—Pero si no me adoptan, ¿me puedo quedar aquí?

—Todo el tiempo que quieras, sí. Pero te van a adoptar. Te gustaría, ¿no? Una nueva familia para ti.

—No lo sé. No me importaría quedarme aquí contigo, vaya. —Daniel miró la comida.

—Bueno, a mí también me gusta tenerte aquí conmigo, pero sé que hay lugares mejores para ti. Padres jóvenes, quizás incluso hermanos y hermanas... Eso es lo que necesitas... Un nuevo hogar de verdad.

—Ya estoy harto de hogares nuevos.

—El próximo será el último, Danny. Estoy segura.

—¿Por qué no puede ser este el último?

—Come, que la cena se va a quedar fría.

Recogieron la mesa juntos, Daniel secó los platos mientras Minnie se servía otra bebida. La miró por el rabillo del ojo y se percató de que sus movimientos eran más lentos, más pesados. Minnie llevó el bote del dinero al salón y lo dejó abierto en la mesilla, junto a la ginebra. Se agachó, respirando pesadamente, a encender el fuego y las brasas humeantes poco a poco caldearon la sala. Tras poner un disco de música clásica y dejarse caer en su sillón, tomó otro trago de la bebida.

—¿Vas a darme ahora la comisión? —preguntó Danny, arrodillado en el suelo junto a la mesa de centro.

—Bueno, veremos. Primero quiero contarlo. ¿Puedes tú?

Daniel asintió. Separó las monedas y los billetes y comenzó a contarlos, susurrando números. El sonido de las brasas al crepitar se oía junto al movimiento lento de la sinfonía que había elegido Minnie. Blitz se sentó sobre las patas traseras, como siempre que sonaba un disco. Alzó las orejas y dio tres vueltas antes de tumbarse a los pies de Minnie, con la nariz sobre las patas.

—¿Cuánto? —preguntó Minnie cuando Daniel terminó de contar.

—Ciento treinta y siete libras, con sesenta y tres peniques —dijo Daniel.

—Bien, vuelve a guardarlo en el bote, pero quédate un billete de cinco. Gracias por todo tu trabajo.

Daniel obedeció. Se sentó con las piernas cruzadas, la mirada clavada en el billete.

—Has contado ese dinero bastante rápido. ¿Seguro que lo has contado bien?

—Seguro. ¿Quieres comprobarlo?

—Más tarde, pero te creo. Eres un chico listo, ¿verdad? En el colegio te debería ir mejor de lo que te va.

Daniel se encogió de hombros y se subió al sofá, donde se tumbó con las manos detrás de la cabeza, frente a ella.

—Tu profesora también lo dice, que sabes las respuestas cuando pregunta pero que nunca terminas los exámenes. Tampoco haces los deberes que te manda. ¿Por qué, dime?

—No me apetece.

Minnie se quedó pensativa. Daniel vio cómo alzaba la barbilla y se quedaba mirando el fuego.

—Piensa en tu madre, y en tu padre si te acuerdas de él —dijo en voz baja—. ¿Dirías que han vivido una buena vida? —Daniel esperó a que volviese a mirarlo antes de encogerse de hombros—. Cuando piensas en ser mayor, ¿qué te imaginas haciendo?

—Quiero estar en Londres.

—¿Haciendo qué? ¿En qué te gustaría trabajar? Y decir carterista no vale.

—No sé.

—Vale, ¿quieres ganar mucho dinero?, ¿quieres ayudar a la gente?, quieres trabajar al aire libre?...

—Quiero ganar dinero.

—Bueno, podrías ser banquero. Trabajar en la ciudad, en Fleet Street...

—No sé.

Minnie se quedó en silencio y de nuevo volvió a mirar el fuego. Había caído la oscuridad y Daniel vio el fuego y el rostro de ella reflejados en la ventana.

—Si nos fijamos en tu vida, lo que vemos es que la controla la ley, ¿no es cierto? Es probable que hayas ido al tribunal más veces que yo y la ley ha decidido que por tu propio bien tienes que permanecer lejos de tu familia. Me pregunto si serías un buen abogado. Así tendrías algo que decir en estos asuntos y de paso ganarías un montón de dinero.

Daniel le devolvió la mirada, pero no dijo nada. Nadie le había hablado así antes. Nadie le había dicho que podía elegir lo que le iba a suceder.

—Estos años que vienen son probablemente los más importantes de tu vida, Danny. Vas a ir al instituto el año que viene. Si sacas buenas notas en los exámenes, el mundo puede ser tuyo. Tuyo, déjame que te lo diga. Puedes trabajar en Londres, hacer lo que quieras, créeme. Mi pequeña, Delia, era como tú: más lista que el hambre. En todas las clases, Matemáticas, Inglés, Historia, siempre sacaba buenas notas. Quería ser doctora. Y lo habría sido...

Minnie se volvió hacia el fuego una vez más. El fuego había caldeado el salón y las mejillas de Minnie ahora estaban rojas y brillantes.

—Entonces, ¿qué hay que hacer para ser abogado?

—Sacar buenas notas en el colegio, cariño, y luego ir a la universidad. Piensa en toda la gente que te ha tratado mal. Así aprenderían, ¿verdad? Al verte acabar la carrera y convertirte en abogado. —Se rio para sí misma, sin apartar la vista del fuego, y luego se levantó pesadamente en busca de otra bebida—. Piensa en lo orgullosa que estaría tu madre.

Daniel siguió tumbado en el sofá, mirando a Blitz: la barbilla sobre la alfombra y las patas traseras estiradas. Recordó a su último padre adoptivo, que lo agarró de los hombros y le susurró «pequeño malnacido», y a uno de los novios de su madre, que lo abofeteó y le llamó «inútil basura» cuando le trajo mal el cambio tras ir a comprar papel de fumar. Respiró hondo.

—Entonces, ¿basta con sacar buenas notas?

—Bueno, sí, eso es el principio. Y no me tomaría la molestia de decirte todo esto si no pensase que vale la pena. Porque sé que eres inteligente. Podrías hacerlo, lo sé.

Minnie salió del salón y Daniel escuchó cómo se preparaba una bebida en la cocina. La calidez del fuego había llegado a su piel, y en su interior las palabras de Minnie también eran cálidas. Se sintió poderoso, pero bueno. Era como cuidar de los animales.

Minnie volvió a derrumbarse sobre el sillón, derramando un poco de la bebida sobre la rebeca, que limpió con la palma de la mano.

—Entonces, si fuese abogado, ¿podría ayudar a los niños a vivir con sus madres?

—Bueno, hay muchos tipos de abogados, cariño. Algunos trabajan en asuntos familiares y, si eso es lo que te interesa, lo podrías hacer. Pero otros trabajan con grandes empresas, otros trabajan con criminales, o en el mercado inmobiliario..., ya sabes, ayudando a la gente a comprar casas.

—Entonces, sería como en la tele. ¿Yo estaría de pie enfrente del juez?

—Sí, podría ser. Y se te daría de maravilla.

Daniel pensó un momento, escuchando el tintineo del hielo en el vaso.

—¿Puedo poner la tele? —preguntó.

—Vale. Quita el disco, pero con cuidado, sin rayarlo. Como te he enseñado.

Daniel se levantó de un salto y con cuidado levantó la aguja del tocadiscos. Cogió el disco como le había enseñado, las dos manos en el borde para no dejar huellas, y lo guardó en la funda.

Tenía un viejo televisor en blanco y negro con un dial. Daniel lo giró hasta que encontró una comedia y se sentó de un salto en el sofá.

—Deberías comprar una televisión en color.

—Vaya, ¿debería? Tengo mejores cosas en las que gastar mi dinero. Tal vez cuando seas un abogado rico nos puedas comprar una.

Le guiñó un ojo y Daniel sonrió. Sentía calidez en su interior. Era por la idea de quedarse durante años y llamar a esa casa su hogar. Se acurrucó en el sofá viendo una serie cómica y sonreía, pero sin reírse ante los chistes, de los cuales solo comprendía algunos, consciente siempre de los chasquidos del fuego y el tintineo del hielo. Se sentía seguro, pensó, eso era lo que sentía. Se sentía seguro con ella, aun cuando estuviese borracha y fuese mala conductora y oliese raro. No quería irse.

Cuando acabó el programa, Blitz pidió salir a la calle, así que Daniel abrió la puerta trasera. Cuando Blitz regresó, Daniel echó el cerrojo a la puerta y cogió una galleta del frasco. En el salón, el vaso de Minnie estaba vacío y sus ojos cubiertos de lágrimas.

Esa cálida sensación se desvaneció al verla. Minnie estaba mirando la televisión, pero Daniel supo que no la veía. La luz grisácea se reflejaba en su rostro. Daniel se acercó al fuego y se quedó ahí, de espaldas, dejando que le calentase las piernas.

—¿Estás bien? —preguntó Daniel.

Minnie se pasó la mano por la cara, pero enseguida aparecieron lágrimas frescas a punto de rodar por las mejillas.

—Lo siento, cariño. No me hagas caso —dijo—. Estaba pensando en lo que ha pasado hoy. Qué susto me has dado, vaya susto. Prométeme que siempre te vas a poner el cinturón, incluso cuando estés en otro coche. Prométemelo.

Se inclinó hacia delante, con los nudillos blancos sobre el borde de la silla, los labios húmedos de lágrimas o saliva.

—Lo prometo —dijo Danny en voz baja—. Me voy a la cama.

—Muy bien, cielo, buenas noches. —Volvió a pasarse la mano por la cara una vez, dos veces y otra vez más con la manga derecha—. Recuerda guardar el dinero en la hucha. Ni se te ocurra llevarlo al colegio y comprar porquerías. Ven aquí...

Abrió los brazos y Daniel se acercó despacio. Minnie lo agarró de la muñeca y tiró de él con delicadeza, para darle un beso en la mejilla. Daniel se apoyó en ella un segundo más de lo necesario, percibiendo lana rugosa contra la mejilla derecha y lana húmeda contra la mejilla izquierda.

15

Eran más de las nueve y Daniel estaba cenando comida tailandesa en su apartamento. Aún no había terminado de trabajar, así que se sentó con el portátil abierto en la mesa de la cocina, bebiendo cerveza, intentando no manchar las teclas con salsa. La radio sonaba bajo. A la mañana siguiente tenía que presentarse en un tribunal por un caso de robo. Daniel había dicho a su cliente, madre de cuatro hijos, que esperaba que no la condenasen a prisión. Estaba examinando los hechos y anotando los detalles.

Sebastian había absorbido más tiempo del necesario. Daniel siempre se preparaba bien para sus casos, y se estaba tomando su tiempo para repasar las notas para el día siguiente, pero aun así el caso de Sebastian lo distraía.

Se concentró en los archivos, pero su mente divagaba en torno a las carencias de su vida. Desde que dejó a Minnie, cuando era adolescente, se había acostumbrado a estar solo. En la universidad, y también después, se le tenía por un solitario, un rompecorazones, sin amigos duraderos. Era dueño de sí mismo. Dueño de su soledad. Hacía lo que quería.

Daniel recordó a la hermana de Minnie, Harriet, hablándole de puntillas: «Espero que estés avergonzado, jovencito» y, a continuación, verla apuñalando con el bastón el estridente suelo del patio de la funeraria.

«Harriet».

Daniel recordó sus visitas, y el tenso viaje en coche cuando iban a buscarla a Carlisle: los nudillos blancos de Minnie sobre el volante, el rugido del Renault al enfrentarse a la autopista en tercera.

Harriet era la hermana pequeña de Minnie, enfermera, muy divertida y también aficionada a la bebida. Daniel recordó el sabor de sus dulces besos de ginger ale, una vez al año o cada dos años, y los jerséis tejidos a mano y los frascos de caramelos que traía.

Se terminó el curry y apartó el plato. Tras limpiarse la boca, vio la caja de Minnie en el salón y sacó la libreta de direcciones. Estaba llena de granjeros de Brampton, pero encontró a Harriet (Harriet Macbryde) con su apellido de soltera, aunque se había casado y tenía una familia en Cork... Había visto las fotografías. Daniel continuó hojeando la libreta, haciendo una pausa al final, ante otro nombre que reconoció: Tricia Stern.

«Tricia». Daniel aún recordaba cuando Tricia lo llevó en coche a la granja de Minnie por primera vez. Había un número de teléfono y la dirección del Servicios de Asistencia Social a Menores de Newcastle y otro número, el de los Servicios Sociales de Carlisle.

Daniel comenzó desde el principio y esta vez pasó las páginas más despacio. «Jane Flynn»: un número de Londres, una dirección en algún lugar de Hounslow. Flynn había sido el apellido de casada de Minnie: Minnie Flynn, Norman Flynn y Delia Flynn: los Flynn de la granja Flynn. Norman tendría familia, razonó Daniel, aunque Minnie no la había mencionado nunca. No era de extrañar: apenas podía mencionar a su marido sin que los ojos se le arrasasen de lágrimas.

Era tarde y Daniel no tenía tiempo. Tenía demasiado trabajo y dudaba que pudiese acostarse antes de las dos, pero las preguntas se amontonaban en su mente. Durante años había intentado apartarla de sus pensamientos, pero ahora que había muerto se descubrió a sí mismo atrapado en su red. Quería saber por qué ella le había hecho tanto daño, y por qué se había hecho tanto daño a sí misma. Pero ya era demasiado tarde.

Daniel respiró hondo. Volvió a hojear la libreta de direcciones, inclinándose hacia delante, la mano en la frente, el pelo cayendo sobre los dedos.

Cogió el teléfono y marcó con el pulgar el número de Harriet Macbryde, en Middleton (Cork), la botella de cerveza en la otra mano. Marcó todos salvo el último número y colgó. Harriet no querría hablar con él, se dijo. Ella pensaba que debía avergonzarse, que debía lamentar lo ocurrido, que era el culpable. ¿Qué quería preguntarle a Harriet? Quería conocer a Minnie, comprendió, quería saber quién había sido, aparte de esa mujer de anchas caderas que se convirtió en una madre para él y lo había salvado de sí mismo.

Daniel se pasó ambas manos por el pelo y suspiró. Dejó el teléfono y volvió a su trabajo, preparándose para una larga noche.

La fiscalía había contratado a un psiquiatra para evaluar a Sebastian. El informe sostenía que estaba sano y era apto para declarar. Daniel también había preparado una evaluación psicológica. El psicólogo había visitado Parklands House para reunirse con Sebastian y el informe llegó a Harvey, Hunter y Steele a la semana siguiente. Daniel se mordió el labio mientras guardaba el informe en el maletín. No sabía qué había esperado del psicólogo. A veces, cuando estaba con Sebastian, sentía una extraña afinidad. Otras veces, también él se sentía incómodo junto a ese niño al cual Irene consideraba inquietante.

En el baño, Daniel se anudó la corbata y se pasó una mano por el pelo. Estaba solo y se miró a sí mismo más tiempo de lo habitual, sin sonreír, viendo su rostro como imaginaba que otros lo verían. Tenía un aspecto cansado, pensó, tenía ojeras y las mejillas más delgadas de lo normal. Recordó ser niño, ser salvaje. Sabía de dónde procedía ese niño salvaje, pero no qué había sido de él. Se acercó más al espejo y recorrió con un dedo el puente de la nariz, reparando en la pequeña protuberancia que atribuía a ese día que le rompieron la nariz de niño.

Daniel tenía que ir al Tribunal Central de lo Penal para una breve audiencia y después tenía cita con el psicólogo. Llegaba tarde, así que fue corriendo al metro y siguió corriendo por las escaleras mecánicas, y pidió disculpas cuando su maletín golpeó a una mujer en la cadera. Salió en Saint Paul y llegó caminando al tribunal.

Eran más de las cuatro cuando salió del juzgado y se dirigió a Fulham a ver al doctor Baird, el psicólogo. Irene se había demorado, de modo que solo lo acompañó Mark Gibbons, el abogado asistente.

Baird era más joven de lo que Daniel había esperado. Tenía la piel pálida y las pecas de su nariz se dispersaban por el rostro hasta el cuero cabelludo, donde el pelo rubio rojizo comenzaba a escasear. Parecía nervioso.

—¿Quieren té o café? —preguntó el doctor Baird, arqueando las cejas como si uno de ellos hubiese realizado una interesante observación.

Daniel declinó, pero Mark se aclaró la garganta y pidió un té.

Su informe había sido objetivo, profesional, y aun así ofrecía impresiones personales acerca del carácter de Sebastian. Desde el punto de vista de la defensa, podría ayudar a mostrar el lado amable de Sebastian, pero Daniel e Irene no habían decidido cómo usarlo, si es que lo usaban. Según el doctor Baird, Sebastian era apto para ser juzgado en un tribunal de adultos, si bien Daniel habría preferido mostrar a Sebastian como el niño que era, a duras penas preparado para los rigores del juzgado. El psicólogo había descrito a Sebastian como inteligente y expresivo y Daniel esperaba que esta opinión profesional positiva ayudara a contrarrestar las declaraciones de los testigos de la fiscalía, según los cuales Sebastian era un cruel abusón, de modo que el jurado se compadeciese de él. Por supuesto, Daniel esperaba que no necesitasen recurrir a la compasión y que los hechos bastasen para demostrar su inocencia.

El doctor Baird había visitado a Sebastian en Parklands House armado con muñecos y rotuladores. Daniel se sintió fascinado por el informe, no solo debido a su posible importancia en el juicio, sino por lo que revelaba acerca de Sebastian.

Mientras Mark bebía té (la taza temblaba sobre el plato), Baird se recostó en la silla, con las manos entrelazadas sobre el estómago, y disertó acerca de Sebastian.

—Es muy inteligente, como afirmo en el informe (un cociente de 140), y sin duda era plenamente consciente de quién era yo y qué hacía ahí...

Daniel pensó que Baird parecía molesto.

—*¿Sabes por qué estoy aquí?* —*preguntó el doctor.*

—*Sí* —*dijo Sebastian*—. *Quieres hurgar en mi cabeza.*

—Sin duda, demostró una... asombrosa madurez para un chico de su edad y tenía la certeza de ser inocente. —Baird abrió los ojos de par en par al decir esta palabra.

Daniel no estaba seguro del significado del gesto: ¿estaba impresionado o se mostraba incrédulo?

—*¿Sabes de qué crimen te acusan, Sebastian?*

—*Asesinato.*

—*¿Y qué te parece?*

—*Soy inocente.*

El chico conocía la diferencia, según dijo Baird a Daniel y Mark. Sabía diferenciar entre lo correcto y lo incorrecto y sabía que el asesinato (o cualquier tipo de violencia) estaba mal.

Daniel se preguntó si Sebastian de verdad comprendía la diferencia o si había respondido según las expectativas del doctor. Daniel pensó en su infancia y en sus propios errores, delitos algunos de ellos. Recordó no ser consciente de la inmoralidad de esos actos: solo le importaban el interés, la protección y la venganza. Minnie le había ayudado a comprender la diferencia.

—Doctor Baird —Daniel hojeaba en el informe las secciones que había subrayado antes de la reunión—, usted ha escrito que no tiene manera de saber cómo reaccionaría Sebastian en un estado de angustia emocional, pero piensa que incluso en ese estado sabría qué está haciendo y cuáles son sus consecuencias morales... Discúlpeme por parafrasear. ¿Qué significa eso exactamente?

—Bueno, significa que he visto a Sebastian dos veces y no me cabe duda de ese análisis, es decir, que conoce la diferencia entre lo correcto y lo incorrecto, pero sé que sería necesario un estudio más detallado de su conducta a fin de ofrecer conclusiones acerca de su comprensión moral y sus cambios de conducta bajo gran presión emocional.

—Ya veo. Dice usted que es... —Daniel pasó la página y leyó—: «... Incapaz de tratar y comprender las emociones intensas y es propenso a las rabietas y los estallidos emocionales». ¿Qué significa esto en relación con su capacidad de cometer un crimen violento?

—Bueno, muy poco... Me pareció intelectualmente maduro, incluso precoz, pero, como ya he dicho, emocionalmente inmaduro.

Hablamos de algunos temas espinosos y se mostró visiblemente molesto, pero ciertamente no fue agresivo en modo alguno.

Daniel echó otro vistazo al informe, con el ceño fruncido.

—¿Percibió indicios de maltrato?

—Vaya, pues sí —dijo Baird, cogiendo el archivo y fijándose en sus notas—. Sin duda, de maltrato conyugal. Jugamos con muñecas, aunque al principio Sebastian no estaba dispuesto..., pero con el tiempo interactuó con ellas. No lo verbalizó (otra indicación de inmadurez emocional), pero pareció representar escenas en las que su padre propinaba puñetazos y patadas a su madre.

—La familia nunca ha recibido la visita de un asistente social —dijo Mark tras terminar el té.

—Cierto —dijo el doctor Baird—, pero los informes médicos corroboran algunas afirmaciones de Sebastian.

—*Soy hijo único. Hubo un bebé, pero murió. Puse la mano sobre el estómago de mi madre y lo sentí moverse. Pero luego se cayó y dio a luz una cosa muerta.*

—Sebastian describió un parto fallido, y de modo muy vívido, y ciertamente la señora Croll sufrió un aborto espontáneo en el tercer trimestre debido a un accidente doméstico —confirmó Baird.

Daniel había leído en el informe médico que Sebastian se mostró inexpresivo al proporcionar esta información y Baird anotó que el muchacho hizo «con la boca el breve sonido de succionar».

Daniel se aclaró la garganta y echó un vistazo a Mark, quien tomaba apuntes.

—Finalmente —dijo Daniel—, ¿descarta el diagnóstico previo de Asperger que ofreció la psicóloga del colegio? Aparecía en sus informes escolares.

—Sí, no hallé evidencia alguna de que padeciese Asperger, si bien presenta algunos rasgos relacionados.

—¿Y recomienda descansos frecuentes durante el juicio? —preguntó Daniel—. Creo que forman parte de las reglas, pero quizás necesitemos que declare a tal efecto... ¿Estás de acuerdo, Mark?

Mark asintió con entusiasmo y la nuez se movió por encima del cuello de la camisa.

—Claro, por supuesto... El tribunal debería tener en cuenta la edad de Sebastian y su estado emocional. Su inteligencia le permitirá comprender lo que sucede si se le explica bien, pero hay que disponer descansos con frecuencia para disminuir la tensión emocional.

Daniel se despidió de Mark y se dirigió a casa. Cerró los ojos y se sentó, dejándose llevar por los vaivenes del metro. Recordó la impotencia que sentía cuando pegaban a su madre e imaginó a Kenneth King Croll provocando la caída de Charlotte por la que perdió al bebé.

De vuelta en Bow, abrió el maletín en la cocina, esparciendo las pruebas del caso Croll sobre la mesa, y se abrió una cerveza. Lo repasaría todo una vez más después de la cena. Vio el cuaderno de la noche anterior, con los números de Harriet Macbryde y Jane Flynn, y se sentó mirándolos fijamente, preguntándose qué hacer. Harriet estaba furiosa con él y Jane probablemente ni siquiera sabía que existía. No era familia de ninguna de las dos.

Se duchó y se puso una camiseta y unos vaqueros. Caminó descalzo hasta el salón, donde cogió de la repisa la fotografía de la primera familia de Minnie. La llevó a la cocina y se terminó la cerveza con los ojos clavados en la cara de Minnie. Estaba radiante de felicidad, y no había ni rastro de esa piel castigada por los años al aire libre.

Daniel respiró hondo y cogió el teléfono. Marcó el número de Harriet; mientras escuchaba el sonido inusualmente largo, su pecho se sobrecogió ante la incertidumbre. Dio golpecitos con los dedos en la mesa. No había pensado qué iba a decir. Estaba a punto de colgar cuando Harriet contestó.

—¿Diga? —Una respiración entrecortada, como si hubiese corrido para coger el teléfono.

—Hola, ¿está... Harriet?

—Sí, ¿en qué puedo ayudarle? —Estaba tranquila ahora, armada de valor, tratando de identificar su voz.

—Soy... Soy Danny, te vi en...

Hubo una larga pausa y, al cabo de un rato, Harriet dijo:

—¿Qué quieres?

Daniel se inclinó sobre la mesa de la cocina y cogió la foto de Minnie. Habló en voz baja. No estaba acostumbrado a pedir ayuda.

Hacía calor en la cocina y se le notaban las venas de las manos mientras sostenía el marco.

—Siento mucho... cuando te vi en el funeral. Yo estaba... Bueno, me gustaría hablar contigo sobre Minnie. He estado pensando mucho en ella y me he dado cuenta de que hay muchísimas cosas sobre ella que no sé..., que ella nunca me contó. Me preguntaba si podrías...

—Como te dije en el funeral, Danny, este repentino interés llega muy tarde. Le rompiste el corazón porque no hablabas con ella ni la visitabas. Le rompiste el corazón, ¿comprendes? Y ahora que está muerta, ¿quieres saber más acerca de lo buena persona que era? Estoy llorando la muerte de una hermana a la que quise mucho, pero tú ya le dijiste adiós hace mucho tiempo. Ahora, por el amor de Dios, déjame en paz.

—Lo siento —susurró Daniel, pero Harriet ya había colgado.

16

Daniel miraba los cómics en la tienda de revistas de Front Street. Notó que lo observaban y se giró de repente para sorprender a una mujer vestida con un peto granate mirándolo con descaro. Cuando le sostuvo la mirada, la mujer le sonrió y volvió a la caja registradora. Daniel sintió que le ardían las mejillas. Sabía que la mujer era Florence MacGregor, a quien todos llamaban Flo-Mac. Compraba huevos y a veces pollo en el puesto de Minnie y siempre se quejaba del precio. Tenía el pelo negrísimo y Minnie le había dicho que se teñía; «algunas personas no soportan envejecer, aunque no hay nada más seguro en la vida que la muerte», dijo a Daniel.

Daniel sabía que Flo-Mac se imaginaba que iba a robar el cómic, y estaba dispuesto a hacerlo solo para no decepcionarla, pero, cuando comenzó a enrollarlo para deslizarlo dentro del pantalón, pensó en su carrera como abogado y en qué pensarían de él entonces. Desenrolló el cómic y contó su dinero. Tenía suficiente.

Al acercarse al mostrador, oyó a Flo susurrando a su asistente. Daniel no comprendió todas las palabras, pero oyó «Flynn», «huérfanos», «vergüenza».

Daniel dejó el cómic sobre el mostrador.

—Catorce peniques —dijo Flo.

—Métetelo por el culo. —Daniel le arrojó el cómic a la cara y salió de la tienda.

En el colegio, jugó al fútbol durante la hora de la comida y marcó dos goles. Por la tarde tuvo un examen de Matemáticas y Daniel terminó el primero, como de costumbre, pero esta vez había respondido las preguntas. Esperó al acabar la clase y pidió a la señorita Pringle que corrigiese su examen. Tenía bien todas las preguntas, así que la señorita Pringle le dio una estrella dorada para que se la enseñase a Minnie.

Al cruzar Dandy, Daniel caminó con el papel del examen y la estrella dorada frente a él. Los otros niños ya estaban en casa y el Dandy estaba tranquilo. Billy Harper estaba solo en los columpios y Daniel lo saludó. El hombre corpulento le devolvió el saludo, dejándose mecer por el columpio. Recordó el verano anterior, cuando le dieron una paliza al cruzar este trozo de tierra. Se sentía diferente ahora, mayor. Dobló el examen, lo guardó en el bolsillo y salió corriendo a casa. De vez en cuando se detenía para dar patadas a las margaritas.

Cuando llegó a casa, Minnie estaba cambiando la cama de Hector. Se acercó a su espalda y dio un empujón a sus anchas caderas.

—Me preguntaba dónde te habías metido. ¿Estabas haraganeando como de costumbre?

—No, me quedé para que me diesen mi examen de Matemáticas, ¡mira! —Daniel mostró el papel a Minnie.

Minnie frunció el ceño ante el papel durante unos instantes y, al comprender, lo agarró y le dio un abrazo de oso, apretando tanto que Daniel no podía respirar, y lo alzó del suelo.

—Vaya, es maravilloso —dijo—. Tenemos que celebrarlo. Una estrella dorada se merece una tarta y unas natillas.

Daniel vio cómo daba un tirón al ruibarbo que crecía fuera de control al lado del gallinero. Los tallos tenían el grosor de tres dedos y las hojas eran grandes como paraguas. Minnie entró en la casa con tres tallos y le preguntó si quería uno en ese momento. Mientras preparaba la tarta y calentaba el aceite para freír patatas, Daniel se sentó a la mesa de la cocina y metió un tallo de ruibarbo en el bote de azúcar. Esa acidez cubierta de dulzura era la síntesis de la felicidad, y en ese momento era feliz, con la estrella dorada, el olor de las patatas fritas y el sabor del ruibarbo en la boca.

Culpable

Estaba comiendo la tarta cuando Minnie abordó el tema. Minnie apartó el tazón mientras Daniel se llevaba a la boca una cucharada de ruibarbo cubierto de crema.

—¿Recuerdas que te dije que a menudo a los asistentes sociales les cuesta encontrar padres adoptivos para los niños mayores, como tú?

Daniel dejó de comer. Su brazo cayó sobre la mesa y la cuchara quedó suspendida en el borde del plato. Tenía comida en la boca, pero no podía tragar.

—Bueno, parece que Tricia ha encontrado una pareja que podría estar interesada.

Minnie observó su rostro en espera de algún tipo de respuesta; Daniel sintió que los ojos de ella exploraban los suyos. Estaba completamente inmóvil, igual que ella.

—Se trata de una familia con niños mayores, de dieciocho y veintidós, que van a irse de casa. En total tienen cuatro hijos y solo uno vive con ellos. Eso quiere decir que habría un ambiente familiar, pero acapararías casi toda la atención. Mejor que aquí, solo conmigo y los animales. ¿Qué te parece?

Daniel se encogió de un hombro y se quedó mirando la comida. Hizo lo posible por tragar.

—Viven en Carlisle y tienen una casa grande. Seguro que vas a tener un dormitorio muy espacioso...

—¿Qué más da?

Minnie suspiró. Estiró la mano, pero Daniel apartó el brazo con tal prisa que tiró la cuchara al suelo. Las natillas mancharon la pared y el suelo.

—Solo quieren que vayas a probar —añadió—. Sugirieron el fin de semana, solo para que os conozcáis.

Daniel se levantó de la mesa y salió corriendo escaleras arriba. Blitz estaba dormido y Daniel le pisó la cola al pasar. No supo si fue el aullido del perro o los gritos de Minnie, que le pedía que volviese, lo que despertó su ira. En un instante ocupó todo su cuerpo y, tan pronto como llegó a su habitación, comenzó a destrozarla: tiró los cajones, dio patadas a la mesita de noche y aplastó otra lámpara. Esta vez, por si acaso, pisoteó la pantalla una, dos, tres veces.

Estaba metido entre el armario y la cama, acurrucado, cuando Minnie entró. Se escudó contra esas reconfortantes manos que esperaba en la espalda y el pelo. Se abrazó a sí mismo con más fuerza. Le recordó a los ataques sufridos. Dos de los novios de su madre lo habían golpeado hasta dejarlo inconsciente. Recordó estar sentado así, entre muebles, protegiéndose el estómago y la cabeza, dejando que los hombros y la espalda absorbiesen los golpes, hasta que lo sacaban, gritando, agarrado del pelo.

Ahora, de la misma manera, se protegió contra sus gestos de consuelo; estaba tenso, los músculos preparados para reaccionar si ella se acercaba. Apretaba la cara contra las rodillas, así que oía y olía su respiración, con un toque de acidez debido a las novedades o al ruibarbo.

Pero Minnie no lo tocó. Oyó el quejido de los muelles cuando Minnie se sentó en la cama. Oyó un suspiro y a continuación se hizo el silencio.

Esperó durante unos minutos, observando las formas circulares que flotaban ante él cuando apretaba las rodillas contra los ojos. Sintió dolor en los globos oculares, pero no se detuvo. Le dolía la espalda por torcerse en torno a los muslos. Lentamente, levantó la cabeza. Estaba sentada dándole la espalda. Vio que daba vueltas a la pulsera dorada de la mano izquierda. Sus manos, rojas y ásperas, habían empezado a gustarle. Le gustaba sentirlas sobre la mejilla y el pelo, como si solo unas manos así de ásperas pudiesen consolarlo.

La miró así, con la barbilla sobre las rodillas. Estaba inmóvil, apartada de él, contemplando una fantasía invisible en el aire. Veía su pecho subir y bajar y el sol de poniente reflejado en sus cabellos canos, de modo que parecía casi blanco, en medio de esa luz.

—Lo único que quiero es estar contigo —dijo al fin.

—Oh, Danny —dijo Minnie, que aún le daba la espalda—, me alegra que te hayas adaptado bien; es lo que quería. Pero esta es una gran oportunidad para ti. Se trata de una familia; imagina tener dos padres con experiencia y un buen trabajo solo para ti. Mejor que esta granja vieja y sucia, donde solo tienes a una vieja como yo..., y no lo digo porque sí.

—Me gusta la granja...

—A ellos les encanta el aire libre, ¿sabes? Gente inteligente, con estudios.

—¿Y? ¿Qué más da?

Minnie se volvió hacia él. Dio unos golpecitos en la cama, a su lado.

—Ven aquí. —Daniel se incorporó y se sentó junto a ella. Le dio un golpecito con el hombro y le preguntó—: ¿Acaso te da miedo pasar un fin de semana con unos simpáticos desconocidos? Nadie te envía a ninguna parte. Es una oportunidad que hay que aprovechar.

—Entonces, ¿puedo volver si no me caen bien?

—Claro que sí, pero ¿quién te dice que tú les vas a caer bien? ¡Un mocoso gruñón como tú!

Daniel sonrió al fin y Minnie le dio otro empujoncito. Se dejó caer sobre la extensión de su cuerpo, los brazos entre las caderas y el regazo, la cara aplastada contra la suavidad de su brazo.

El sábado por la mañana, Daniel miraba por la ventana de su habitación a la espera del coche. Veía el jardín de Minnie, con sus huertas y sus tallos de frambuesa. La nudosa mano del serbal se alzaba en el lado opuesto, surgiendo de la tierra en un gesto desesperado, lleno de tendones y de bayas rojas como la sangre. Los padres que querían conocerlo se llamaban Jim y Val Thornton. Aún no era tarde, pero Daniel ya llevaba una hora esperando. Como no había ningún coche a la vista, se dedicó a mirar el árbol, que lo saludaba sacudido por el viento. Recordó que había trepado al serbal a coger las bayas y Minnie le dijo que eran venenosas. Le dijo que el árbol estaba ahí para espantar a las brujas, así que ¿cómo podría ser una bruja ella? Daniel observó los gorriones y las urracas, que despojaban al árbol de sus bayas. Se preguntó cómo esas aves diminutas sobrevivían comiendo unas bayas que, según Minnie, podían matarlo a él.

En eso pensaba cuando un gran coche negro aparcó frente a la granja. Se escondió tras la cortina, pero siguió mirando al hombre alto y rubio que salió del automóvil y, a continuación, a la mujer, que llevaba el pelo recogido y una bufanda de colores brillantes. Cuando los perdió de vista, Daniel salió del dormitorio para sentarse en lo alto de las escaleras. Tenía una bolsa de viaje al pie de las escaleras, pero Minnie había dicho que primero charlaría con ellos.

La puerta estaba abierta, pues Minnie había salido a su encuentro. Los cumplidos se adentraron en la casa como hojas de otoño. Blitz se quedó medio dentro medio fuera, por lo que Daniel solo podía ver la cola moviéndose. Le dolía el estómago debido a los nervios y se inclinó sobre las rodillas en un esfuerzo por liberar la tensión. Se escondió cuando Minnie les mostró el salón.

Esperaba que lo llamasen, pero fue Blitz quien fue a buscarlo, jadeante, a las escaleras. Daniel acarició el pelaje blanco y negro del perro y Blitz inclinó la cabeza para permitirlo. Fue entonces cuando lo llamaron.

—¿Danny? ¿Quieres bajar, cielo?

Blitz bajó en cuanto oyó la voz de Minnie. Daniel esperó un momento y respiró hondo antes de ir. Iba en calcetines y caminó sin hacer ruido. Minnie aguardaba a los pies de la escalera, con una extraña sonrisa en el rostro. Nunca la había visto sonreír así, como si estuviese contenta consigo misma o como si la observase otra persona aparte de él. Daniel torció el gesto, metió las manos en los bolsillos y la siguió al salón.

—Vaya, hola...

El hombre se puso tenso, estiró los brazos y parecía a punto de levantarse hasta que la mujer le puso la mano en el antebrazo. Daniel se alegró de que se quedase en su sitio. Minnie tenía ambas manos sobre sus hombros y los frotaba. Daniel asintió ante el saludo y arrastró los calcetines por la alfombra del salón.

—Me llamo Val —dijo la mujer, con una sonrisa similar a la de Minnie, aunque más severa; Daniel pensó que tenía los dientes demasiado blancos y se le veían las encías—. Y este es Jim, mi marido... Nos alegra mucho que vayas a pasar el fin de semana con nosotros.

Daniel asintió y Minnie lo llevó al sofá.

Fue a la cocina a hacer té. Daniel se reclinó en el sofá mientras Jim y Val lo miraban con atención.

—Bueno, ¿hay algo que quieras saber de nosotros? —preguntó Val.

—Ya lo sé todo —dijo Daniel—. Tenéis cuatro hijos. Solo uno sigue en casa y es un muchacho de unos dieciocho años. Tenéis una casa grande y Jim es contable.

Val y Jim rieron al unísono, nerviosos. Daniel puso un pie encima del otro. Se había reclinado tanto en el sofá que tenía la barbilla apoyada en el pecho.

—¿Por qué no nos cuentas algo de ti? —preguntó Val—. ¿Qué te gusta hacer?

—Jugar al fútbol, dar de comer a los animales, vender cosas en el mercado.

—Nosotros vivimos en Carlisle —dijo Jim, inclinándose hacia delante, con los codos sobre las rodillas—. Nos gusta ir de paseo o en bicicleta, así que me apunto a jugar al fútbol. Tal vez podamos jugar este fin de semana, si te apetece.

Daniel intentó encogerse de hombros, pero los tenía incrustados en el sofá.

Minnie trajo té caliente y un plato de pastas alemanas. Daniel siguió hundido en el sofá y Minnie llevó el peso de la conversación, hablando más alto de lo habitual sobre la granja, sobre cuánto tiempo llevaba acogiendo niños y sobre Irlanda, donde no estaba desde 1968. Daniel se sentó inmóvil junto a ella, hurgando con el índice en un agujero del sofá, que, según le explicó Minnie, se debía a un cigarrillo de su marido.

—Ya tenemos tu habitación preparada —dijo Val—. Es la más grande, la que ocupaba nuestro hijo mayor, así que vas a tener tu propia televisión.

—¿Es en color? —preguntó Daniel.

—Sí.

Daniel miró a Minnie y sonrió. Miró a Jim, que cogía una pasta. Se la comió sin darle ni una miga a Blitz, que salivaba a sus pies.

—¿Tenéis animales? —preguntó Daniel, que se incorporó por primera vez.

—No, los chicos siempre quisieron tener un perro, pero Val es alérgica...

—Oh, lo siento —dijo Minnie, agarrando a Blitz del collar—. Voy a sacarlo.

—No, no, por un rato no pasa nada; con que no lo acaricie... De verdad que nos alegra muchísimo que pases el fin de semana con nosotros, Daniel; va a ser muy bonito tener de nuevo un niño en casa. —Las fosas nasales de Jim se dilataron al sonreír.

17

En los juzgados de la calle Heathcote se celebraba una fiesta (un evento habitual en septiembre) para que los abogados se relacionasen con los principales letrados y jueces. Daniel acudió junto a Veronica, su socio principal, con la esperanza de encontrarse con Irene. Había llevado consigo copias de unos documentos confidenciales que detallaban una investigación de los Servicios Sociales acerca de los Croll, que le había entregado un empleado de su bufete.

La fiesta era una algarabía: en la barra libre, bien abastecida con champán, los abogados y secretarios adulaban a los grandes letrados, gracias a los cuales tenían trabajo. El año anterior, en esta fiesta, Daniel había conocido a su ex: una estudiante casi quince años menor que él. Hacía poco se había trasladado a otro juzgado.

Cuando Daniel y Veronica llegaron, las escaleras y los pasillos estaban abarrotados de gente sonrosada y risueña, que bloqueaba las puertas de habitaciones rebosantes de risas. El aire era cálido, dulce y aromático. No había música, pero era difícil oírse debido a la cacofonía de las conversaciones.

Daniel tuvo que inclinarse hacia Veronica.

—Voy a buscarnos una copa —le dijo, al tiempo que a ella le besaba en ambas mejillas uno de los jueces del Tribunal de la Corona.

Se quitó la chaqueta y guardó la corbata en un bolsillo mientras esperaba que le sirviesen dos copas de champán, que llevó en una mano al regresar sobre sus pasos. Divisó a Irene en medio de las escaleras, hablando con otro joven abogado de la corona.

Daniel esquivó a tres jueces para dar la copa a Veronica y luego, poco a poco, se abrió camino hacia las escaleras. Hizo una señal a Irene, que se apartó del hombre con quien hablaba y lo saludó.

—Me alegra que hayas podido venir, Danny —dijo, inclinándose para besarlo en la mejilla.

Estaba un escalón más alto que él. Daniel se sintió extraño mirándola a la altura de los ojos. Aún llevaba la ropa del tribunal, con una falda que le llegaba por la rodilla y una blusa blanca.

—¿Conoces a Danny, de Harvey, Hunter y Steele? —dijo Irene al abogado con quien había estado hablando.

—Oh, sí, por supuesto. Daniel Hunter, ¿verdad? —El abogado estrechó la mano de Daniel y se disculpó para ir en busca de una bebida.

—¿Cómo va Sebastian en el centro? —preguntó Irene.

Daniel sonrió al ver el brillo de su piel y el leve rubor de las clavículas desnudas.

—Sobrevive. Escucha, ¿tienes un minuto? Me han enviado algo. Tenemos que hablar sobre qué vamos a hacer con esto...

—Estoy intrigada —dijo Irene, que agarró a Daniel del codo y lo llevó con delicadeza hacia arriba—. Vamos a mi despacho. No te preocupes..., ¡ahí también hay vino!

Al igual que el resto de las estancias, era una habitación de decoración opulenta y tradicional, de modo que incluso el papel de la pared y la alfombra emitían una tranquilizadora discreción. La luz de la calle bañaba la habitación e Irene encendió una lámpara de mesa. Las voces que llegaban del pasillo eran abrumadoras y Daniel cerró la puerta despacio.

—¿Quieres más champán o un poco de vino? —preguntó Irene, que abrió un armario antiguo junto a la ventana.

—Lo que prefieras —dijo Daniel, que terminó el champán saboreando su burbujeante acidez.

—Esto, entonces —dijo Irene. Sonó el corcho y la botella humeó. Irene llenó tanto la copa de Daniel como la suya, tras lo cual dejó el champán en el escritorio—. ¿Y las cintas? ¿Habéis encontrado algo? ¿Alguna pista de nuestro misterioso criminal?

—Nada —contestó Daniel, que se pasó la mano por los ojos.

—Brindemos por... tener más suerte esta vez —dijo Irene mientras le entregaba la copa.

Entrechocaron las copas e Irene se sentó en el borde del escritorio. Daniel tiró su chaqueta sobre una silla, tras sacar el informe que quería enseñarle. Fuera estallaron unas carcajadas cuando una voz masculina gritó: «Cuestión de derecho, señoría».

—Esto es... —Daniel desdobló un papel y se lo entregó a Irene— un informe de Servicios Sociales tras una reunión especial para investigar la vida doméstica de Sebastian, debido a la acusación y su repercusión mediática —explicó Daniel.

—¿Cómo diablos lo has conseguido?

Daniel negó con la cabeza.

—Fue un envío anónimo a mi despacho, que llevaba mi nombre y la palabra «confidencial». Lo he recibido esta mañana.

—Quienquiera que lo hiciese podría acabar en la horca —replicó Irene, echando un vistazo al informe—. ¿Quién crees que fue?

—Imagino que alguien que participó en la reunión y que ha estado siguiendo el caso. Léelo.

Tomó un gran sorbo del champán mientras Irene leía en voz alta: «Motivo de la reunión: supuesto delito de Sebastian, los padres quedan excluidos de la reunión». Irene lo miró.

Daniel se sentó en el borde del escritorio, junto a Irene, y miró por encima del hombro mientras leía:

Violencia física sufrida durante años. Seis costillas rotas y una clavícula fracturada. Ruptura del bazo. Nariz rota. Diazepam, nitrazepam, dihidrocodeína. Segundo intento de suicidio: sobredosis de nitrazepam tomada con alcohol. Se ofreció protección y asesoramiento, pero se niega a identificar al esposo como agresor. Los médicos establecieron que el feto de 29 semanas falleció como consecuencia de heridas en el saco amniótico y el útero.

—Tal como lo representó Sebastian ante el psicólogo —dijo Irene, que alzó la vista y dejó el informe sobre el escritorio.

—Has leído esta parte, ¿verdad? —Daniel lo cogió y le mostró una sección que había subrayado.

—Charlotte intentó suicidarse... —Irene suspiró y tomó otro trago.

—Pero intentó llevarse a Sebastian consigo —dijo Daniel, que torció el gesto y se acabó la bebida—. Eso es lo que parece. Le hicieron un lavado de estómago la misma noche en que ingresaron a Charlotte.

—Aparte de las píldoras, sin embargo, a Sebastian nunca le han puesto un dedo encima.

—No lo han pegado, pero basta con que vea lo que le pasa a ella. No es de extrañar que sea un niño «inquietante», como dijiste.

—Por mucho que nos pese a ti y a mí —Irene suspiró—, no es King Kong quien va a ir a juicio... Dios sabe quién te dio esto, pero no podemos utilizarlo.

—Lo sé —dijo Daniel—. Alguien habrá pensado ingenuamente que esto ayudaría a explicarlo todo.

—Muy ingenuamente —puntualizó Irene, que volvió a beber—. Sea quien sea, ha puesto su carrera en peligro.

—Ya has leído los informes escolares. Consta que Sebastian es un pequeño abusón agresivo... y que se porta mal en clase. Sabemos que la fiscalía los va a usar —dijo Daniel.

—Tal vez podamos evitarlo. Con Tyrel pudimos. Y, además, este informe es confidencial.

—Pero, como has dicho, solo corrobora lo que Sebastian contó al psicólogo. Lo que quiero decir es que si se admiten los testimonios de mal carácter y empiezan a decir que Sebastian es un monstruo, entonces podemos mencionar la violencia doméstica. Podemos solicitar que preste declaración el psicólogo, sin necesidad de usar este informe.

—Es incluso menos probable —Irene negaba con la cabeza— que el juez admita pruebas sobre la violencia doméstica en el hogar de Sebastian que los testimonios de mal carácter. Tienes razón en que es bueno saberlo, pero no creo que sea compatible con nuestra estrategia actual. Estábamos de acuerdo en centrarnos en las pruebas circunstanciales.

—Mira, esa vecina de los Croll, Gillian Hodge, llama a la policía una y otra vez por las peleas de al lado. Va a ser testigo de la fiscalía —dijo Daniel—. Tiene hijas de la edad de Sebastian y dice en su declaración que él es agresivo con ellas. Bueno... El juez quizás no lo admita y sé que vas a pedir que no lo haga, pero, si tratan de retratar a Sebastian así, podemos señalar que los maltratos explican su agresividad, que consta también en su expediente escolar, pero dejando claro que ser un abusón no es ser un asesino.

Sus ojos se encontraron. La mirada de Irene era reflexiva.

—Entiendo lo que quieres decir —señaló—. Lo tendremos en cuenta, pero no vamos a admitir que es una persona violenta.

—Los hechos están claros: no tienen huellas, no tienen un testigo fiable que lo sitúe en la escena del crimen, las pruebas forenses son circunstanciales, pero sé que van a buscar testigos que declaren que es un abusón, aunque sea irrelevante para el caso. Podemos usar los testigos de la fiscalía en su contra. Gillian Hodge va a admitir que ha pedido a Urgencias que vayan a la casa de los Croll.

—Gracias. —Irene asintió y dejó el informe—. Podemos pensar en ello. —Hizo una pausa y miró con gesto serio a Daniel—. Tienes aspecto de estar cansado, Danny.

—Tú tienes un aspecto fabuloso —replicó él, mirándola a los ojos antes de vaciar su copa. Irene dejó pasar el cumplido.

—¿No sedujiste en esta fiesta a la aprendiz de Carl el año pasado? —preguntó. Daniel se sorprendió al notar que se ruborizaba.

—¿Qué es esto? ¿Un interrogatorio?

—¿Dónde se encontraba por estas fechas en septiembre del año pasado? —Irene se rio, arqueando una ceja y alzando un dedo. Daniel levantó ambas manos, dejando que el pelo le cayese sobre los ojos—. He oído decir que lo habéis dejado. Se trasladó a otro tribunal el mes pasado.

—Sí, eso he oído —dijo Daniel, mirando la puerta.

Se hizo una pausa. La pausa se hizo más larga y cálida gracias al papel tapiz y la gruesa alfombra. Daniel tenía sed y calor.

—¿Y tú? —dijo Daniel.

—¿Si seduje a un aprendiz?

Daniel soltó una carcajada.

—¿No estabas saliendo con aquel juez?

—Madre mía, eso fue hace siglos, ponte al día. —Se acercó a él con la botella y le sirvió más champán. Daniel podía olerla. Irene lo miró a los ojos—. De verdad que pareces cansado, ¿sabes?

—Lo sé, no he dormido mucho últimamente. —Daniel se pasó una mano sobre los ojos y suspiró.

—No por este caso, espero. Qué asco de prensa.

—No. Bueno, en parte sí, pero... es algo personal. —Daniel la miró y apretó los labios.

—¿Una dama? —Irene arqueó una ceja.

—No. Bueno, en realidad sí... Mi... madre murió.

—Oh, Dios, Danny, lo siento.

Fuera hubo otro ataque de risas. Una vez más, Daniel se sorprendió al sentir que se ruborizaba. No sabía por qué le había hecho esa confesión a Irene. Apartó la vista. «Mi madre, mi madre...». Apenas dos meses atrás habría renegado de ella. Ahora que Minnie se había ido para siempre, podía admitir de nuevo que era su madre.

Irene se sentó tras el escritorio. Se quitó los zapatos y giró los pies, mirando a Daniel, sosteniendo la copa con ambas manos.

—Este caso va a ser despiadado, ¿lo sabes, Danny?

—Ya lo sé... El Ángel Asesino. Qué bien suena. —Alzó una ceja.

—No sé si es por el disgusto del año pasado, pero hay algo en este caso que me asusta.

—Sé lo que quieres decir.

—No podemos rendirnos –dijo y, de repente, se levantó y se calzó—. Por mala que sea la publicidad ahora, va a ser peor durante el juicio.

Ambos intentaron coger el informe al mismo tiempo y la mano de Daniel accidentalmente rozó su cintura.

—Lo siento... Esa es tu copia. Quédatela.

Irene asintió y la guardó en un cajón. Daniel giró el pomo de latón, cuyo frescor le resultó reconfortante. En cuanto abrió la puerta las voces y el calor se apoderaron de la habitación e invadieron ese espacio tranquilo.

—Gracias por la copa —dijo.

—Gracias por la información.

Se apartó para dejarla pasar, pero ella estaba detrás y se tropezaron el uno con el otro.

—Lo siento —dijo Daniel. El pelo de ella olía a coco.

En el pasillo, Irene se apartó de él.

—Discúlpame, tengo que saludar a mucha gente. ¡El deber me llama!

Daniel la observó mientras bajaba las escaleras, dando apretones de manos y riéndose con esos dientes blancos y perfectos.

Se paseó por la fiesta, con otra copa de champán. Conocía a casi todo el mundo, al menos de vista. La gente gritaba su nombre y le daban palmadas en el hombro al pasar; algunos lo saludaban desde el otro lado de la sala. Daniel comprendió que no quería hablar con ninguno de ellos.

Se preguntó si sería el champán, que había bebido demasiado rápido: lo azotó la claustrofobia. Se apartó de puntillas para dejar paso a dos letrados, luego se abrió camino entre la multitud hasta una de las grandes salas de la planta baja. La ventana estaba abierta y sintió el fresco de la noche.

Al acercarse, Daniel se vio arrastrado hacia un grupo de abogados. Se quedó con una mano en el bolsillo, sonriendo de vez en cuando ante los chistes mientras escuchaba a los fumadores junto a la ventana.

—¿Sabes que Irene ha aceptado el caso del Ángel Asesino?

—¿De verdad? ¡Qué polémico para una abogada de la corona!

—Pero va a ser un juicio de los grandes. En el Old Bailey. Mucha publicidad.

—Lo sé, pero yo ni lo tocaría. He oído que se va a declarar no culpable. Seguro que ese cabroncete es culpable, ¿verdad?

—Una familia de bien. El padre es comerciante en Hong Kong. ¿Conoces a Giles por casualidad? Trabaja para los Cornell. Él lo conoce. Al parecer, está furioso... Dice que todo es un error.

—Bueno, veremos. Irene lo aclarará.

—Están en buenas manos.

—Buenas y... bien bonitas. —Los hombres se rieron.

Daniel se excusó. Vació la copa y la dejó en una mesa con forma de media luna, junto a un florero de porcelana. Debió de apoyarse con demasiada fuerza en la mesa, porque el florero azul y blanco se meció peligrosamente durante un segundo, antes de que lo sujetase.

Se abotonó la chaqueta y miró a su alrededor en busca de Veronica, pero no la vio, así que decidió marcharse. Se sentía irritado. Quizás Irene tenía razón y solo estaba cansado. Se dirigió a la puerta, notando una gota de sudor que bajaba por la espalda.

Una vez en la calle, la noche y la brisa fresca fueron un alivio. Se abrió otro botón de la camisa y caminó lentamente hacia el metro. El frío dejó de ser refrescante y el aire parecía tan cargado y asfixiante como la muchedumbre de antes.

Se sentía solo, pensó caminando con las manos en los bolsillos. No era una sensación que le resultase extraña y, sin embargo, esta noche prefirió regodearse en ella, saborearla, paladear su aroma. Era ácida y sorprendente, como el ruibarbo de la huerta de Minnie.

Le alegraba haber hablado con Irene. La recordó girando de un lado a otro en su silla y bromeando sobre la aprendiz.

Nunca pasaba mucho tiempo sin pareja. Era después, una vez que flaqueaba la emoción y la intimidad adquiría un peso real, cuando le resultaba difícil. No le gustaba hablar de su pasado y no confiaba en las promesas. Nunca le había dicho a una mujer que la quería, aunque había amado. Muchas le habían dicho que lo querían, pero nunca lo había sentido, nunca había sido capaz de creerlas. Pensó en Irene, en sus hombros fuertes y erguidos. Habían luchado juntos antes y habían perdido, y ahora compartían esa franqueza, esa inocencia. A pesar de su amistad, entre ellos se alzaba una barrera, el trabajo, que no se imaginaba cruzando.

Al entrar en el metro, pasó los torniquetes y se situó a la derecha de la escalera mecánica, para descender pasivamente a las entrañas de la ciudad. Se puso a pensar en el juicio y en los artículos de prensa, que no harían más que empeorar. Sebastian (sin nombre y sin rostro) era malvado por naturaleza, según los periódicos. No solo lo consideraban culpable, sino malvado por naturaleza. Para la prensa no existía la presunción de inocencia.

La inocencia o no de Sebastian interesaba menos a Daniel que la supervivencia del niño. Preveía que el muchacho que él e Irene habían defendido el año anterior moriría antes de cumplir los veinte. No quería que Sebastian compartiese ese destino.

Mientras sentía la calidez del metro a su alrededor, envolviéndolo, Daniel se preguntó acerca de esa línea que separa a los adultos de los niños. Conocía la línea legal: la responsabilidad penal a partir de los diez años. Se preguntó dónde estaba la línea real. Una vez más pensó en sí mismo a la edad de Sebastian, y en lo cerca que había llegado a encontrarse de su situación.

18

Los Thornton incluso se negaron a llevar a Daniel de vuelta a casa de Minnie. Tricia fue a recogerlo el domingo a las tres, aunque habían planeado que Daniel se quedase hasta el lunes por la tarde.

Por la ventanilla del coche Daniel observó cómo la casa que pertenecía a sus potenciales padres adoptivos se iba volviendo más y más pequeña. Val y Jim entraron enseguida y cerraron la puerta antes de que el coche se pusiera en marcha.

—Eres tu peor enemigo, Danny —dijo Tricia—. Esta era tu gran oportunidad de tener un nuevo hogar. ¿Sabes lo difícil que es colocar a un niño de doce años? Muchísimo, permíteme que te lo diga, y lo que has hecho es una vergüenza.

—No me caían bien. Quería volver con Minnie.

—Bueno, solo ibas a pasar ahí un fin de semana. ¿No te podías portar bien un par de días?

—Solo quería volver a la granja... —Danny se quedó en silencio durante unos momentos y luego dijo—: ¿Has visto a mi madre?

Tricia se aclaró la garganta al girar en Carlisle Road. Daniel escuchó el sonido de los neumáticos sobre la carretera húmeda. Sentía una extraña calma, como después de un gran esfuerzo. Fue la impresión, la emoción, la liberación de portarse mal de verdad una vez más. Tras hacerlo se había sentido narcotizado. Apoyó la cabeza contra el asiento y dejó que esa serenidad líquida y perezosa se apoderase de él.

Había ganado. Lo que quería era volver junto a ella y ya lo llevaban de vuelta. Había presentido que lo detestarían, así que se comportó de un modo detestable.

—Jim es un buen hombre. Lo sé. Pero no le das una oportunidad a nadie.

—Lo odio.

—No se te da bien relacionarte con hombres, ¿verdad, Danny? —Tricia suspiró—. Te estabas llevando tan bien con Minnie que pensé que ya lo habrías superado. —Tricia hablaba mientras Danny miraba por la ventanilla, a los prados y algún que otro árbol solitario—. Incluso en el colegio te iba bien... Le he contado a Minnie lo sucedido y está muy dolida. Yo también lo estoy, aunque no me sorprende. Qué suerte tienes de que no te vayan a denunciar. Sigue así y estarás en un reformatorio dentro de poco, y que Dios te ayude entonces, chaval. Que Dios te ayude cuando eso ocurra, porque yo ya no podré hacer nada por ti.

Cuando llegaron, Minnie estaba junto a la puerta, con la rebeca puesta. Al verla Daniel se encorvó, avergonzado. Miró al suelo, asustado por el desafiante azul de sus ojos. Pasó junto a Minnie sin detenerse y llevó su bolsa de viaje arriba. Halló consuelo al ver las paredes azul celeste, color que había escogido él mismo, la colcha con un coche de carreras que Minnie le había regalado y la ventana, por la que se veía el patio. Daniel se quitó el collar de su madre y lo guardó en el cajón de la mesilla, junto a la cama. Ya estaba en casa, a salvo. Le habían quitado la navaja en casa de los Thornton, pero no le preocupaba. Aquí no la iba a necesitar.

Blitz se acercó a la puerta del dormitorio, la cabeza gacha, jadeante. Meneaba la cola, alegre de verlo. En cuanto Daniel se acercó, el perro se tiró al suelo y le mostró la tripa. Mientras lo rascaba, Daniel oía a Tricia y a Minnie hablando al pie de las escaleras. El olor del perro y las voces bajas le recordaron su llegada a la granja Flynn. Era un alivio oler el lugar y oír el sonido cadencioso de la voz de Minnie y, sin embargo, no se atrevía a bajar. Le alegraba haber vuelto, pero las últimas cuarenta y ocho horas le habían dejado intranquilo. Quería quedarse ahí, junto al perro, pero Blitz, que sintió su desesperación, se cansó de él y se fue. Daniel oyó que Tricia se marchaba y a continuación los sonidos de Minnie al preparar la cena. Sabía que lo estaba esperando, pero se resistió. Podía percibir su decepción, que aguardaba al otro lado de las escaleras. Se metió bajo las mantas de su cama y ahí se quedó, recordando muy a su pesar.

El primer día había transcurrido sin ningún incidente, aunque Daniel se sentía incómodo en esa casa grande, con todo tan limpio y sus alfombras claras. Se tenía que quitar los zapatos a la entrada y los vasos siempre se ponían sobre un posavasos. Su dormitorio tenía una cama doble y un televisor enorme, pero era demasiado grande y oscuro y no durmió, temeroso de su extrañeza y sus sombras.

Acostumbrado a despertarse con el gallo, a dar de comer a los animales y recoger los huevos, Daniel se levantó antes que los Thornton y bajó sin hacer ruido. La casa estaba impecable. Daniel tenía hambre, así que fue a la cocina, donde encontró pan, que untó con mantequilla. Al dejar la mantequilla en la nevera, vio mermelada de fresa, que también untó en la rebanada. Ya era de día, pero el reloj de la cocina marcaba las seis y diez. La mermelada no estaba tan buena como la de Minnie, que él ayudaba a hacer, asombrado por la rapidez del proceso: de la planta a la olla y de la olla a la boca.

Se sentó en la cocina un rato y luego llevó el plato a la sala de estar, donde encendió la televisión. Echaban dibujos animados. Estaba riéndose a carcajadas cuando se le cayó el pan. El lado de la mermelada quedó sobre la alfombra. Intentó limpiarlo con agua tibia, pero solo logró que la mancha se incrustase en la tela. Daniel dejó el plato sobre la mancha y continuó mirando los dibujos.

Fue Jim quien bajó primero, media hora más tarde, frotándose los ojos, pero ya con esa sonrisa maleable. Daniel vio que el reloj del vídeo marcaba las siete menos cuarto. Tras prepararse una taza de café en la cocina, Jim se sentó en el sofá. Daniel seguía sentado, dándole la espalda, pero ya no miraba la tele; en su lugar, observaba el pálido reflejo de Jim en la pantalla del televisor. Jim se frotó la cara, bostezó y se llevó la taza a los labios.

—Qué madrugador eres, ¿verdad?

Daniel le sonrió a medias.

—¿A qué hora te has levantado?

Daniel se encogió de hombros.

—Estás vestido y todo. Veo que ya te sientes como en casa.

—Me entró hambre.

—Está bien. Si tienes hambre, come. No se trataba de una crítica.

De repente, Daniel se sintió incómodo. Jim lo observaba de tal manera que se le erizaron los pelos de la nuca. Se volvió hacia la televisión, pero seguía observando a Jim con el rabillo del ojo.

—¿Has acabado con ese plato, hijo? —dijo Jim.

Aquel hombre estaba de pie ante él, con la mano extendida hacia el plato.

—No —dijo Daniel.

—¿Perdona?

—No me llames así.

—¿Que no te llame cómo?

—No soy tu hijo.

—Ah —dijo Jim. Daniel alzó la vista y vio que la sonrisa volvía a expandirse en su rostro—. Por supuesto, muy bien. Lo entiendo. Vamos, déjame que coja eso.

—Déjalo, ¿vale? —El corazón le latió con más fuerza.

—Por lo general, no comemos en el salón, lo hacemos en la cocina..., pero no podías saberlo. Vamos.

—Déjalo, ¿vale? —Daniel tenía la boca muy seca.

—¿Qué pasa? —se rio Jim—. Solo me voy a llevar el plato vacío.

Daniel se levantó de un salto. No sabía cuándo ni dónde su cuerpo había aprendido a ponerse en guardia frente a la furia masculina, pero lo había aprendido bien. Aunque la voz de Jim era comedida, Daniel detectó una ira ahogada.

Inclinó la cabeza. Las palabras que salían de la boca del hombre lo agredían. Eran grandes terrones de polvo arrojados contra él. Dejó de oír las palabras, de modo que la boca de Jim se convirtió en un agujero horrible y oscilante que se abría lascivo.

Culpable

Daniel no podía recordar lo que sucedió a continuación; no en el orden correcto. Yacía bajo el edredón y respiraba hondo, olfateando el perro y la granja. Daniel se cubrió el rostro y sintió el calor de su aliento en la piel. Las mantas lo cubrían casi por completo.

Estaba cara a cara con Jim. Daniel estaba descalzo y estrujó los dedos en la alfombra, armándose de valor. La cara de Jim parecía alzarse ante él, con unos dientes y una nariz desmedidamente grandes. De repente, el hombre se inclinó hacia Daniel.

Daniel se apartó de un salto y sacó la navaja del bolsillo. La abrió y la alzó hasta la cara del hombre.

—¡Dios santo! —Jim saltó hacia atrás y Daniel dio un paso adelante.

—¿Qué pasa aquí? —Era Val, que iba en bata.

—Vete, yo me encargo —gritó Jim, tan alto que incluso Daniel se sobresaltó.

—Déjame en paz —dijo Daniel, que se giró, siempre con la navaja en alto, para poder alejarse de Jim, hacia la pared.

—Deja eso ahora mismo —ordenó Jim.

Daniel observó el pánico atónito de su mirada. Observó la nuez del hombre, que subía y bajaba. Daniel sonrió, mirando la luz de la navaja reflejada en la camiseta de Jim. Este se acercó, intentando agarrarlo de la camiseta.

—¡Cuidado! —aulló Val.

Daniel atacó. Hizo un corte en el antebrazo de Jim. El hombre se retiró, agarrándose el brazo con la mano libre. Daniel vio cómo un hilillo de sangre caía entre sus dedos a la alfombra. Daniel se relajó por un momento, pero Jim se giró de repente y derribó a Daniel al suelo. Le pisó la mano y le arrebató la navaja.

Cada vez que lo recordaba, la escena era diferente. Daniel ya no estaba seguro de lo que había ocurrido en realidad. Primero, recordaba que Jim había alzado la mano y Daniel se preparó para el golpe. Pero quizás no fue así; Jim se movió un poco y Daniel vio una oportunidad.

Daniel gritó cuando lo inmovilizó en el suelo. Lanzaba patadas y arremetía contra Jim cada vez que lograba soltarse un poco. Val agarró a Jim y ambos dejaron a Daniel tirado en el suelo de la sala de estar, y cerraron la puerta tras ellos. Daniel dio patadas y puñetazos a la puerta. Se mordió el labio. Rompió todos los adornos de la repisa, tras lo cual se sentó al lado de un sofá, el pecho contra las rodillas, acariciando la inicial del nombre de su madre.

Tenía demasiado calor, así que se sentó y apartó las mantas. Hacía buen día, fresco como la leche bajo la crema, pero Daniel se sentía mal. La maldad era un peso que llevaba dentro. Podía vomitarla, pero nunca la vomitaría hasta la última gota. La maldad estaba ahí, dentro de él, y ahí se quedaría.

Se tumbó de espaldas. Podía oler el pollo que estaba cocinando Minnie. El olor del pollo asado le revolvió el estómago. Se quedó tumbado, mirando al techo, viendo las escenas aparecer y desaparecer en su mente.

Oyó los ruidos de su estómago. Oyó el cacareo de la freidora cuando Minnie metió las patatas en el aceite. Notó que su corazón latía con fuerza, como si fuese a salirse del pecho, aunque yacía inmóvil por completo. Entonces oyó a Minnie en las escaleras, los pasos ruidosos y los crujidos del pasamanos de madera al aguantar su peso. Los suspiros mientras subía.

Minnie se sentó en la cama y apartó las mantas para dejar su cara al descubierto. Al notarlo, Daniel cerró los ojos. Sintió la calidez de sus dedos en la frente.

—¿En qué piensas, Danny? —susurró.

—En lo que he hecho.

—¿Perdón?

—Estoy pensando en lo que he hecho.

—¿Por qué lo hiciste?, ¿lo recuerdas?

Daniel sacudió la cabeza sobre la almohada.

—No sé qué voy a hacer contigo, de verdad que no. No es pecado que alguien te caiga mal... Hay muchísima gente que no aguan-

Culpable

to, pero uno no va por ahí apuñalando a la gente. Intenta reflexionar sobre por qué hiciste algo así.

Daniel se giró sobre un costado. Se volvió hacia ella, con las manos bajo la barbilla y las rodillas flexionadas.

—¿Por qué? —susurró Minnie. Sintió sus dedos entre el pelo.

—Porque soy malo —murmuró, pero ella no lo oyó.

—¿Qué, cariño? —Se acercó. La mano de ella pesaba ahora sobre su cabeza.

—Porque soy malo.

Minnie lo agarró del codo para levantarlo y Daniel apartó las piernas para sentarse junto a ella. Minnie tomó su barbilla con dos dedos. Daniel la miró a los ojos y centelleaban, al igual que cuando la conoció.

—Tú no eres malo —dijo. Los dedos le pellizcaron en la barbilla—. Eres un chico adorable y me siento muy afortunada por haberte conocido.

Era imposible, pero Daniel intentó contener las lágrimas.

En la rebeca percibió el olor del perro y de la hierba de fuera. De repente el día se convirtió en un peso terrible que lo aplastaba y se apoyó en ella, la mejilla sobre su hombro. Minnie lo estrechó entre sus brazos, apretó hasta expulsar la maldad.

—... Pero no puedes hacer daño a la gente, Danny, ni a mis animales tampoco... —Daniel se apartó al oírla, aún estaba avergonzado—. Sé que hay personas que te han hecho daño, de muchas maneras diferentes, y puedo entender que tú también quieras hacer daño, pero déjame decirte... que eso es solo para idiotas. Lo sé muy bien, tú puedes ser mucho más que eso.

Daniel trató de no llorar y se limpió los ojos y la nariz con la manga.

—¿Era necesario usar la navaja? Podrías haber hablado con él o haberle pedido que te trajera aquí. No necesitabas la navaja.

Daniel asintió, con la barbilla tan cerca del pecho que Minnie no estaba segura de haber visto el gesto afirmativo.

—¿Por qué lo hiciste? ¿Pensabas que te iba a pegar?

—Tal vez... No sé... No. —Negó con la cabeza, mirándola. Los ojos de Minnie estaban hundidos y una profunda marca se dibujaba entre sus cejas.

—Entonces, ¿por qué?

Daniel respiró hondo. Se miró los pies. Se le caían los calcetines. Giró el pie y vio el calcetín danzar por un momento.

—Quiero quedarme aquí —dijo, mirando el calcetín.

Se hizo una pausa. Miró sus manos. Estaban entrelazadas. Le daba miedo mirarla a los ojos.

—¿Te refieres a que lo hiciste para que no quisieran adoptarte? —dijo Minnie al fin. Hablaba en voz baja. Daniel no percibió ni un atisbo de crítica. Era como si solo quisiera comprender.

Le dolía la parte posterior de la garganta. Recordó las palabras de Tricia al despedirse de su madre por última vez:

—*Si nadie me quiere, ¿me puedo quedar aquí entonces?*

—*No, cariño... Minnie es una madre de acogida. Habrá otros niños o niñas que necesiten venir aquí.*

—Quiero quedarme aquí —fue todo lo que atinó a decir. Apretó los puños y esperó la respuesta. El tiempo se le hizo eterno.

—¿Quieres que te adopte? Si de verdad quieres quedarte, a mí nada me gustaría más. Te adoptaría en un abrir y cerrar de ojos si me dejaran. De hecho, te adopté en cuanto te vi por primera vez. ¿Quieres quedarte? Lo voy a intentar. No puedo prometerte nada, pero lo voy a intentar.

Minnie lo miraba a los ojos. Lo tenía agarrado de los hombros, así que Daniel tuvo que devolverle la mirada. No quería decir nada porque sabía que lloraría de nuevo. Intentó asentir, pero estaba tan tenso que pareció que le temblaba la barbilla. Ella tenía el ceño fruncido y alzó una de sus cejas canas.

—Quiero... que me adoptes —logró decir.

—Quiero que sepas —los dedos de ella masajeaban sus hombros— que yo también lo quiero, pero es una cuestión legal. Tú sabes mejor que nadie que eso puede ser un obstáculo. La ley tiene sus propios caminos y yo no los entiendo, pero lo voy a intentar. No te hagas ilusiones antes de haber firmado. ¿Comprendes?

Minnie lo abrazó y Daniel tragó saliva. De nuevo sus lágrimas empaparon la lana de la rebeca. No hizo ruido alguno, pero se le estaba rompiendo el corazón. Justo en ese momento, la alegría lo desbordó, porque ella lo quería.

Culpable

—¡Madre de Dios hermoso! —exclamó Minnie de repente—. Tus patatas se habrán quedado frías y el pollo estará quemadísimo.

Daniel respiró hondo, esperando con impaciencia sus patatas frías. Nada le apetecía más en el mundo.

19

Sebastian parecía distinto cuando Daniel fue a verlo al centro de seguridad. Si bien no había cambiado su frío aplomo, tenía un aspecto pesado, hinchado. La cara del niño estaba más rellena y tenía ojeras. Sus delgadas muñecas se habían ensanchado y tenía granos en las manos. Era difícil hacer ejercicio en Parklands House y Daniel sabía que la dieta de patatas fritas y pizzas no le sentaría bien tras las verduras orgánicas que Charlotte, estaba seguro, le servía.

—¿Cómo te va? —preguntó Daniel.

—Bien —dijo Sebastian, la mejilla apoyada en el puño—. Es aburrido. Y aquí el colegio es peor que el colegio normal. Los profesores son tontos y los otros niños aún más tontos.

—Bueno, ya no queda mucho para el juicio. Solo quería repasar un par de cosas contigo.

—¿Voy a ir con esposas al banquillo de los acusados?

—No. Antes del juicio, vas a ir a ver el tribunal. Te lo va a enseñar una mujer muy simpática. La conozco. Te va a contar todo sobre los procedimientos y lo que va a pasar. Ya sabemos que, en lugar de en el banquillo de los acusados, te vas a sentar a mi lado, y tus padres detrás de nosotros. ¿Te parece bien?

Sebastian asintió.

—¿Es porque piensan que en realidad no lo he hecho?

—No, es porque eres un niño. Ahora solo ponen a los adultos en el banquillo.

—¿Le vas a decir al juez que yo no lo hice?

—¿Te acuerdas de Irene Clarke, la abogada de la corona? Sebastian asintió con rotundidad.

—Bueno, ella va a presentar el caso ante el jurado.

Daniel abrió el cuaderno y destapó el bolígrafo. Sebastian se levantó y caminó alrededor de la mesa para ver el contenido de la carpeta de Daniel. Se apoyó en Daniel y observó una vez más sus tarjetas de visita, el teléfono móvil, el bolígrafo y la tarjeta de memoria que Daniel guardaba en su maletín de cuero. Daniel podía oler el cabello limpio del niño y su aliento a fresa. El ligero peso del niño sobre su hombro lo conmovió. Daniel recordó pedir cariño a extraños: apoyándose en ellos, en busca de un afecto que no era ni ofrecido ni esperado. Y por eso Daniel no rehusó el peso del niño. Tomó notas en el cuaderno, con cuidado de no girarse y rechazarlo sin querer. Al cabo de un momento, Sebastian suspiró y volvió a su sitio, con el iPhone de Daniel en las manos. Daniel lo había apagado al entrar en Parklands House. Con destreza, Sebastian lo encendió.

Daniel extendió la mano, con la palma hacia arriba. El niño estaba sonriendo y sus miradas se cruzaron.

—Por favor —dijo Daniel, a la espera. No sabía por qué había permitido a Sebastian coger su teléfono y creía que se lo devolvería sin rechistar.

—Mi madre me deja jugar con su teléfono.

—Estupendo, seguro que te lo deja cuando venga a verte luego.

Sebastian no le hizo caso. Se sentó en la silla y echó un vistazo a los contactos de Daniel.

Daniel trató de recordar cómo actuaba Minnie cuando él se rebelaba contra ella. Le habría mirado con frialdad, al igual que en otras ocasiones desbordaba calidez. Era una forma persuasiva de demostrarle que ella era más fuerte. Daniel sintió que el corazón le latía más rápido al pensar que quizás no sería capaz de controlar al niño. Al fin Sebastian alzó la vista y Daniel sostuvo su mirada. Recordó los ojos de acero de Minnie. Ella nunca le había temido. No creía que pudiese transmitir tanto poder como ella, pero Sebastian desvió los ojos como si estuviese herido, y dejó el teléfono sobre la mano de Daniel.

—Bueno —dijo Daniel, que se quitó la chaqueta y miró a Sebastian—, la fiscalía cuenta con la madre de Ben como testigo. Es
probable que sea la primera, luego tus vecinos y uno o dos chicos del
barrio y del colegio.

—¿Quiénes? —preguntó Sebastian, con gesto atento una vez
más, la concentración reflejada en sus ojos verdes.

—Poppy... y Felix —dijo Daniel, hojeando sus notas.

—No les caigo bien, van a hablar mal de mí.

—Por eso les llama la fiscalía. Pero no vamos a consentir que
hablen mal de ti. Desde un punto de vista jurídico, no pueden presentar pruebas acerca de tu carácter. Son irrelevantes y no son justas.
Irene lo va a impedir. Solo quería que lo supieses porque creo que
ver a la madre de Ben y a esos chicos va a ser difícil para todos nosotros, pero no es la parte principal de la acusación. Tienes que intentar que no te afecten, ¿vale?

Sebastian asintió.

—Estamos ultimando los detalles de tu defensa. ¿Estás seguro
de que no hay nada más que quieras contarme?

Sebastian miró a un lado por un instante, tras lo cual sacudió
la cabeza ferozmente.

—Muy bien.

—¿Voy a declarar?

—No. Por el momento nuestro plan es que no lo hagas. No es
una experiencia agradable y estoy seguro de que estar presente ya te
será bastante duro. Pero tenemos que esperar y ver cómo va el juicio.
Quizás, más adelante, Irene decida que prestes declaración, pero ha-
blaríamos contigo antes si se diese el caso. ¿Vale?

—Vale.

—El argumento principal de la acusación son las pruebas forenses, y es probable que les dediquen mucho tiempo. Gran parte de
lo que sucede en un tribunal es aburrido y técnico y no va a tener
mucho sentido para ti, pero tienes que intentar estar atento. La gente va a estar mirándote.

Sebastian se incorporó de repente. Al parecer, la idea de ser
observado lo entusiasmaba. Se agarró las manos y sonrió a Daniel,
con los ojos resplandecientes.

—¿De verdad? —dijo—. ¿Mirándome a mí?

Daniel clavó los ojos en el muchacho, que le sostuvo la mirada. En los ojos del niño no había ni rastro de vergüenza. No percibía que lo que había dicho estaba fuera de lugar. Era un niño, al fin y al cabo.

—Tu padre y tu madre vinieron a verte ayer, ¿verdad?

Los hombros de Sebastian se desinflaron. Asintió, mirando a la mesa.

—Sé que es difícil. Seguro que los echas de menos.

—Qué suerte tienes —dijo Sebastian, mirando a Daniel a los ojos.

—¿Por qué?

—Por no tener padre.

—Bueno —Daniel respiró despacio—, ya sabes, a veces los novios pueden ser incluso peores —dijo.

Sebastian asintió. Daniel tenía la certeza de que el niño lo había comprendido.

—Quiero salir pronto para cuidar de ella. A veces consigo que pare.

—Sé cómo te sientes —dijo Daniel—. Yo también solía querer proteger a mi madre, pero lo que tienes que hacer es cuidar de ti mismo. Tienes que recordar que tú eres el niño y ella es el adulto.

Algo así le habría dicho Minnie.

Después del trabajo, Daniel fue caminando a Crown, en la esquina de su calle, con las manos en los bolsillos, cabizbajo. Ya era otoño y el aire se había vuelto frío. Daniel pensó en volver para buscar la chaqueta, pero prefirió no subir las escaleras.

Era un bar luminoso y cálido. En un rincón crepitaba un fuego de leña y el olor a comida y madera húmeda flotaba en el aire. Daniel pidió una cerveza y se sentó en la barra, girando el vaso, dejando que se asentase. Solía leer la prensa, pero no lo haría esta noche. Estaba harto de los periódicos; en todos aparecía Sebastian, a quien llamaban el asesino de niños del barrio de Angel, o lo mencionaban de pasada, en columnas de opinión acerca de la «sociedad enferma». Ben Stokes ya había sido inmortalizado, convertido en un mártir de la bondad, de la infancia. Nunca era Benjamin Stokes sin más, sino «el pequeño Ben» o «Benny», siempre retratado de la misma manera, con una fotografía escolar tomada dos años antes de su muerte, en la que le faltaban dos dientes y sobresalía un mechón de pelo a un lado de la cabeza. Era el ángel del barrio de Angel y, por lo tanto, Sebastian se había convertido en el diablo.

Para Daniel era una novedad el constante acoso de los medios. Algunos de los adolescentes que había defendido en el pasado no habían sido mucho mayores que Sebastian y habían vivido vidas más duras, pero habían sido casi invisibles para la prensa. Sus juicios habían merecido unas líneas a un lado de la página, cerca del pliegue. ¿Qué importaban? Eran solo niños de pandillas, controlando su propia población. Era el orden natural.

Solo quedaban tres semanas para el juicio de Sebastian. Era pensar en ello y la boca de Daniel se quedaba seca. Tomó el primer sorbo de la cerveza. Daniel estaba preparado para el juicio, pero aún se sentía impotente para enfrentar la voluntad de los tribunales.

Mientras contemplaba la cerveza, recordó la mirada del niño, la intensidad de sus ojos. Su emoción ante la idea de ir a juicio. La verdad es que Daniel no sabía de qué era capaz el niño. A pesar del calor en el bar, lo recorrió un escalofrío.

—¿Cómo va todo, Danny? —dijo el camarero. Era un cincuentón a quien le colgaba la tripa sobre el cinturón y en cuya cara se acumulaba la sordidez de las historias que había oído—. ¿Estás teniendo una semana difícil?

—Como siempre. —Daniel suspiró y sonrió, negando con la cabeza.

—¿Adónde ha ido tu buena dama? Hace muchísimo que no la veo.

—Se mudó.

—Lo siento, tío —dijo el camarero, que secó un vaso y lo colocó bajo la barra—. Pensaba que os iba bien.

—Algunas cosas no están hechas para durar, ¿eh?

—Ya, bueno, mujeres nunca faltan.

La amable voz del camarero se desvaneció al otro lado de la barra cuando fue a atender a una pareja que acababa de entrar. La mujer temblaba por el frío de la noche.

Daniel observó el líquido ámbar. Estaba cálido entre sus manos. Lentamente, tomó otro trago, mirando la puesta de sol en Victoria Park, que partía las nubes bajas con una luz rosada. El aire en el bar era acogedor y cálido, dulce, con olor a sidra, cerveza y comida caliente.

Para él, ahora las cosas estaban más claras, eran más sencillas y aun así se sentía espoleado. Quería que comenzara el juicio de Sebastian y quería averiguar más acerca de la vida de Minnie. Quería comprenderla. Era como ese momento de la carrera en que encontraba su ritmo y su respiración se afianzaba. Ese momento en el que pensaba que podría correr para siempre. Así corrió el maratón de Londres en el 2008.

Le sirvieron la cena y comió la hamburguesa de un modo mecánico. Se fue caminando a casa, las manos en los bolsillos, cabizbajo.

Subió las escaleras despacio, pero acabó corriendo, pues oyó su teléfono.

—¿Diga?

—¿Danny? —Reconoció la voz de mujer, pero le costó ubicarla—. Danny, soy Harriet.

Daniel respiró hondo.

La entrada estaba a oscuras, pero Daniel no encendió la luz. Dejó que la espalda se deslizara hacia abajo por la pared y escuchó con el teléfono entre el hombro y el oído. Apoyó los codos en las rodillas.

—¿Cómo estás? —dijo. Con las rodillas contra el pecho, percibió los latidos de su corazón. Se preguntó qué querría decirle, si aún quería acusarlo.

—Tenía que llamarte. Cuanto más pienso en ello, más... Fui innecesariamente grosera. Es que estaba muy triste por ella. Espero que lo comprendas. Ella tuvo una vida difícil y la echo mucho de menos ahora que no está, pero sé que tú te sentirás igual. No importa lo que sucedió entre vosotros, estuvisteis muy unidos y debe de ser una pérdida terrible.

Daniel no supo qué decir. Se aclaró la garganta y respiró profundamente.

—Nunca aprobé que tuviese en casa a todos esos niños...

—¿Hablas de las acogidas? ¿Por qué no? Se le daba bien, ¿no es así?

—Era una buena madre, pero supongo que yo no lo entendía. Pensaba que se estaba torturando a sí misma.

En la oscuridad, Daniel torció el gesto.

—Gracias por llamarme.

—Bueno, de todos modos a ella no le habría gustado que te hablase así. —La voz se le quebró por un momento, pero recuperó el control—. No te he despertado, ¿verdad?

—No, acabo de llegar a casa.

—¿Sigues trabajando muchísimo? Siempre fuiste muy trabajador.

Se hizo un silencio. Daniel oyó la respiración entrecortada de Harriet y la melodía de las noticias de las diez.

—¿Qué querías saber de ella, Danny?

Daniel estiró las piernas en la entrada y se frotó los ojos. No estaba preparado para esto ahora. La semana lo había dejado exhausto, vulnerable. Respiró hondo antes de responder.

—Bueno, no te culpo por no querer hablar conmigo. Has perdido a tu hermana. No querría que fuese aún más doloroso por mi culpa. Es solo que... Es solo que acabo de comprender que se ha ido. Incluso en el funeral, todavía estaba... enfadado con ella. No llegamos a arreglar nuestros problemas, pero ahora que se ha ido supongo que... la echo mucho de menos. —Cuando dijo que la echaba de menos, se le agrietó la voz. Respiró hondo para calmarse—. Volví a la casa..., a la granja. No la había visto... No había estado allí desde hacía mucho tiempo. Fue... No lo sé, me hizo recordar cosas. Habían pasado muchísimos años, pero no lo parecía. Además, me dejó una caja de fotografías. Supongo que comprendí que había muchas cosas que no sabía de ella...

—Dime qué quieres saber, cariño, y te lo diré.

—Bueno, quisiera saber por qué estaba siempre tan triste. —Tragó saliva.

—Bueno, ya sabes que perdió a su pequeña y luego a su esposo, poco después.

—Sí, pero nunca me habló de ello y no conozco toda la historia.

—Pues bien, cuando casi no había pasado ni un año, ya estaba acogiendo a otros niños. Yo no podía comprenderlo. Y todavía no lo comprendo. Fue una buena enfermera, una buena madre; supongo que necesitaba cuidar a alguien. Era una de esas personas que necesitan cuidar a los demás.

—Recuerdo que una vez me dijo que para ella eso era la felicidad... Nunca me habló de Norman y Delia. Siempre lo evitó... Decía que era demasiado doloroso. —Harriet suspiró. Daniel oyó a su marido, que le preguntó si quería té—. ¿Qué quisiste decir cuando comentaste que se estaba castigando a sí misma? —preguntó.

—Bueno, tras perder a su hija y convertirse en madre adoptiva, le enviaban una niña nueva cada pocos meses... Pero nunca eran ella... —La voz de Harriet volvió a resquebrajarse—. ¿Cómo era capaz de soportarlo? Y ya sabes que hasta que tú llegaste todas eran niñas, todas. —Daniel se tapó la boca con la mano—. Ella me dijo —una vez más la voz de Harriet se entrecortó y se permitió exhalar un solo gemido— que Delia le había inspirado tanto amor... No sabía qué otra cosa hacer, ya ves. Tenía que seguir entregándose... Fue eso lo que la mató, ¡créeme! Murió muy sola. Qué injusto, cuando amó a la mitad de los indeseados del mundo.

—No sabía nada de eso —dijo Daniel. Apretó la espalda contra la pared. Los recuerdos iluminaban esa entrada en penumbra—. Cuando era pequeño, cuando llegué ahí por primera vez, me pareció que no se rumoreaba más que de ella. Se contaban un montón de historias sobre ella. No te lo creerías...

—Sí, no me extraña. Los pueblos son así, llenos de gente con prejuicios, y ella era todo un carácter. Era una mujer de ciudad. Le encantaba Londres; ahí fue feliz. Fue Norman quien quiso mudarse a Cumbria. Fíjate... Cumbria..., por el amor de Dios. ¡Minnie en Cumbria! Después de su muerte, no comprendí por qué se quedó. No tenía raíces en ese lugar. «Vuelve a Londres o vuelve aquí —le dije—, ve a cualquier lugar antes que quedarte en ese estercolero.

—Le gustaban la granja, los animales.

—Eso era solo una excusa.

—Había formado una familia ahí. Era su hogar...

—Incluso si hubiese vuelto a Irlanda..., pero estaba decidida a quedarse, como si fuese su penitencia.

—¿Penitencia por qué?

—Bueno, se culpaba a sí misma, ¿no? Como si hubiese hecho daño a esa criatura a sabiendas. La quería más que a nada en este mundo.

—¿Qué fue lo que pasó? —Daniel hablaba en susurros—. ¿Un accidente de coche?

—Sí, ¿y te puedes imaginar lo que es perder a una niña de seis años? Además, su única hija. Y qué adorable era Delia. Era la niña más lista y divertida que he conocido. Desde pequeñita fue el ojito derecho de Minnie. Esos rizos negros y esos ojos azulísimos. Era un ángel. Yo estaba trabajando en Inglaterra cuando sucedió y llegué en cuanto me enteré, pero la pequeña ya estaba casi muerta... —Daniel contuvo la respiración—. Todavía estaba consciente..., al menos a ratos. Qué heridas más espantosas, y sentía un dolor terrible. Minnie no lo podía soportar. Le agarraba la manita con las dos manos y la niña le decía: «¿Me estoy muriendo, mami?». Y, oh Dios, cuánto luchó, cuánto luchó para no irse. De repente Minnie se quedó muy tranquila. Recuerdo cómo susurró a Delia: «No pasa nada, cielo, tú siempre serás mi ángel...».

Harriet comenzó a llorar en voz baja. Daniel se levantó y encendió las luces. La repentina claridad lo deslumbró y se cubrió los ojos con la mano. Las apagó de nuevo.

—¿Minnie se culpaba porque iba conduciendo cuando ocurrió?

—Iba conduciendo..., pero no era solo eso. —Oyó un sonido: Harriet se estaba sonando la nariz—. Delia tenía una fiesta esa noche, ¿sabes? Estaba en una fiesta de cumpleaños en la casa de una amiga y Minnie fue a buscarla. Otra chiquilla quiso volver a casa también y Minnie se ofreció a llevarla, para que el padre no se tomase la molestia, ya sabes...

»Dios bendito, lo recuerdo como si fuese ayer. Minnie me dijo que Delia llevaba su mejor vestido, con unas diminutas margaritas, y que estaba adorable. Me contó que Delia llevaba un trozo de tarta en una servilleta azul. Todavía lo recuerdo: dijo que era una servilleta azul.

»Minnie, que Dios la tenga en su gloria, dijo a Tildy, la amiga de Delia (estoy segura de que ese era su nombre), que se sentase en el asiento delantero, con el cinturón de seguridad. Delia iba atrás, sin cinturón de seguridad. Así eran los coches entonces, Danny, en los años setenta... No había tanta seguridad. Ni siquiera la habían inventado...

»Minnie dijo que la pequeña le iba cantando al oído... A Delia le encantaba cantar en el coche. Tenía los codos en los asientos delanteros, ya sabes cómo hacen los niños o hacían por aquel entonces, y Minnie le dijo: «Siéntate», pero luego... pasó lo que tenía que pasar.

—¿Qué pasó? —dijo Danny, con la uña del pulgar entre los dientes.

—Había una curva. —Harriet comenzó a llorar de nuevo—. Las carreteras estaban mojadas, ya sabes. Había llovido muchísimo y esas malditas carreteras de pueblo estaban mojadas y resbaladizas. Minnie dijo que Delia no hizo ruido alguno, ni siquiera cuando... se estrelló contra el parabrisas. ¡Oh, Dios! Lo siento, Danny, ya no puedo seguir.

Harriet estaba llorando. Daniel oyó cómo le costaba respirar.

—Solo quería decir que lamento —concluyó Harriet— lo del otro día.

—Siento haberte molestado. —Tenía el pecho comprimido—. Muchas gracias por llamarme.

—Te quería, ¿sabes? —dijo Harriet, sollozando—. Estaba orgullosa de ti. Me alegro de que fueses al funeral. A ella le habría gustado mucho.

Daniel colgó. El apartamento estaba frío. Le dolía la parte posterior de la garganta. Fue a la sala de estar, también sumida en la oscuridad. La foto que le había legado era como un recorte negro en la chimenea blanca. Sin encender la luz ni acercarse, podía ver su rostro. Debía de haber sido a finales de los sesenta o a principios de los setenta: los colores eran más brillantes y más felices que los colores reales, como si hubieran sido pintados, arrebatados a la imaginación en lugar de a la vida. Minnie llevaba una falda corta y Norman unas oscuras gafas de concha. También la niña era casi irreal: mejillas de porcelana y dientes blancos como perlas. Era como Ben Stokes: arrancados de la vida cuando aún eran perfectos.

Caminó en la oscuridad hasta la cocina, donde cogió una cerveza de la nevera. La breve luz de la nevera se mofó de él. Tenía frío y la botella fresca le erizó la piel de los brazos. Se mordió el labio y echó un largo trago de la botella, acabando la mitad antes de dejarla de un golpe sobre la mesa de la cocina.

Daniel se pasó una mano sobre los ojos. Tenía mucho frío, pero los ojos le ardían. Se llevó la palma de la mano a los labios, perplejo, mientras las lágrimas surcaban sus mejillas. Había pasado mucho tiempo desde la última vez que había llorado. Se cubrió la cara con el brazo, recordando el consuelo de su cuerpo envuelto en la áspera lana de su rebeca. Maldijo y se mordió el labio, pero la oscuridad era comprensiva y se lo permitió.

20

Era primavera. En el aire flotaba el olor a estiércol y nuevos brotes. Las botas de Daniel chapoteaban en el barro del patio mientras daba de comer a Hector y las gallinas. La puerta del cobertizo colgaba de la bisagra, parte de la malla de alambre estaba rota. Daniel se arrodilló en el barro para reparar la malla y atornillar el cerrojo en su sitio. Los zorros habían matado gallinas en la granja de al lado. Sus gallinas solo se habían sobresaltado. Cloquearon y revolotearon contra la malla en medio de la noche, hasta que Minnie salió con Blitz para ahuyentar al zorro.

Eran las seis y media de la mañana y el estómago de Daniel bostezaba hambriento mientras trabajaba. Todavía hacía frío y tenía las manos rosadas hasta el puño. Una vez más la ropa le empezaba a quedar pequeña y las mangas de la camiseta le llegaban al antebrazo. Minnie le había prometido comprarle ropa nueva a final de mes, además de un uniforme de fútbol. Era delantero en el equipo escolar. Pero hoy era sábado y tenían que ir al mercado.

Daniel veía a Minnie por la ventana, llenando la tetera, cocinando gachas. Por la mañana, su cabello gris caía suelto, sujeto a ambos lados por broches de carey. Solo después de vestirse se lo recogía en lo alto de la cabeza.

El pelo de la madre de Daniel había sido castaño claro, pero se teñía de rubia. Al vaciar las últimas sobras en el cobertizo, Daniel recordó el tacto de su cabello entre los dedos. Era fino y suave, a diferencia de los contundentes rizos de Minnie.

Tras el problema con los Thornton, Minnie le había dicho que solicitaría la adopción. Habían rellenado los documentos juntos, con los formularios dispersos sobre la mesa de la cocina. Ahora solo podían esperar. A Daniel le resultaba extraño pensar que iba a ser hijo de otra persona y, al mismo tiempo, hijo de su madre, si bien lo había aceptado e incluso sentía una alegría extraña y prometedora.

Minnie le había preguntado si quería cambiarse el apellido a Flynn, pero había decidido mantener el suyo: Hunter. Era el apellido de su madre, no de su padre. Quiso mantenerlo porque le gustaba. Era su apellido y pensó que, al cumplir los dieciocho, su madre quizás quisiese encontrarlo. Si alguna vez lo buscaba, quería ser fácil de encontrar.

Dentro, Daniel se lavó las manos en el cuarto de baño, disfrutando del agua cálida sobre los dedos fríos. Cuando terminó, se inclinó sobre el lavabo y se miró el rostro en el espejo. Observó el cabello oscuro, casi negro, y sus ojos castaño oscuro, tan oscuros que era difícil distinguir la pupila del iris. A menudo Daniel se había sentido ajeno a su propia cara. Era tan distinto a su madre... No sabía de dónde procedían sus rasgos.

No llegó a conocer a su padre. Varias veces Daniel había preguntado cómo se llamaba, pero su madre se negaba a responder o le decía que no lo sabía. Daniel había visto su certificado de nacimiento, pero los datos del padre estaban en blanco.

Pronto tendría dos madres: una había recibido la aprobación del Estado y la otra no; de una tenía que cuidar, la otra cuidaba de él. Sin embargo, seguía sin tener padre.

Minnie tenía la radio encendida en la cocina. Estaba batiendo las gachas y movía las caderas al compás de la música. Una vez servidas, Daniel sopló las gachas antes de añadir leche y azúcar. Minnie le había enseñado a verter la leche sobre el dorso de la cuchara para no rasgar la superficie de la papilla.

—Qué hambre —dijo Daniel mientras Minnie le servía zumo de naranja.

—Bueno, estás creciendo, vaya que sí. Come.

—¿Minnie? —dijo Daniel, tomando un bocado de las gachas dulces.

—¿Qué, cariño?

—¿Nos lo dirán esta semana?

—Eso creo. Es lo que dijeron. Pero no te preocupes, seguro que sale bien. Y cuando eso ocurra, debemos celebrarlo.

—¿Qué vamos a hacer?

—Podríamos ir de picnic. Podríamos ir a la playa...

—¿De verdad? Pero tendrías que conducir.

—Bueno, podríamos ir despacio. Tomarnos nuestro tiempo.

Daniel sonrió y se comió el resto de las gachas. Nunca había ido a la playa y solo de pensar en ello sintió mariposas en el estómago.

—¿Minnie? —dijo, lamiendo la cuchara—. Cuando lleguen los papeles, ¿te voy a llamar mamá?

Minnie se levantó y comenzó a recoger las cosas del desayuno.

—Mientras lo digas con respeto, me puedes llamar lo que quieras —dijo, despeinándolo con una mano.

Sobre las mejillas rosadas, los ojos resplandecían. Daniel lo vio, sin saber si estaba feliz o triste.

Seguía haciendo frío y Minnie le obligó a llevar su parka al mercado. Daniel ya tenía experiencia. Cubrió la mesa de madera con un mantel de plástico, mientras Minnie realizaba el inventario de los productos en el maletero del coche. Llevaba dos rebecas y unos guantes sin dedos.

Minnie ordenó la mesa: tres pollos que había sacrificado, desplumado y destripado ella misma, además de huevos, patatas, cebollas, zanahorias, nabos y repollos, todo fresquísimo. También tenía frascos de mermelada a la venta, de albaricoque y fresa, y ocho tartas de ruibarbo.

Daniel abrió el bote de helados donde guardaban el dinero y contó el cambio. Todo lo que tenía que ver con dinero era responsabilidad suya. Era él quien cogía el dinero de los clientes y contaba el cambio. Calculaba los beneficios y su propio salario, que era un porcentaje de las ganancias. Tras vaciar el coche y dejar el puesto listo, Minnie sacó los termos y los bocadillos: café con leche para Daniel, té dulce para ella y bocadillos de mermelada de fresa. Si estaba muy concurrido, era probable que no terminasen los bocadillos hasta la hora de irse, pero si las cosas estaban tranquilas se los comían todos antes de las once.

—Abróchate la chaqueta.

—No tengo frío.

—Abróchate la chaqueta.

—Abróchatela tú también —dijo, y obedeció.

—No te hagas el listillo.

Los puestos se emplazaban en la asamblea de Brampton, situada en el centro del pueblo desde hacía casi doscientos años. Además del de Minnie, había otros ocho puestos. Casi todos vendían hortalizas, carne o productos caseros, pero el de Minnie era uno de los pocos que ofrecían una gama amplia. Su granja no era lo bastante grande para especializarse. Vendía lo que elaboraba para sí misma.

La primera hora pasó enseguida y Minnie vendió dos pollos y varias medias docenas de huevos. Sabían que tenía las mejores gallinas, así que incluso aquellos a quienes les caía mal le compraban huevos.

Las manos de Daniel estaban enrojecidas por el frío. Cuando vio que se cubría las manos con las mangas de la chaqueta, Minnie se las frotó para que entraran en calor. Le hizo juntar las palmas, como si fuese a rezar, y las restregó entre sus manos. Lo hizo con tal brío que Daniel tembló.

Mientras la sangre regresaba a los dedos y los brazos, Daniel recordó cómo solía frotar las manos de su madre. Siempre fue muy friolera: era muy delgada y nunca llevaba bastante ropa. Recordó esas manos huesudas contra las palmas de sus manos de niño. Se preguntó dónde estaría. Ya no sentía esa necesidad de encontrarla, pero aún se acordaba de ella y quería saber si ella se acordaba de él. Quería hablarle acerca de la granja, acerca de Minnie, acerca de cómo contaba el cambio y separaba su parte. Recordaba el tacto de sus delgadas manos al apartarle el pelo de la cara. Cuando pensaba en ello, un dolor despertaba bajo las costillas. Era como un hambre intensa, un anhelo de sentirla apartando el pelo de su cara una vez más.

—¿En qué piensas? —preguntó Minnie.

Daniel agarró el vaso de plástico que le había dado con las dos manos, para aprovechar el calor. Se encogió de hombros y tomó un sorbo de té dulce.

—¡Estabas en las musarañas! —Minnie fue a acariciarlo, pero Daniel se apartó. Una vez más, ella parecía saber lo que necesitaba. Pero no era lo mismo y nunca podría serlo.

Una mujer de labios apretados se acercó al puesto. Daniel la reconoció: era la señora Wilkes, de la tienda de caramelos. Era la madre de su amigo Derek. Daniel sabía que había llamado a una ambulancia cuando el marido de Minnie agonizaba. También había denunciado a dos compañeros de clase al director por robar caramelos.

Sus labios dibujaban un gesto preocupado mientras estudiaba la mermelada de Minnie. Entrecerró los ojos al notar que Daniel la miraba. Daniel se metió las manos en los bolsillos de la parka.

—¿A cuánto está la mermelada? —preguntó con las comisuras de la boca inclinadas hacia bajo.

—A dos libras y media —dijo Daniel con su mejor sonrisa, aunque Minnie había dicho que el precio era una libra y media.

—¡Qué vergüenza! —exclamó la señora Wilkes, dejando la mermelada con tal fuerza que los huevos temblaron.

Al oír el ruido, Minnie se volvió y torció el gesto. Tenía un bocadillo a medio comer en la mano.

—La calidad tiene un precio, señora Wilkes, debería saberlo —dijo Daniel, que sacó una mano del bolsillo para enderezar la mermelada.

—Eso parece. —Daniel sabía que la señora Wilkes había perdido el interés por él y ahora se dirigía a Minnie. Esta tenía la boca llena y el viento la despeinaba, pero se volvió con los ojos alegres y la barbilla llena de migas.

—¿Estás bien, Jean?

—Estoy escandalizada por estos precios. Esto es un robo a mano armada. —La señora Wilkes empujó un tarro de mermelada ligeramente, estropeando una vez más la alineación que había hecho Daniel.

—Llévate una, entonces —dijo Minnie.

Las comisuras de la boca de Jean Wilkes se hundieron aún más.

—¿Qué quieres decir?

—Quiero decir que te lleves una, de regalo. Es una mermelada muy buena. Toma, que la disfrutes.

Daniel se volvió para observar a Minnie, pero ella estaba terminando su bocadillo y miraba a Jean.

—No, de ningún modo. Te voy a dar lo que vale y ni un penique más.

—Qué tontería, llévatela. Y que la disfrutes. Gracias, Jean.

Minnie centró su atención una vez más en los termos y el picnic que había montado en el maletero de su Renault. Se preparó otro bocadillo.

—Qué ridícula eres, Minnie —dijo Jean, que arrojó tres libras en el bote de helados a cargo de Daniel—. Primero pides un ojo de la cara y luego lo regalas. Es como con esos niños tuyos. Todo el mundo sabe que los tienes en casa solo para sentirte mejor. No puedes cuidar de los tuyos y, de repente, te conviertes en la madre del mundo... Pero tienes razón, tu mermelada está rica. —Jean sostuvo la jarra en la palma de la mano. La boca, tensa, dibujaba algo parecido a una sonrisa.

—¿Qué has dicho?

Daniel se giró al oír el susurro de Minnie. El pelo de la nuca se le puso de punta.

—He dicho que, a pesar de todo, estamos de acuerdo en que tu mermelada está rica.

Daniel vio los dientes marrones de Jean Wilkes y se preguntó si los tenía así por los caramelos.

—No, antes de eso. —Minnie aún hablaba en susurros, pero ahora tenía el estómago aplastado contra el puesto y se inclinaba hacia la señora Wilkes. Se apoyó con fuerza sobre la mesa y Daniel vio que la presión le dibujaba marcas blancas en las manos—. ¿Que no puedo cuidar de los míos? ¿Es eso lo que has dicho?

Jean Wilkes se alejaba despacio.

Minnie se irguió y se apartó el pelo de la cara. Daniel notó que le temblaban los dedos. Minnie abrió un envase de huevos y metió dentro los dedos, rojos y ásperos.

¡Paf!

Daniel aún tenía las manos en los bolsillos, pero se quedó boquiabierto cuando Minnie apuntó y le dio a Jean Wilkes entre los hombros con un huevo.

Jean miró alrededor, con la boca retorcida, pero Minnie ya tenía otro huevo en la mano. Para regocijo y asombro de Daniel, Jean Wilkes echó a correr, a zancadas tambaleantes, para intentar escapar de los proyectiles de Minnie.

Daniel tiró del codo de Minnie y dio un puñetazo al aire, en señal de victoria. Minnie chasqueó la lengua y apartó el brazo.

—Qué puntería. Así aprenderá.

—¡Ya basta! —dijo Minnie. Daniel no comprendía por qué estaba enfadada con él. Minnie tenía las mejillas sonrosadas y sus ojos azules rebosaban furia—. Recoge todo, que hace mucho frío y es hora de irse.

Los dedos de Daniel estaban adormecidos por el frío, pero empezó a recoger el puesto. Ella trabajaba a su lado, sin prestar atención a lo que hacía. Minnie arrojó los termos en una bolsa. Normalmente los habría vaciado en una alcantarilla y los habría envuelto con cuidado.

—Lo siento —dijo Daniel, pero ella no lo oyó.

Estaba poniéndose la rebeca y enderezaba las cajas de huevos sobrantes en el maletero del coche.

—Lo siento —dijo de nuevo, esta vez más fuerte, dando un pequeño tirón de la rebeca.

Minnie finalmente se volvió hacia él, confundida. Sus ojos acuosos y azules lanzaban pequeños dardos de luz.

—No esperaba que se pusiese así —explicó—. Le dije que la mermelada costaba dos libras y media. Para tomarle un poco el pelo, vaya. Pensé que podríamos ganar un poco más a su costa. No esperaba que ella...

—No importa, cariño.

En el coche, de camino a casa, Daniel agarró el dinero que habían ganado y miró por la ventanilla. Las pequeñas casas de Brampton, el tufillo de las granjas y los ocasionales tramos de hierba ondulante aún le sorprendían. En cierto modo, esperaba ver los ladrillos rojos de Newcastle, sus complejos distantes y su confusión urbana. Una parte de él aún se sentía fuera de lugar. Se preguntó sobre Minnie y su pelea con la señora Wilkes. No entendía por qué les caía mal a tantos vecinos. Algunos incluso parecían odiarlo incluso a él.

Las manos de Minnie se aferraban al volante. Conducía al borde del asiento, el estómago contra la parte baja del volante y la barbilla sobre la parte superior. Daniel miró cómo se lamía los labios y los apretaba.

Minnie llevaba la ventanilla bajada y unos mechones de pelo rizado y cano se mecían sobre el rostro. Siempre que Daniel iba en el coche con ella, Minnie llevaba la ventanilla bajada, sin importar el tiempo que hiciera. Decía que le entraba claustrofobia en el coche.

Daniel respiró hondo antes de hablar.

—No hay mucha gente por aquí a quien le caigas bien, lo sabes, ¿verdad? —A Minnie no le gustaba hablar en el coche. No apartó la vista de la carretera, pero Daniel notó que lo había oído, pues sus manos agarraron el volante con más ahínco—. Pero no importa —añadió—. A mí me caes bien.

Esta vez tampoco dijo nada, pero frunció los labios; Daniel sabía que era un atisbo de sonrisa.

Era el día del proceso. Minnie le había dicho que era una mera formalidad, que iba a adoptarlo sin duda, pero aun así estaba nervioso. Se levantó antes del canto del gallo, hizo sus quehaceres y estaba listo para salir antes de que ella bajase a desayunar. Ya había puesto las gachas al fuego y había dado de comer al perro.

Minnie le acarició el hombro al entrar en la cocina, al tiempo que guardaba un pañuelo en el bolsillo de la bata. Preparó el té y encendió la radio mientras Daniel ponía la mesa, con mantequilla y tarros de mermelada. Minnie le sonrió mientras Daniel servía el té y añadía azúcar. A Minnie le gustaba tomar tres terrones y mucha leche; a Daniel, un terrón y poca leche. Daniel dejó el té de ella en la mesa, junto al tazón, y se quedó en medio de la cocina, bebiendo.

Miró alrededor de la cocina mientras saboreaba el té. Blitz dormía boca abajo y sacudía sus delgadas patas en sueños, tirado en el suelo de la cocina. Daniel observó el movimiento de las caderas de Minnie al remover las gachas. Por las viejas ventanas se derramaba un destello de luz sobre las cucharas. Conocía la canción que sonaba en la radio y movió el pie al compás de la música. Era cálido el olor de la mañana y Daniel lo apresó en la boca, dispuesto a saborearlo. Esta era su casa; esta iba a ser su casa.

Vio cómo ella bostezaba ante la olla, con una mano en la espalda. Antes de acabar el día, ella sería su madre y vivirían en esta casa para siempre. Daniel casi no se lo podía creer.

—¿Por qué no te estás comiendo las gachas? —dijo Minnie, que rebañaba el tazón.

—Sí estoy comiendo, mira. —Se llevó la cuchara a la boca.

—Siempre terminas primero. ¿Qué te pasa? ¿Nervios?

—Un poco, sí —dijo, dejando la cuchara, que tintineó contra la porcelana.

—No estés nervioso. Es un gran momento. —Le dio un pequeño tirón de la manga—. Es lo que quieres, ¿verdad?

—Sí.

—Ya sabes que la decisión es tuya.

—Sí quiero.

—Yo también. Hoy me voy a convertir en tu madre, no en tu madre adoptiva sino... tu madre de verdad.

Daniel vio que sus ojos se llenaban de lágrimas y sus mejillas se sonrosaban. Ella le sonrió y fue solo eso, las mejillas que se alzan, los ojos que se estrechan, y las lágrimas, súbitas, finas, surgieron, una en cada mejilla. Con rapidez, como si limpiara una migaja, se pasó la palma de la mano por una mejilla y el dorso por la otra. Las lágrimas habían desaparecido y solo quedaba la sonrisa.

«Tu madre de verdad», recordó Daniel mientras esperaba a los pies de la escalera a que se vistiera. «Tu madre de verdad», se recordó a sí mismo al mirar por la ventana del autobús, en la carretera de Brampton a Newcastle. Iban en autobús para que Minnie no tuviese que conducir por el centro de Newcastle.

Daniel iba ataviado con su uniforme escolar y Minnie llevaba zapatos. No obstante, no eran zapatos de mujer. Eran planos, marrones y tenían cordones, pero no eran botas y Daniel contempló esa visión insólita. Nunca la había visto sin sus botas. Llevaba la falda gris, un abrigo verde y una blusa negra, más limpia que las que solía vestir.

Minnie había pedido un día libre para Daniel en el colegio... por asuntos familiares.

«Familiares», pensó Daniel mirando por la ventanilla, sintiendo el peso de la cadera de ella contra el cuerpo. No estaba seguro de si había tenido familia antes, o qué significaba, pero le hacía ilusión si eso conllevaba quedarse con ella, en la granja.

En el juzgado, Tricia los estaba esperando. Estaba feliz e inquieta. Se movía sin parar y preguntó a Daniel si quería un refresco de la máquina expendedora. Llevaba varios archivos y les dijo que la audiencia sería breve.

—¡Cuánto tiempo, Danny! —dijo Tricia—. ¿Cuándo nos conocimos? ¿No tenías unos cinco años?

—No sé.

—Eras así de alto. Tenías cuatro o cinco años. Tanto tiempo desde que nos conocemos, y hoy vas a ser adoptado. Qué feliz estoy. No pensaba que fuese a ver este día.

Llegó el abogado. Era joven. Llevaba un traje negro y un maletín marrón. Estrechó la mano de Minnie y se agachó para dar la mano a Daniel. Este observó la mano abierta.

—Dale la mano, Danny —dijo Minnie.

Daniel obedeció y sintió la energía de esa mano fuerte y cálida.

—Soy tu abogado —dijo el hombre y Daniel sonrió.

Se sintió poderoso por un momento, vestido con su uniforme limpio, con abogado y todo, esperando a ver al juez y a ser adoptado. Recordó lo que Minnie le había dicho acerca de los abogados.

Cuando llegó la hora, se reunieron en el despacho del juez. Daniel había imaginado que habría vidrieras similares a las de las iglesias, pero era solo una oficina, con un gran escritorio rematado en cuero, e hileras de estantes.

El despacho olía a humo de pipa y Daniel se acordó del director del colegio, el señor Hart, aunque el juez no se parecía en nada. Tenía un enorme bigote, blanco pero amarilleaba en las puntas, y las cejas sobresalían por encima de las gafas cuando sonreía. Daniel, Minnie, Tricia y los representantes legales se sentaron frente al escritorio del juez. Daniel se sentó en una silla y Minnie en otra, frente a él. Tricia y los abogados compartieron el sofá y el juez se sentó en su sillón, al lado de la secretaria, que tomaba nota de todo lo que se decía. No era como las otras veces que Daniel había acudido a un tribunal.

El juez no llevaba la toga. Daniel ocultó las manos entre los muslos y apretó los labios cuando el juez comenzó a hablar. Le gustaba el orden de los procedimientos legales y cómo su abogado lo miraba, con las cejas alzadas, cada vez que se mencionaba su nombre.

—Por tanto —dijo el juez—, supongo que todo depende de usted, joven. Lo más importante es si desea o no que la señora Flynn lo adopte, lo que la convertiría en su madre y a usted... en su hijo. Díganos, Daniel.

Se hizo un silencio sepulcral y Daniel sintió todas las miradas clavadas en él. Tricia le hizo un gesto para que respondiese; el abogado frunció el ceño, expectante.

Alzó la vista y vio que Minnie lo miraba, sonriendo. Supo que también ella estaba nerviosa. Le había dado tantas vueltas a su alianza que tenía el anular rojo y blanco.

Se aclaró la garganta y miró al juez. Este sonreía y las puntas amarillentas de su bigote se alzaron.

—Quiero que me adopte —dijo Daniel. Habló con la mirada clavada en la mesa, pero enseguida se armó de valor, miró al juez y, a continuación, al abogado.

Solo cuando todo hubo acabado, cuando las formalidades quedaron atrás, Daniel volvió a mirar a Minnie. Se miraron fijamente, cada uno a un lado de esa mesa de caoba, con la boca abierta y la respiración entrecortada, como si acabasen de correr a toda prisa.

Al salir del despacho, Daniel sintió que le fallaban las piernas. Era como si hubiese estado jugando al fútbol demasiado tiempo. Minnie iba delante, Tricia la seguía y Daniel observó el movimiento de sus caderas en esa falda gris. Tricia estaba hablando, se alisaba el cabello y metió una mano en el bolso. El abogado miró el reloj y metió la mano en el bolsillo.

—Bien —dijo Minnie, con la mano en la cadera, y al fin se volvió hacia él—. Danos un beso, precioso, que estoy contentísima.

Lo levantó en el aire y Daniel soltó una carcajada cuando le hizo girar. Cuando paró, Daniel estaba mareado y Minnie sonreía tanto que se notaba que le faltaba una muela. El sol entraba por el atrio y Daniel lo sintió en la piel, en las manos y en la cara. Tuvo la sensación de que eran un prisma que reflejaba su felicidad.

—¿Cuántos años tiene? —preguntó Daniel.

—Casi dos mil. Imagina, cuánto tiempo, antes de que existieran los coches, los trenes o la electricidad, y las personas ya eran capaces de construir un muro como este.

—¿Por qué se llama la muralla de Adriano?

—Creo que fue el emperador romano que mandó que se construyese.

—¿Por qué quiso construirla?

—Quizás quería que lo recordasen dos mil años más tarde —contestó riendo Minnie—. No estaría mal. Seguro que fue un arrogante viejo puñetero, y perdona la expresión.

Daniel tocó las piedras, las acarició con los dedos. Trepó con manos y rodillas y se subió. Estaban allí para celebrar la adopción y después Minnie iba a llevarlo a cenar fuera.

—¡Cuidado, cariño! —exclamó Minnie, con una mano en la cadera y la otra cubriéndose los ojos—. No te vayas a caer.

—Sube.

—No seas tonto. Si apenas puedo subir las escaleras.

Se fueron caminando, uno al lado del otro, pero Daniel iba por arriba. Se giró y miró las verdes colinas, que se extendían ante él. Estiró los brazos y abrió las manos. Todo ese espacio lo mareaba.

—Qué gran vista se ve desde aquí —dijo Daniel, tentándola.

—Me basta con tu palabra.

Al final de un tramo, se paró con los pies al borde, doblando las rodillas.

—No saltes, Danny.

—Podrías cogerme.

—Te harías daño en las rodillas.

—Qué va. He saltado de lugares más altos.

—Vale, coge mis manos para amortiguar la caída.

Saltó y sintió que sus manos, fuertes y toscas, lo apretaban; cayó sobre ella, con la respiración entrecortada por la emoción.

Fueron caminando por la colina para tomar una taza de té. Daniel alzó la vista para mirarla, pero ella no se dio cuenta. Sonreía ausente, la boca entreabierta y el pecho subiendo y bajando.

Daniel tragó saliva y deslizó su mano en la de ella. Minnie lo miró, sonrió y apartó la vista, avergonzada. Sintió una contracción en el abdomen, como si su estómago estuviese intentando sonreír. A Daniel le gustaba el tacto de esa mano rugosa. Mientras caminaban, Minnie acarició con el pulgar los dedos de Daniel.

«Esto es la felicidad —pensó Daniel—: este día luminoso, el olor de la hierba, esa muralla que está ahí desde hace siglos, y sentir sus manos, y tener los labios húmedos ante la expectativa de una taza de té caliente y dulce».

Pensó en su madre. Quería hablarle de este momento. Mientras su mano entraba en calor dentro de la mano de Minnie, imaginó que su madre venía y lo agarraba de la otra mano. El día era casi perfecto, pero eso lo colmaría.

SENTENCIA

21

El juicio de Sebastian se celebraría en el Old Bailey.

Daniel se despertó temprano para ir a correr, pero incluso después de la ducha la tensión le encogía el estómago. No sabía por qué el juicio lo preocupaba tanto. Estaba acostumbrado a los juicios del Tribunal Central y a los juicios por asesinato, pero hoy se sentía diferente, como si él mismo fuese a ser juzgado.

Ante la entrada del Old Bailey se aglutinaba una multitud de público furioso y periodistas impacientes. No esperaba que los fotógrafos supiesen quién era, pues pensaba que Irene sería el centro de atención, pero en cuanto llegó alguien gritó: «¡Es uno de los abogados!», y hubo un flash.

—¡Asesino de niños! —gritó alguien entre la multitud—. Estás defendiendo a un asesino de niños. Ese bastardo debería morir en la hoguera. ¡Vete al infierno!

Siendo abogado defensor, ya se había acostumbrado a la animadversión. Había sido objeto de agresiones verbales por la calle y había recibido amenazas de muerte por correo. Esas cosas solo motivaban más a Daniel a hacer bien su trabajo. Todo el mundo merecía una defensa, independientemente de lo que hubiesen hecho. Pero la furia de esta muchedumbre era algo excepcional. Comprendía la rabia por la pérdida de una vida inocente, pero no lograba comprender por qué la gente parecía tan dispuesta a vilipendiar a un chiquillo. La pérdida de un niño era cruel porque se trataba de una promesa robada, pero para Daniel la criminalización de otro niño no era menos desalmada. Daniel recordó a su padre adoptivo, que lo llamó malvado. Incluso si Sebastian era culpable, necesitaba ayuda, no condenas. Observó a la muchedumbre, esas caras que abucheaban y clamaban venganza. Los manifestantes vociferaban en las calles, enarbolando pancartas que decían «Vida por vida». Gritaban «malnacido» cada vez que veían a alguien relacionado con Sebastian y zarandearon una barrera improvisada por la policía.

Un agente de policía le tiró del codo, instándolo a que siguiera caminando, y Daniel corrió los últimos pasos, hasta llegar al tribunal. Sebastian había llegado al tribunal en una camioneta blindada y esperaba en una celda de observación de la planta baja.

Cuando Daniel entró en la celda, Sebastian estaba sentado en una litera de cemento cubierto con una estera de plástico azul. Estaba pálido. Vestía un traje azul marino que le quedaba ancho en los hombros y una corbata a rayas. Así vestido, el niño aparentaba menos de once años.

—¿Cómo te va, Seb? —preguntó Daniel.

—Bien, gracias —dijo Sebastian, que apartó la vista.

—Qué traje tan elegante.

—Mi padre quiso que me lo pusiese.

Quedaba una hora para el comienzo del juicio y Daniel se compadeció de Sebastian: cuánto tiempo pasaría en esta desagradable celda de hormigón, simplemente esperando. Ya era muy duro para los adultos. El día anterior le habían mostrado el tribunal a Sebastian y le habían explicado los procedimientos, pero en realidad era imposible preparar a un niño para esto.

Daniel se sentó en la litera, junto a Sebastian. Ambos se quedaron mirando la pared de enfrente, llena de obscenidades y súplicas religiosas. Daniel se fijó en una frase que parecía haber sido inscrita con un cuchillo: «Te quiero, mamá».

—¿Has ido a correr esta mañana? —preguntó Sebastian.

—Sí. ¿Has desayunado algo?

—Sí. —Sebastian suspiró y de nuevo apartó la vista, apático.

—Tengo que irme —dijo Daniel, y se puso en pie.

—¿Daniel?

—¿Sí?

—Tengo miedo.

—Todo va a ir bien. ¿Te dijeron dónde te vas a sentar? Vas a estar justo a mi lado, como te dije. Mantén la cabeza alta, ¿eh?

Sebastian asintió y Daniel dio con los nudillos en la puerta para que lo dejaran salir.

Cuando se cerró la puerta, Daniel apoyó la palma de la mano en ella antes de subir al tribunal.

El juez y los letrados iban ataviados con sus togas, pero habían prescindido de las pelucas, pues intimidaban a los niños. Los periodistas llenaban casi por completo los asientos y Daniel sabía que había muchos más que se habían quedado fuera. Se habían tomado medidas para limitar el número de periodistas a diez. Los cuchicheos, expectantes, dominaban la sala. Daniel se sentó en su silla, al lado de la de Sebastian. Irene Clarke y el abogado asistente, Mark Gibbons, se sentarían delante.

Sebastian entró lamiéndose un labio junto a dos agentes de policía. Daniel se inclinó y le dio un apretón en el hombro, para transmitirle tranquilidad. Formaban una familia de desconocidos, a la espera del inicio.

Detrás de Sebastian se sentaban su madre y su padre. Charlotte llevaba un vestido elegante. Kenneth se reclinó en su asiento, las manos cruzadas sobre el vientre. Miraba una y otra vez el reloj, mientras Charlotte contemplaba su maquillaje en un pequeño espejo y se aplicaba el pintalabios. Se oía un murmullo en la sección de la prensa, pero nadie más parecía estar hablando.

Daniel oyó a Sebastian tragar saliva.

Entró el juez. Daniel dio un empujoncito a Sebastian para que se levantase. Los presentes se pusieron en pie y se sentaron a continuación.

Los miembros del jurado fueron seleccionados y prestaron juramento. Los elegidos se quedaron mirando a Sebastian con descaro. Habían leído muchísimas cosas sobre él, pero ahora al fin podían verle la cara, e iban a decidir su destino.

Los padres de Benjamin Stokes estaban allí: Madeline y Paul. Estaban sentados juntos, inmóviles y compungidos, sin consolarse el uno al otro ni mirar a Sebastian. También ellos aguardaban, apesadumbrados, el comienzo.

Culpable

El juez se inclinó sobre el estrado y miró al público por encima de las gafas.

—Miembros de la prensa, me gustaría recordarles que, hasta nuevo aviso, no se podrá mencionar el nombre del acusado, Sebastian Croll, en ningún reportaje sobre el juicio.

Las consonantes del nombre de Sebastian invadieron la sala embelesada. Daniel frunció el ceño.

El juez se bajó aún más las gafas y dirigió la mirada a Sebastian.

—Sebastian, no le voy a pedir que se levante cuando le dirijo la palabra, como es habitual en esta sala. Además, puede sentarse junto su abogado y cerca de sus padres, en lugar de en el banquillo del acusado. Muchos de los procesos judiciales se demoran y quizás le resulten confusos. Le recuerdo que sus abogados están a su disposición si hay algo que no comprenda.

Sebastian miró a Daniel, quien le puso una mano en la espalda para indicarle que mirase al frente. Ya habían asesorado a Sebastian sobre cómo comportarse en el tribunal.

Irene Clarke se puso en pie, con la mano en la cadera por debajo de la toga.

—Señoría, he de plantear una cuestión de derecho...

Transmitía autoridad con sencillez y hablaba el lenguaje de los tribunales con claridad.

La sala esperó a que el jurado saliese: ocho hombres y cuatro mujeres; dos jóvenes, y el resto de mediana edad. Daniel los observó mientras salían.

—Señoría, quisiéramos solicitar la suspensión porque la publicidad previa al juicio ha sido muy perjudicial para mi cliente. Presento ante el tribunal una selección de recortes de prensa que muestran el tono apasionado con el que se ha tratado el asunto. Con toda probabilidad, la intensísima cobertura de este caso ha influido en el jurado.

El juez suspiró al sopesar los artículos. Daniel ya conocía a este juez: Philip Baron era uno de los jueces más viejos. Él mismo había aparecido en la prensa, debido a algunas sentencias impopulares. Le habían dedicado titulares por su forma de expresarse en los casos de violación. Aparentaba sus sesenta y nueve años, ni uno menos.

El fiscal, Gordon Jones, argumentó que el jurado no tendría prejuicios por la cobertura debido a que la prensa no había mencionado el nombre del acusado y desconocía los principales detalles del caso. La mañana transcurrió examinando y discutiendo los artículos de prensa. El estómago de Daniel rugió y apretó los músculos para evitarlo. La sensación era que todos en la sala estaban agotados. La enorme expectación se vio frustrada por la burocracia. Daniel estaba acostumbrado a ello, pero, mientras Irene luchaba por Sebastian, notó que el niño ya se aburría. Estaba dibujando pequeñas ruedas en la esquina del cuaderno. Daniel lo oyó suspirar y cambiar de postura.

El juez se aclaró la garganta.

—Gracias, tras meditarlo he decidido que el juicio prosiga, pero recordaré al jurado que su deber consiste en examinar los hechos tal y como se presentan en el tribunal únicamente. No obstante, soy consciente de la hora y creo que es el momento oportuno para levantar la sesión. Continuaremos después de comer...

La sesión terminó y Sebastian fue llevado a su celda.

Irene salió del tribunal antes de que Daniel pudiese hablar con ella, así que bajó a ver a Sebastian. El guardia abrió el ventanuco de la puerta para ver dónde estaba Sebastian antes de permitir que Daniel entrase.

—¿Estás bien, Seb? —preguntó. Sebastian estaba sentado al borde de la litera, mirándose los zapatos, girados hacia dentro—. Enseguida te traen la comida. —Sebastian asintió, sin mirar a Daniel—. Ya sé que es aburrido... Quizás eso sea lo peor de los juicios.

—No me aburría. Es solo que me gustaría no tener que oír...

—¿Oír qué? ¿Qué quieres decir?

—Todas esas cosas malas sobre mí.

Daniel respiró hondo, sin saber cómo responder, y se sentó en la litera junto a él.

—Eso va a ir a peor, ¿sabes, Seb? —dijo al fin, apoyándose sobre los codos, de modo que su cabeza estaba a la altura de la del niño.

—Hemos perdido el primer recurso —dijo.

—Cierto —dijo Daniel—, pero se trataba de un recurso que ya sabíamos que íbamos a perder.

—¿Por qué lo hemos presentado entonces?

—Bueno, por un lado porque es un recurso válido y en un tribunal, incluso si un juez no está de acuerdo contigo, al apelar a otro juez quizás te dé la razón.

Una vez más, Sebastian se quedó en silencio, mirando al suelo. Daniel no estaba seguro de si lo había comprendido. Pensó en explicarle más cosas, pero no quería abrumar al niño. Se imaginó qué habría sentido, solo en esta celda, a los once años. Le había faltado poco para ello. Los Thornton lo podrían haber denunciado.

—¿Eres mi amigo? —preguntó Sebastian.

—Soy tu abogado.

—Caigo mal a la gente —dijo Sebastian—. Y al jurado creo que también.

—El jurado está ahí para analizar los hechos. No importa si les caes bien o no —señaló Daniel. Aunque le habría gustado que eso fuese cierto, no lo creía del todo.

—¿A ti te caigo bien? —dijo Sebastian, que alzó los ojos. La primera reacción de Daniel habría sido apartar la vista de esos ojos verdes que lo buscaban, pero sostuvo la mirada.

—Claro que sí —contestó, y una vez más sintió que había traspasado una barrera.

No pasó mucho tiempo antes de que se reanudase la sesión. Daniel compró un bocadillo cerca de la catedral de Saint Paul y se lo comió con la vista puesta en Cannon Street. Se le había contagiado el desánimo de Sebastian y las preguntas del niño se arremolinaban en su mente.

Tuvo un mal presagio: no estaba seguro de si era miedo al resultado del juicio o empatía con el niño y lo que le esperaba. La responsabilidad lo abrumaba. De repente, un cuervo aterrizó en una cornisa frente a la cafetería. Daniel dejó de comer y observó cómo engullía una patata frita que había apresado en la acera. El pájaro ladeó la cabeza y miró a Daniel. Su pico brillaba. Y se fue, remontándose sobre los edificios cuyas piedras habían trazado fantasías barrocas. Daniel observó el ascenso hasta que perdió al cuervo de vista.

Volar: huir, controlar las fuerzas opuestas, el impulso contra el peso, la gravedad y el poder de los abismos.

Luchar o volar, huir: el cuerpo posibilita ambos al mismo tiempo, hacer frente a la amenaza o salir corriendo.

Hacía años que Daniel no sentía la necesidad de salir corriendo, pero la sentía ahora. Tenía miedo de las consecuencias y se sentía responsable por su implicación.

Irene caminaba fuera de la sala, con el móvil pegado a la oreja, arrastrando la toga detrás de ella, cuando Daniel regresó al tribunal. Daniel le guiñó un ojo al pasar y ella alzó la vista.

La sala trece estaba casi completamente llena. Sebastian entró y tomó asiento. Miró alrededor en busca de su madre. Los Croll estaban detrás, pero no miraban a su hijo. Charlotte llevaba gafas de sol, que se ajustaba una y otra vez. Cruzó y descruzó las piernas. Kenneth miró el reloj y luego al fiscal, Gordon Jones, quien, pensó Daniel, aun sin la peluca parecía un director de escuela. Delgado, siempre inclinado levemente hacia delante, Jones era una persona de edad indeterminada. Podría tener treinta y cinco años o estar cerca de la jubilación. El cutis de Jones se extendía muy ceñido a los huesos del rostro.

—¿Qué has comido? —preguntó Sebastian.

—Un bocadillo. ¿Y tú?

—Aros de espagueti, pero no estaban ricos. Sabían a plástico o algo así.

—Qué lástima.

—Solo he comido un poco. Estaban asquerosos.

—Entonces, tendrás hambre. ¿Quieres un caramelo? Esto va para rato.

Sebastian se metió en la boca una pastilla de menta que le dio Daniel. Este se dio cuenta de que un periodista los señalaba mientras ofrecía el caramelo a Sebastian, tras lo cual tomó notas en el cuaderno.

Sebastian parecía satisfecho consigo mismo. Entró el juez. Irene aún no había vuelto, de modo que su asistente se levantó. Pero esta tarde era el turno de la fiscalía.

Gordon Jones se puso en pie y apoyó dos dedos sobre el atril.

—Miembros del jurado, les hablo en nombre de la corona. Al acusado lo representa mi docta colega, la señorita Clarke. —Inspiró hondo y espiró. Quizás respirase para calmarse antes de comenzar, pero Daniel sabía que se trataba de un suspiro—. William Butler Yeats escribió que el inocente y el bello no tienen más enemigo que el tiempo. Ben Stokes fue inocente y fue bello. Era una bella criatura de ocho años. Era así de alto... —Gordon Jones estiró la mano para indicar la altura de Ben. En medio del público, la madre de Ben Stokes soltó un gemido de repente. Todos en la sala la miraron, mientras su marido la rodeaba con un brazo. Jones esperó unos segundos, hasta que se hizo de nuevo el silencio—. Debería tener toda la vida por delante: el colegio, las novias, la universidad, el primer trabajo, formar una familia. Pero, por desgracia, Ben tenía otro enemigo aparte del tiempo. Vamos a demostrar que lo golpeó hasta morir alguien a quien conocía, un vecino y compañero de colegio, pero que en realidad es, y lo vamos a demostrar, un sádico abusón.

»Ben montaba en bicicleta cerca de su casa, en Islington, el domingo 8 de agosto de este año. Era un niño tranquilo, que se portaba bien, pero era tímido. Como a tantos niños, le gustaba muchísimo montar en bicicleta, pero la dejó en la calle, desatendida, y al día siguiente fue hallado muerto, tras ser golpeado con un ladrillo que yacía en un rincón del parque infantil donde apareció su cadáver.

»Vamos a demostrar que el acusado, Sebastian Croll, persuadió a Ben a salir de casa y dejar la bicicleta antes de llevarlo a Barnard Park, donde más tarde lo vieron intimidando y maltratando a un niño pequeño. Por último, cuando Ben se negó a quedarse y seguir sufriendo ese maltrato, sostenemos que Sebastian se encolerizó y lanzó contra él un ataque prolongado y fatídico, en una zona del parque oculta por los árboles.

»Vamos a demostrar que Sebastian Croll blandió el arma homicida de forma brutal.

»Nos encontramos ante un crimen atroz, pero muy poco común. Los periódicos les harán creer que nuestra sociedad está en decadencia y que la violencia de niños contra niños es más común ahora que en el pasado. No es así.

»Por fortuna, los asesinatos de este tipo son muy poco frecuentes, pero su rareza no aminora su gravedad. No permitan que la edad del acusado desvíe su atención de los hechos: esta criatura, Ben Stokes, fue despojada de la vida antes de cumplir nueve años.

»La tarea que aguarda a la fiscalía no ofrece equívoco: demostrar, sin que quede lugar a dudas, que el acusado llevó a cabo las acciones que ocasionaron la muerte de Ben Stokes, y que lo hizo con la intención de causarle o bien la muerte o bien lesiones graves. Vamos a demostrar, sin que quede lugar a dudas, que el acusado peleó violentamente con Ben Stokes, que eligió una zona del parque apartada y frondosa para cometer una agresión brutal. Vamos a demostrar que el acusado se sentó sobre el fallecido y golpeó con un ladrillo la cara del pequeño con la clara intención de matarlo. Lo que sucedió a continuación..., y no nos engañemos, la edad del acusado no es excusa para semejante acto..., lo que sucedió a continuación... fue un asesinato premeditado.

»Ben Stokes era bello e inocente, pero vamos a demostrar que el acusado cometió el más atroz de los crímenes y es culpable, sin que quede lugar a dudas.

Todos en la sala parecían contener la respiración, así que Daniel contuvo la suya. Los paneles de roble y el cuero verde parecían resquebrajarse de impaciencia ante ese silencio prolongado. Daniel echó un vistazo a los Croll. Charlotte se sentaba erguida, las comisuras de los labios hacia abajo. Kenneth fruncía el ceño mirando a Gordon Jones.

Sebastian estaba absorto. Ya no se aburría. Daniel había observado que se inclinaba hacia delante para escuchar a Jones, como si el fiscal estuviera narrando un cuento creado para su deleite, con Sebastian como protagonista.

Irene, en silencio, volvió a entrar en la sala.

Cuando la fiscalía terminó de esbozar los argumentos de la acusación, Daniel sintió un escalofrío. No sabía a ciencia cierta si Sebastian era inocente o culpable; solo sabía que el niño estaba fuera de lugar aquí, en un tribunal de adultos, a pesar de que el niño estuviera sentado en otra silla, de no usar pelucas y haber permitido solo diez periodistas en la sala.

Culpable

Por fin, Gordon Jones se sentó y Sebastian se acercó a Daniel:

—Se ha equivocado en todo. ¿Debería decírselo? —Incluso en susurros, su voz, diáfana y bien entonada, se oía con claridad.

—Ahora no —dijo Daniel, pendiente de Irene, que se aclaraba la garganta y miraba hacia ellos—. Cuando sea nuestro turno.

Era el segundo día del juicio y Daniel llegó al tribunal a las nueve y media. Pasó corriendo ante las filas de fotógrafos que se aglomeraban tras las barreras improvisadas. Cuando entró en el Tribunal Central de lo Penal, estaba húmedo y en penumbra. Las entradas del tribunal siempre eran muy solemnes. Eran como la boca de una fiera, como adentrarse en el costillar de una bestia. Las estatuas de mármol le lanzaron una mirada de reproche.

Una vez más, Daniel estaba nervioso, como si fuese un abogado más joven, sin experiencia. Había participado en muchísimos juicios, pero ese día le sudaban las manos, como si lo fuesen a juzgar a él.

Antes de que Sebastian llegase a la sala, Daniel respiró hondo, para intentar calmarse. Sabía lo que les depararía el día y que sería muy duro para el niño.

—La corona llama a la señora Madeline Stokes.

Entró la madre de Ben Stokes, que se dirigió al banquillo de los testigos. Caminaba como si estuviese encadenada. Llevaba el pelo recogido. Estaba un poco despeinada, como si se lo hubiese recogido a toda prisa. El peinado acentuaba las mejillas hundidas y los ojos oscuros. Daniel estaba a más de cinco metros de ella, y aun así no le cupo duda de que temblaba. Al llegar, se apoyó en el estrado y su respiración se oyó por el micrófono.

La calefacción caldeaba la sala y secaba el aire. Daniel notó que le sudaban las axilas.

Pasaron unos segundos, mientras Gordon Jones hojeaba sus notas. Todo el mundo esperaba a que comenzase a hablar.

—Señora Stokes —dijo, al cabo de una larga pausa—, sé que es difícil para usted, pero he de pedirle que recuerde la tarde del domingo 8 de agosto. ¿Podría describir la última vez que vio a su hijo con vida?

—Bueno..., hacía buen día. Me preguntó si podía salir a montar en bici, y le dije que sí, pero que..., que fuese por nuestra calle.

—Era obvio que estaba nerviosa, abrumada por una profunda tristeza, y aun así su voz era clara y elegante. A Daniel le recordó a un cubito de hielo dentro de un vaso. Cuando se emocionaba, la voz sonaba más grave.

—¿Veía a su hijo mientras estaba jugando fuera?

—Sí, al principio. Estaba en la cocina, lavando los platos, y lo veía recorrer la acera.

—¿A qué hora cree que lo vio por última vez? —Jones hablaba con delicadeza y respeto.

—A la una, más o menos. Llevaba fuera media hora aproximadamente y le pregunté si quería ponerse una chaqueta o entrar. Pensé que tal vez iba a llover. Me dijo que estaba bien. Ojalá le hubiese dicho que entrara. Ojalá hubiese insistido. Ojalá...

—Entonces, ¿dio permiso a Ben para que siguiese jugando fuera? ¿A qué hora notó que ya no estaba jugando en la calle?

—No mucho después de eso. Quizás habían pasado quince o veinte minutos... Eso fue todo. Hacía mis tareas arriba y miré por la ventana. Estaba pendiente de él. Yo... Desde la ventana de arriba se ve casi toda la calle, pero cuando miré... no lo vi por ningún lado.

Cuando dijo «por ningún lado», los ojos de Madeline Stokes se abrieron de par en par.

—¿Qué hizo?

—Salí corriendo a la calle. Corrí de un lado a otro de la calle y encontré su bicicleta tirada en el suelo, a la vuelta de la esquina. Supe de inmediato que algo terrible le había sucedido. No sé por qué, pero fue así. En un primer momento pensé que lo habría atropellado un coche, pero todo estaba en silencio. Simplemente... había desaparecido.

Madeline Stokes estaba llorando. A Daniel le conmovieron sus palabras y sabía que también habían impresionado al jurado. Su mano izquierda estaba ahora roja sobre el estrado, pero su cara seguía pálida. Al llorar se llevó la mano a la boca. Daniel recordó lo que

Culpable

Harriet le había contado acerca de la hija de Minnie. Recordó ese día en el mercado, con las manos frías de Minnie entre las suyas y esos ojos azules y tristes que le suplicaban que no mencionase a su niña. Al igual que Minnie, Madeline Stokes solo había tenido un hijo. Había perdido todo lo que le importaba y el mundo se había convertido en un lugar lúgubre.

—Fui por las otras calles gritando su nombre y me paré ante la puerta del parque, pero no lo vi ahí dentro. Llamé a sus amigos, a su padre y entonces... llamamos al hospital y a la policía.

—¿Llamó a los Croll, sus vecinos?

—No. —Se secó el rostro con la mano. Sus ojos eran guijarros enrojecidos y pesarosos. Se movían y brillaban... al ver de nuevo la escena, al revivir el pánico—. No los llamé.

—¿Jugaba Ben de vez en cuando con Sebastian?

—Sí, no en el colegio, pero sí los fines de semana, a veces. En un principio me pareció bien, pero luego me enteré de que Sebastian era malo con Ben, que se metía en líos por su culpa, y les prohibí que se siguiesen viendo.

—¿Podría explicarnos a qué se refiere cuando dice que era malo y que Ben se metía en líos por su culpa?

—Bueno, cuando nos mudamos a Richmond Crescent, Sebastian preguntó si Ben podía salir a jugar. Me alegró ver que había otro niño que vivía tan cerca, aunque era un poco mayor, pero luego pensé que no era... adecuado.

—¿Por qué, si me permite la pregunta?

—Después de jugar con Sebastian, Ben comenzó a decir palabrotas muy vulgares, que no sabía antes. Le dije que no las repitiera y no le dejé jugar con Sebastian durante unos días, pero aun así a veces jugaban los fines de semana. Luego noté que Ben llegaba con moratones después de jugar con Sebastian. Ben me dijo que Sebastian le pegaba cuando no le hacía caso. Me quejé a la madre de Sebastian y le dije a Ben que no volviera a jugar con él.

—Cuando se quejó a la madre de Sebastian, ¿recibió una respuesta satisfactoria?

—No, Sebastian hace lo que le da la gana en esa casa, o al menos eso tengo entendido. Su madre no tiene control alguno sobre él y su padre a menudo está fuera. Creo que ella no está muy bien.

La señora Stokes se limpió la nariz y el pañuelo le cubrió la boca al hablar. Daniel miró a Charlotte por el rabillo del ojo. Permanecía impasible, pero ahora había un brillo en su maquillaje. Ambas mujeres evitaban mirarse. Sebastian estaba sentado con la espalda recta, sin apartar la vista de Madeline. Parpadeaba a menudo.

—Por lo tanto, no llamó a los Croll tras la desaparición de Ben porque le había prohibido jugar con Sebastian y, por tanto, no sospechaba que estuvieran juntos. Pero piensa que Ben quizás la desobedeció...

La señora Stokes comenzó a llorar en silencio. Sus hombros se estremecieron y se llevó el pañuelo a la nariz. Cuando volvió a hablar, su voz era más grave.

—Ben estaba sometido a Sebastian, supongo. Él era más fuerte, era mayor. No había jugado con Sebastian desde hacía meses y no se me pasó por la cabeza. Ahora, parece..., parece obvio.

—¿Qué ocurrió tras llamar al hospital y la policía?

—Mi esposo llegó a casa. Los agentes se portaron maravillosamente. No me esperaba que actuasen tan pronto, pero enseguida quisieron conocer los detalles, nos ayudaron a rastrear los alrededores y difundieron la descripción de Ben.

—Muchas gracias, señora Stokes —dijo Gordon Jones.

Irene Clarke se puso en pie. Daniel la observó: Irene sonreía de modo alentador y cruzó las manos sobre el atril. Se mostró sombría, casi penitente, ante la señora Stokes.

—Señora Stokes, lamento la gran tragedia que han vivido usted y su familia. Solo quiero hacerle unas breves preguntas. Por favor, tómese su tiempo.

Madeline ahogó una tosecilla y asintió.

—¿Había desaparecido su hijo alguna vez antes?

—No.

—Ha mencionado que hubo una época en que jugaba con Sebastian a menudo. ¿Se alejaron los niños en alguna ocasión o desaparecieron por un tiempo?

A la señora Stokes le entró la tos y tuvo algunas dificultades para recuperar la compostura.

—¿Señora Stokes?

—No.

—¿Y no es cierto que hasta que detuvieron al hijo de sus vecinos no sospechó que Sebastian tuviese algo que ver con la desaparición de su hijo?

La mirada de Madeline se extravió en los rincones de la sala. Tensa en el estrado, parecía exaltada y la sala un lugar sagrado. Unas lágrimas rodaron en silencio por sus mejillas.

—No pensé en él —dijo en voz baja.

—Ha declarado que prohibió a Ben ver a Sebastian. En ese caso, ¿es cierto que a Ben le gustaba jugar con Sebastian?

—No, era un abusón, era un... —Los dedos de la señora Stokes se aferraron al estrado.

—A usted no le cae bien Sebastian, señora Stokes, eso es evidente, pero ¿su hijo le pidió jugar con él? Según ha dicho, Sebastian lo tenía sometido. ¿No es cierto que, a pesar de su desaprobación, Ben y Sebastian en realidad eran amigos y les gustaba estar juntos?

La señora Stokes se sonó la nariz y respiró muy despacio. El juez le preguntó si quería un vaso de agua. La mujer negó con la cabeza y miró a Irene.

—Lo siento, señora Stokes —dijo Irene—, sé lo difícil que es esto. ¿Es cierto o no?

Madeline suspiró y asintió.

—Señora Stokes, ¿tendría la amabilidad de responder en voz alta?

—Tal vez eran amigos.

Irene echó un vistazo a Daniel y se sentó. Podría haber ido más lejos, comprendió Daniel, pero el jurado compadecía a la madre del niño. Era otro de los rasgos de Irene que respetaba: era capaz de lograr que un testigo se contradijese cuando le convenía, pero no dejaba de ser amable.

Los descansos eran frecuentes debido a las normas vigentes desde el juicio Bulger. Daniel fue al baño en cuanto se levantó la sesión. Se sentía abrumado y cansado. Los zapatos resonaban sobre los suelos de mármol. Los aseos le resultaban familiares, con sus paredes azules y los grifos dorados, pero olían a orina incrustada y lejía inútil.

En una esquina alejada había un urinario libre. Daniel exhaló aire mientras orinaba en la porcelana blanca.

—¿Qué tal, Danny? —Era el comisario jefe McCrum. Su hombro rozó el de Daniel mientras se desabrochaba la bragueta—. A veces me pregunto... —dijo McCrum, cuyo acento norteño sonaba extrañamente acogedor en ese frío baño victoriano— si no hay otra manera. Este juicio va a ser inhumano, lo sé. No es lógico hacerles pasar por esto.

—No podría estar más de acuerdo —contestó Daniel. Se sacudió, subió la cremallera y comenzó a lavarse las manos. No sabía cómo sobrellevaría Sebastian las largas jornadas que se avecinaban, y lo peor aún estaba por llegar—. Y no hemos hecho más que empezar...

—Lo sé... Pobre mujer —dijo McCrum.

Daniel se dio la vuelta. Se fue sin decir nada más, con una ligera inclinación de cabeza al pasar ante McCrum. El comisario lo miró al salir.

22

Los años se sucedieron como los surcos del arado. Minnie arregló las ventanas cuando las gallinas habían picoteado toda la masilla. El viento arrancó algunas pizarras del tejado y, cuando llovía, una gotera poco a poco llenaba un cubo en las escaleras. Como Minnie no tenía dinero para las reparaciones, el cubo se quedó ahí más de un año. Daniel se encargaba de vaciarlo por la mañana.

La cabra de Minnie, Hector, falleció durante el tercer invierno que Daniel pasó en Brampton, pero a la primavera siguiente Minnie compró una cabra hembra y dos cabritos. Daniel ordeñaba por la mañana, con paciencia, metódicamente, tal como Minnie le había enseñado. Hicieron un nuevo redil para las cabras y un corral de ordeño donde no podían entrar los otros animales. Minnie le dijo a Daniel que el corral debía estar siempre muy limpio. Por la noche separaban los cabritos de la hembra, para que las ubres se llenasen. La cabra se llamaba Barbara y Daniel llamó a los cabritos Brock y Liam, por unos futbolistas del Newcastle United, aunque ambos fueran hembras.

Por la noche, después de bañarse y hacer los deberes, jugaba al backgammon con Minnie mientras ella se tomaba una ginebra y él comía pasteles de chocolate. A ella le maravillaba su habilidad para mover las fichas sin contar tocando tablero. O a veces jugaban a las cartas: al cinquillo o a la veintiuna. Minnie ponía música mientras jugaban: Elvis, Ray Charles y Bobby Darin. Daniel mecía los hombros al repartir las cartas y Minnie lo miraba con las cejas alzadas y le arrojaba una patata frita a Blitz.

Daniel tenía trece años y era su primer curso en la escuela secundaria William Howard Longtown. Era capitán del equipo de fútbol y había ganado dos medallas de oro en carreras de larga distancia, pero aún era más bajo y más delgado que los otros niños de su clase. El año siguiente comenzaría con los exámenes del Certificado General de Educación Secundaria. Se le daban bien la Literatura, la Historia y la Química. Había una niña llamada Carol-Ann, un año mayor que él, que a veces venía a casa después del colegio. Era un poco marimacho y Daniel le enseñó a dar toques al balón y a cuidar a los animales. Minnie la invitaba a tomar té cuando su madre trabajaba hasta tarde. Carol-Ann no era su novia ni nada parecido, aunque Daniel le había visto los pechos cuando se le cayó el sujetador mientras nadaban en el río Irving el verano anterior.

Daniel era popular en el colegio. Tenía amigos gracias al fútbol y ya casi no se metía en peleas. No obstante, aparte de Carol-Ann, nadie solía ir a la granja. A Danny lo invitaban a las fiestas de cumpleaños y acudía a los actos escolares. En el colegio formaba parte de un grupo de amigos, casi todos jugadores de fútbol, pero no solía jugar con nadie después de las clases y no visitaba la casa de ningún amigo salvo un par de veces al año. Al acabar las clases, a menos que hubiese un partido o un cumpleaños, volvía a casa con Minnie y atendía a los animales, recogía hortalizas para la cena, pelaba las patatas o daba patadas a unas latas en el patio para jugar con Blitz. Y luego venían la cena y los juegos, junto a la ginebra y la música. Año tras año. Era la simetría de los días, el agradable cumplimiento de las expectativas, la estructura de la vida cotidiana. Gracias a ello, Daniel se sentía seguro.

Aprendió a cultivar la esperanza. Sus deseos tenían que empequeñecerse para ajustarse a los confines de la casa, al igual que las alas de las gallinas que Minnie cortaba para que no volasen, pero todo lo que deseaba en esa casa Minnie se lo daba.

Era sábado y Daniel despertó antes de que sonase el despertador. Se estiró como una estrella de mar, sintiendo alargarse hasta la punta de los dedos. Por la ventana llegaban los cloqueos y el alboroto de las gallinas y los balidos lastimosos de las cabras. Estaba tumbado en la cama, con las manos detrás de la cabeza, pensando, recordando.

Daniel dio una vuelta y bostezó. A continuación metió la mano en el cajón de la mesilla. Sacó el collar de su madre y acarició la ese dorada. Era más suave de lo que recordaba y se preguntó si se debería a sus manos, al igual que el mar suaviza los bordes angulosos de las rocas. Durante casi un año el collar había estado en el cajón, envuelto en un pañuelo, pero no lo había tocado. Casi lo había olvidado.

Volvió a acostarse, con la mirada fija en el collar. Los recuerdos que evocaba al acariciarlo no eran recuerdos reales, sino imágenes que había formado en su mente, rociadas con esperanza, para enhebrarlas en la oscuridad, empapadas de sus propias expectativas. En una de esas imágenes su madre reía en la cocina de Minnie, tan fuerte que se veía que le faltaban dos muelas, los ojos cerrados con tanta alegría que las líneas de la risa le realzaban los huesos. En otra su madre daba de comer a las gallinas mientras Minnie saludaba desde la ventana. En su mente, las manos de su madre eran huesudas y se movían con lentitud: soltaba los granos a cámara lenta, como si las articulaciones estuvieran atascadas. En otra imagen jugaban a las cartas y su madre ganaba; se mecía en el sofá con las rodillas en alto y gritaba incrédula.

Daniel guardó el collar en el cajón. Se preguntó qué pensaría Minnie de su madre si se llegasen a conocer. Qué frágil sería su madre: un gorrión frente a un oso que se abalanza. Minnie le daría de comer y la querría y la pondría a trabajar, como había hecho con Daniel. Al lado de Minnie, la madre de Daniel sería otro niño. Cuando pensaba en ello, era eso lo que le rompía el corazón. Para él su madre era una niña y cada año se sentía crecer junto a ella, si bien en su mente ella seguía siendo la misma: joven, delgada, necesitada de él.

Desde su adopción, había cambiado la manera en que pensaba en su madre. Antes, había sentido pavor por haberla perdido, una emoción desgarradora, punzante, hiriente. Ahora quería consolarla. Se recordó a sí mismo acariciando su frente y cubriéndola con un abrigo cuando se quedaba dormida en el sofá: tanto los ojos negros como los labios azules le sonreían. Ya no quería salir corriendo en su busca. Apreciaba la calma de su nueva vida más de lo que añoraba el caos que rodeaba a su madre, pero ahora soñaba con atraerla a esta nueva existencia. Minnie podría adoptarla a ella también; podría dormir en el sofá, escuchando a Ray Charles, mientras Daniel recolectaba los ruibarbos en la huerta y daba verduras a las cabras.

Abajo, Minnie cocinaba gachas. Llevaba la bata puesta y sus pies descalzos se ensuciaban en el suelo de la cocina. Las plantas de sus pies eran duras como el cuero. Por la noche, veía la televisión con los pies apoyados en un taburete y Daniel a veces tocaba con un dedo esa piel amarillenta y densa de los pies. Podía pisar un alfiler y no notarlo hasta una semana más tarde, no por el dolor, sino por el ruido que hacía al caminar. Apoyaba el tobillo en la rodilla y arrancaba el alfiler, pero no salía ni una gota de sangre.

Cuando lo oyó bajar, Minnie se acercó a la escalera con la cuchara de madera en la mano. Le plantó las manos en las mejillas y le giró el rostro para darle un beso en la frente.

—Buenos días, precioso.

Era verano y, aunque no habían dado las siete aún, era un día luminoso, de un cielo azul e impoluto. Daniel se puso las botas y salió a dar de comer a los animales. Tenías las manos frías y Barbara pateó y pisoteó cuando tocó las ubres, así que se las calentó bajo las axilas antes de intentarlo de nuevo.

Juntas de nuevo, las cabras se olisquearon y se acariciaron. Daniel llevó la leche a Minnie.

—Eres un buen muchacho —dijo, dejando las gachas frente a él con una taza caliente de té. Daniel sabía que ya llevaría leche y azúcar—. Me voy a vestir.

Cuando regresó Minnie, Danny estaba preparando tostadas. Le preguntó si quería.

—Solo media rebanada, cariño. Con el té ya es bastante.

Daniel le dio una rebanada entera, pues sabía que se la comería de todos modos. Minnie parloteó sobre la huerta y la gotera y dijo que llamaría a alguien para que la arreglara la semana siguiente. Llevaba meses diciéndolo. Le preguntó qué le apetecía hacer, pues era sábado. Si seguía el buen tiempo podrían salir a dar un paseo. Si llovía pasarían la tarde viendo películas y comiendo patatas fritas. A veces Minnie cocinaba mientras Danny daba patadas a un balón en el patio.

Daniel se encogió de hombros.

—¿Sabes qué estaba pensando? —dijo, dando un mordisquito a la tostada mientras la miraba.

—Sospecho que me lo vas a decir. —Minnie sonrió: toda ella era unos ojos azules y unas mejillas enrojecidas.

—¿Crees que la asistente social podría averiguar dónde está mi madre?

La luz de su mirada se extinguió.

—Cariño, ya sabes lo que dijeron. A los dieciocho años podrás hablar con ella si lo deseas. Sé que es difícil, pero es la ley y hay que acatarla. Tienes que olvidarte de esas ideas.

—Lo sé, es solo que... Quería enseñarle las nuevas cabras, y mi habitación, ahora que está terminada. A ella le gustaría. Solo quería hablar con ella, vaya.

Minnie suspiró. Sus pechos se alzaron sobre la mesa y volvieron a desplomarse.

—Danny, mírame.

—¿Qué? —dijo mirándola, la boca rebosante de tostada. Minnie lo contemplaba con el ceño fruncido.

—No vas a volver a salir corriendo, ¿me oyes? —Se llevó una mano al corazón—. No podría aguantarlo, cariño.

—No voy a salir corriendo. Solo quería hablarle de las nuevas cabras, vaya. —Apartó la vista, se terminó la tostada con un mordisco demasiado grande y se atrevió a mirarla. Minnie lo observaba con las manos en el regazo. Daniel volvió a apartar la vista—. Pensé que estaría bien si viniese a vivir con nosotros —dijo. Al decirlo en voz alta, comprendió que era imposible, estúpido, pero aun así se volvió para ver cómo respondía Minnie.

—Ya sabes que eso no puede ocurrir, Danny —dijo, en voz muy baja.

Daniel asintió. Le dolía la garganta.

—Es que sé que le gustaría esto. Necesita que la cuiden y yo podría cuidar de ella aquí. —Daniel sintió la pesada mano de Minnie sobre la suya.

—Tienes que comprender que cuidar de tu madre no es tu responsabilidad. Es mi responsabilidad cuidar de ti.

Daniel asintió. Le picaba la nariz y sabía que lloraría si hablaba de nuevo. No quería hacer daño a Minnie. La quería y quería seguir viviendo con ella. Lo único que deseaba era que comprendiese que su madre debía ir a vivir con ellos. Entonces todo sería perfecto.

—No voy a salir corriendo, vaya —atinó a decir—. Solo quiero hablar con ella. Quiero hablarle de la granja y todo lo demás. —Se pasó los dedos por el ojo izquierdo—. Solo quiero hablar con ella, vaya.

—Lo comprendo, cariño —dijo Minnie—. Voy a hablar con ellos. A ver si me dan un número de teléfono o algo.

—¿De verdad? —Daniel se inclinó, sonriendo aliviado, pero Minnie lo miraba muy seria. Ella asintió—. ¿Me lo prometes?

—Ya te he dicho que lo voy a hacer.

—¿Crees que te lo van a decir?

—Por preguntar no se pierde nada.

Daniel sonrió y se reclinó en su silla. Minnie se puso a limpiar: guardó la mantequilla y la mermelada y recogió la mitad de la mesa en la que comían; en la otra mitad se apilaban libros, galletas para perros y periódicos viejos. Daniel sintió una calidez que se propagaba dentro de él, que se extendía del estómago a las costillas. La calidez lo izó: se sentó recto y enderezó los hombros.

Esa semana Daniel volvió corriendo a casa por el Dandy. Encontró una lata y fue dándole patadas durante unos cuatrocientos metros, desatada la corbata del uniforme escolar, los faldones de la camisa por fuera y la mochila sobre los hombros. El aire estaba impregnado del olor a hierba recién cortada. Daniel oía su respiración y sentía el sudor sobre la frente mientras se arrojaba contra la lata con los zapatos embarrados. Disfrutó de la elasticidad y potencia de sus músculos y articulaciones y el calor del sol en los antebrazos y el rostro. Estaba contento, decidió, contento por estar aquí y volver a casa junto a Minnie.

«A casa». Dio una fuerte patada a la lata, que subió dibujando un arco iluminado por el sol durante al menos diez metros antes de caer sin hacer ruido sobre la hierba. «A casa». Daniel la buscó y volvió a darle una patada. Salió volando y esperó a que volviera a caer para darle con el exterior del pie y enviarla por los aires de nuevo, por la colina, hacia la granja Flynn y Minnie, quien le habría preparado sándwiches de puré de plátano.

Esa previsibilidad fue lo primero que le gustó de ella. Minnie tenía el don de mostrarle su mundo y, a continuación, repetirlo día tras día. Las cosas sucedían cuando ella decía que iban a suceder. Dijo que lo adoptaría y lo adoptó. El juez puso cara de incredulidad ante los documentos y a Daniel se le encogió el estómago, pero falló a su favor y así se convirtió en el hijo de Minnie, como ella le había prometido.

Daniel la veía de un modo diferente ahora. Le encantaban su cuerpo pesado y las masas blandas que la conformaban, pero había descubierto en ella un poder nuevo. Confiaba en ella. Era capaz de conseguir las cosas que deseaba; todo estaba al alcance de su mano. Incluso el destino de Daniel estaba en sus manos. Cuando pensaba en ella, la veía con el collar de Blitz en la mano, agarrándolo con fuerza al abrir la puerta a algún desconocido mientras el perro ladraba.

Daniel fue más despacio y comenzó a caminar. Su respiración era desigual. Respiró profundamente y disfrutó el cálido olor de la hierba del verano. El cielo estaba azul, tan despejado que lo mareó su infinidad.

Percibió unas voces y, al poco, unos pasos detrás de él. Echó un vistazo por encima del hombro y vio que eran los tres chicos mayores que le habían pegado. Ahora sabía sus nombres: Liam, Peter y Matt. Iban un curso por delante de él en el colegio.

Sintió la tensión en los músculos. Caminó como si no los hubiese oído, pero aceleró el paso y exageró el movimiento de los hombros. Podía escuchar su conversación, aunque calculó que les sacaba más de cinco metros. Estaban hablando de fútbol, pero luego se callaron y a Daniel se le erizó el pelo de la nuca. Intentó percibir sus movimientos.

—¿Cómo está la vieja bruja, Danny? —gritó uno de ellos—. ¿Te ha enseñado ya algún hechizo?

La voz sonaba cerca.

Daniel hizo caso omiso y se fijó en la tensión que se extendía desde los hombros hacia la columna vertebral. Apretó los dientes y los puños.

—Una bruja gorda como ella... Cómo me gustaría verla intentando volar, vaya.

Daniel echó otro vistazo por encima del hombro y vio que uno de los chicos simulaba volar sobre una escoba antes de caer y rodar por la hierba. Los tres se rieron, y sus risas eran inmundas. Eran voces roncas y graves, voces que ya no eran de niño, marcadas por el desprecio.

Daniel se giró para hacerles frente. En cuanto se dio la vuelta, los muchachos se cuadraron, los pies separados y las manos en los bolsillos.

Se hizo el silencio, de modo que Daniel solo oía un murmullo en las orejas.

—¿Tienes algún problema? —Fue Peter quien habló, la mandíbula torcida, los ojos entrecerrados, provocador.

—¡Ni se te ocurra hablar de ella!

—Y si no, ¿qué?

—Te voy a dar.

—Sí, ¿tú y cuántos más?

Fue como la otra vez. Daniel cargó contra el chaval y le golpeó en el estómago con la cabeza. Aún era más alto que Daniel. El puño del muchacho le alcanzó en las costillas y Daniel respiró dolorido. Oía a los otros dos, que se burlaban: «Acaba con él, Peter. Acaba con él».

Daniel recordó una pelea contra el novio de su madre, el que le había arrastrado por el suelo agarrado del pelo. La rabia estalló, rápida, centelleante, intensísima, por todo su cuerpo. La sacudida lo fortaleció, lo purificó. Golpeó a Peter y se agachó, y lo pateó en el rostro hasta que se dio la vuelta.

Los otros muchachos se lanzaron contra Daniel, pero estaba tenso por el ataque y no sintió los puños contra los brazos y el pecho. Pegó a Matt en la nariz y oyó un crujido que retumbó contra los nudillos y luego dio una patada a Liam en las pelotas.

Daniel se alejó, tambaleante. Le escocía el puño y vio que se había cortado, pero, al tocarlo, se percató de que era tan solo la sangre de Matt. Se dio la vuelta para enfrentarse a ellos una vez más.

—Otra palabra sobre ella y estáis muertos.

La palabra *muertos* salió de su boca como una bala. Retumbó a lo largo del prado. Las aves se dispersaron a su paso.

Los muchachos, caídos sobre la hierba, no dijeron nada. Daniel se fue caminando, aún precavido, pero exagerando su aire de fanfarronería. Soplaba la brisa y todas las briznas de hierba se inclinaban hacia él, como si lo venerasen.

Daniel sabía que los chicos podrían vengarse, pero se sentía satisfecho consigo mismo al volver a la granja. Caminaba con ligereza. Se lo pensarían dos veces antes de volver a burlarse de ella. Ahora era su madre; iba a salir en su defensa.

Cuando llegó a la granja, todo estaba en silencio. Las gallinas se paseaban y picoteaban el suelo, pero sin hacer ruido, y las cabritillas estaban pegadas a la ubre que se les negaría al anochecer. Las margaritas se mecían con el viento.

Minnie estaba descongelando la nevera. Daniel fue al cuarto de baño nada más entrar en casa. Se lavó las manos y se miró al espejo. Se subió la camiseta para mirarse las costillas. No tenía ni un rasguño. Ella ni sospecharía que acababa de defenderla, luchando por ella y venciendo.

No pudo evitar cuadrar los hombros al ir a la cocina.

Minnie calzaba las botas de siempre y blandía una espátula contra el hielo incrustado en el congelador.

—Madre de Dios, ¿ya es la hora? —dijo al ver a Daniel—. Creía que eran las dos. Seguro que vienes con hambre, y ni siquiera he preparado nada de comer.

Daniel se limpió la nariz y la frente con la manga y aguardó mientras ella colocaba unas rodajas de plátano entre dos rebanadas de pan blanco y le servía una naranjada. Se bebió el zumo y comió la mitad del bocadillo antes de hablar con ella.

—¿Para qué haces eso? —preguntó, señalando el congelador abierto y humeante.

—Así son las cosas en esta vida, Danny. De vez en cuando tienes que sacar el martillo y comenzar de nuevo.

Daniel no estaba seguro de haber comprendido. Comenzó con la otra mitad de su sándwich de plátano. Las ventanas estaban abiertas y de la granja llegaba el olor a estiércol. Minnie se bebió el té de un trago y cogió el martillo y la espátula. Se lanzó contra el hielo con golpes estridentes.

—Hoy he sacado un sobresaliente en mi examen de Historia —dijo Daniel. Minnie detuvo el ataque contra el congelador un momento y le guiñó un ojo.

—Qué inteligente eres. Ya te lo dije. Eres muy inteligente. Si te esforzaras un poquito, los dejarías a todos boquiabiertos... Ya te lo dije.

Blitz se fue a la sala contigua para huir del ruido del martillo. El hielo se desmenuzaba sobre el suelo de la cocina, silencioso y lloroso como el arrepentimiento.

Daniel se acabó el sándwich y se reclinó en la silla, lamiéndose los dedos. Sabía que Minnie lo miraba, con el martillo en la mano. Se secó las cejas con el antebrazo y dejó las herramientas en el congelador. Se sentó junto a Daniel y posó una mano pesada y roja en su muslo.

—¿Qué? —dijo Daniel, que se limpió la nariz con la manga.

—He hablado con Tricia.

La cocina, con sus rayos de luz y su olor a tostada y su calidez, de repente se tensó como las cuerdas de un violín. En el vestíbulo, el perro descansaba con la nariz sobre las patas. Daniel esperó con la espalda rígida. Minnie aún tenía esa pesada mano sobre su pierna. Comenzó a frotarle la rodilla. Daniel sintió la fricción, el calor, sobre los pantalones escolares.

—No sé cómo decirte esto, Danny. Dios sabe que quisiera evitarte más sufrimientos, pero me has pedido que lo averigüe.

—¿Qué pasa? ¿Está en el hospital otra vez?

—Es imposible que haya un buen momento para esto, así que te lo voy a decir sin más. Lo he sabido hoy.

Minnie se mordió el labio.

—Es eso, ¿verdad? Está otra vez enferma.

—Ha sido peor esta vez, cielo. —Lo miró sin parpadear, como si él fuese a comprender sin tener que decirlo.

—¿Qué?

—Cariño, tu madre ha muerto.

El mundo se convirtió al mismo tiempo en un lugar muy tranquilo y muy ruidoso. Todo pareció detenerse y Daniel sintió la pausa, el silencio sepulcral. Le zumbaban los oídos. Era como antes, cuando iba a comenzar la pelea. Era como si hubiese perdido el equilibrio por un momento. El ruido en los oídos le hizo desconfiar de lo que había oído y, sin embargo, el pavor que se agolpaba en su garganta (amargo, negro) le hizo saber que no aguantaría oír de nuevo esas palabras.

Daniel se levantó y al instante las manos cálidas de Minnie se posaron sobre sus hombros.

—Está todo bien, cariño —dijo—. No salgas corriendo esta vez. Yo siempre voy a estar aquí para ti.

Años más tarde, cuando Daniel recordaba esas palabras, siempre le hacían correr más rápido.

Fue un golpe, pero también una extraña alegría. Fue una sacudida, como si lo hubieran zarandeado o aporreado, pero también una emoción extraña. Su corazón se desbocó, su lengua se quedó pegada al paladar, los ojos muy abiertos y secos.

¿Muerta?

El aire se le salía de la boca como si le hubiesen cortado la garganta.

Muerta.

Bajó la mirada y vio la mano de Minnie en su brazo; esos dedos cálidos, mucho más seguros que los de su madre. Eran poderosos, como una soga en la que podía confiar lo suficiente como para saltar de una roca, sabedor de que aguantaría su peso cuando la gravedad lo arrastrase hacia abajo.

Muerta.

Danny se acurrucó contra Minnie. Ella no lo pidió. Ella no lo acercó, pero se acurrucó de todos modos, como una hoja en el otoño, gastada ya su energía.

—Vamos —dijo—. Vamos, vamos, mi amor, mi niño precioso. Aún no lo sabes, pero eres libre... Ahora eres libre.

No se sentía libre, pero sí desarraigado y el temor lo impulsó a estrechar a Minnie una vez más, por primera vez entregándose a ella plenamente, pidiéndole que lo amara.

Más tarde, Minnie le preparó una taza de té, y Daniel tenía muchísimas preguntas.

—¿Cómo murió?

—Fue otra sobredosis, cariño. Una muy grande.

Agarró la taza de té con las dos manos y dio un sorbo.

—¿Puedo ir a verla? ¿La van a enterrar en alguna parte?

—No, cariño, la incineraron. Pero aún tienes su collar y puedes pensar en ella siempre que quieras.

—Debería haber estado con ella. Podía haber llamado a la ambulancia. Siempre consigo que llegue a tiempo.

—No es culpa tuya, Danny.

—Ha pasado porque estaba sola.

—No es culpa tuya.

Pensó en irse de Brampton, hacer autoestop hasta Newcastle, igual que antes, pero ahora, si ella no estaba, ya no tenía sentido. Ahora Minnie era su madre y Daniel iba a intentar que todo fuese bien.

23

No cabía duda: la fiscalía intentaba retratar a Sebastian como un pequeño diablo. La lista de testigos incluía vecinos de los Croll, niños del colegio de Sebastian, además de a su profesora. Como podían influir sobre el jurado, Irene protestó la validez de esas preguntas, pues suponían un intento de recabar pruebas irrelevantes sobre su carácter, pero el juez fue permisivo, sobre todo respecto a la fama que tenía Sebastian de abusón, ya que la consideró relacionada con el crimen.

Ese día Sebastian seguía el juicio con atención. Ni hacía garabatos ni movía las piernas. Su padre no se encontraba en la sala. Daniel había hablado con Charlotte, quien dijo que Kenneth había ido al extranjero, pero que volvería en unos días. Charlotte parecía alterada: era toda tendones, ojos hundidos y dedos temblorosos. Le daba pavor salir a fumar un cigarrillo, confesó a Daniel, por si los periodistas la acorralaban. No podía soportar las mentiras que escribían acerca de su hijo. Daniel la agarró del codo y le dijo que mantuviera la calma.

—Va a ir a peor antes de que llegue nuestro turno —le dijo—. Es mejor que se prepare.

—La corona llama a la señora Gillian Hodge.

Daniel la observó mientras se dirigía al banquillo de los testigos. Todos los periodistas garabatearon con frenesí cuando levantó la mano derecha y prestó juramento. Madre de dos niñas, era vecina tanto de los Croll como de los Stokes. Daniel había hablado con Irene acerca de ella. Su voz era clara y fuerte, sus gestos seguros y serenos. Su actitud era profesional y maternal al mismo tiempo, con una mirada luminosa y sincera. Daniel juntó las manos y esperó, casi temiendo su declaración. Sintió la pequeña mano de Sebastian en el muslo y se agachó para que sus orejas estuviesen más cerca de la boca del niño.

—Me odia —fue todo lo que dijo.

—Tranquilo —dijo Daniel, casi para sí mismo.

Gordon Jones se echó la toga a un lado y se situó ante el atril.

—Señora Hodge, ¿podría decirnos de qué conoce a los Croll y a su hijo, Sebastian?

—Soy su vecina y también soy vecina de Madeline y Paul Stokes. Estoy justo entre ambos.

Daniel la escuchaba con atención. Su voz, propia de un colegio privado de Londres, era firme y casi no necesitaba el micrófono.

—Y a sus hijos —preguntó Jones—, ¿diría que los conoce bien?

—Mis hijas solían jugar tanto con Ben como con Sebastian, así que conozco a los padres y a los hijos.

Al decir «y a los hijos», Madeline se volvió claramente hacia Sebastian. Daniel se enderezó ante esa mirada severa.

—Tiene dos hijas, ¿es cierto?

—Sí.

—¿Y cuántos años tienen?

—Una tiene ocho y la otra doce.

—¿Su hija pequeña es de la misma edad que Ben Stokes?

—Sí, iban a la misma clase. —Los ojos grandes y luminosos de Gillian buscaron a Madeline Stokes, que agachó la cabeza. Gillian se aclaró la garganta.

—Y su hija mayor... ¿tiene más o menos la edad de Sebastian?

—Sí, ella es un poco mayor, pero no juega mucho con niños. La pequeña es la aventurera. Le gustaba jugar con Ben...

—¿Surgió algún problema cuando su hija jugaba con alguno de sus vecinos?

—Bueno, como he dicho, Poppy, la pequeña, se llevaba de maravilla con Ben, pero a menudo Sebastian intentaba juntarse a ellos o jugar con Poppy aunque Ben no estuviese.

—¿Causó esto algún problema?

Irene se levantó de un salto y Daniel contuvo el aliento.

—Con la venia de su señoría, protesto. Este tipo de preguntas solo da lugar a habladurías.

—Sí, pero lo voy a consentir. —La voz de Philip Baron era grave y poderosa, si bien parecía haberse desplomado sobre el estrado, extraviado en sus vestiduras—. Tengo la certeza de que es admisible en interés de la justicia.

Irene se sentó. Se giró para mirar a Daniel, quien hizo un gesto para mostrar su apoyo.

—Sebastian podía ser muy violento, muy abusón...

—¿En qué sentido?

—Una vez, cuando Poppy no quiso jugar a un juego que él propuso, la amenazó con un pedazo de cristal roto. La tenía agarrada del pelo para que no se escapase y le había puesto el trozo de cristal justo en la garganta... Lo vi todo desde...

Irene volvió a ponerse en pie.

—Señoría, protesto. Solo se pretende influir en el jurado. Mi cliente no tiene la oportunidad de defenderse a sí mismo.

—Bueno —dijo el juez Baron, cuyos dedos aleteaban sin parar—, veo que tiene una defensora más que competente, señorita Clarke.

Irene abrió la boca para replicar, pero se sentó de mala gana. Daniel garabateó una nota y se la pasó a su asistente, Mark. Decía: «¿Preguntar sobre la violencia doméstica en casa de los Croll?».

Irene se volvió en cuanto leyó la nota. Daniel le sostuvo la mirada mientras ella pensaba. Los maltratos ofrecían una explicación al comportamiento de Sebastian, pero Daniel comprendió que también era un riesgo. Podría indicar que Sebastian había aprendido a ser violento, que actuó así por las escenas que había presenciado en casa.

—... Poppy le tenía pavor. Me había dicho que le caía mal Sebastian, pero yo la había animado a que intentasen llevarse bien. Después de ver a mi hija amenazada de ese modo, le prohibí jugar con él.

—¿Habló con los padres de Sebastian acerca de lo ocurrido?

—Hablé con su madre, sí. —Gillian se puso tensa, como si el recuerdo la ofendiese—. No mostró interés alguno. Parecía que no le preocupaba en absoluto. Me conformé con asegurarme de que no volvía a jugar con él.

—Muchas gracias, señora Hodge. —Gordon Jones recogió sus notas y se sentó.

—Señora Hodge... —Irene se mostraba serena.

Daniel se inclinó sobre la mesa y apoyó la barbilla en una mano. Un segundo después, Sebastian hizo lo mismo, adoptando la postura de Daniel.

—Dígame, ¿durante cuánto tiempo ha vivido junto a los Croll y los Stokes?

—Yo... no recuerdo, unos tres o cuatro años.

—¿Fue entonces cuando se mudó a Richmond Crescent?

—Sí.

—Los niños jugaban juntos. ¿Se relacionó usted con los padres?

—Sí, por supuesto, compartimos algún que otro vaso de vino o una taza de café... Más con Madeline, diría yo, aunque también visité... a Charlotte una o dos veces.

—Habló con Charlotte Croll acerca del comportamiento de Sebastian con su hija y dice que no mostró interés. ¿Una vecina con quien tenía trato? ¿Espera que nos lo creamos?

Gillian pareció sonrojarse un poco. Sus grandes ojos recorrieron la sala de audiencias y luego miró hacia arriba.

—Ella fue... comprensiva..., pero nada cambió. No parecía tener control alguno...

—Señora Hodge, respecto a este incidente al que se refiere, cuando Sebastian supuestamente amenazó a su hija con un trozo de cristal, ¿informó de ello a alguien aparte de la madre del muchacho?

Los ojos de la señora Hodge se abrieron de par en par. Miró a Irene y negó con la cabeza.

—Está negando con la cabeza. ¿No denunció el incidente a la policía, al colegio... o a un asistente social?

La señora Hodge se aclaró la garganta.

—No.

—¿Por qué no?

—Vi lo que ocurrió y lo regañé muy severamente, y prohibí a Poppy que jugara con él. Ahí se acabó todo. No le pasó nada a nadie.

—Ya veo, no le pasó nada a nadie. Cuando regañó a Sebastian... severamente, como ha dicho, ¿cómo reaccionó?

—Me... pidió perdón. Es... muy educado. —Gillian se aclaró la garganta—. Se disculpó ante Poppy cuando se lo pedí.

A su lado, Sebastian sonrió a Daniel, como si le complaciera el elogio.

—Señora Hodge, le hemos oído decir que Sebastian podía ser un poco agresivo. Pero ¿en alguna ocasión, durante esos casi cuatro años que vivió a su lado, tuvo motivos para denunciar su comportamiento a las autoridades?

Gillian Hodge se sonrojó.

—No, a las autoridades no.

—Y, siendo usted una buena madre, si hubiese sospechado que Sebastian representaba una amenaza para su hija o para los hijos de sus vecinos, ¿lo habría denunciado de inmediato?

—Bueno, sí...

—Tiene dos hijas, una de la edad de la víctima y otra del acusado, ¿es así?

—Sí.

—Dígame, ¿en alguna ocasión sus hijas han actuado de forma agresiva?

La señora Hodge se sonrojó de nuevo.

Jones se levantó y alzó una mano, exasperado.

—Señoría, he de cuestionar la pertinencia de este tipo de preguntas.

—Sí, pero la voy a admitir —dijo Baron—. Ya me había pronunciado al respecto.

—Señora Hodges —repitió Irene—, ¿en alguna ocasión sus hijas han actuado de forma agresiva?

—Bueno, sí. Todos los niños pueden ser agresivos.

—Claro que pueden —replicó Irene—. No tengo más preguntas.

—Muy bien, teniendo en cuenta la hora, creo que es el momento oportuno para... —Baron se giró para mirar al jurado—. Disfruten de la comida, pero les recuerdo una vez más que no hablen del proceso a menos que estén todos juntos.

Se hizo el silencio y se extendió una ola sin agua, un roce de telas y carraspeos en la sala sofocante, mientras los presentes se levantaban a la vez que el juez y volvían a sentarse tras su salida. El secretario pidió al público que desalojase la sala y Daniel observó las caras reacias a alejarse del espectáculo.

Daniel se situó detrás del asiento de Sebastian y le dio un amable apretón en los hombros.

—¿Estás bien, Sebastian? —preguntó, con una ceja arqueada.

Sebastian comenzó a dar saltitos, asintiendo, y luego se tocó la punta de los pies y comenzó a dar vueltas. Los extremos del traje, demasiado grande, subían hasta las orejas y bajaban al saltar.

—¿Estás bailando, Seb? —preguntó el agente de policía—. Es hora de bajar.

—Dentro de un momento, Charlie —pidió Sebastian—. Llevo muchísimo tiempo sentado.

—Puedes ir bailando hasta abajo, ¿vale, Fred Astaire?

—Hasta luego, Danny —dijo Sebastian, que se dio la vuelta, con la mano del agente sobre el hombro—. Nos vemos después del almuerzo.

—Hasta luego —contestó Daniel, que sacudió la cabeza al ver a su joven cliente. Por un lado, quería reírse del muchacho y sus payasadas; por otro, le entristecía demasiado.

Irene se acercó y le agarró del codo.

—Pensé que no era conveniente, Danny. —Daniel sonrió y la miró a los ojos, pensando en lo bonitos que eran—. Es una espada de doble filo.

—Eh, lo sé, es una decisión difícil —dijo él—. Y, sinceramente, es, con toda probabilidad, lo último que querrían revelar ante el jurado Sebastian y su familia. —Irene sonrió—. Confío en tu criterio —dijo, mientras salían de la sala.

Daniel bajó a la celda a hablar con Sebastian. También Charlotte estaba allí. Cuando el guardia dejó entrar a Daniel, Sebastian dio una patada en el muslo de su madre. Charlotte no hizo sonido alguno, pero se alejó, con una mano en la pierna.

—Tranquilo, Seb —dijo Daniel.

Sebastian se desplomó contra la pared, haciendo un mohín.

Charlotte parecía nerviosa después de las declaraciones.

—¿Por qué tenían que llamarla? Siempre está metiendo las narices donde no la llaman.

—Me odia —dijo Sebastian otra vez.

—Gillian nos odia a todos —replicó Charlotte.

—¿Puedo hablar con usted fuera? —preguntó Daniel.

Charlotte asintió y se apartó para coger el bolso. Se le notaban los omóplatos bajo el vestido.

Tras cerrar la puerta, Charlotte quiso fumar un cigarrillo. Daniel rogó al guardia que la dejase salir directamente de las celdas, sin tener que subir antes. Le sorprendió que el guardia lo permitiese, pero al parecer Charlotte ya había pedido antes que la dejasen salir a fumar. La puerta trasera de las celdas estaba aislada y no había periodistas.

Sus manos temblaron mientras encendía el cigarrillo. Soplaba una brisa, así que Daniel rodeó el encendedor con las manos. Charlotte dio una calada profunda antes de volverse hacia él. Unas líneas profundas surcaban su ceño.

—Sé que es duro para usted, Charlotte, pero piense en cómo es para Sebastian. Ahora todas las declaraciones se centran en criticarlo.

—Es mi hijo. También me critican a mí.

—Tiene que ser fuerte. Esto es solo el principio. Y va a ir a peor.

—No se les debería permitir declarar tales cosas —dijo ella—: que no lo puedo controlar, que no me importó que amenazase a otros niños. Yo no estaba ahí cuando pasó lo del trozo de cristal.

Su voz era estridente y se le desencajaba el rostro. Parecía haber envejecido de repente.

—Piense que cuando recurren a estas cosas (su mal carácter, cotilleos) es porque lo necesitan. Casi todas las pruebas son circunstanciales. Con esos informes escolares que muestran su actitud agresiva, esto tenía que suceder, pero no olvide que no prueba...

—Yo soy la culpable, eso es lo que intentan decir. Me juzgan a mí. Lo van a condenar a él y decir que todo fue culpa mía.

—Nadie está diciendo eso... —Daniel extendió la mano para estrechar el hombro de Charlotte.

Charlotte se apartó y, cuando se giró para dar otra calada al cigarrillo, Daniel vio que estaba llorando. Las lágrimas eran negras y dejaban al descubierto unos surcos blancos bajo el maquillaje.

—Usted es su madre —dijo Daniel—. Él tiene once años y lo están juzgando por asesinato. Esto le va a afectar durante el resto de su vida. Necesita que sea usted fuerte.

Las camionetas de la cárcel se apiñaban oscuras y ominosas en el patio. Daniel se acordó de la granja por la noche: los cobertizos donde dormían los animales. La salida de emergencia por la que habían salido dio un portazo, sacudida por el viento.

—¿Fuerte como tú, quieres decir? —soltó, la mano en el párpado, con cuidado de no correr el maquillaje. Posó la mano en el pecho de Daniel. Bajo la camisa, la piel cosquilleó ante el contacto—. Qué fuerte eres.

—Charlotte... —susurró, dando un paso atrás, acercándose al edificio. Olió su embriagador perfume y el cigarrillo en su aliento. Los labios de ella estaban a milímetros de los suyos. Una columna de ceniza tembló y cayó en la solapa de su chaqueta. Daniel se irguió y apoyó la nuca en la pared.

Charlotte dejó caer la mano poco a poco y Daniel sintió sus uñas largas en la parte inferior del abdomen. Endureció los abdominales y, bajo la camisa, la piel del vientre se apartó de ella.

Había algo casi abominable en esa mujer, el maquillaje de los ojos que se había corrido, la base que se acumulaba en los poros..., pero sintió un arrebato de compasión.

—Ya basta —susurró—. Su hijo la necesita.

Charlotte retrocedió, escarmentada. Parecía desconsolada, aunque Daniel sabía que no era solo este rechazo lo que la había abatido. Sus ojos eran manchas. Los dedos amarillentos temblaron al llevar la colilla a los labios.

—Lo siento —atinó a decir con un hilo de voz.

Tiró el cigarrillo al suelo. Daniel sostuvo abierta la puerta.

—La corona llama a Geoffrey Rankine.

Daniel observó al hombre que se acercaba al banquillo de los testigos.

Parecía demasiado alto para la sala y sus pantalones rozaban los zapatos. Tenía entradas, el pelo pulcramente cortado y las cejas siempre alzadas. Cuando juró decir la verdad ante Dios, una ligera sonrisa se dibujó en sus labios.

—Señor Rankine, según informó a la policía, usted vio a dos chicos peleando en Barnard Park el 8 de agosto por la tarde. ¿Es eso cierto?

—Es cierto. Desde entonces, cuando veo las noticias no hago más que pensar que si hubiera hecho algo... —La voz de Rankine era apática.

—En su declaración del 8 de agosto, usted menciona que vio a los chicos peleándose en dos ocasiones. ¿Cuándo los vio?

—La primera vez eran más o menos las dos de la tarde. Siempre saco el perro a pasear a esa hora, un paseíto breve después de comer, para que haga sus cosas.

—¿Podría describir a los dos chicos que vio peleándose?

—Bueno, ya se lo dije a la policía: los dos tenían el pelo corto y castaño y eran más o menos de la misma altura, aunque uno un poco más bajo. Uno iba con una camiseta blanca de manga larga y el otro con una camiseta roja.

—Señoría, miembros del jurado, permítanme que les remita a la página cincuenta y siete de su expediente, con la fotografía y la descripción de la ropa de Ben Stokes el día de su muerte, en particular la camiseta roja —dijo Gordon Jones, cuyas gafas pendían de la punta de la nariz mientras contemplaba su propio expediente—. Y en la página cincuenta y ocho la ropa que analizó el equipo forense y que llevó el acusado el día del asesinato... ¿Conocía a esos niños, señor Rankine?

—No, no me los habían presentado, pero los había visto muchas veces por ahí. Sus caras me eran familiares. No vivimos lejos y siempre estoy en la calle con el perro.

—Háblenos acerca de la primera vez que vio a los niños ese día.

—Iba con el perro, no por el parque, sino por la acera de la calle Barnsbury. Es un perro viejo, ¿sabe?, le gusta olisquearlo todo. A mí me gusta caminar rápido y a veces me enfado con él. Ese día fue como todos, quizás iba incluso más despacio. Hacía sol. El parque estaba bastante lleno, diría, y conocía a los otros dueños de perros, a los que veía a menudo, pero luego vi que dos muchachos se peleaban en la cima de una colina.

—¿A qué distancia diría usted que estaba de los muchachos?

—Tal vez a siete o nueve metros, no más.

—¿Qué es lo que vio?

—Bueno, al principio nada de lo que preocuparse. Solo eran dos chiquillos dándose unos mamporros, pero uno empezó a imponerse. Recuerdo que agarró al niño más bajo del pelo y lo obligó a arrodillarse. Le estaba dando puñetazos en los riñones y el estómago. Tengo dos hijos y sé que los chicos son así, y normalmente no intervendría, pero esto parecía demasiado, un tanto peligroso o... violento.

—¿Cuál de los chicos que ha descrito parecía «imponerse»?

—El que era un poco más alto, el que iba de blanco.

—Habló con los chicos... ¿Qué les dijo?

—Bueno, parecía que se estaban poniendo un poco brutos, ¿sabe? Les dije que parasen.

—¿Qué pasó?

—Bueno, pararon y uno de los muchachos me sonrió y dijo que solo estaban jugando.

—¿Qué niño hizo eso?

—El acusado. No me quedé del todo tranquilo, pero los chicos son así, como digo, y me fui. —Las mejillas de Rankine se volvieron grises de repente. Inclinó la cabeza—. No dejo de recordarlo. No tendría que haberme ido, ¿sabe? Debería haber hecho algo... Si hubiese sabido lo que iba a ocurrir...

Rankine se puso de pie con un movimiento súbito. Miró al centro de la sala, hacia los Stokes.

—Lo siento —dijo.

Gordon Jones asintió comprensivo y continuó:

—Dice que se estaban poniendo un poco brutos. ¿Cree que se trataba de un juego que se les fue de las manos o diría usted que uno de los niños estaba agrediendo al otro?

—Tal vez sí, creo que sí. Ya ha pasado un tiempo, pero creo que el muchacho de la camiseta blanca... Es el chico sobre el que me preguntó la policía después de encontrar el... cadáver. —El señor Rankine negó con la cabeza y se tapó los ojos con la mano.

—¿Qué hicieron los niños después de hablar con usted?

—Bueno, se fueron por su lado y yo por el mío.

—¿Adónde se dirigieron?

—Fueron al parque infantil..., a ese parquecito que hay en Barnard Park.

—Según su descripción, ¿estaba uno de los muchachos «en apuros»?

—Bueno, la policía me preguntó y creo que sí, creo que ese era el caso.

—¿Cuál de los dos niños piensa que estaba en apuros?

—Bueno, creo que dije que el de rojo...

—¿Y todavía recuerda si fue así?

—Eso creo, sí. Por lo que puedo recordar.

—¿Qué características o aspectos de la conducta del niño le llevaron a pensar que estaba en apuros?

—Bueno, creo que el niño de rojo quizás estaba llorando.

—¿Quizás?

—Bueno, yo ya estaba más lejos, a unos pocos metros. Eso me pareció.

—¿Quiere decir que gemía, que tenía la cara roja, que había lágrimas?

—Lágrimas quizás, sí, quizás lágrimas y la cara roja. Creo recordar que se frotaba los ojos.

Los ojos llorosos del señor Rankine miraron a lo lejos, tratando de ver una vez más lo que había visto meses antes y pasado por alto.

—En los interrogatorios, el acusado confirmó que lo vio a usted justo después de las dos y que usted les pidió a él y al difunto que dejasen de pelear. ¿Vio a los chicos peleando otra vez ese día?

—Sí, más tarde, quizás serían las tres y media o tal vez incluso las cuatro. Iba a la tienda. Miré hacia el parque y vi a los mismos niños peleando. Lo recuerdo porque pensé en cruzar la calle y decirles de nuevo que parasen... Ojalá lo hubiese hecho...

—Descríbanos esta segunda vez.

—Miré al parque según iba a la tienda. Los vi: eran las mismas camisetas blanca y roja. Vi al niño de blanco blandiendo los puños ante el niño de rojo.

—Pero esta vez ¿usted no hizo nada?

—No —dijo Rankine, que pareció derrumbarse sobre el banquillo de los testigos—. Lo siento. Lo siento muchísimo. —Se llevó la mano a la boca y cerró los ojos.

—¿Qué lo llevó a acercarse a la policía, a la furgoneta aparcada en Barnsbury Road, la mañana siguiente a la desaparición de Ben?

—Bueno, al día siguiente salió la fotografía de Ben. Había estado desaparecido toda la noche. Al verlo, supe al instante que había sido el chico al que pegaba... el de la camiseta roja.

Sebastian había escuchado la declaración con suma atención, observando a Rankine con el ceño ligeramente fruncido. A veces se apoyaba en Daniel y echaba un vistazo a sus notas.

Rankine se movió inquieto en el estrado cuando Irene se puso en pie y dejó sus notas sobre el atril. Los periodistas se enderezaron en sus asientos.

—Al escuchar su declaración, señor Rankine, y compararla con sus declaraciones a la policía, se diría que no está demasiado seguro de lo que vio esa tarde del 8 de agosto. Les remito a la página veintitrés de su expediente. Es su declaración jurada a la policía. ¿Podría, por favor, leer desde el segundo párrafo?

Rankine se aclaró la garganta y comenzó:

—«Vi a dos niños a quienes reconocí del barrio peleando en la cima de una colina en Barnard Park. Ambos niños eran blancos. Uno de los muchachos era más bajo, posiblemente más joven, y llevaba una camiseta roja y vaqueros. Lo agredía violentamente un chico más corpulento, vestido con una camiseta blanca o celeste».

—Gracias, señor Rankine. Describe la pelea como «la agresión violenta» de un muchacho y, poco después, diciendo que «eran un poco brutos» y usted mismo aclara que «los chicos son así». ¿De qué se trataba, señor Rankine? ¿Fue testigo de una agresión violenta o tal vez de un juego un poco bruto entre dos colegiales?

—Fue bastante violento. Sin duda uno de los chicos se estaba imponiendo...

—¿Bastante violento? ¿Hubo sangre? ¿Algún niño parecía herido como consecuencia de los golpes?

—Bueno, como dije, hubo unos cuantos mamporros. El niño pequeño parecía estar en un apuro...

—¿Cuáles fueron sus palabras exactas al parar la pelea?

—Creo que dije: «Muchachos, parad ya... Ya basta».

—Ya veo. ¿Entró en el parque e intentó separarlos?

—No, como dije, se pararon en cuanto hablé.

—Ya veo, y en ese momento ningún niño parecía herido.

—Bueno, no.

—¿Y entonces usted siguió su camino y ellos bajaron corriendo la colina hacia el parque infantil?

—Sí.

—En ese momento, ¿informó a las autoridades acerca del ataque?

—No.

—¿Qué es lo que hizo?

—Me fui a casa.

—Ya veo, y ¿qué hizo una vez en casa?

—Yo... vi un poco la televisión.

—Por lo tanto, ¿se podría decir que después de presenciar este primer «ataque violento» no se quedó preocupado por la seguridad del niño?

—Bueno, sí, pero luego, cuando vi que el niño había desaparecido...

—Para resumir, la primera vez que vio a los chicos, teniendo en cuenta tanto su declaración ante la policía como su testimonio de hoy, ¿sería justo decir que la pelea que ha descrito como «algo violenta» de hecho fue una escaramuza normal, de la que no merecía la pena informar a la policía, ni tampoco le distrajo de sus otras actividades cotidianas como, por ejemplo, ver la televisión? ¿Es eso correcto?

—Bueno, yo... supongo que sí.

—Como mi docto colega recordó al tribunal, mi cliente declaró en un interrogatorio que jugó a las peleas con la víctima la tarde de su muerte y recuerda que un adulto los instó a parar. Pasemos ahora a la segunda vez que supuestamente vio a los niños. Ha declarado que tuvo lugar a las tres y media o cuatro. ¿Podría ser más preciso?

—No, pero era más o menos esa hora.

—Les remito a la página treinta y seis del expediente del jurado, un mapa de Barnard Park y de Barnsbury Road.

Se mostró la ubicación exacta del señor Rankine, al otro lado de la calle, a la hora que los vio. El testigo admitió que probablemente estaba a cincuenta metros de los niños en ese momento. Entre las pruebas se encontraban unos informes médicos del señor Rankine que demostraban que era miope, con dos dioptrías y media. El señor Rankine declaró que solo llevaba gafas para ver la televisión y para conducir. Después de aclarar estos puntos, Irene se lanzó al ataque.

—El niño que usted vio, con una camiseta blanca o *azul celeste,* podría tratarse de varios jóvenes del barrio. ¿No es cierto?

—Ahora lo reconozco, es el... acusado.

—*Ahora,* ya veo. *Ahora.* Antes nos dijo que los chicos eran «más o menos de la misma altura», pero en su declaración inicial a la policía sugirió que la pelea fue entre un niño mayor y otro pequeño. ¿Fue lo uno o lo otro?

—Bueno, uno era un poco más grande. No gran cosa, pero se notaba que uno era más grande..., más alto, como ya he dicho.

—Ya veo, y la ropa que llevaba el más alto era «blanca o azul». Pero ¿ahora está seguro de que era blanca?

—Ahora la recuerdo blanca.

—*Ahora,* ya veo. ¿Se debe a que la policía le preguntó específicamente acerca de un «niño con camiseta blanca» al que ya habían detenido?

—No creo. No lo puedo afirmar con certeza.

—De hecho, no creo que tenga certeza de gran cosa, ¿no es así, señor Rankine?

Daniel intentó no sonreír. Se hinchó de orgullo.

—Bueno, yo...

—Volvamos a su declaración inicial a la policía. Les remito a la página treinta y nueve, párrafo dos, de su expediente. Por favor, lea su declaración, a partir de «ese día, un poco más tarde...».

Rankine se aclaró la garganta y comenzó a leer.

—«... Ese día, un poco más tarde, vi a los dos chicos de nuevo, esta vez peleando en el parque infantil. Al más pequeño, de rojo, lo atacaba una persona más alta...».

—Permítame que lo detenga ahí, señor Rankine. «Una persona más alta...». «Una persona más alta». ¿Está seguro de que se trataba del acusado?

—Sí, lo había visto antes, ese mismo día.

—Señor Rankine, le recuerdo que está bajo juramento. Ese mismo día vio a Sebastian antes, pero ¿lo vio peleando en el parque infantil horas más tarde? La fiscalía y la defensa coinciden en que no hay pruebas en las grabaciones que lo confirmen. Sabemos que no llevaba las gafas puestas y que estaba al otro lado de la calle, mirando entre unos arbustos y por la verja que rodea el parque infantil. Quizás dio por hecho que la persona a la que vio es mi cliente, a quien había visto antes.

El juez Baron se inclinó hacia delante.

—Señorita Clarke..., ¿va a formular una pregunta al testigo en un futuro cercano?

—Sí, señoría.

—Ah, cómo me regocijo —respondió el juez, con la boca torcida.

—Señor Rankine, ¿no es cierto que no podría identificar a mi cliente desde esa distancia, en particular debido a su miopía?

—Pensé que era el chico de antes.

—¿De verdad? ¿Qué quería decir exactamente al describir a la persona que al parecer agredía al fallecido como «una persona más alta»? ¿Nos podría indicar si quería decir una persona más alta o también más corpulenta que la víctima?

—Pensé que era el chico de antes —balbuceó Rankine. Parecía confundido y se tiraba del lóbulo de la oreja—. Era bastante más alto, un poco más pesado que el pequeño...

—¿Bastante más alto y pesado? Queremos presentar como prueba la altura y el peso de la víctima, Benjamin Stokes: un metro veinticinco centímetros y veintiocho kilos. El acusado medía un metro veintinueve y pesaba veintinueve kilos y medio cuando fue detenido. En realidad, los niños eran de una altura y peso similares y ninguno era «bastante más alto y pesado». Le sugiero, señor Rankine, que la persona que vio esa tarde no era Sebastian Croll, con quien habló antes, sino otra persona. ¿Podría ser?

—Bueno, estaba seguro en ese momento...

—Señor Rankine, está bajo juramento. Sabemos cuántas dioptrías tiene y sabemos a qué distancia estaba de esas dos personas que asegura haber visto a las tres y media o cuatro de la tarde de ese día. ¿No podría haber visto a otra persona, quizás incluso un adulto, con la víctima?

—Sí —contestó Rankine, que pareció encogerse en el banquillo de los testigos—. Es posible.

—Muchas gracias —dijo Irene. Estaba a punto de sentarse, pero el testigo se levantó, sacudiendo la cabeza.

—Cómo me alegraría equivocarme —afirmó Rankine—. Si no lo vi, entonces no podría haber evitado lo que ocurrió. Me alegraría equivocarme.

—Gracias, no tengo más preguntas, señoría. —Irene recogió la toga antes de sentarse.

—Irene es muy buena abogada —susurró Sebastian a Daniel cuando el jurado salió y estaba a punto de bajar de nuevo a las celdas—. No me vio en el parque. Vio a otra persona.

Daniel sintió un escalofrío. Puso una mano en el hombro de Sebastian cuando se acercó el agente de policía. Tenía la certeza de que el niño estaba comprendiendo todo lo que ocurría.

Irene hizo un gesto a Daniel al salir de la sala.

Daniel trabajó hasta tarde en su despacho y llegó a casa después de las ocho. Cerró la puerta del apartamento y apoyó la cabeza contra el marco. Su casa olía a vacía, como si nadie viviese en ella. Encendió la calefacción y se preparó una taza de té, se quitó el traje y se puso unos vaqueros y una camiseta y llenó la lavadora de ropa.

Llamó a Cunningham, el abogado de Minnie, para interesarse por la situación de la granja, pero saltó el contestador. Justo entonces llamaron a la puerta. Daniel supuso que sería un vecino, ya que había que llamar al telefonillo para entrar desde la calle. Abrió la puerta y se encontró con un hombre bajito y corpulento que sostenía un iPhone como si fuese un micrófono.

—¿En qué puedo ayudarle? —dijo Daniel, con gesto de pocos amigos, dos dedos en el bolsillo trasero de los vaqueros.

—Usted es Daniel Hunter, el abogado del Ángel Asesino —dijo el hombre—. Me preguntaba si querría hablar conmigo. Soy del *Mail*.

La ira, cálida y veloz, desbordó los músculos de Daniel. Soltó una risa que fue como un monosílabo y cruzó el umbral.

—Cómo se atreve. ¿Cómo me ha encontrado...?

—El registro electoral —dijo el hombre, inexpresivo. Daniel notó la camisa arrugada y los dedos manchados de nicotina.

—Salga de mi propiedad ahora mismo, antes de que llame a la policía.

—Es una escalera pública.

—Es mi escalera, ¡fuera! —dijo Daniel, tan alto que un eco recorrió el vestíbulo. El acento norteño transformó su voz. Su acento siempre era más marcado cuando se enfadaba.

—De todos modos, estamos escribiendo un artículo sobre usted. Quizás sea mejor que hable —observó el hombre con la misma inexpresividad, tras lo cual miró el teléfono para tocar la pantalla y, supuso Daniel, grabar la conversación.

Esa acción desató algo en el interior de Daniel. Hacía años que no golpeaba a nadie ni recurría a la fuerza. Agarró al hombre por el cuello y lo aplastó contra la pared. El teléfono cayó al suelo con un crujido.

—¿Se lo tengo que repetir? —dijo Daniel, con el rostro casi pegado al del hombre. Olió un chicle de menta y la humedad del impermeable.

El hombre se soltó, se agachó deprisa para coger el teléfono y casi se cayó por las escaleras al bajar. Daniel esperó en el rellano hasta que oyó cerrarse la puerta principal.

Dentro caminó de un lado a otro del vestíbulo, pasándose la mano por el pelo. Golpeó la pared con la palma de la mano abierta.

Fue a la sala de estar, maldiciendo entre dientes. Vio la fotografía de Minnie en la repisa y se imaginó lo que le diría en estos momentos. «¿Para qué necesita los puños un muchacho inteligente como tú, a ver?». Sonrió a su pesar.

Trató de imaginar que venía a visitarlo: subía a duras penas las escaleras y le preguntaba por qué no podía buscar un piso en una planta baja. Le cocinaría algo y beberían ginebra juntos y se reirían de sus peleas.

Pero había muerto y nunca sabría cómo sería ser adulto junto a ella. Ella lo había adoptado de niño y él la había abandonado siendo un niño (con más años, pero aún un niño), furioso y amargado. Había perdido la oportunidad de compartir una ginebra y escuchar su historia, hablar con ella de igual a igual, no con una madre salvadora. Eso era lo que más lamentaba ahora, saber que había perdido la oportunidad de conocerla de verdad.

Daniel se levantó y fue a la cocina a buscar una ginebra. Guardaba las bebidas dentro de una caja, en un armario. Había de todo tipo, sobras de fiestas: Madeira, advocaat, Malibu, y Daniel rara vez las tocaba. Abrió la caja y buscó hasta encontrar una botella medio llena de Bombay Sapphire. Era mejor que lo que Minnie se habría permitido, pero Daniel lo preparó cuidadosamente como a ella le habría gustado: un vaso alto, el hielo primero y luego el limón (cuando tenía) exprimido arriba. Estaba seguro de que añadía el hielo primero para pensar que no bebía tanto como parecía. La tónica burbujeó sobre el hielo, la ginebra y el limón y Daniel lo removió con el mango de un tenedor. Lo bebió en la cocina, recordando ese puño rosáceo que agarraba el vaso y los ojos centelleantes.

Había fútbol en la televisión, pero quitó el sonido y cogió la libreta de direcciones. Una vez más miró la página con el número de Jane Flynn y la dirección de Hounslow. Daniel miró el reloj. Eran las nueve pasadas: aún no era demasiado tarde para llamar.

Daniel marcó el número que Minnie había escrito con esmero en tinta azul. No recordaba que Minnie tratase a Jane, pero quizás había anotado este número antes de la muerte de Norman.

Daniel escuchó el tono del teléfono mientras saboreaba su bebida. El aroma de la bebida le recordó a Minnie.

—¿Diga? —La voz sonaba lejana, solitaria, como si hablara en una sala oscura.

—Hola, quería hablar con... ¿Jane Flynn?

—Soy yo. ¿Quién es?

—Me llamo Daniel Hunter. Yo era... Minnie Flynn fue mi... Si no me equivoco, ¿fue la esposa de su hermano?

—¿Conoce a Minnie?

—Sí, ¿tiene un momento para hablar?

—Sí, pero... ¿en qué puedo ayudarle? ¿Cómo está Minnie? Pienso mucho en ella.

—Bueno, pues... murió este año.

—Oh, lo siento. Qué horror. ¿Cómo dice que la conoció?...

—Yo era su... hijo. Me adoptó. —Esas palabras le dejaron sin aliento y se apoyó en el sofá, exhausto.

—Qué horror —volvió a decir ella—. Dios... Muchísimas gracias por decírmelo. ¿Cómo me ha dicho que se llamaba?

—Danny.

—Danny —repitió Jane. Daniel oyó gritos y risas de niños al fondo, por encima del sonido de la televisión, y se preguntó si serían sus nietos.

—¿La conocía usted bien? —preguntó.

—Bueno, solíamos salir juntos en Londres cuando éramos jóvenes. Ella y Norman se conocieron ahí. Íbamos a bailar, a comer pescado y patatas fritas. Cuando ella y Norman se mudaron a Cumbria... ya no tanto.

—Usted y Norman eran de ahí, ¿verdad?

—Sí, pero yo he vuelto muy poco. Norman lo echaba de menos, echaba de menos esa vida, pero a mí me gustaba la ciudad. ¿Cuándo es el funeral?

—Fue hace unos meses. Estoy llamando tarde... —Daniel se ruborizó un poco, adoptando el disfraz del buen hijo—. Me dejó su libreta de direcciones y ahí he visto su número. Pensé en llamarla, por si seguía teniendo el mismo número... y quería enterarse.

—Se lo agradezco. Qué noticia tan triste, pero... Que Dios la tenga en su gloria. Su vida no fue nada fácil, ¿verdad?

—¿Sabe lo que les sucedió... a Delia y a Norman? —Daniel aún sentía que le ardían las mejillas.

—Tardé años en superarlo. Una parte de mí siempre estuvo enfadada con Minnie... Seguro que le parece horrible, lo siento, pero, por supuesto, ahora me doy cuenta de que estaba equivocada. Pero, cuando algo así sucede, uno se siente de esa forma. Necesitamos culpar a alguien y yo no pude culpar a mi hermano. Creo que por eso no mantuvimos el contacto. Seguro que piensa que soy una persona horrible...

—La comprendo —dijo Danny en voz baja—. ¿Qué le ocurrió a Norman?

—Bueno, cuando Delia murió, Norman llevó una escopeta al jardín... y se la puso en la boca. Minnie no estaba en casa. Los vecinos lo encontraron. Salió en los periódicos. Yo comprendía que estuviese... Adoraba a esa criatura, pero no fue su culpa... Su matrimonio se había acabado, ¿sabe? Creo que pasaron una época muy negra. Él culpó a Minnie por lo que pasó, ya sabe...

—Creo que Minnie también se culpó a sí misma.

—Al fin y al cabo, ella iba conduciendo... Norman llegó al hospital para verla por última vez: estaba con la pequeña cuando murió, pero... nunca se recuperó. Unos meses después de su muerte se suicidó.

»Ojalá nunca tenga que pasar por algo así, Danny. Fui a Cumbria, al funeral de mi sobrina, y luego, tres meses más tarde, al de mi hermano. ¿Es de extrañar que no quiera volver?

—¿Cómo estaba Minnie? En el funeral de Delia, quiero decir.

—Estaba bien. Nos llevó a su casa y nos cocinó un festín. No derramó ni una lágrima. Todos estábamos destrozados, pero ellos mantuvieron la compostura. Sin embargo, hay algo que recuerdo...

—¿El qué?

—Habíamos terminado. El pastor había dicho su parte. Los sepultureros estaban llenando el agujero, pero entonces Minnie se apartó de Norman y salió corriendo y se tiró al barro, junto a la tumba. Llevaba un vestido gris pálido con motivos florales. Se arrojó de rodillas junto a la tumba de Delia y metió los brazos. Tuvimos que sacarla a rastras. Norman tuvo que sacarla a rastras. Se habría metido en la tumba con ella. Fue la única señal, de verdad, de sus..., de sus... Cuando volvimos a la casa, había hecho bizcochos. Bizcochos caseros, no comprados, hechos por ella. Debió de pasar la noche anterior cocinando. Y recuerdo que los servía con una sonrisa en la cara y los ojos secos..., pero con esos dos círculos de barro en el vestido.

Daniel no supo qué decir. Se hizo el silencio mientras imaginaba la escena que Jane había descrito.

—Cuando Norman murió, ella no intentó arrojarse a su tumba. Por lo que vi, ni siquiera se había cambiado de ropa. Iba en bata. Ni siquiera llevaba medias. No hubo bizcochos tras el funeral de Norman. Minnie esperó hasta el final y luego se fue. Entonces no pensé bien de ella, pero ahora no la culpo. Había llegado al límite. Todos tenemos límites, ya sabe. Estaba muy enfadada con él. Dios, yo también, cuando superé el golpe.

Una vez más, el silencio.

—Lo siento muchísimo —dijo Daniel.

—Lo sé... Fue todo tan horrible... Minnie y yo perdimos el contacto porque yo la culpaba de la muerte de Norman, pero la verdad es que..., y es algo que he logrado aceptar hace muy poco..., la decisión fue de Norman, no de ella, y fue una decisión cobarde. Todos morimos, al fin y al cabo. Nada más cierto. Él no logró soportarlo. Yo conocía a Minnie, sé que ella habría odiado... esa cobardía..., sobre todo porque ella no se rindió, y para ella esa pérdida debió de ser más dolorosa.

—¿Por qué dice eso?

—Bueno, porque ella conducía. Seguro que tuvo que pensarlo: ¿Y si la pequeña hubiese ido delante, con el cinturón puesto?... ¿Y si hubiese girado de forma diferente? Es para volverse loco. Fue valiente por mantener la cordura. Porque espero que...

—Sí, muy cuerda —dijo Daniel, que se permitió una pequeña sonrisa—. Más cuerda que la mayoría.

Expulsó el aliento, fue mitad suspiro y mitad risa.

—¿A qué se dedica ahora, Danny? ¿Desde dónde llama?

—Soy abogado, también vivo en Londres. En el East End.

—Siento su pérdida, cielo.

—Gracias por hablar conmigo. Yo solo quería...

—No, gracias por decírmelo. Habría ido al funeral si lo hubiera sabido. Fue una buena mujer. Un fuerte abrazo...

Daniel colgó.

«Una buena mujer».

Se terminó la ginebra pensando en el vestido embarrado.

24

Minnie estaba arrodillada en la tierra, plantando flores en el jardín. Metía los esquejes en la tierra, la cual aplastaba con los nudillos. Se incorporó cuando pasaron Carol-Ann y Daniel, las mochilas al hombro, las camisas del uniforme por fuera de los pantalones.

—¿Todo bien, Min? —dijo Carol-Ann.

Minnie se levantó y caminó hacia ellos, limpiándose el polvo de las manos con la falda.

—¿Cómo os ha ido?

—Bien —dijo Danny, que arrojó la mochila sobre la hierba—. Pero hay otros cinco la semana que viene.

—Pero estos salieron bien —señaló Minnie, que agarró a Blitz por el pescuezo para que dejase de olisquear a Carol-Ann—. Tenéis confianza.

—Quién sabe —dijo Daniel. Ya era más alto que Minnie, pero, aun así, aunque ella tenía que alzar la vista al hablarle, todavía se sentía pequeño a su lado—. Ha salido bien. Pronto lo sabremos.

—Eso es bueno. Carol-Ann, ¿te vas a quedar a cenar, cielo? Es viernes, he comprado pescado.

—Sí —dijo—. Me encantaría, Min.

La pareja, charlando y bromeando, se tumbó sobre la hierba, al lado de Minnie, que siguió plantando flores. Daniel se había cambiado de ropa. Carol-Ann dio un gritito cuando Daniel le hizo cosquillas y Minnie los miró sonriendo. Una vez más, se dejaron caer sobre la hierba. Carol-Ann giró y puso una pierna sobre Daniel. Se inclinó sobre su rostro y le sujetó ambas muñecas contra el césped.

—¿Soy tu prisionero? —preguntó Daniel.

—Ni más ni menos —dijo ella, intentando hacerle cosquillas. Daniel se llevó los brazos a los costados y le apartaba las manos.

Una mariposa blanca, ciega y encantadora, pasó flotando sobre la cara de Daniel, que observó su vuelo embriagado.

—¡Quieto! —gritó Carol-Ann de repente—. La tienes en el pelo. Quiero cogerla. Te la voy a regalar.

Daniel yacía inmóvil, mirando a Carol-Ann, que pasó los brazos por encima de su cabeza y ahuecó las manos alrededor de la mariposa.

—¡Basta! —alzó la voz Minnie, de pie junto a ellos.

Daniel se sintió confundido. Se incorporó, apoyado en los codos, y Carol-Ann, aún sentada a horcajadas sobre él, con las manos alrededor de la mariposa, se giró.

—Suéltala ahora mismo —dijo Minnie.

Carol-Ann abrió las manos de inmediato. Se puso en pie y posó una mano sobre el brazo de Minnie.

—Lo siento, Min —se disculpó—, no quería molestarte.

—Yo también lo siento —dijo Minnie, que se alejó con una mano en la frente—. Es que, si la coges, le puedes quitar el polvillo de las alas. Entonces no podría volar y se moriría.

Carol-Ann rebozaba un abadejo mientras Daniel cortaba las patatas en trozos gruesos, los pasaba por el tamiz y los echaba a la freidora. Minnie dio de comer a los animales y luego se sentaron a la mesa de la cocina, donde aclararon un espacio entre periódicos viejos y tarros de espaguetis. Daniel acababa de cumplir dieciséis años.

Carol-Ann se quedaba a cenar dos o tres noches a la semana. Habían llegado los exámenes finales y Minnie había estado tensa durante semanas: le preguntaba si no debería estudiar antes de salir a jugar al fútbol, le compró un nuevo escritorio para la habitación y le decía que tomase baños largos para relajarse y acostarse temprano.

Culpable

—No te das cuenta y no lo parece —le decía una y otra vez, mordiéndose el labio superior entre frase y frase—, pero esta es una época importante. Estás en el umbral entre una vida y otra. Eres tú quien debe decidirlo, pero yo quiero que vayas a la universidad. Quiero que tengas opciones. Quiero que veas tus posibilidades.

Le ayudó con la biología y la química y le dijo que comiese más para alimentar su cerebro.

—Está muy rico, Minnie —dijo Carol-Ann, que se echó ketchup en el plato. Blitz los observaba atentísimo y de su boca pendía un hilillo de saliva.

—Entonces come, cariño. —Le dio una patata a Blitz, que se la arrebató de entre los dedos, hambriento.

Daniel comía con un codo en la mesa y los dedos de la mano derecha en el pelo.

—Entonces, en resumen, lo que decís es que no os ha dado problemas. No había nada que no pudieseis responder y tuvisteis tiempo de comprobar las respuestas antes de salir, ¿verdad?

—Sí, eso es —dijo, con la boca llena y la mirada clavada en el trozo de pescado clavado en el tenedor.

—¿Qué pasa, cariño? —dijo Minnie, que le apartó el pelo de los ojos con la mano izquierda.

Daniel se incorporó y se apartó de ella con delicadeza. No le gustaba que lo acariciase así cuando sus amigos estaban delante. Cuando estaban a solas, no le molestaba.

—Te he dicho que nos ha salido bien —dijo, no en voz alta, pero sí sosteniéndole la mirada.

—No me mires así con esos ojitos tuyos. —Miró a Carol-Ann—. Solo preguntaba, nada más. —Le sonrió desafiante y le dio otra patata al perro.

Más tarde, cuando Carol-Ann se fue a casa, Daniel sacó los libros y se sentó frente al escritorio de roble que le había regalado Minnie. Ella le trajo chocolate caliente y bollitos de melaza caseros.

—No te quedes hasta tarde, cariño —le dijo, frotándole la espalda, entre los omóplatos—. No te canses mucho.

—Estoy bien.

—¿Te preparo un baño? Ponte a remojo y luego ven a hablar conmigo.

—Muy bien.

—Yo sé que hoy lo has hecho muy bien.

—¿Cómo lo sabes?

—Porque lo sé. Mi sexto sentido irlandés. Este es el comienzo de algo grande para ti. Tuviste mala suerte de pequeño, pero ahora vas por el buen camino. —Alzó el puño ante el rostro y sonrió—. Ya te veo en un traje elegante un día de estos. Quizás en Londres o quizás en París, donde sea, ganando un dineral. Y yo iré a visitarte... ¿Me llevarás a comer por ahí?

—Sí, supongo. Un almuerzo con las sobras, lo que te apetezca.

Minnie echó la cabeza hacia atrás y soltó una carcajada. A Daniel le gustaba esa risa. Surgía del estómago. Minnie puso una mano en el escritorio para no perder el equilibrio.

—Eres un figura, claro que sí, pero te voy a hacer cumplir tu palabra.

Una vez más le apartó el pelo y le plantó un beso en la frente. Daniel sonrió y se volvió a apartar.

—Tu baño estará listo en diez minutos. Acaba pronto o se va a enfriar.

Daniel la oyó bajar. El suelo y el pasamanos protestaban bajo su peso. Blitz ladró cuando se acercó al pie de las escaleras, molesto por haber estado tanto tiempo solo. Oyó el chirrido de la puerta al cerrarse y el sonido apagado de la televisión que llegaba de abajo. Fuera aún había luz y las aves estivales revoloteaban de árbol en árbol. En parte, aún se sentía fuera de lugar: anhelaba la ciudad, con toda su desconfianza y su libertad sin pretensiones. Pero, al mismo tiempo, se sentía en casa a su lado.

Habían pasado más de tres años desde la adopción, y sí, se sentía diferente. Se sentía cuidado. Esto, quizás, era lo que le resultaba más extraño. Cuando dejó de enfrentarse a ella, Minnie derrochó atenciones sobre él. Incluso cuando lo avergonzaba, al besarlo frente a Carol-Ann o al elogiarlo frente a los otros vendedores del mercado, su afecto lo arropaba. Minnie le decía que lo quería y Daniel la creía.

En la bañera se dejó resbalar hasta que sus hombros se sumergieron bajo el agua. Medía un metro sesenta y cinco, era un poco más alto que Minnie. Ya no podía estirarse del todo en el baño. No obstante, era demasiado delgado. Cerró el puño y flexionó el brazo para observarse el bíceps. Además de los entrenamientos de fútbol, había comenzado a hacer pesas. La televisión sonó más fuerte cuando se abrió la puerta del salón. Oyó a Minnie caminando de un lado a otro de la cocina. El cuarto de baño estaba cubierto de vapor, aunque la ventana estaba entreabierta, así que podía ver el patio. El serbal era una mano esquelética llena de tendones que se alzaba de la tierra contra el cielo nocturno.

En el estante del cuarto de baño estaba la mariposa, a un lado, como a Minnie le gustaba. Se limpió el sudor de la frente y observó la mariposa, imaginando a la pequeña que la había colocado en ese estante. Daniel tragó saliva y apartó la mirada.

Se secó y se puso unos pantalones de chándal y una camiseta. Se secó el pelo con la toalla y se lo apartó del rostro. El flequillo empezaba a estar demasiado largo. Se pasó una mano por la mandíbula, en busca de barba incipiente. Estaba suave, limpia, sin rastro de vello.

En la cocina se preparó una tostada y se sirvió un vaso de leche. Fue a la sala de estar a sentarse junto a Minnie.

—¿Quieres una tostada? Te la preparo si quieres.

—No, cariño, estoy bien. ¿Tienes hambre otra vez? Tienes un estómago que es un saco sin fondo, vaya que sí. Ojalá pudiese comer como tú.

Intentó apoyar el codo en el brazo del sillón, pero se trastabilló y derramó parte de la bebida.

—Vaya, otra vez —dijo, frotando cuidadosamente la mancha con el talón del calcetín.

Daniel le dio a Blitz el último trozo de tostada y se terminó la leche mientras escuchaba a Minnie, que despotricaba ante las noticias. El primer ministro, John Major, hablaba de las posibilidades de la recuperación económica.

—¡Embustero vendepatrias! —soltó Minnie a la pantalla—. No van a parar hasta acabar con este país... Dios, cómo odié a esa mujer, pero este no es mucho mejor.

No esperaba que Daniel respondiese, así que Daniel no dijo nada. Echó un trozo de carbón al fuego.

—¿Qué tal tu baño, cariño? —preguntó, con las mejillas húmedas, como si hubiese llorado. Se apoyó en el brazo del sillón, sonriendo, los ojos felices—. ¿Has terminado los deberes?

—Sí.

—Qué bien.

—¿Estás bien? —preguntó, al ver que se limpiaba la cara de nuevo.

—De maravilla, cariño. Es solo ese capullo, que me hierve la sangre al verlo. Quita las noticias. Quítalas. Me pongo mala solo con verlo.

Daniel se levantó y cambió de canal. Echaban deportes y miró de reojo a Minnie, para saber si le dejaría verlos. Solía pedirle que los viese en la televisión en blanco y negro de la cocina, o le decía que sí, pero se le acababa la paciencia enseguida. Esa noche sus ojos vacilaron ante la pantalla y se cerraron un momento.

Cuando Daniel se sentó a ver el partido, los ojos de Minnie se cerraron y su cabeza se meció de repente, despertándola. Cuando sus ojos empezaron a cerrarse una vez más, Daniel se levantó y le quitó el vaso de la mano con delicadeza y lo llevó a la cocina. El perro quería salir, por lo que abrió la puerta trasera. Lavó los platos de la cena y limpió la parte de la mesa donde habían comido.

Cuando Blitz volvió, Daniel cerró las ventanas y echó el cerrojo a la puerta de atrás. El perro se tumbó en su cesta, mientras la casa se iba llenando de los ronquidos de Minnie.

Tenía la cabeza echada hacia atrás. Los dedos de la mano aún parecían sostener el vaso que Daniel se había llevado.

Daniel se quedó con las manos en la cadera por un momento y suspiró. Apagó la televisión y colocó el guardallamas frente a la chimenea. Apagó la luz que había al lado del sillón, le cogió la mano y la ayudó a incorporarse hasta que pudo pasar el brazo bajo su hombro.

—No, déjame, cariño, déjame —se quejó.

Pero la levantó, se pasó el brazo de ella sobre el hombro y se la llevó, con una mano en la cintura, a la planta de arriba. Tuvo que detenerse dos veces para no perder el equilibrio, con un pie firme en el escalón de abajo, cuando ella se apoyó demasiado en él, pero logró subir y la dejó en la cama, donde se quedó con la boca entreabierta y el torso torcido de tal modo que sus pies estaban en el suelo.

Daniel se arrodilló, desató los cordones de las botas, se las quitó, y también le quitó los enormes calcetines de lana. Siempre le asombraban esos pies pequeñísimos. Le aflojó la blusa y le arrancó la rebeca. Tras coger el broche del pelo, su melena rizada y cana se derramó sobre la almohada.

Agarró sus pies y los metió bajo la colcha, la levantó de los hombros un poco y la dejó en el centro de la almohada, antes de cubrirla con la manta.

—Qué bueno eres —le susurró Minnie cuando aún estaba inclinado sobre ella. Siempre lo hacía: sorprenderlo cuando creía que dormía—. Te quiero, te quiero mucho.

La tapó y apagó la luz.

—Buenas noches, mamá —susurró, en la oscuridad casi completa.

25

Comenzó la segunda semana del juicio de Sebastian. Daniel evitaba leer los periódicos, pero llamó su atención un artículo que leía a su lado un pasajero del metro. Cuando llegó a Saint Paul, corrió a un quiosco, donde compró el *Mail* y pasó las páginas hasta encontrarlo. En la página seis aparecía su fotografía. Tenía el ceño fruncido; era una fotografía tomada a la entrada del tribunal. El titular decía: «El hombre que quiere liberar al Ángel Asesino». El artículo también mencionaba a Irene.

Daniel volvió a dejar el periódico en el revistero. Cuando llegó al tribunal, aún no habían dado las nueve. La muchedumbre que aguardaba en el exterior no había disminuido desde el inicio del juicio. Un policía protegió a Daniel al entrar, con una taza de café en una mano y el maletín en la otra.

—Señor Hunter, ¿cómo va a ser la defensa? —gritó un periodista y Daniel se giró por si reconocía su cara, pero no era el que había ido a su apartamento—. ¿Diría que la fiscalía va ganando?

Alrededor del reportero, la multitud bullía.

Dentro del Old Bailey, Daniel enderezó los hombros y caminó hacia el juzgado número trece, mirando las paredes recargadas y coloridas. Vio a Irene unos minutos antes de que llegara el juez. Le tocó el hombro al pasar y se agachó para susurrar: «Bastardos», tan cerca que le hizo cosquillas en la oreja. Supo que había visto el artículo.

—No saben cómo pervierten la justicia —dijo Irene—. ¿Cómo se atreven a ser juez y parte?

—No te preocupes por eso —susurró Daniel en respuesta—. Buena suerte.

—La corona llama a John Cairns.

John Cairns era un hombre al que le incomodaba ir trajeado. Por la forma en que el traje se ceñía a los hombros, Daniel supo que Cairns se sentía fuera de lugar. El hombre se acercó al banquillo y tomó un sorbo de agua antes de mirar al jurado, al juez y, finalmente, a Gordon Jones, quien le dirigía la palabra.

—Señor Cairns, usted trabaja en el parque infantil ubicado en Barnard Park, ¿es así?

—Sí.

—Por favor, ¿podría aclararnos cuál es su puesto y cuánto tiempo lleva trabajando ahí?

—Soy uno de los encargados y llevo tres años trabajando ahí. —Tenía una voz pastosa, como si se sintiese nervioso o estuviese recuperándose de un resfriado.

La sesión acababa de comenzar y todo el mundo estaba absorto.

—Señor Cairns, ¿podría hablarnos de la mañana del lunes 9 de agosto de este año?

El señor Cairns carraspeó y se apoyó en el banquillo de los testigos.

—Fui el primero en llegar. Siempre llego el primero. Abrí como de costumbre y preparé una taza de café. Siempre compruebo el estado del patio los lunes, por si las cuerdas están sueltas o... Por lo general tengo que limpiar algunos restos, y eso es lo que hice a continuación. Mientras me dedicaba a eso, encontré... el cadáver del niño.

—Más adelante, se identificó el cadáver como el de Benjamin Stokes. ¿Podría confirmarnos la ubicación exacta del cadáver cuando lo encontró?

—Estaba parcialmente oculto bajo la casita de madera que hay en el parque, en un rincón cerca de las calles Barnsbury y Copenhagen.

—Permítanme que les remita a la página cincuenta y tres del expediente del jurado. Ahí verán un plano del parque infantil, dividido en casillas a las que corresponden números y letras. Por favor, ¿nos podría indicar la ubicación aproximada en este mapa?

—E3.

—Gracias. ¿Vio el cadáver de inmediato?

—No, qué va. Vi que había algo ahí, pero, para ser sincero, pensé que sería una bolsa de plástico o algo así, basura que se había quedado entre los árboles cerca de la valla...

Entre los asientos del público se oyeron unas exclamaciones ahogadas. Daniel miró a la señora Stokes, quien se había encorvado, con la mano en la boca. Su marido la estrechó entre sus brazos, pero fue imposible consolarla y tuvo que acompañarla fuera. Sebastian se sentó erguido, con las manos en el regazo. Estaba escuchando con interés la declaración del encargado, pero el ataque de nervios de la señora Stokes pareció complacerlo de un modo extraño. Daniel le puso una mano sobre la espalda para indicarle que se girara cuando se volvió a mirar a la señora Stokes.

Kenneth Croll estaba en la sala. Se inclinó hacia delante y, levantándose de su asiento, dio un golpecito en la espalda de Sebastian. Ese dedo bastó para que Sebastian se sobresaltase en su asiento. Daniel miró a Croll por el rabillo del ojo. Sebastian comenzó a mover los ojos y a mecerse adelante y atrás.

Los juntaletras lo habían notado. El jurado también.

—Por favor, continúe, señor Cairns —solicitó Jones.

—Bueno, al acercarme, vi los pantalones del chico y... pensé que se trataría de unos zapatos y unos pantalones viejos que alguien había arrojado por encima de la valla. A veces se encuentra ese tipo de cosas... Pero a medida que me acercaba...

—Disponemos de las fotografías del cadáver tal como estaba cuando usted lo descubrió. Si el jurado tuviese la amabilidad de mirar la página tres de su expediente...

Daniel observó a los miembros del jurado, que contemplaban la fotografía con expresión de asco y las manos en la boca, si bien aún no habían visto lo peor. Sebastian se fijó en los rostros. Al mismo tiempo dibujaba árboles con un bolígrafo.

—Señor Cairns, siento tener que insistir en este tema, sé que son recuerdos perturbadores, pero, por favor, continúe su descripción.

—Bueno, al acercarme, vi que no era un montón de ropa, sino un niño pequeño, lo que había debajo de la casita de madera.

—¿Vio de inmediato que se trataba de un niño?

—No, lo que se veía eran unas piernas que sobresalían. La cara estaba bien escondida debajo de la casita, pero me di cuenta de que era una criatura.

—¿Qué hizo?

—Gateé bajo los árboles y luego me arrastré sobre el vientre para sacarlo de ahí, pero al acercarme me di cuenta de...

—¿Sí, señor Cairns?

—Bueno, me di cuenta de que estaba muerto y no me atreví a tocarlo. Volví de inmediato y llamé a la policía.

—¿Sabía usted que había desaparecido un niño?

—Bueno, yo no vivo por ahí, pero cuando llegué a trabajar por la mañana vi las fotografías y la furgoneta de policía. No había visto las noticias. No sabía qué había ocurrido...

—Acaba de describirnos cómo llegó al cadáver... —Jones se puso las gafas y leyó de sus notas, que sostenía con el brazo extendido—: «Me arrastré... sobre el vientre». —Se quitó las gafas y se apoyó en el atril—. En ese caso, ¿sería correcto decir que el lugar donde encontró el cadáver era de difícil acceso para un adulto?

—Sin duda alguna. Está cubierto de maleza. Creo que por eso no habían hallado el cadáver. Me alegro de haberlo encontrado yo y no uno de los niños.

—Sí, menos mal. Cuando identificaron al pequeño, ¿lo reconoció?

—No. No iba a menudo al parque.

—Gracias, señor Cairns.

Como de costumbre, se hizo el silencio cuando Gordon Jones se giró hacia Irene Clarke. Daniel se mordió el labio, a la espera de la primera pregunta. Observó a Irene, que consultaba sus notas, y se fijó en el tendón que definía su largo cuello.

Jones parecía satisfecho consigo mismo. Al demostrar que el lugar de los hechos era inaccesible para un adulto, había contrarrestado el argumento según el cual un niño no tenía la fuerza suficiente para causar las heridas de Ben.

Irene se apoyó en el atril con ambas manos y sonrió al señor Cairns con los labios cerrados. Daniel admiró su compostura.

—Señor Cairns, según su descripción, la víctima fue hallada bajo una casita de madera. ¿Podría describir con más detalle esta casita?

—Bueno, es una pequeña cabaña o casa que se alza sobre unos pilotes... Es como esas casas de árbol, pero... está a medio metro del suelo. Como está rodeada de árboles, para los niños es casi lo mismo. Supongo que esa es la idea.

—¿Es popular entre los niños?

—Bueno, a veces juegan ahí, pero no diría que es popular, no. Como hay tantos hierbajos, es un poco demasiado agreste para algunos niños. A menudo hay insectos, ortigas y cosas así...

—Madre mía, parece difícil llegar ahí, incluso para los niños, ¿no es así?

—En cierta medida, sí. Hay que apartar las ramas, ensuciarse un poco. A la mayoría de los niños no les importa.

—¿Cuánto diría que tardó en llegar a la casita y al cadáver de la víctima? ¿Unos diez minutos?

—No, menos de un minuto.

—¿Menos de un minuto? ¿Un hombre adulto? ¿En medio de toda esa vegetación?

—Sí, eso creo.

—En ese caso, no solo los niños pueden llegar a esa área del parque, ¿está de acuerdo?

—No, eso no sería posible. Supervisamos todos los columpios y, por tanto, necesitamos entrar en todos los rincones, por si los niños se meten en líos.

—¿Podría ser que algunos niños tuviesen dificultades para llegar a la casita, sobre todo si carecen de fuerza suficiente para apartar las ramas?

—Bueno, sí, podría ser, pero casi todos los niños gatean bajo los árboles. Un adulto tendría que apartar las ramas.

—Gracias, señor Cairns, no tengo más preguntas.

Tras el descanso, Daniel vio a Kenneth Croll, recostado en su silla, fulminando a Sebastian con la mirada. El niño se apartó de su padre y bajó la mirada, como si estuviese avergonzado. Daniel había encontrado una sopa de letras en un periódico abandonado en los asientos del público. La dejó frente a Sebastian y se giró para saludar a Croll con un gesto.

Sebastian inclinó la cabeza, destapó el bolígrafo y comenzó a dibujar círculos alrededor de las palabras, absorto. Daniel observó el frágil cuello del muchacho: la nuca y el pelo fino y corto. Había visto llorar a hombres durante un juicio y se preguntó por la fortaleza que le permitía a Sebastian mantener la concentración y la compostura.

Estaban comprobando las pantallas del vídeo. Madeline Stokes lloraba. Tenía la cara blanca y desencajada, y Daniel hubo de apartar la mirada. Había visto al agente asignado a la familia explicarles algo durante el descanso. El señor Stokes había asentido, con gesto sombrío. Daniel podía suponer qué les había dicho. La patóloga, los testigos policiales y los peritos forenses iban a prestar declaración a continuación. El letrado les habría explicado que era imprescindible proyectar las fotografías del cadáver a fin de resaltar ciertos detalles, pero que los padres no tenían la obligación de permanecer en la sala. Quizás el señor Stokes había identificado el cadáver de su hijo mediante una marca de nacimiento en el hombro o la forma de los pies.

No intentó consolar a su esposa ni le dio un pañuelo cuando ella abrió el bolso en busca de uno. Solo sus ojos denotaban su sufrimiento; rastreaban la sala, cada esquina, cada rostro, como si preguntara en silencio: «¿Por qué?».

—¿Van a echar una película? —preguntó Sebastian.

—No, van a proyectar algunas fotografías del... —Daniel se detuvo antes de decir «cadáver», recordando la fascinación de Sebastian—. Los abogados de la otra parte han traído algunos expertos para explicar lo que le ocurrió a la víctima. Supongo que van a querer señalar algunas cosas en la pantalla...

Sebastian sonrió y asintió, puso la tapa en el bolígrafo y juntó las manos. Parecía que estaba a punto de empezar un espectáculo.

La tarde comenzó con las pruebas policiales: fotografías del cadáver del niño, tumbado bocabajo, los brazos a los costados. El sargento Turner, que había interrogado a Sebastian, fue al banquillo de los testigos. Se mostraron secuencias del interrogatorio de Sebastian, en las cuales se negaba a admitir que había herido a Ben de ninguna forma. Jones dedicó el resto de la tarde a interrogar al sargento Turner, mientras se reproducían imágenes de Sebastian, que hablaba de las manchas de sangre de su ropa y rompía a llorar. Jones también se explayó en las bravatas de Sebastian a lo largo del interrogatorio y sus explicaciones lógicas acerca de las pruebas forenses que lo acusaban. El jurado se quedó con la impresión de que Sebastian era muy inteligente y manipulador para su edad.

A la mañana siguiente Irene interrogó al sargento de policía. La sala estaba más silenciosa de lo habitual, como si todo el mundo estuviese aún conmocionado por haber visto a ese niño sollozando ante los policías el día anterior. En las grabaciones, Sebastian parecía aún más pequeño.

—Sargento, me gustaría hacerle algunas preguntas sobre la declaración del señor Rankine, si no es molestia —comenzó Irene.

—Claro —dijo el sargento. Bajo las brillantes luces de la sala, su rostro se veía enrojecido, casi enfadado, pero sonrió.

—Según la patóloga, la víctima pudo haber muerto a cualquier hora de la tarde del 8 de agosto..., a las cuatro, las cinco, incluso cerca de las seis en punto. El señor Rankine declaró que vio a una persona con una camiseta azul celeste o blanca aparentemente atacar a la víctima alrededor de las tres y media o cuatro de la tarde. ¿Qué hizo para confirmar la identidad de este agresor?

—Una camiseta blanca perteneciente al acusado ha sido presentada como prueba. El testigo parecía seguro de haber visto un muchacho antes cuya descripción coincidía con la del acusado (como él mismo admite) y luego un poco más tarde.

—Ya veo —dijo Irene, que se giró y alzó la mano ante el jurado—. ¡Cómo no! —Se volvió a mirar al sargento—. El acusado tenía una camiseta blanca y admite que se peleó con la víctima en torno a las dos. Así usted ya no tiene que hacer nada más. No hacía falta investigar si hubo o no otro agresor, quizás un adulto con una camiseta celeste...

—Señorita Clarke —dijo Baron, con otra sonrisa forzada—, ¿tiene intención de hacerle una pregunta al testigo?

—Sí, señoría. Sargento, ¿el testigo estaba convencido de haber visto un niño con camiseta blanca debido a que sus colegas sugirieron que habían detenido a alguien que coincidía con esa descripción?

—¡Por supuesto que no!

—Señorita Clarke, esperaba más de usted —la reprendió el juez.

Daniel notó que Irene no se dejaba intimidar. Ladeó la mandíbula, en un gesto desafiante.

—Sargento Turner —continuó—, el señor Rankine ha admitido ante el tribunal que quizás vio un adulto con una camiseta azul o blanca. Independientemente de que el acusado tuviese una camiseta blanca, ¿podría decirnos qué hizo para localizar a la persona que agredió a la víctima a última hora de la tarde, cuando mi cliente dispone de coartada?

—Estudiamos las cámaras de seguridad, pero no pudimos confirmar la presencia de nadie en el parque... De hecho, ni por la tarde ni a primeras horas de la noche.

—¿Significa eso que un adulto con camiseta azul celeste no agredió a la víctima esa tarde?

—No, y tampoco demuestra que su cliente no fuera el agresor.

—¿Qué quiere decir?

El sargento Turner tosió.

—Bueno, por la tarde las cámaras enfocaron sobre todo las calles circundantes y no dedicaron al parque suficiente tiempo para ver a alguien... Por tanto, no quedó constancia de la agresión, ni de la pelea anterior de los niños, que el acusado ha admitido.

—Qué cómodo. —Una vez más, Irene se volvió hacia el jurado—. Por la tarde, las cámaras no enfocaron el parque, un testigo ve a una persona vestida de blanco o azul celeste agredir a la víctima, hay un niño detenido que tiene una camiseta blanca, y eso es todo...

—Una camiseta blanca manchada con la sangre de la víctima —la interrumpió el sargento Turner, elevando la voz.

Daniel reparó en que la sala contuvo el aliento cuando Irene ladeó el mentón, lista para el ataque.

—Cuando las cámaras resultaron infructuosas, ¿qué más hicieron para hallar al agresor?

—Como he dicho, las pruebas forenses nos convencieron de que ya teníamos a nuestro hombre.

Turner se detuvo y pareció sonrojarse, como si reconociera la improcedencia de sus palabras.

—Tenían a su hombre —repitió Irene—. Ya veo. Tenían a un niño pequeño detenido y a un testigo que les dijo que había visto a alguien con una camiseta celeste o blanca agredir a la víctima en torno a las cuatro...

Una vez más, Turner interrumpió a Irene:

—El testigo declaró que vio a un niño... El mismo niño que antes.

Daniel reparó en que al jurado le disgustaba que el sargento gritase a Irene.

—Ya veo. O sea, que encajaba... —Irene se volvió hacia el testigo e hizo una pausa.

—Nosotros no lo encajamos, era él el que encajaba en la descripción. —Turner tenía la cara muy roja.

—Y si le dijese que el señor Rankine ha admitido ser miope y que reconoce que quizás vio un adulto esa tarde, ¿pensaría aún que todo encaja?

—Sí, las pruebas forenses hablan por sí solas.

—Yo diría que su falta de profesionalidad habla por sí misma. Si existe la posibilidad de que el testigo viese a un adulto agrediendo a la víctima, ¿no le parece razonable hacer todo lo posible para encontrar a esa persona?

—Hemos llevado a cabo una investigación minuciosa. El acusado coincidía con la descripción del testigo y se descubrió que en su ropa había restos de sangre de la víctima.

—Trabajo hecho, ya veo —dijo Irene, que miró al jurado y se sentó.

Baron se bajó las gafas por el puente de la nariz para mirar críticamente a Irene antes de excusar al testigo, pero no dijo nada.

Daniel reparó en que Irene jadeaba cuando se sentó. Observó el suave oleaje de su pecho. La miró unos instantes, esperando que se girase, pero no lo hizo.

Por la tarde, los agentes encargados de investigar la escena del crimen prestaron declaración sobre las pruebas que hallaron: el ladrillo y hojas empapadas de sangre.

—Vamos a hablar muy claro —dijo Irene cuando llegó su turno—. ¿No hallaron ni una sola huella dactilar en el lugar de los hechos?

—Bueno, encontramos huellas parciales, pero no eran identificables.

—Para que quede claro, ¿no hallaron ni una sola huella fiable en el lugar de los hechos?

—Correcto.

—¿Y en el arma del crimen? ¿Hallaron huellas en el ladrillo?

—No, pero no es de extrañar si tenemos en cuenta el tipo de superficie...

—Le agradecería que se limitase a responder sí o no.

—No.

Tras la declaración del agente hubo un descanso y, a continuación, la fiscalía llamó a su científico forense: Harry Watson.

Jones se levantó y pidió a Watson que confirmase su nombre y sus títulos. Watson los enumeró: licenciado en Nottingham, biólogo colegiado y miembro del Instituto de Biología. Había asistido a cursos básicos y avanzados sobre análisis de manchas de sangre impartidos en Estados Unidos y era miembro de la Asociación Internacional de Analistas de Sangre. Watson afirmó que su experiencia se centraba en los aspectos biológicos de la ciencia forense, como fluidos corporales, pelos y fibras.

Daniel notó que Sebastian se aburría. Había sido una tarde larga, pero esta declaración era clave para la fiscalía y Daniel albergaba la esperanza de que Irene fuese capaz de socavarla.

—¿Qué analizaron en concreto? —preguntó Jones.

—Principalmente, la ropa de la víctima y las prendas del acusado. —Watson aparentaba unos cincuenta años y el traje le quedaba muy justo. Se sentaba rígido, con los labios apretados, a la espera de la siguiente pregunta.

—Y ¿qué encontraron?

—Los vaqueros del acusado se admitieron como prueba tras un registro de la casa. En esos vaqueros se halló una concentración de fibras en la parte interior de los muslos. Las fibras concordaban sin duda alguna con las fibras de los pantalones de la víctima. También se identificaron manchas de sangre en los zapatos, los vaqueros y la camiseta del acusado. Es sangre perteneciente a la víctima sin lugar a dudas.

—¿Cómo describiría las manchas de sangre presentes en la ropa del acusado?

—Las manchas de la camiseta eran sangre exhalada: sangre que ha salido de la nariz, la boca o una herida como consecuencia de la presión del aire, que es la fuerza propulsora.

—¿Qué tipo de lesiones podrían causar este tipo de manchas en la ropa del acusado?

—Las manchas de sangre son las propias de un traumatismo facial: una agresión violenta contra el rostro o la nariz. La sangre de la víctima salpicaría al agresor.

Unos murmullos sobrecogidos recorrieron la sala.

—Por lo tanto, a Sebastian Croll lo salpicó la sangre exhalada de la víctima. En la sangre de la ropa del acusado, ¿había más indicadores de un incidente violento con el fallecido?

—Además de la sangre hallada en la camiseta del acusado, había manchas por contacto en los vaqueros y los zapatos, lo cual sugiere que el acusado había estado muy cerca del fallecido en el momento de la agresión fatídica. Había también una pequeña cantidad de sangre en la suela de los zapatos del acusado.

—¿Qué podría indicar la sangre de la suela?

—Bueno, podría deberse a haber pisado la sangre de la víctima, después de la agresión.

—¿Existe alguna prueba forense que sugiera que la agresión tuvo lugar en el sitio donde se halló el cadáver?

—Sí, en las rodillas de los vaqueros del acusado y en la parte baja de los pantalones de la víctima había suciedad que coincidía con las hojas y la tierra del lugar del crimen.

—¿Se halló en el acusado otro material biológico de la víctima?

—Bueno, sí, había piel del acusado bajo las uñas de la víctima y había arañazos en los brazos y el cuello del acusado.

—Entonces, ¿Ben trató de enfrentarse a Sebastian y lo arañó?

—Eso es lo que parece.

Gordon Jones volvió a su asiento e Irene Clarke se puso en pie.

—Señor Watson —dijo Irene sin mirar al testigo, consultando sus notas—, ¿cuándo comenzó a colaborar con la policía científica?

El señor Watson se enderezó la corbata antes de responder:

—Hace poco más de treinta años.

—Treinta años. ¡Vaya! Qué experiencia tan amplia. Se incorporó en 1979, ¿es cierto?

—Sí.

—Y en esos treinta y un años de servicio, ¿nos podría decir en cuántos casos ha trabajado?

—No tengo manera de saberlo sin consultar mis archivos.

—Díganos una cifra: ¿treinta, cien, más de quinientos? ¿Cuántos, más o menos?

Irene fue inclinándose sobre el atril, alzando los hombros, que casi le llegaron a las orejas. Daniel pensó que parecía una muchacha asomada a la ventana para ver un desfile.

—A lo largo de treinta y un años, yo diría que he participado directamente en cientos de casos, tal vez no lleguen, pero quizás sean más de quinientos.

—¿Y en cuántos juicios ha declarado en sus treinta y un años de servicio?

—Más de un centenar, de eso estoy seguro.

—Doscientos setenta y tres, para ser exactos. Usted es sin duda un testigo experto. Dígame, en esos doscientos setenta y tres juicios, ¿cuántas veces ha sido testigo de la defensa?

—Mi testimonio es imparcial y no tengo ningún prejuicio contra la defensa ni la acusación.

—Por supuesto. Permítame precisar: ¿en cuántos de esos doscientos setenta y tres juicios ha solicitado su testimonio la fiscalía?

—La mayoría.

—La mayoría. ¿Se atrevería a calcular cuántos?

—¿Tal vez dos terceras partes?

—No, señor Watson. En esos doscientos setenta y tres juicios ha sido testigo de la defensa solo tres veces. Tres veces a lo largo de treinta años. ¿Le resulta sorprendente?

—Un poco. Pensaba que serían unos cuantos más.

—Ya veo. Unos cuantos más. Con respecto a sus títulos, veo que se licenció en Nottingham... En Economía. ¿Le resulta útil la economía en su especialidad actual?

—Ahora soy biólogo colegiado.

—Ya veo. Ha declarado que había fibras de los vaqueros de Ben Stokes en la ropa del acusado. Dígame, ¿no cabría esperar que dos niños, vecinos, que juegan juntos tengan fibras de sus respectivas ropas debido a sus juegos?

—Es posible, sí.

—Del mismo modo, los arañazos del acusado y la piel hallada bajo las uñas de la víctima podrían deberse a una pelea normal entre dos colegiales, ¿no es cierto?

—Es posible.

—Y también ha declarado que la sangre en la ropa de Sebastian era exhalada. Según usted, podía deberse a un golpe en la nariz o la boca. ¿Es correcto?

—Sí.

—El acusado declaró que la víctima se cayó y se golpeó la nariz cuando estaban juntos, por lo que sangró en abundancia. Mi cliente ha declarado que se inclinó sobre la víctima para observar la herida. Díganos, ¿es posible que esa transferencia de sangre hubiese tenido lugar en estas circunstancias más benévolas?

—Estas manchas de sangre, y creo que es la causa más probable, suelen deberse a la fuerza, pero es posible que fuesen el resultado de la lesión accidental que ha descrito.

—Una cosa más —dijo Irene—. La cantidad de sangre en la ropa del acusado (exhalada, por contacto o lo que sea) es escasísima, ¿no le parece?

—Hay una modesta cantidad de sangre en la ropa.

—Los rastros de sangre fueron evidentes tras el análisis forense... Sin embargo, al mirar las fotografías de la página veintitrés no se ven a simple vista.

Sebastian la observaba con los ojos abiertos como platos. Daniel recordó a los hijos de sus amigos frente a un videojuego: esa inmovilidad tan poco natural en los pequeños. La atención de Sebastian no era menos perturbadora. Se quedó absorto ante las fotografías de las manchas de sangre y la ropa sucia.

—Las manchas de sangre se veían a simple vista, pero no eran grandes ni llamativas, así que no era obvio que se trataba de sangre.

—Ya veo. Muchas gracias por esa aclaración, señor Watson... Con una lesión de este tipo (traumatismo facial causado por un objeto romo), la cual ocurrió con el agresor muy cerca de la víctima, ¿no cabría esperar que el criminal estuviese... cubierto de sangre?

Watson cambió de postura en el asiento. Daniel lo observó. El tono rojizo de su cutis sugería que se enfadaba con facilidad.

El testigo se aclaró la garganta.

—Con este tipo de lesión es lógico que haya una pérdida importante de sangre, por lo que cabría esperar importantes manchas de sangre en el agresor.

—Normalmente, con estas lesiones por golpes con objetos romos, ¿habría esperado que las manchas de sangre fuesen considerablemente mayores que las manchas de la ropa del acusado?

—Tenemos que recordar la posición del cuerpo y el hecho de que se produjo una hemorragia interna...

—Ya veo —dijo Irene—. Pero acaba de decir que esperaría unas manchas de sangre importantes, ¿no es cierto?

Una vez más, Watson se aclaró la garganta. Miró alrededor de la sala, como si buscase ayuda. Jones lo miraba fijamente, pellizcándose la barbilla con dos dedos.

—Señor Watson, ¿no es cierto que sería esperable que la ropa del agresor estuviese cubierta de sangre tras este tipo de lesión?

—Normalmente, habríamos esperado una mayor cantidad de manchas por contacto o transmisión aérea de sangre.

—Gracias, señor Watson.

El contrainterrogatorio había ido tan bien que Irene decidió no citar al científico forense de la defensa cuando llegó su turno. Había convertido al experto de la fiscalía en un apoyo para la defensa, lo cual era más efectivo.

La semana terminó con la patóloga, Jill Gault. En el banquillo de los testigos era tan cálida y tranquilizadora como la recordaba Daniel, que la había visitado en su despacho, con vistas a Saint James's Park. Era alta y vestía botas y un traje gris. Parecía el tipo de persona que iba a remar los fines de semana, sin que la afectase saber cómo, exactamente, había sido aplastado el cráneo de un niño.

—Doctora Gault, ¿realizó usted la autopsia de la víctima, Benjamin Stokes? —comenzó Jones.

—Sí, eso es.

—¿Podría decirnos a qué conclusión llegó respecto a la causa de la muerte?

—La causa de la muerte fue un hematoma subdural agudo, causado por un fuerte traumatismo producto de un golpe en la parte derecha del cráneo.

—Y, hablando con sencillez, doctora Gault, ¿cómo describiría un hematoma subdural?

—Bueno, es básicamente una hemorragia cerebral, lo que causa una presión creciente en el cerebro que, de no tratarse, acabaría en una muerte cerebral.

Se proyectó una reproducción del cerebro y la lesión para mostrar la ubicación exacta de la herida. En el expediente del jurado había una fotografía del rostro de Ben Stokes. Sebastian la estudió, tras lo cual se acercó a Daniel para susurrar en su oreja:

—¿Por qué no está cerrado su otro ojo? Al morir, ¿no se cierran los ojos? —Daniel sintió los cálidos dedos del niño en la mano. Se agachó para pedirle que guardara silencio.

—Doctora Gault, ¿descubrió qué objeto causó este golpe fatídico?

—La lesión es propia de un traumatismo contuso; el arma del crimen, por tanto, ha sido un objeto contundente, pesado, sin filo. Se halló un ladrillo en el lugar de los hechos y en la herida había pequeños trozos de ladrillo.

El secretario trajo una bolsa con pruebas y se mostró al jurado un ladrillo envuelto en celofán.

—Este ladrillo fue hallado en el lugar del crimen y disponemos de pruebas que confirman la presencia en su superficie de sangre, masa cerebral, piel y cabellos de la víctima. Según sus hallazgos, ¿la forma y el tamaño de este ladrillo se corresponde con las lesiones sufridas por la víctima?

—Sí, los contornos del ladrillo coinciden con los de la herida con exactitud.

Una vez más, se utilizó una reproducción para comparar los contornos del ladrillo y la herida.

Sebastian se volvió hacia Daniel y sonrió.

—Es ese ladrillo realmente —susurró con un aliento acaramelado.

Daniel asintió y alzó una mano para pedir silencio.

Las fotografías del rostro mutilado de Ben Stokes aparecieron en las pantallas, accesibles al juez, el jurado y los abogados, pero invisibles para el público. El ojo izquierdo del niño estaba abierto (tal como había notado Sebastian), blanco y transparente; el derecho recordó a Daniel un huevo aplastado. Los miembros del jurado retrocedieron impresionados. El juez Philip Baron examinó su pantalla con gesto impasible. Daniel estudió el rostro del anciano, el peso de la piel que le hundía la boca. Jill Gault utilizó un láser para señalar el lugar del impacto y habló de la fuerza necesaria para dañar de tal manera el cráneo y el pómulo.

—¿Y pudo calcular la hora de la muerte, doctora Gault? —continuó Gordon Jones, dando golpecitos con la pluma en su carpeta.

—Sí, aproximadamente a las siete menos cuarto de la tarde del domingo 8 de agosto.

—¿Y descartaría eso que la agresión ocurriese antes, por ejemplo, a las dos o incluso a las cuatro de la tarde, cuando el acusado fue visto por última vez peleando con la víctima?

—No, de ningún modo. Con un hematoma subdural agudo, solo es posible aventurar la hora aproximada de la muerte, no la de la agresión. Debido a la naturaleza de esta lesión, la muerte puede darse poco después o tras varias horas. La hemorragia ejerce presión sobre el cerebro, pero pueden pasar minutos u horas antes de que sea fatídico.

—Entonces, Ben podría haber muerto horas después de recibir el golpe, ¿es eso correcto?

—Sí, es correcto.

—¿Es posible que hubiese permanecido consciente durante ese tiempo?

—La probabilidad es bajísima..., pero es posible.

—Posible. Gracias, doctora Gault.

El juez Baron se aclaró la garganta ruidosamente y se acercó al micrófono.

—Dada la hora, creo que es un momento oportuno para hacer un descanso. —Giró la cadera, arrastrando sus vestiduras y la papada hacia el jurado—. Hora de largarse y tomarse un café. Les recuerdo que no hablen del proceso con otras personas.

—Todos en pie.

Daniel se quedó hasta que llevaron a Sebastian abajo. Tras salir, se metió las manos en los bolsillos mientras observaba a la gente que recorría el vistoso y colorido vestíbulo del Tribunal Central de lo Penal: almas perdidas que lidiaban con el dolor, la pobreza y la mala fortuna. Aquí se decidían la felicidad y la miseria, no se encontraban. Se sintió desolado, otra alma perdida que deambulaba. Sacó el teléfono y llamó a Cunningham. Estaba con un cliente, así que Daniel dejó un mensaje para que lo informase acerca de la venta de la casa de Minnie.

Sintió unos dedos en el hombro. Era Irene.

—¿Todo bien?

—Claro... ¿Por qué lo preguntas?

—Todas las veces que te he mirado ahí dentro tenías cara de pocos amigos.

—Ah, ¿me mirabas mucho? —coqueteó él, aunque se dio cuenta de que no era el momento.

Irene lo reprendió dándole unos golpecitos con la pluma.

—¿Qué te preocupa?

—Te fijaste en las caras de los miembros del jurado cuando vieron esas fotografías?

—Lo sé, pero vamos a demostrar que Sebastian no lo hizo.

—Y Jones preguntando si Ben podría haber estado consciente durante las horas previas a su muerte... ¡Dios! —Daniel sacudió la cabeza, pero Irene posó una mano en su antebrazo. Daniel sintió el calor de su mano.

—No pierdas la fe —susurró.

—No en ti —dijo Daniel, e Irene se dio la vuelta y volvió a entrar en la sala.

—Doctora Gault, ha descrito el hematoma subdural como una hemorragia en el cerebro —dijo Irene comenzando el interrogatorio—. En ese caso, ¿cabría esperar una pérdida de sangre sustancial?

—Bueno, la sangre se acumula en el cerebro como resultado del traumatismo. Con un hematoma subdural, los vasos capilares que están entre la superficie del cerebro y su capa exterior, la duramadre, se estiran y se rompen, por lo que la sangre se acumula. Es esta presión la que causa la muerte.

—Gracias por la aclaración, doctora. Pero, díganos, con este tipo de traumatismo facial, ¿cabría esperar que el agresor fuera... salpicado por la sangre de la víctima debido a la agresión?

—Sí, es probable que un traumatismo facial de esa naturaleza causase considerables salpicaduras de sangre en el autor del crimen.

Irene hizo una pausa y asintió. Daniel se fijó en su cara, que se inclinaba, pensativa.

—Una pregunta final: ¿cuánto pesa un ladrillo, doctora Gault?

—¿Disculpe?

—Un ladrillo, un ladrillo normal, como el ladrillo en cuestión, ¿cuánto pesa?

—Diría que casi dos kilos.

—Díganos, doctora, en su opinión, ¿qué tipo de fuerza sería necesaria a fin de causar las lesiones que recibió Benjamin Stokes, teniendo en cuenta el peso del arma del crimen?

—Una fuerza muy considerable.

—¿Cree que un niño de once años, en particular uno de la complexión del acusado, podría haber reunido la fuerza necesaria?

La doctora Gault cambió de postura en su asiento. Echó un vistazo a Sebastian y Daniel notó que este le sostenía la mirada.

—No, habría imaginado que la fuerza necesaria era propia de un adulto... pero, dicho esto..., alguien de baja estatura, o incluso un niño, podría haber causado estas lesiones si la víctima se encontrase bajo el agresor, pues la gravedad compensaría la falta de fuerza física.

—Ya veo —asintió el juez Baron—. Ya veo. ¿Tiene alguna otra pregunta, señorita Clarke?

—En su opinión de experta, doctora Gault, ¿cree que sería difícil para un niño infligir estas lesiones debido al peso del arma del crimen?

—La testigo ya ha respondido esa pregunta, señorita Clarke —dijo Baron. Irene se sentó, con un ligero rubor en las mejillas—. ¿Señor Jones?

—Si se me permite, señoría, una aclaración...

El juez Baron ondeó los dedos para mostrar su acuerdo. Irene lanzó una mirada a Daniel.

Una vez más, Gordon Jones se situó ante el atril.

—Doctora Gault, muy brevemente: si el golpe mortal contó con la ayuda de la gravedad, ¿concordaría con la postura del cadáver: boca arriba, con las manos a los costados?

—... Sí —dijo la doctora Gault, dubitativa—. Habrían sido posibles varias posturas, pero, desde luego, si la víctima se encontraba un tanto aturdida o asustada, habría sido posible asestar el golpe mientras estaba en el suelo, de pie o sentado... a horcajadas sobre la víctima, por así decirlo. Esto habría sido más sencillo para un agresor... más débil.

—Gracias, doctora Gault.

Daniel llevó a casa varios periódicos y los hojeó hasta encontrar las noticias acerca del juicio. Varios artículos se centraban en su relación con Sebastian: «El muchacho se arrimó a su abogado». Había uno sobre el testimonio de la doctora Gault: «La patóloga de la fiscalía, la doctora Jillian Gault, conjeturó que el Ángel Asesino pudo sentarse a horcajadas sobre su víctima a fin de reunir la fuerza suficiente para golpearla hasta que murió».

Daniel se frotó los ojos. El piso estaba a oscuras, pero prefirió no encender la luz. La mesa de la cocina estaba cubierta con sus archivos de trabajo. Se situó junto a la ventana y observó el parque, a la luz vacilante de la luna. El lago giraba como una moneda bajo esa luz cambiante. Estaba cansado, pero era un agotamiento nervioso y sabía que no sería capaz de dormir.

Reparó en la luz intermitente del contestador. Cunningham había dejado un mensaje. Había interferencias y Daniel no comprendió todas las palabras: «Danny, hola, recibí su mensaje... La casa está lista y tengo un comprador. Una pareja joven de Londres, que lleva un tiempo buscando una granja como esta. Le he enviado un correo electrónico. Es una buena oferta, así que llámeme y dígame si podemos llevar a cabo la venta».

Daniel suspiró. En un gesto automático, borró el mensaje. No estaba preparado para esto. Necesitaba tiempo para hacerse a la idea. Se tumbó vestido en la cama y se quedó mirando el techo, sin pestañear. Recordó la primera vez que fue a casa de Minnie, de niño. Recordó sus berrinches y su rabia. Pero, después de todo lo que habían vivido juntos y de todo lo que ella había hecho por él, lo que recordaba con más nitidez eran las últimas palabras que le dijo: «Ojalá estuvieras muerta».

Ahora que había muerto, quería decirle que lo sentía. El juicio del niño le hacía pensar más en ella. Le había ayudado a darse cuenta de lo cerca que estuvo de encontrarse en la situación de Sebastian. Minnie le había hecho daño, pero también lo había salvado.

Se pasó la mano por el pecho, palpando los huesos del tórax. Recordó la forma tan inoportuna en que Charlotte se le había insinuado tras salir de la celda. No comprendía por qué le daba tanta pena. Debido a Sebastian, a Daniel le defraudaban la debilidad y la desesperación de Charlotte, a pesar de que el niño solo le mostraba amor.

Puso una mano bajo la cabeza. Entendía la devoción de Sebastian por su madre. De niño había estado dispuesto a morir para proteger a la suya. Se recordó a sí mismo descalzo, en pijama, entre ella y el novio. Recordó el chorro lento y cálido de orina que bajaba por su pierna, y aun así estaba listo para lo que se avecinaba, si con ello la salvaba.

Después las autoridades se hicieron cargo de él.

Pensó en su madre: las marcas en los brazos y sus cambios de humor, el inmundo olor de su aliento. Ahora le daba pena, igual que Charlotte. Su amor desesperado e infantil había quedado eclipsado hacía mucho tiempo. Hasta llegar a la edad adulta no se había percatado del daño que le había hecho.

Daniel se sentó y se pasó una mano por el mentón. Se cambió de ropa y, a continuación, cogió el teléfono del vestíbulo. Sopesó el receptor en la mano, indeciso, antes de marcar el número. Esta vez respondió el marido de Harriet. Daniel balbuceó un poco al explicar quién era.

—Oh, sí, por supuesto —dijo el hombre—, ahora se pone.

Daniel esperó con una mano apoyada en la pared. Se oía la televisión al fondo, y al anciano, que se aclaraba la garganta. Daniel se mordió el labio.

—Hola de nuevo. —Era una voz cansada—. Cómo me alegro, pero me sorprende oírte otra vez tan pronto.

—Lo sé, es algo que me dijiste el otro día. He estado pensando en ello. ¿Tienes tiempo?

—Claro, cariño, ¿qué pasa?

El sonido de la voz le recordó a Minnie. Cerró los ojos.

—Hablé con la hermana de Norman. Me contó más cosas acerca del accidente...

Harriet no dijo nada, pero Daniel oyó su respiración.

—Lo que pasa es que creo que nunca supe muy bien qué le pasó a Minnie, y ahora sí lo sé... Estaba pensando en algo que dijiste...

Daniel sintió los latidos de su corazón. Hizo una pausa para animarla a hablar, pero ella permaneció en silencio. Se preguntó si la había enfadado de nuevo.

—¿Qué, cariño? —dijo ella al fin—. ¿Qué dije?

Daniel respiró hondo.

—Que se torturaba acogiendo a todas esas niñas.

—Así es, que Dios la bendiga.

Daniel apretó el puño y dio un pequeño golpe en la pared.

—¿Por qué yo? ¿Por qué me adoptó a mí y no a otro? —Harriet suspiró—. ¿Fue porque se lo pedí? O... ¿porque me daba miedo que me echasen? ¿Pensó alguna vez en adoptar a otro niño?

Esperó la respuesta de Harriet, pero no llegó. El silencio persistió como la nota grave de un piano con el pedal pisado.

—¿No lo sabes, cielo? —dijo al fin—. Te quería como si fueses hijo suyo. Eras especial para ella, vaya que sí. Recuerdo el primer año que te quedaste con ella. Al principio tuvo un montón de problemas contigo, lo recuerdo bien. Eras un pequeño salvaje. Pero vio algo en ti...

»Por supuesto, quería lo mejor para ti, por supuesto. Habría renunciado a ti por tu propio bien, como renunció a los otros. Ella vivía sola y siempre me decía que los niños necesitan una familia, con hermanos, hermanas... y un padre. Recuerdo que trató de encontrar una buena casa para ti, aunque se moría de ganas de que te quedases.

—Ella era suficiente familia para cualquiera... o al menos lo fue para mí.

—El día que te adoptó me llamó cuando te quedaste dormido. Nunca la había visto tan feliz desde la muerte de Delia.

Daniel se aclaró la garganta. Harriet comenzó a toser: una tos ronca tan intensa que tuvo que dejar el teléfono un momento. Daniel esperó.

—¿Estás bien?

—No consigo librarme de esta tos. ¡Madre de Dios hermoso...! Pero tienes que saberlo, Danny. Lo que más quería en el mundo es que fueses su hijo. Fuiste importantísimo para ella.

—Gracias —dijo Daniel, casi susurrando.

—No pienses en estas cosas ahora, hijo. No le hace bien a nadie. Pasa página.

Harriet comenzó a toser de nuevo.

—Deberías ir al médico —observó Daniel.

—Estoy bien. ¿Y tú estás bien? Creo que te vi en las noticias el otro día. ¿Estás en el juicio del Ángel Asesino? ¿Eras tú? Qué asunto tan horrible.

—No te equivocas —dijo Daniel. Se enderezó; la mención del juicio lo apartó de las taciturnas garras de la memoria.

—¿En qué se está convirtiendo este mundo? ¿Habías oído alguna vez algo semejante: críos matándose así unos a otros?

Daniel deslizó una mano en el bolsillo y dijo que tenía que irse.

—Muy bien, cariño. Siempre has sido muy trabajador. Descansa un rato. Deja de pensar en todo esto.

Daniel colgó. Se fue a la cama, reconcomido por el arrepentimiento.

Cuando se despertó eran las seis y media, demasiado tarde para salir a correr. Aún merodeaba por su mente el sueño que había tenido. Había soñado con la casa de Brampton. Las paredes estaban abiertas, como las de un belén o una casa de muñecas. Los animales entraban y salían libremente. Daniel ya era un adulto en el sueño, pero aún vivía ahí, cuidando de los animales. Minnie estaba fuera, en algún lugar, pero no la veía ni la oía.

En la cocina, se encontró con un cordero: dormido, roncando feliz, con el abdomen subiendo y bajando, y una dulce sonrisa en los labios. Daniel se agachó y llevó el cordero fuera, donde la cegadora luz del sol partía los árboles.

Sentado al borde de la cama, Daniel aún recordaba el peso tangible del cordero entre sus manos y la calidez de su fina lana.

Después del desayuno, miró el correo electrónico y devolvió la llamada a Cunningham. Confirmó que la granja se podía vender. Daniel pronunció muy despacio esas palabras, por si cambiaba de opinión. Era el momento de vender la casa, decidió. Necesitaba seguir con su vida. Tal vez, tras vender la casa, los remordimientos lo abandonasen. Tal vez no volviese a pensar en ella.

26

Minnie quería llevarlo en coche a la universidad, pero Daniel sabía que le preocupaba conducir tanto. Al final fue en tren a Sheffield, así que Minnie solo condujo hasta Carlisle. Blitz había gimoteado durante todo el trayecto y los ojos de Minnie se llenaron de lágrimas cuando llegaron al andén.

—Mamá, vuelvo dentro de diez semanas. Las Navidades son dentro de diez semanas.

—Lo sé, cariño —dijo, estirando los brazos para sostener su rostro con ambas manos—. Parece como si fuera una eternidad, y ahora el tiempo que hemos pasado juntos parece demasiado breve. No me lo puedo creer.

Hacía buen día. Blitz tiraba de la correa, pendiente de los ruidos de las personas y los trenes. Daniel olió el gasóleo y sintió una mezcla de alegría y miedo al pensar que se iba de Brampton y viviría en una ciudad de nuevo. Miró a Minnie, que se estaba secando un ojo.

—¿Vas a estar bien? —preguntó.

Minnie lanzó un suspiro y le dedicó una sonrisa radiante, con las mejillas rosadas.

—De maravilla. Que te diviertas mucho. Llámame de vez en cuando para que sepa que estás vivo y no te has vuelto un borracho o un drogadicto —dijo riendo, pero Daniel vio que sus ojos resplandecían de nuevo.

—¿Me vas a llamar? —preguntó.

—Intenta impedirlo —dijo Minnie.

Daniel sonrió, el mentón casi en el pecho. Quería irse ya, pero quedaban unos minutos para que saliese el tren. Separarse de ella era más difícil de lo que había imaginado, por lo que habría preferido despedirse en la granja. Por una parte, le preocupaba que Minnie se sintiese sola; por otra, temía qué iba a ser de él. El niño que llevaba dentro no quería irse. No conocía a nadie que hubiese ido a la universidad, no sabía qué esperar.

—Y ni se te ocurra pensar que no te lo mereces —dijo Minnie, una vez más leyéndole la mente. La alegría y la sabiduría se repartían su mirada—. Solo necesitabas esta oportunidad. Aprovéchala y enséñales de qué pasta estás hecho.

Se agachó para abrazarla y el cuerpo de ella se abandonó al suyo. Blitz aulló y saltó a su lado, tratando de separarlos.

—No eres más que un tonto celoso —se burló Minnie de Blitz, dándole unos golpecitos en la cabeza.

Llegó la hora. Daniel sonrió, besó la mejilla húmeda de Minnie, acarició a un Blitz desconfiado y desapareció.

En la Universidad de Sheffield, la mayoría de los estudiantes de los que se hizo amigo eran un año mayor que él, pues habían estudiado un curso en el extranjero, pero por alguna extraña razón Daniel se sentía más adulto que ellos. Se metió en el equipo de fútbol y también en un club de atletismo y salía a beber con amigos de ambos. Carol-Ann se quedó en Brampton y se veían durante las vacaciones, cuando él regresaba a la granja, pero Daniel se acostaba con otras chicas en la universidad y no le dijo nada a Carol-Ann, quien sabía que era mejor no preguntar.

Una de las chicas con las que se acostaba se quedó embarazada y abortó a principios del segundo año. Por aquel entonces, vivía en un piso compartido en Ecclesall Road y la acompañó a Danum Lodge, en Doncaster, donde se llevó a cabo la operación. Ambos tenían miedo; ella sufrió una hemorragia y padeció dolores. Cuidó de ella pero, al cabo de unas semanas, fue como si nunca hubiese ocurrido.

Daniel no estaba seguro de que esto fuera lo que lo llevó a pensar en su madre una vez más (en su verdadera madre), pero poco antes de los exámenes de segundo de Derecho llamó al Departamento de Servicios Sociales de Newcastle y preguntó por Tricia. Le dijeron que había dejado el departamento en 1989.

Daniel recordó que le había dicho que tendría derecho a saber de su madre al cumplir los dieciocho años. Quería saber cómo había muerto, dónde estaban sus restos. Decidió visitar Newcastle de nuevo, ver qué podía averiguar acerca de su muerte. Una parte de él quería volver. No contó a Minnie lo que pretendía hacer, sabedor de que se preocuparía demasiado. No quería herir los sentimientos de Minnie, pero lejos de Brampton se sentía más capaz de hacer la llamada. Llamó a Servicios Sociales tres veces antes de encontrar a alguien que pudiese ayudarlo.

—¿Daniel Hunter ha dicho?

—Eso es.

—Y su madre se llamaba Samantha. ¿A usted lo adoptó en 1988 Minnie Florence Flynn?

—Sí.

La asistente social se llamaba Margaret Bentley. Parecía agotada, como si esas palabras le costasen toda su energía.

—Todo lo que encuentro sobre su madre es del departamento de drogas, pero nada reciente...

—Está bien, sé que está muerta. Solo quiero saber cómo murió y, si puede ser, si hay algo en su memoria. Sé que fue incinerada.

—Lo siento, no tenemos esa información, pero podría solicitarla en el Registro de Newcastle. Ahí estará su certificado de defunción. Ahí le dirán dónde fue incinerada y si hay alguna placa conmemorativa...

—Bueno..., ¿el último informe del departamento de drogas era malo?

—No podemos ofrecer ese tipo de información.

—No me va a decir nada nuevo —dijo Daniel—. Ya sé que mi madre consumía drogas. Es solo que...

—Bueno, este último informe era muy bueno. Estaba limpia.

—¿De verdad? ¿Cuándo fue eso?

—En 1988, el mismo año en que lo adoptaron.

—Gracias —dijo Daniel y colgó.

Pensó en la última vez que vio a su madre, en cómo le costaba enfrentarse a lo que estaba ocurriendo. Se preguntó si había tratado de dejar las drogas por él; si, al perderlo, el miedo la había llevado a alejarse de ellas. Pero, si no había sido una sobredosis, Daniel se preguntó por qué había muerto tan joven. Pensó en los hombres que pasaron por la vida de ella y entrechocó los dientes.

Tenía que estudiar, pero a la mañana siguiente cogió el tren a Newcastle. Volver le produjo una extraña alegría. A medida que el tren se acercaba, se quedó mirando los edificios de Cowgate. Todavía parecía llevar restos de la ciudad bajo las uñas y entre los dedos de los pies. Aquí caminaba de un modo distinto: la cabeza gacha y las manos en los bolsillos, pero él sabía por instinto dónde ir. No había estado en Newcastle desde el día en que Minnie lo adoptó. Sintió una emoción deliciosa y contradictoria, como si fuese un intruso en su propia casa.

No sabía dónde estaba el Registro, pero preguntó en la biblioteca. Se encontraba en Surrey Street y fue sin demorarse. Había escrito el nombre completo y la fecha de nacimiento de su madre, según lo recordaba.

El Registro era un edificio victoriano de arenisca descolorida. Daba la impresión de haber sobrevivido a décadas de suciedad con la resignación necesaria. Los pasillos eran los típicos de un organismo público, funcionales, mínimamente limpios. Daniel se sintió un poco cohibido al acercarse a la recepción. Le recordó al primer día en la biblioteca de la universidad, donde acudió a su primera clase particular, antes de comprender que sabía lo suficiente y tenía derecho a estar allí. Llevaba una camiseta de manga larga y pantalones vaqueros. Se detuvo en los escalones para alisarse el pelo; el flequillo empezaba a estar demasiado largo y le caía sobre los ojos. Se dirigió al baño, donde decidió llevar la camiseta por dentro y luego por fuera. Mientras esperaba en la cola, se preguntó por la razón de su ansiedad: ¿se debía a que estaba a punto de consultar sobre el reino de los muertos o porque los muertos lo habían abandonado?

«Abandonado».

Culpable

Al llegar su turno, Daniel se acercó al mostrador. De repente se sintió rechazado, excluido. Recordó las uñas largas de su madre haciendo tac, tac, tac sobre la mesa.

—Sí, ¿en qué puedo ayudarle?

La funcionaria era joven. Se apoyó en el mostrador con ambos codos y sonrió a Daniel.

—Sí, quería una copia del certificado de defunción de mi madre.

Tras rellenar unos formularios, Daniel tuvo que esperar, pero al fin le dieron el certificado, doblado en un inmaculado sobre blanco. Dio las gracias a la joven y se marchó, sin osar abrir el sobre hasta haber salido, e incluso entonces dudó, entre los empujones de la gente en la calle abarrotada.

Había un tradicional salón de té en Pinstone Street y Daniel entró y pidió un café y un panecillo con bacon. Un hombre con sobrepeso y mejillas amoratadas comía una porción de empanada y dos mujeres con el mismo peinado teñido de rubio compartían un cigarrillo.

Daniel desdobló el documento con cuidado. A su boca llegaba el sabor de los cigarrillos de las mujeres. Su corazón latía desbocado, pero ignoraba el motivo. Sabía que había muerto y se podía imaginar cómo, pero aun así se sentía como si fuese a desvelar un secreto. Las letras arremetieron contra él. Sus dedos se estremecieron y el papel tembló.

Había muerto de una sobredosis, tal como dijo Minnie. Daniel se quedó mirando el documento, imaginando la jeringuilla que se separaba del brazo de su madre y el torniquete de goma azul que se desprendía, al igual que una mano se separa de otra al borde de un precipicio.

Sus ojos recorrieron una y otra vez las fechas: nacida en 1956, muerta en 1993, a los treinta y siete años.

Apartó el panecillo, dejó el café y salió corriendo al Registro, donde subió los escalones de dos en dos justo cuando estaban cerrando.

Llegó al mostrador. La joven que lo había atendido le dijo:

—Lo siento, cerramos a la hora de la comida. Si pudiese venir más tarde...

—Solo quería hacer una pregunta..., solo una, lo prometo.

Ella sonrió y volvió al mostrador.

—Me voy a meter en un lío —dijo, y sus ojos centellearon al mirarlo.

Daniel hizo lo que pudo para seguirle la corriente, aunque le habría gustado zarandearla.

—Muchas gracias, eres maravillosa. —La joven parpadeó—. Solo quería comprobar algo... Este certificado dice que mi madre murió en 1993, pero sé que murió en 1988 como muy tarde.

—¿De verdad? Qué extraño.

—¿Podría tratarse de un error? —preguntó Daniel, los ojos desorbitados por el pánico, aunque se esforzó en mantener la calma frente a ella.

—Vaya, no, es decir... Es un certificado de defunción oficial. ¿Estás seguro de que murió en 1988?

—Sí... —dijo, y añadió—: No...

—Bueno, en ese caso supongo que está bien.

—¿Cómo podría averiguar si hay algo en su memoria?

—Tienes que preguntarlo en el Ayuntamiento, ¿recuerdas?

La joven sonrió y frunció los labios para disculparse. Daniel se dio la vuelta y se marchó. Al llegar a la calle reparó en que había arrugado el certificado, sin darse cuenta.

Daniel esperó ante las puertas del Ayuntamiento. Tenía el estómago encogido, pero no le prestó atención. Se sentó en las escaleras durante diez minutos; luego paseó alrededor de la manzana antes de regresar. Leyó tres veces el cartel que anunciaba la hora de cierre: entre la una y las dos.

Cuando abrieron, tuvo que aguardar veinte minutos, a pesar de ser la primera persona en la cola.

—Me gustaría saber si hay algo en memoria de mi madre... Creo que fue incinerada... Aquí está su certificado de defunción.

—¿Cómo se llamaba?

Daniel esperó en una silla de plástico, tan tenso que le comenzó a doler el estómago. Había olvidado la universidad. Esto era lo único que le importaba.

Suponía que tendría que rellenar más formularios, mostrar su carné de identidad o pagar algo. La mujer regresó al cabo de unos minutos. Le dijo que el nombre de su madre no figuraba en las listas de incineraciones. Tras comprobarlo una segunda vez, había descubierto que su madre estaba enterrada en el cementerio de Jesmond Road.

Daniel creía que le había dado las gracias, pero la mujer alzó la voz para preguntarle si se encontraba bien. Estaba de pie, apoyado en el mostrador, con el certificado arrugado en la mano.

En Jesmond Road, Daniel vio el cementerio. A última hora se le ocurrió comprar claveles y los llevaba en una bolsa de plástico, al revés, con los pétalos hacia el suelo.

La entrada se alzó ante él: un arco de arenisca roja que era al mismo tiempo hermoso y terrorífico. Se quedó fuera un momento, dando pataditas a los guijarros del sendero. El arco rojo lo atrajo hacia sí y, una vez dentro, no pudo evitar la poderosa necesidad de adentrarse en el cementerio. No sabía dónde encontrarla, pero una paz desolada se apoderó de él. Su corazón latía en silencio. Fue de tumba en tumba, en busca de su nombre. Buscó de una forma metódica y cuidadosa, sin caer en la frustración tras recorrer otra hilera de tumbas sin ver su nombre ni sentir alivio alguno al ver un nombre al menos similar.

Al fin, justo después de las cuatro, la encontró: «Samantha Geraldine Hunter, 1956-1993. Descansa en paz».

Las letras, pintadas de negro, comenzaban a descascarillarse. Daniel trató de imaginarla, con sus hombros delgaduchos y sus uñas largas. En su ensueño, ella era una niña. Pensó en lo joven que era la última vez que la vio.

Se quedó inmóvil un instante, y después se arrodilló, notando la humedad de la hierba en las rodillas de los vaqueros. Limpió las gotas de lluvia de la lápida mientras imaginaba sus diminutos huesos ahí debajo. Dejó los claveles al pie de la cruz.

En 1993. Había fallecido apenas unos meses atrás. Él debía de encontrarse a menos de una hora de distancia cuando sucedió. Podría haber ido a su encuentro; podría haberla ayudado, pero había muerto sin saber que él estaba cerca. Había dejado las drogas el año que lo perdió. Se preguntó si lo había hecho para recuperarlo. Cada vez quedaba más lejos el día en que cumplió dieciocho años. Quizás su madre había perdido la esperanza. Quizás pensó que tendría otra familia y ya no la recordaría.

Alguien había tenido que pagar la lápida; alguien tuvo que escoger el mármol blanco y las palabras inscritas en la piedra. Recordó el nombre que figuraba en el certificado de defunción: «Informante: Michael Parsons». Daniel recordaba todos los nombres y las caras que habían pasado por la vida de su madre. Agachó la cabeza. A pesar de esa respiración trabajosa, era incapaz de llorar. El dolor que le inspiraba ella era pequeño y frágil. Era un dolor que se confundía entre muchas otras emociones. Unos pájaros invisibles hacían un ruido ensordecedor al cantar.

Daniel se levantó. Reparó en que tenía un agudo dolor de cabeza. Se volvió y salió del cementerio, los pies aplastando los guijarros rojos a propósito después de ese hallazgo paciente y parsimonioso. El sol lo deslumbraba. Sus músculos estaban tensos y sintió un hilillo de sudor descendiendo entre sus omóplatos.

Recordó el día en que Minnie le había dicho que su madre había muerto y frunció los labios. Le dolía el mentón.

Iba a regresar a Brampton y la iba a matar.

27

Daniel mostró el pase al guarda del juzgado antes de entrar. Era el primer día de la defensa. Llegó animado al juzgado número trece y se recordó a sí mismo el indulto implícito en el imperativo de la duda razonable. Reparó en que, por primera vez a lo largo de su carrera, la posibilidad de perder le inspiraba un miedo real. Detestaba a la familia de Sebastian y le preocupaba que el niño fuese a volver a ese mundo de privilegios materiales y carencias afectivas, pero sabía que, atrapado en el sistema penal, todo le iría mucho peor. A pesar de su inteligencia, el niño no comprendía que la prensa ya lo había satanizado y lo difícil que sería el resto de su vida si lo declaraban culpable. Daniel intentó no pensar en ello. Confiaba en el talento de Irene. No había perdido un solo juicio desde el proceso contra Tyrel de hacía un año.

—Señoría, llamo al doctor Alexander Baird.

Baird parecía tan nervioso como cuando Daniel fue a verlo a su despacho. Se acercó demasiado al micrófono al prestar juramento y le sobresaltó el ruido. Al iniciar el interrogatorio, Irene se ciñó a los hechos. Sonrió a Baird, hizo gestos llamativos a la sala y le pidió que diese su opinión sobre Sebastian.

—Doctor Baird, usted examinó a Sebastian Croll dos veces en septiembre de 2010. ¿Es eso cierto?

—Así es.

—Le pido que nos resuma su evaluación de Sebastian.

Baird se acercó al micrófono y se agarró al banquillo de los testigos.

—En cuanto a funcionamiento intelectual, me pareció muy inteligente. Tenía un cociente intelectual de 140, lo cual sin duda indica una inteligencia muy alta, rozando la genialidad.

—¿Cuáles fueron sus hallazgos respecto a la madurez emocional de Sebastian y su comprensión de procesos complejos como, por ejemplo, las causas judiciales?

—Bueno, diría que Sebastian tiene una capacidad de concentración muy breve, lo que puede deberse a su alta inteligencia, y es propenso a arrebatos emocionales típicos de un niño pequeño.

—Le preguntó acerca del presunto crimen. ¿Cuál es su opinión acerca de Sebastian respecto a la acusación?

—Sebastian sabía la diferencia entre lo correcto y lo incorrecto. Comprendía la naturaleza del crimen que se le imputa y afirmó de manera convincente que era inocente.

—¿Hablaron de los sucesos del día del presunto crimen?

—Sí, y tratamos de representar mediante un juego lo que ocurrió ese día. En general, pienso que fue completamente coherente. Su concepto de la moralidad era claro y dijo varias veces que era inocente.

—Teniendo en cuenta su capacidad intelectual, ¿considera que comprendía la gravedad del crimen del que se le acusa?

—Sin duda alguna. Entendía con claridad el castigo por semejante crimen, pero sentía que había sido malinterpretado. Hablamos de los eventos del 8 de agosto varias veces de diversas maneras: contando un cuento, mediante representaciones con muñecos y en sesiones de preguntas y respuestas, pero siempre fue coherente.

—Gracias, doctor Baird.

Irene saludó con la cabeza a Daniel antes de sentarse. Gordon Jones se levantó y se detuvo un instante mientras abría un archivador y lo colocaba sobre el atril. El ambiente estaba muy cargado y Daniel se aflojó un poco la corbata. La defensa había comenzado bien e Irene parecía tranquila, pero Daniel sentía una comprensible inquietud respecto a las siguientes declaraciones. Sebastian comenzaba a perder el interés. Mecía los pies y de vez en cuando daba una patadita a las piernas de Daniel.

—Solo un par de preguntas, doctor Baird —dijo Jones—. ¿Menciona en su informe que la psicóloga del colegio de Sebastian le había diagnosticado Asperger?

Sebastian se inclinó para susurrar algo, pero Daniel alzó una mano para silenciarlo.

—Sí, los informes escolares de Sebastian muestran un diagnóstico previo de una psicóloga educativa. No comparto ese diagnóstico.

—Pero ¿considera que tiene... —Jones se llevó las gafas a la punta de la nariz con un gesto alambicado y al leer arrugó la nariz y frunció los labios—: «un trastorno generalizado del desarrollo no especificado»?

Baird sonrió y asintió.

—Cierto, o TGD-NE, que es como se conoce. En esencia es un cajón de sastre para quienes muestran síntomas atípicos de Asperger u otra forma de autismo.

—Ya veo. Bueno, explicado con sencillez, por favor, ¿qué es exactamente este..., eh..., TGD-NE y qué relación tiene con el diagnóstico previo?

—Bueno, simplemente significa que Sebastian muestra una serie de rasgos de Asperger, pero no todos... De hecho es altamente funcional en áreas donde cabría esperar problemas si de verdad tuviese Asperger.

—Ya veo. El Asperger es un tipo de autismo de alto funcionamiento, ¿es así?

—Así es.

—¿Y cuáles son los síntomas típicos de un niño con síndrome de Asperger?

—Bueno, normalmente tienen problemas en tres áreas principales: comunicación social, interacción social e imaginación social.

Irene se puso en pie.

—Señoría, he de poner en duda la pertinencia de estas preguntas. ¿Qué persigue mi docto colega?

Baron se inclinó hacia delante y miró a Jones con las cejas arqueadas, a la espera de una respuesta.

—Señoría, estamos explorando legítimamente las consecuencias de los posibles trastornos del niño en relación con el crimen.

—Continúe —dijo Baron—. Pienso que esto es pertinente.

—Acaba de enumerar tres áreas en las que podrían tener dificultades los niños con Asperger... ¿Podría explayarse? —solicitó Jones.

—Bueno, los pacientes suelen presentar una serie de comportamientos, como dificultades en contextos sociales. A menudo se manifiesta en el deseo de entablar amistades y en la dificultad de mantenerlas. A menudo hay un interés obsesivo en un solo tema... Suelen tener dificultades para comprender las respuestas emocionales de los demás. Otro aspecto son los problemas de integración sensorial... Pueden reaccionar en exceso ante un ruido fuerte, por ejemplo.

Irene se puso en pie de nuevo.

—Señoría, debo protestar. El testigo ha declarado que mi cliente no padece Asperger, así que de nuevo pongo en duda la pertinencia de explorar los síntomas habituales.

—Señorita Clarke, el testigo ha declarado que el acusado presenta una serie de rasgos del síndrome de Asperger, así que lo escucharemos para conocer los rasgos en cuestión.

Irene se sentó. Daniel la observó. Los hombros de Irene se erguían, tensos.

—Gracias, señoría —dijo Jones—. Así pues, díganos, doctor Baird, ¿presenta Sebastian alguno de estos rasgos típicos del Asperger?

—Sí, presenta algunos, pero no todos.

—¿Qué hay acerca del interés obsesivo en un tema? ¿Cree que a Sebastian le obsesiona algún tema en particular?... —Baird se sonrojó. Lanzó una mirada a Irene—. ¿Doctor Baird?

—Bueno, noté cierta preocupación..., pero no sabría decir si se trata de un interés obsesivo. Necesitaría estudiarlo más tiempo.

—Ya veo... ¿Qué era, exactamente, eso que preocupaba a Sebastian?

Al oír su nombre en un tono tan trascendental, Sebastian se incorporó. Miró a Daniel y sonrió.

—Tiene lo que podría describirse como curiosidad morbosa.

—¿En qué sentido? ¿Qué cosas, exactamente, despiertan esa curiosidad morbosa?

—Parecía muy interesado en la sangre, la muerte y las heridas... De esto, una vez más, no puedo estar seguro, necesitaría estudiarlo con más detalle, pero me gustaría mencionar una charla que tuvimos sobre el aborto de su madre.

—¿Por qué lo alarmó?

Irene se puso en pie.

—Señoría, protesto. Mi docto colega está poniendo palabras en boca del testigo. No ha declarado, de ningún modo, que se sintiese alarmado.

Jones asintió y reformuló la pregunta:

—Cuéntenos qué reveló esa conversación respecto al aborto de su madre, doctor Baird.

—Bueno, pensé que su conocimiento era más específico de lo que cabría esperar y también algo inapropiado, en especial para un niño de su edad..., pero, una vez más, esto no es definitivo.

Daniel observó a Irene, que tomaba notas frenéticamente. Sabía que retomaría el tema durante su turno.

—Ya veo, no es definitivo. Háblenos de la capacidad de Sebastian para la comunicación social.

—Sí, parece tener problemas de comunicación social y de interacción social...

—Sin embargo, no diagnosticó Asperger, sino... —de nuevo Jones torció el gesto al consultar las notas— TGD-NE. En mi opinión de lego, parece un ejemplo perfecto de niño con síndrome de Asperger. ¿Por qué no es así?

—Bueno... Sebastian demostró un don para la imaginación social... No solo capacidad, sino un auténtico don. Fue muy evidente cuando jugamos con los muñecos. Fue esta falta de... uno de los síntomas principales de Asperger lo que me llevó a rechazar el diagnóstico previo. Pero, pensándolo bien, creo que presenta TGD-NE.

—¿Y qué es exactamente la imaginación social?

—En esencia, es ser capaz de imaginar los posibles resultados de una situación, en especial una situación social. Muchas personas con este síndrome pueden ser creativas, pero un síntoma habitual es la incapacidad de imaginar diferentes resultados de una situación o... predecir qué va a suceder. Suelen tener problemas para averiguar lo que otras personas saben.

—Ya veo. —Jones se erguía ahora imponente en su toga y miraba a los miembros del jurado—. Dígame, doctor Baird, ¿es la imaginación social un factor importante para mentir bien?

Daniel contuvo la respiración. Jones había subido la voz al decir las últimas palabras. Daniel alzó la vista. En la sala todos los murmullos habían cesado. Baird tragó saliva. Daniel se dio cuenta de que estaba mirando a Irene.

—¿Doctor Baird? —insistió Jones.

—Bueno, sin duda, si la mentira es compleja y conlleva visualizar ciertas consecuencias, la imaginación social va a ser muy importante..., pero hay que señalar que a las personas con Asperger normalmente les resulta imposible mentir.

—Pero, doctor Baird —dijo Jones, en cuyos labios se dibujó una sonrisa de depredador—, nos acaba de decir que Sebastian no padece Asperger, precisamente porque tenía un don... para la imaginación social, lo que le habría permitido mentir convincentemente sobre el asesinato de Ben Stokes. ¿No es cierto?

—Yo... creo que TGD-NE es un diagnóstico más apropiado, sí... No puedo hablar de...

—Doctor Baird. ¿Diría usted que los niños con Asperger y las personas a las que se les diagnostica TGD-NE recurren a la violencia a menudo?

—Bueno, yo...

Irene se puso en pie. Daniel juntó las manos.

—Señoría, otra vez cuestiono la pertinencia de estas preguntas... El testigo está dando su opinión de experto acerca del estado psicológico de mi cliente. No tenemos tiempo para generalizaciones...

—Puede ser, señorita Clarke, pero el testigo puede responder... Como experto está facultado para mostrar cómo el estado psicológico de su cliente se relaciona con... condiciones más generales.

—Bueno... —Baird vaciló—, los niños que muestran síntomas de TGD-NE y de Asperger pueden frustrarse más fácilmente, por lo que son más propensos a las rabietas, la ira intensa y las conductas violentas.

—Ya veo... «Ira intensa y conductas violentas» —repitió Jones, girándose hacia el jurado—. ¿Los niños con dichos síntomas carecerían también de... empatía?

—Una vez más, el trastorno presenta muchas variantes, pero...,
y esto es válido para los niños agresivos en general..., muy a menudo
no sienten ni comprenden el sufrimiento de los demás.

—Gracias, doctor Baird —dijo Jones.

Jones parecía satisfecho consigo mismo.

—Si me permite, señoría... —intervino Irene, en pie de nuevo.

El juez Baron ondeó los dedos para mostrar su consentimiento.

—Doctor Baird..., centrémonos ahora en Sebastian y olvide-
mos las generalizaciones anteriores. En su opinión de experto, ¿fue
agresivo o artero *las dos veces* que lo vio?

—Esa no fue mi experiencia, y no debemos dar por hecho que
sería capaz de actos semejantes.

—Ya veo. Ha declarado que considera que Sebastian puede
padecer un trastorno relacionado con el Asperger, TGD-NE. ¿Es eso
común?

—Muchísimo.

—Por lo tanto, ¿es probable que un gran número de adultos
sanos y cuerdos presenten estos leves rasgos relacionados con el Asperger?

—Sí, por supuesto, aunque no habría forma de saber hasta qué
punto, ya que, incluso ahora, en gran medida no se diagnostica.

—Por lo tanto, aparte del acusado, ¿en esta sala otras personas
podrían tener TGD-NE?

—Es muy posible.

—¿Los miembros del jurado podrían tener TGD-NE, o incluso los abogados o el juez?

Sus palabras eran provocadoras, por lo que Daniel miró a Baron. El anciano tenía cara de pocos amigos, pero no dijo nada.

—Una vez más, es... posible.

—¿Y no deberíamos estar preocupados? ¿No es este trastorno
indicio de criminalidad y violencia?

—En absoluto, solamente significa que las limitaciones de este trastorno pueden aumentar la frustración y en ocasiones suscitar
arrebatos en ciertas personas.

—Gracias por la aclaración. —Daniel miró a Irene, que consultaba las notas que había tomado durante el interrogatorio de Jones—. En cuanto a esa supuesta «fascinación mórbida» del acusado,

ha citado la descripción del aborto de su madre como ejemplo. En la página sesenta y tres, párrafo cuatro, se encuentra la transcripción de la conversación a la que se refiere. ¿Qué dijo exactamente Sebastian que le pareciese mórbido o «inapropiado para un niño de su edad»?

—Los detalles biológicos que mencionó eran asombrosos: la edad exacta del feto, su conocimiento de la lesión del útero y las consecuencias para la fertilidad de su madre. Describió con claridad la hemorragia...

—No entiendo por qué esto se debe a un trastorno, doctor Baird. Mi cliente esperaba un hermanito. El embarazo había llegado al tercer trimestre y, como era de esperar, había sentido los movimientos de su hermano en el vientre materno... De hecho, habló de eso. Tras una experiencia como esta, seguro que lo sabe, un niño se plantea muchas preguntas acerca de los detalles de la biología. Usted sabe que la madre perdió el bebé como consecuencia de un accidente doméstico... —Irene hizo una pausa. A Daniel le sorprendió que eligiera estas palabras—. ¿No le parece totalmente comprensible que un niño que ha sido testigo de la caída y de ese aborto en un estado tan avanzado en su propia casa muestre un... interés mórbido, como usted dice? ¿No representaría este hecho un trauma importante para el niño y su familia?

—Sin duda, esa es una explicación razonable. Antes he respondido preguntas sobre los aspectos generales del trastorno, no sobre Sebastian en concreto.

—Muchas gracias —dijo Irene, triunfal—. Una vez más, basándose en su evaluación del acusado, ¿cree usted que Sebastian es capaz de cometer el crimen del que se le acusa?

Baird se detuvo, casi saboreando las palabras antes de pronunciarlas.

—No, no lo considero capaz de cometer un asesinato.

—Gracias, doctor Baird.

Se levantó la sesión durante la hora del almuerzo y Sebastian fue llevado abajo. Daniel caminó solo por los salones del Old Bailey mesándose los cabellos. Estaba furioso consigo mismo. Había temido la declaración de Baird y ahora se maldecía por no haberla preparado mejor. La acusación había socavado su primer testigo, aunque le alegró que Irene hubiese sido capaz de solventar la situación. Había intentado alcanzarla antes de que saliese del tribunal (quería felicitarla por su reacción), pero ella tenía que hablar con un alumno sobre otro caso.

Daniel no tenía hambre. Echó monedas en la máquina expendedora. En vez de comer, se conformó con un café. Mientras esperaba, sintió unas uñas que se clavaban en sus brazos y se volvió para encontrarse con una Charlotte al borde de las lágrimas. Era la coartada de Sebastian desde las tres de la tarde del día del asesinato, y debía declarar a continuación.

—Daniel, no sé si puedo hacerlo —dijo—. Ese hombre me da miedo... Lo veo haciendo trizas a la gente. Me da miedo meter la pata... —Daniel sabía que se refería a Jones.

—Lo va a hacer bien —afirmó Daniel. Percibió que su tono era grave, casi severo, pero no quería que se viniese abajo y el instinto le dijo que no fuese condescendiente—. Responda con brevedad, como le dijo Irene. Hable de lo que sepa y nada más. No es a usted a quien juzgan, recuérdelo.

—Pero a mi hijo sí. Por cómo me miran, sé que todos piensan que soy la madre de un... diablo.

—No piense en ello. Es inocente y vamos a demostrarlo, pero usted cumple un papel importante. La necesitamos para ganar este juicio. Es su madre y él necesita que salga en su defensa.

Dos veces había dicho esas palabras a Charlotte. Quería zarandearla. Sabía lo que era tener una madre tan vulnerable como un niño, incapaz de proteger a su hijo.

Charlotte miró arriba, a la bóveda del Tribunal Central de lo Penal. Observó la cubierta como si buscase respuestas. Cuando bajó la vista, se derramó una lágrima negra, que enjugó enseguida con un pañuelo ya ennegrecido. Daniel recordó la sensación de sus uñas en el abdomen. Al mirarla, de nuevo lo embargaron la indignación y la lástima, con tal intensidad que tuvo que apartar la vista.

—Puede hacerlo, Charlotte —dijo—. Sebastian cuenta con usted.

Cuando Charlotte oyó su nombre, daba la impresión de estar serena, pero aun así Daniel contuvo el aliento cuando la vio dirigirse al banquillo de los testigos. Los contornos de sus codos se veían a través de las mangas de la chaqueta. Sebastian se inclinó hacia delante, las manos estiradas en la mesa, como si tratara de llegar a ella. Charlotte se aclaró la garganta y tomó un sorbo de agua. Desde esa distancia parecía frágil, pero asombrosamente hermosa, de rasgos agraciados y ojos enormes.

Irene fue afectuosa y coloquial al comenzar el interrogatorio. Apoyó un codo en el atril y se dirigió a Charlotte en un tono familiar y amable, aunque ambas mujeres apenas habían cruzado palabra.

—Tan solo unas breves preguntas... ¿Nos podría decir qué recuerda del 8 de agosto de este año?

—Sí —dijo Charlotte, al principio en voz baja, pero no tardó en ganar confianza—. No me sentía muy bien ese día. Mi marido se encontraba en el extranjero y, tras preparar la comida de Sebastian, decidí acostarme.

—¿Qué hizo Sebastian ese día?

—Bueno, salió a jugar mientras yo estaba en la cama.

—¿Sabía dónde había ido a jugar?

—Bueno, suele jugar en la calle, a veces con los hijos de los vecinos, pero incluso si va al parque lo puedo ver desde la ventana del dormitorio de arriba, porque está muy cerca.

—¿Lo vio jugando ese día?

—No, me quedé en la cama. Me dolía la cabeza.

—¿Cuándo volvió Sebastian a casa?

—Justo antes de las tres de la tarde.

—¿Está segura?

—Estoy segura.

—Y cuando regresó a casa, ¿estaba diferente, por ejemplo muy sucio...? ¿Había manchas visibles en su ropa?

—No más de lo habitual. —Charlotte se permitió una pequeña sonrisa—. Es un chiquillo. A menudo llega a casa hecho un desastre, pero no, no había nada raro.

—¿Y qué me dice de su comportamiento? ¿Parecía nervioso o molesto?

—No, qué va. Merendamos juntos y vimos un poco la tele.

—Gracias. —Irene asintió y se sentó.

Daniel exhaló un suspiro y se inclinó hacia Sebastian.

—¿Estás bien? —susurró al oído del niño.

—No dejes que sea antipático con ella —susurró Sebastian, sin mirarlo al hablar.

—No te preocupes —lo tranquilizó Daniel, aunque él también estaba preocupado. Sabía que Charlotte no podría aguantar demasiada presión.

Jones sonrió sin mostrar los dientes antes de comenzar. Charlotte se frotaba el cuello y sus ojos recorrían con ansiedad el público.

—Señora Croll, ¿su médico le receta algún medicamento que deba tomar con frecuencia?

Charlotte se aclaró la garganta y respondió:

—Sí... Me cuesta dormir y tengo problemas de... ansiedad, así que tomo..., eh..., diazepam, bloqueadores adrenérgicos, bastante a menudo, y por las noches, cuando no puedo dormir..., temazepam.

—Ya veo, menudo cóctel. Y el 8 de agosto, ¿tomó... diazepam, por ejemplo?

—No lo recuerdo con exactitud, pero lo más probable es que sí. Casi todos los días tengo que tomar uno, para calmarme.

—Ya veo, ¿así que admite que tomó sedantes el 8 de agosto mientras su hijo jugaba fuera, pero ahora declara bajo juramento que está segura de que volvió a las tres?

—Sí, me acosté, pero no llegué a dormir ese día. No me sentía bien y solo necesitaba calmarme. Oí a Sebastian llegar a las tres y preparé algo de comer. No me quedé dormida. Sé que no dormí. Estaba demasiado... tensa. Sé a qué hora vino a casa.

—¿Ama a su hijo, señora Croll?

—Sí, por supuesto.

Sebastian volvió a estirar los brazos cuando su madre habló. Daniel notó que sonreía a su madre desde el otro lado de la sala.

—¿Y haría lo que fuera para protegerlo?

—Todo lo que estuviese en mis manos. —Charlotte estaba mirando a Sebastian.

—Cuando la policía fue a su casa el lunes, al parecer usted estaba en casa, pero dormida. Tan... traspuesta que ni siquiera se dio cuenta de que se llevaban a su hijo a la comisaría, ¿es cierto?

—Sí, ese día sí me quedé dormida. La ansiedad a menudo se acumula y el lunes estaba agotada. Pero el domingo yo estaba despierta y sé a qué hora llegó a casa.

—Un testigo ha declarado que vio a Sebastian en Barnard Park peleándose con el difunto unas horas más tarde. En realidad, usted no tiene ni idea de a qué hora volvió a casa su hijo. Ese día estaba drogada, ajena a todo.

—Eso no es cierto. Vería a otra persona. Yo sé que estaba despierta ese día. Estaba mal de los nervios. No habría podido dormir ni aunque lo hubiese intentado. Volvió a casa a las tres, de eso estoy segura.

—Mal de los nervios. No me cabe duda, señora Croll, de que está mal de los nervios. ¿Cuántos miligramos de Valium tomó el 8 de agosto?

Charlotte tosió.

—Diez. Solo tengo pastillas de diez miligramos, a veces tomo la mitad, pero ese día me tomé una entera.

—¿Y hemos de creer que no solo estaba consciente, sino que además se fijó en la hora, tras tomar diez miligramos de Valium?

—He estado tomando ansiolíticos durante algún tiempo. Para mí diez miligramos tienen un efecto sedante, nada más. Puede preguntarle a mi médico. Las cantidades más pequeñas ni siquiera me relajan. Sé que mi hijo estaba en casa a las tres.

Daniel sonrió y suspiró. Jones terminó su interrogatorio y Charlotte volvió a su asiento. Sus codos eran alas cortantes. Lanzó una breve mirada a Sebastian y a Daniel antes de sentarse. Daniel se volvió hacia ella y formó palabras con los labios, sin hablar: «Ha estado muy bien».

Después de un breve descanso, llegó la hora de la patóloga de la defensa. La defensa no había empezado bien, pues Baird y la fiscalía habían afirmado que Sebastian padecía un trastorno relacionado con el Asperger, pero Daniel creía que Charlotte había sido una buena testigo. Había sido un riesgo pedirle que prestase declaración. La coartada era de suma importancia, pero su inestable estado emocional y su escasa capacidad de concentración habían preocupado tanto a Irene como a Daniel. Aun así, Charlotte había estado magnífica. Había sido sincera sobre su adicción a los medicamentos y su ansiedad, y Daniel creía que su declaración era más creíble que la de Rankine, que aseguraba haber visto a los niños peleándose más tarde, cuando Sebastian decía que ya estaba en casa.

Cuando la vio junto a Mark, Irene parecía menos segura. Se había quitado la toga y caminaba por el vestuario donde se cambiaban los abogados.

—Creo que no es lo bastante sólido, Danny —dijo—. Ese maldito psicólogo ha sido un revés. —Su blanquísimo cuello ondeó, como resaltando sus palabras, una mano en la cadera, dos líneas precisas entre las cejas—. Necesitamos algo más.

—Todavía tenemos a nuestra científica forense, pero supongo que no la vas a llamar ahora —señaló Daniel.

—No la necesitamos, después de la declaración de Watson. Nada de lo que pudiera decir va a ser mejor.

—Todavía hay una persona a la que esperan oír —dijo Daniel.

Irene giró sobre sí misma para mirarlo. Fue una mirada intensa.

—¿Quieres que Sebastian suba al estrado? No nos lo permitirían a estas alturas. La defensa ya está planteada.

—¿No podrías presentar una solicitud formal al juez? —preguntó Daniel.

—Podría presentarla, pero sé que no lo concedería. ¿Crees que Sebastian podría hacerlo?

—Puede ser.

—¿Y de verdad crees que nos ayudaría? Me lo he preguntado varias veces. Si no le dejamos prestar declaración quizás perjudiquemos sus posibilidades. Necesitamos que el jurado lo comprenda, en especial con la fiscalía hablando de Asperger y la drogadicción de su madre y la curiosidad mórbida. No ha abierto la boca y el jurado se estará imaginando de todo...

—Estoy de acuerdo, todos están esperando oír su versión de los hechos. Su silencio lo incrimina —dijo Daniel.

Irene suspiró.

—Dios, vamos a tomar una copa. Creo que lo necesitamos. Podemos seguir hablando luego. Necesitaríamos informes psicológicos y luego presentaría la solicitud a Baron.

A las ocho ya iban por la tercera cerveza en el Bridge Bar, riéndose en un rincón a espaldas del juez. El juez Baron se encontraba al otro lado del bar, frente a un pequeño jerez.

—¿Estás bien, Danny, muchacho? —dijo Irene, que se inclinó y apartó el pelo de la cara de Daniel, quien consintió el gesto apoyando la cabeza en los paneles de madera—. De verdad, pareces muy cabizbajo últimamente. No estás como en el último juicio. Me pregunto si te está afectando, y veo que a nuestro pequeño cliente le caes... muy bien.

—A mí me odia —dijo Mark, el ayudante de Irene.

Daniel sonrió de soslayo. Mark era un tipo desgarbado que parecía incapaz de encontrar una camisa de su talla.

Daniel dio unos golpecitos con el puño en la mesa, por lo que su cerveza se tambaleó.

—No vi venir todo eso del Asperger. Lo había descartado, lo había descartado sin lugar a dudas.

—Ninguno de nosotros lo vio venir, Danny, olvídalo... Me parece que reaccionamos bien. Creo que a partir de ahora es mejor que lo admitamos. Creo que incluso lo podría mencionar en el alegato final, pero tenemos que insistir en lo que hemos dicho, que..., incluso si tiene ese trastorno no diagnosticado, se llame como se llame, Sebastian no es un asesino.

Daniel y Mark asintieron.

—La pregunta más importante —dijo Irene, que cruzó las piernas y se recostó en su asiento— es si aceptamos tu sugerencia y lo llamamos a declarar.

—Sé que puede hacerlo —afirmó Daniel—. No lo aconsejaría de lo contrario. No es como los otros niños pequeños. Lo soportaría bien.

—¿Qué opinas tú, Mark? —preguntó Irene.

Por el tono y la manera en que lo miraba, Daniel notó que en realidad no le interesaba su opinión, sino que era una prueba, parte del aprendizaje.

—Creo que es peligroso. No hay precedentes reales para algo así. Venables y Thompson no declararon en el juicio de Bulger porque alegaron sufrir estrés postraumático. Mary Bell declaró, pero eso fue en los años sesenta y no son casos afines...

—Creo que Danny está en lo cierto: el jurado necesita escuchar a Seb, y también creo que nos sorprenderá con su actuación. Lo que no está claro es si el psicólogo estará de acuerdo ni, en última instancia, si Baron lo va a consentir.

—Creo que deberías intentarlo —dijo Daniel.

—Deja que lo consulte con la almohada. Lo que me parece fascinante —prosiguió Irene—, pero... muy útil para su defensa..., es que es un niño encantador, con o sin Asperger. Es muy raro, es inquietante, pero aun así es encantador. Y es muy maduro, se relaciona bien con los adultos. —Posó la mano en la rodilla de Daniel—. Creo que a lo mejor tienes razón. Llamarlo es una posibilidad.

Daniel habría deseado que Mark no estuviese con ellos. Se recostó en el asiento, resistiendo el impulso de cogerle la mano a Irene.

—No se relaciona tan bien con este adulto —replicó Mark.

Daniel sonrió de nuevo; Mark parecía sinceramente ofendido por el rechazo del niño.

—Estás paranoico —dijo Irene—. ¿Por qué le caes tan bien, Danny?

Daniel se encogió de hombros.

—Es que soy muy simpático.

—¿Y él te cae bien? —preguntó Mark.

—Qué curioso, él también me hizo esa pregunta el otro día.

—¿Qué respondiste?

—Le dije que me caía bien... Aunque no estoy seguro de si es la expresión correcta. Una parte de mí... lo comprende, o eso creo. Tanto si asesinó a Ben Stokes como si no, todos sabemos que es un chico con graves trastornos. Necesita mucha atención.

Mark miró a Daniel de un modo extraño, como si hubiera dicho algo con lo que no estaba de acuerdo pero no se atreviese a llevarle la contraria.

—Te hace pensar —dijo Irene—. Cuando recuerdo las cosas que hice de niña... Dios, es mejor ni pensarlo.

—¿Como qué? —preguntó Danny, arqueando una ceja.

Irene le sonrió e inclinó la cabeza.

—Prendí fuego al vestido de mi prima porque dijo que me parecía a esa niña de *La casa de la pradera*.

—¿Le prendiste fuego? —Daniel se inclinó hacia delante.

—Sí, había un gran fogón en la cocina y yo estaba furiosa con ella. Cogí unas pequeñas astillas y prendí fuego a su vestido. Pudo haber sido un accidente horrible. Podría haber acabado como Sebastian.

—¿Qué pasó? —dijeron Mark y Daniel al unísono.

—Un milagro. Mi prima dio unas palmadas a las llamas y se extinguieron. Con las manos, sin más. Por supuesto, se chivó..., y su vestido se echó a perder.

—Sabía que habías sido una pequeña diablesa.

—Soy la portadora del fuego —lo imitó Irene, que mandó a Mark a buscar bebidas—. ¿Cómo eras tú de pequeño? —preguntó Irene con timidez—. Me apuesto algo a que eras adorable.

—Era un gamberro —contestó Daniel, que sostuvo su mirada.

—Sí —dijo Irene—. Eso también.

Daniel se reunió con los Croll en Parklands House. El psicólogo había dicho que Sebastian podría prestar declaración bajo ciertas condiciones. Irene estaba preparando la solicitud al juez Philip Baron.

Llovía a cántaros y el día era oscuro como la noche. King Kong dominaba la sala de reuniones, mientras Sebastian esperaba arriba. La silla de plástico crujió bajo su peso.

—¿Está diciendo que la han cagado? Eso es lo que está diciendo, ¿verdad? ¿Por qué debería declarar? ¿No correría el riesgo de incriminarse a sí mismo?

—Se podría decir que al no declarar se está incriminando, y durante los interrogatorios policiales lo hizo muy bien. Estuvo brillante...

—No me trate con condescendencia. Ya sé que mi hijo es inteligente, no sería mi hijo si no lo fuera. Por supuesto que lo haría mejor que cualquier estúpido renacuajo. Lo que quiero saber es la estrategia. ¿Por qué es la mejor opción?

—Porque creemos que el jurado necesita escuchar su versión de los hechos. Está el síndrome de Asperger, el hombre que lo vio más tarde y el problema de la coartada, y acerca de todo eso debería hablar. Creemos que su testimonio podría ser muy importante. En esencia, en este momento es importante que el jurado le oiga decir que no lo hizo. Ya hemos demostrado que existen dudas razonables, pero nos parece que el jurado necesita que lo diga él mismo. —El ojo derecho de Kenneth palpitó mientras escuchaba a Daniel—. Si Sebastian mantiene la compostura, podría marcar la diferencia.

—¿Si...? Yo no me arriesgo con condicionales. Me sorprende que ustedes sí.

Daniel respiró hondo.

—Podríamos preguntar a Sebastian qué piensa —dijo Charlotte.

—¡Por el amor de Dios! Es solo un niño. Qué sabrá él. —Kenneth se giró hacia Charlotte con gesto despectivo. Un fino hilillo de saliva cayó sobre la mesa.

—Va a depender mucho de cómo lo haga —dijo Daniel, que se aflojó la corbata. Al igual que las salas de interrogatorios de Parklands House, esa habitación le producía claustrofobia. La lluvia se arrojaba a ráfagas contra las diminutas ventanas del techo, como si fuesen puñados de arena. Sin saber por qué, Daniel se acordó del funeral de Minnie—. Si lo hace bien, todavía podemos ganar. Si no, si Jones consigue ponerle nervioso o enredarlo, nos podría perjudicar. —Daniel suspiró, miró a Kenneth y luego a Charlotte a los ojos—. Es un riesgo, pero creo que merece la pena que el jurado oiga su versión de los hechos.

Charlotte lanzó una mirada a su marido antes de preguntar:

—¿Y si no presta declaración? —Miraba a la mesa en vez de a Daniel—. ¿Lo van a condenar seguro?

—No, claro que no.

—Pero piensan que debería prestar declaración.

—Sí, creo que Sebastian debería subir al banquillo de los testigos —dijo Daniel.

Kenneth hizo un mohín, lo que realzó aún más sus labios carnosos. Daniel observó esos ojos, inteligentes y despiadados al mismo tiempo.

—Creo que todos sabemos que es capaz de esto —dijo Kenneth, con voz pausada—. Y creo que esta locura tiene que llegar a su fin. Queremos que vuelva a casa. Si él quiere hacerlo, y ustedes creen que puede ayudar, le damos permiso.

Llamaron a Sebastian. Entró en la sala despacio, una sonrisa frágil en su cara pálida, los ojos verdes resplandecientes de la emoción. Se sentó a la mesa, entre sus padres y Daniel. Charlotte posó una mano en la mejilla del niño y Sebastian se apoyó en ella.

King Kong chasqueó los dedos.

—Siéntate bien, por favor. Tenemos que hablar de algo muy importante.

Sebastian obedeció, sin mirar a su padre. Una vez más, Daniel se quedó impresionado por lo jovencito que era: los pies no llegaban al suelo al sentarse en la silla, la cabeza pendía de un cuello finísimo y en las mejillas, al sonreír, se dibujaban dos hoyuelos.

—¿Qué te parece la idea de prestar declaración, Sebastian? —dijo el padre—. Subir al estrado y ofrecer tu testimonio.

—Bueno, no tendrías que hacer eso —corrigió Daniel—. Lo más probable es que estés en una salita, cerca de la sala de audiencias. Pondrían unas cámaras. Podrías tener la compañía de un asistente social.

—¿No podrías estar tú conmigo? —dijo Sebastian, dirigiéndose a Daniel—. Eso estaría mejor.

—Pero ¿qué es esta ridícula chifladura? —bramó Croll de súbito—. Hay cosas más importantes en juego. Vas a prestar declaración para que no te manden a la cárcel. ¿Comprendes?

De repente Sebastian se apocó. Los ojos verdes se oscurecieron y su boquita de rosa se encogió. Daniel le lanzó una mirada a tiempo para ver el destello de los dientes del niño.

—Probablemente, yo me tenga que quedar en el juzgado —dijo Daniel—. Pero podría ir a verte en los descansos. Podemos decidir todo esto más tarde. Queremos que todos oigan tu versión. Vamos a practicar antes mucho..., pero todo depende de ti.

Culpable

—Quiero declarar —dijo Sebastian, mirando a Daniel—. Quiero contarle al jurado lo que pasó de verdad.

Kenneth Croll respiró hondo y suspiró.

—Bueno, entonces está decidido. —Hizo un gesto a Daniel con la cabeza, como si acabaran de cerrar un trato.

28

Cuando Daniel salió del autobús, el sol resplandecía en el cielo. No soplaba el viento y las ortigas en flor lo observaron mientras caminaba a la granja de Minnie.

Al cruzar el pueblo, se apartaron de su camino personas a las que reconocía vagamente. Pasó ante los carniceros, quienes vendían pollos y huevos de la granja Flynn, y la tienda de caramelos, donde antes trabajaba la vieja y antipática señora Wilkes. Estaba cerrada a cal y canto, víctima del paso del tiempo. Pasó ante la comisaría, que no abría nunca. Ante la entrada vio el teléfono que servía para llamar a la comisaría de Carlisle.

Cuando llegó a la granja, Daniel estaba sin aliento. Las manos caían tranquilas y pesadas, pero los dedos le temblaban. El sudor se le acumulaba en la frente y se pasó la mano por el pelo, se limpió la palma en la camiseta y metió el dedo índice en el bolsillo de atrás. Se quedó al pie de la colina, observando la casa, hasta que recuperó el aliento. La quietud del día era cautivadora. Caminó hasta la puerta de entrada.

Giró el picaporte y la puerta cedió con un breve chirrido. Blitz, cada vez más viejo, ya no salía corriendo al encuentro de los recién llegados, pero Daniel oyó las uñas del perro sobre el linóleo cuando se dirigió a la entrada.

El perro giró la cabeza con las orejas levantadas y se acercó a él, la cabeza gacha, moviendo el rabo. Daniel no se arrodilló para acariciarlo, como habría hecho normalmente, pero se agachó a rozar las orejas de terciopelo y rascarle, un momento, el mentón cano.

—Hola, muchacho —susurró.

Miró hacia la cocina, el corazón desbocado, a la espera del enfrentamiento. El sol entraba por las ventanas.

La vio fuera, el trasero en alto, la falda marrón que revelaba las botas marrones, con tachuelas. Estaba arreglando el gallinero, tirando hierbajos fuera del patio, al montón de abono.

Se encontraba de pie en el patio con un cubo de metal y una escoba en la mano cuando Daniel quitó el pestillo de la puerta de atrás y salió. La contempló desde la puerta, y una parte de él se alegró de verla al cabo de tantos meses. De repente, el patio le pareció hermoso, con su olor a estiércol y la hierba mordisqueada por las cabras. Las cabritas ya habían crecido y una era más grande que la madre. Un dolor en la garganta le recordó que esta había sido su primera casa de verdad, y la última.

Ella aún no lo había visto y Daniel dudó si esperar hasta que se volviera y lo descubriese. Blitz se sentó en el umbral, junto a él.

—¡Minnie! —exclamó.

«Minnie», no «mamá».

Minnie se volvió. Dejó caer el cubo y la escoba y se llevó ambas manos a las mejillas, como si se rindiese.

—¡Oh, mi amor!... ¡Qué sorpresa! —gritó.

Con la mano en la cadera dolorida, se acercó a él, con una sonrisa tan amplia que sus ojos azules casi desaparecieron. Caminaba con una mano delante del rostro para protegerse del sol. Daniel sabía que no veía su expresión. Se imaginó a sí mismo, una silueta oscura en el umbral.

Minnie rio y Daniel suspiró. Su risa había sido importantísima para él, y había aprendido a apreciarla. Minnie se sacudió las manos sucias en la falda.

—¿A qué debemos este honor?

Se acercó a él, apartó la mano de los ojos y se guareció a la sombra, donde él esperaba. Estiró las manos para coger las de él, pero entonces sus miradas se cruzaron.

—¿Estás bien, cariño? ¿Ha pasado algo? —Posó una mano en su brazo para consolarlo. Frunció el ceño, preocupada, y los labios dibujaron hoyuelos en sus mejillas.

—No, no estoy bien —susurró, apartando el brazo. Fue al centro del patio. Una de las cabras mordisqueó los faldones de su camiseta y Daniel dio una, dos, tres patadas al suelo, hasta que el animal salió corriendo.

Minnie se acercó. Blitz la seguía, dando saltos, y se quedó delante de ella intentando averiguar qué sucedía. Gimoteó un poco, arañó el suelo. Minnie estiró los dedos para acariciar la cabeza del perro, pero no apartó la mirada de Daniel.

—¿De qué se trata, cariño? —preguntó de nuevo—. ¿Qué ha ocurrido?

El corazón de Daniel estaba desbocado y tenía las manos húmedas. Trató de controlar la respiración para hablar con calma, pero tenía la boca demasiado seca. Quería hablarle de todo lo que había pensado, sobre el deseo de averiguar lo que le había sucedido a su madre, ahora que ya era mayor de edad. Había previsto hablarle del Registro, del certificado de defunción, del cementerio con la cruz de mármol blanco, y de la pintura de las letras del nombre, ya descascarillada. Había previsto decirle que su madre estaba limpia cuando Minnie le dijo que había muerto. Había dejado las drogas por él, y la sobredosis solo llegó cuando pensaba que ya nunca la buscaría, que se había olvidado de ella. Fue demasiado para él, así que se limitó a gritarle:

—¡Mi-madre-murió-el-año-pasado!

Le sorprendieron las lágrimas, que brotaron de repente. Notó la hinchazón de la vena de la sien y el dolor en la parte posterior de la garganta. Fueron las lágrimas lo que más le enfureció. No quería llorar. No lo había previsto.

—¡El año pasado! —gritó, recogiendo el cubo de metal. Apuntó a Minnie y amagó sin llegar a tirarlo, solo para tratar de asustarla, pero ni se inmutó. Lo arrojó entonces, a dos metros de ella, de modo que se estrelló contra la puerta, con tal estrépito que las cabras huyeron a los rincones del patio y Blitz se agazapó. Cogió la escoba y también la tiró, y luego una pala que estaba apoyada en el gallinero. La empuñó, sintiendo las lágrimas que se derramaban, disfrutando del peso de la pala en las manos.

—Me mentiste —susurró. Se mordió el labio. Ella se quedó delante de él, las manos a los costados y esa mirada que le recordó su niñez: tranquila, decidida. Arrojó la pala, mirándola—. ¿Qué tienes que decirme? ¿Qué-tienes-que-decirme?, ¿eh?

La furia lo golpeó de nuevo.

—¿Eh? —gritó.

Cogió la pala y la alzó sobre la cabeza, dio un paso adelante y la estampó contra el gallinero. Lo apaleó hasta que el gallinero se tambaleó. Las gallinas armaron un alboroto. Giró la pala a su alrededor y derribó el cubo del pienso y unas macetas que Minnie había amontonado cerca del cobertizo. Blitz al principio se sobresaltó, pero no tardó en situarse cerca de Minnie, agazapado, ladrando a Daniel. Se lanzaba a correr, dispuesto a morderlo, y regresaba enseguida, como si estuviera controlando a una oveja descarriada.

—Aquí tengo su... certificado de defunción. Vi su tumba. Murió el año pasado. Podría haberla visto. Podría haberla...

Las lágrimas dejaban un rastro ardiente sobre sus mejillas. No se las limpió. No la miraba a la cara. El patio trasero era un torbellino de imágenes: el gallinero destartalado, Minnie ante él, las manos juntas, las cabras asustadas y el perro que la protegía mostrando los dientes.

—Vamos a casa —dijo Minnie—. Sentémonos y hablemos de esto.

—No quiero ir a casa. No quiero hablar de esto. Ojalá estuvieras muerta.

Soltó la pala. El perro se apartó de un salto y siguió gruñendo. Daniel se cubrió el rostro con las manos. La lengua le sabía a sal. Daniel sintió la mano de ella en el brazo.

—Vamos, cariño —decía—. Venga, vamos a tomar una taza de té.

Apartó el brazo con tal fuerza que Minnie perdió el equilibrio y cayó de costado. Blitz avanzaba y retrocedía, gruñendo y gimoteando. Minnie miró a Daniel desde el suelo. Por un momento, pensó que ella estaba asustada, pero esa mirada de miedo no tardó en desaparecer, sustituida por la expresión de siempre, como si pudiese leerle los pensamientos. Se recordó a sí mismo observándola por la puerta del salón, las lágrimas que resbalaban por la mandíbula hasta las teclas de marfil, los pies descalzos en los pedales, y cómo quiso comprenderla tan bien como ella lo comprendía a él.

—¡Levántate! —gritó. Las lágrimas se habían evaporado, el sol se había ocultado tras la casa y una sombra cubría el patio—. Levanta. —Le dio una patada en la bota, así que Blitz se lanzó contra él y luego retrocedió. Minnie giró y se puso de rodillas, levantó una rodilla y poco a poco se puso en pie.

Daniel la miraba fijamente, las manos en la cintura y la respiración entrecortada, como si hubiese llegado corriendo desde Newcastle. Minnie se dio la vuelta y caminó despacio hacia la casa. Daniel pensó en golpearla con la pala, en derribarla de nuevo, en agarrarla del pelo y aplastar su cara contra el muro ruinoso de la casa. El perro la siguió y se detuvo ante el umbral cuando ella entró, como si advirtiera a Daniel de que no intentase entrar.

Daniel respiró hondo y miró a su derredor. Las cabras volvieron a mordisquear sus bolsillos, en busca de golosinas. Las gallinas se tranquilizaron y comenzaron a picotear entre las hierbas. Daniel entró en la casa.

Minnie no estaba en la cocina. La puerta del baño estaba abierta y Daniel miró dentro, a ese tramo fino y largo iluminado por el sol, a la mariposa de porcelana, inmóvil, con las alas extendidas. Apartó la vista.

Minnie se encontraba en el salón, una mano en el piano y la otra en la cadera. Aún tenía el ceño fruncido.

Daniel observó el salón como si lo viese por primera vez. Sobre la chimenea había una foto de una joven Minnie acompañada de su marido y su hija. Al lado había tres fotografías de Daniel, dos con el uniforme escolar y una tomada en el mercado.

Daniel se quedó de pie con las manos en los bolsillos. Estar una vez más enfadado con ella resultaba extrañamente familiar. Le recordó varias escenas de su niñez. Ahora era demasiado alto, demasiado corpulento para esa furia, y se quedó en el umbral y ella no se apartó del piano. Recordó sentirse así hacía muchos años: enojado, desconfiado, solo. Por aquel entonces, era mucho más pequeño. Ella podía inmovilizarlo contra el suelo gracias a su peso, pero eso ya no era posible. Ahora él era más fuerte.

—¿Quieres una copa? —preguntó Daniel.

Minnie no dijo nada, pero negó con la cabeza.

—¿Por qué no, si ya es la hora?

—Obviamente, hay algo de lo que quieres hablar.

Usó ese tono, el que empleaba en el mercado al hablar con gente que le caía mal.

—Sí, me gustaría saber por qué me mentiste.

Las lágrimas se agolparon una vez más en la garganta. El perro estaba entre ellos, confundido, mirándolos. Movía la cola y al poco la escondía entre las piernas.

—Eras muy pequeño. Necesitabas estabilidad. Necesitabas una oportunidad para centrarte, para aprender a amar y a confiar. Te di una oportunidad para que no tuvieses que salir corriendo. Te di una oportunidad para ser... —Minnie hablaba en susurros. Daniel tenía que esforzarse para oírla.

—¿Para ser tu hijo?

—Para ser tú mismo...

—Me das asco.

Minnie se encogió de hombros. Recorrió con la mano la superficie del piano, como si limpiase el polvo.

—¿Qué era yo? ¿El sustituto de mierda de ella?

Minnie se volvió hacia él. Hinchó el pecho, pero no dijo nada.

—No eras ningún sustituto. Eres mi hijo. Tú eres mi hijo.

—Entonces, ¿me querías tanto que tuviste que matar a mi madre cinco años antes de tiempo? Podría haberla visto una vez más. Podría haberla...

Se llevó el dorso de la mano a la nariz. Minnie no apartó la vista de él.

—Lo que necesitabas era un espacio donde no pensar en ella. Para...

—¿Para qué? ¿Para pensar en ti, mamaíta?

—Para pensar en ti mismo de una vez, para ser un niño, para no tener que cuidar de nadie.

—¿Por qué llevarte a ti a la cama era diferente de llevarla a ella a la cama?

Esas palabras la irritaron. Colocó el guardallamas frente a la chimenea y recogió los papeles tirados por el sofá.

—No sigas —dijo. Parecía cansada, como si se diese por vencida, pero alzó el mentón y habló en un tono comedido. Esa firme amabilidad sofocó su violencia, como siempre—. Sé que estás sufriendo. Lo comprendo. Quizás debería habértelo dicho cuando fuiste a la universidad, pero no creí que fuese un buen momento para semejante distracción. Lamento que haya muerto. Pensé que podría explicártelo cuando fueses mayor. No tienes ni idea de cómo cambiaste cuando dejaste de preocuparte por ella. Mírate ahora. Dios mediante, pronto serás abogado. Tu madre habría estado orgullosa de ti. Fuiste un niño bueno y amable, pero necesitabas estar libre de ella para poder escoger por ti mismo al fin.

Daniel habló entre dientes:

—He venido hasta aquí para decirte a la cara que no voy a verte jamás, que nunca voy a volver a hablar contigo. No quiero ni un penique tuyo. No quiero saber nada más de ti. Te odio.

Minnie siguió erguida, la mano apoyada en el brazo del sofá. La tristeza inundó su cara. Daniel recordó esas noches que se pasaba llorando, cuando tenía esa misma expresión. Minnie tragó saliva, los labios entreabiertos.

—Hijo, por favor. Vamos a hablar de esto más tarde, cuando te hayas calmado. Estás enfadado. Quiero que comprendas por qué lo hice. No lo hice por mí. No comprendes cómo te estaba envenenando. Ella te nublaba la mente y, cuando desapareció, fue como si pudieses concentrarte de nuevo. Mira cómo estás ahora, y todo es gracias a esos años de paz, porque sabías que no tenías que salir corriendo en su busca.

—Pero sí necesitaba salir corriendo en su busca, ¿no lo comprendes? Ahora está muerta y ya es demasiado tarde.

Daniel dio un paso hacia Minnie, que alzó la mandíbula, como si esperase un golpe. Daniel tuvo un escalofrío, los músculos del cuello en tensión.

—Lo siento, entonces —dijo ella—. Tal vez me equivoqué. Lo hice por tu bien, pero tienes razón: no debí haberte mentido. Lo siento.

A Daniel le dolía la garganta por el esfuerzo de contener las lágrimas. Se mordió el labio y se cubrió la mano con la manga del suéter. De un movimiento, derribó las fotografías de la repisa. Cayeron frente a la chimenea y el perro se levantó de un salto, ladrando, cuando se quebró el cristal.

Minnie se cubrió la boca con ambas manos.

—No, no debiste haberme mentido, pero lo hecho hecho está. —Se acercó a ella, los brazos caídos a los costados—. Esta es la última vez que me ves. Ojalá estuvieras muerta.

Salió, las lágrimas una vez más derramándose por las mejillas, y abrió la puerta y bajó la colina. «Por favor, vuelve», pensó que la oía decir.

Sintió que desfallecía al bajar la colina. Se tambaleó, como si le hubiesen herido, pero a su espalda el sol era cálido y lo calmó. Se secó la cara con una mano, sabedor de que a su espalda, además del sol, también estaba todo el cariño y el amor que había conocido en este mundo. Y lo estaba dejando atrás.

29

Al terminar de correr, Daniel se duchó y se afeitó, con una toalla atada a la cintura. A estas horas solía tener mucha prisa, así que se aplicaba el gel de afeitar antes de desayunar de pie en la cocina. Esta mañana, en cambio, tenía muchísimo tiempo, así que se enjabonó bien. El juez había aceptado la solicitud de Irene. Sebastian iba a prestar declaración ese día. Era posible que se dictase sentencia antes de acabar la semana.

Daniel terminó de afeitarse y se secó la cara. Apoyó ambas manos en el lavabo y observó su reflejo. Se fijó en los músculos de los brazos y, cuando contuvo el aliento y se puso en tensión, aparecieron los abdominales. No tenía pelo en el pecho, salvo uno o dos cerca del esternón, y un triángulo ralo bajo el ombligo. Se pasó una mano por el mentón, ahora muy suave. Correr lo relajaba, pero su mente estaba llena de inquietudes.

Cunningham iba a llevar a cabo la venta de la casa. Daniel no quería la granja y, aun así, cada vez que pensaba en ella sentía un dolor agudo.

Una vez más, observó su rostro en el espejo. Recordó a Minnie, que le agarraba la mandíbula con el índice y el pulgar y le decía que era muy guapo. Recordó cuando tiró todas las fotografías de la repisa de la chimenea al suelo. Recordó la cara de ella, retorcida por el dolor de saber que iba a perderlo a pesar de todo lo que habían vivido juntos. La echaba de menos, admitió al fin. La había echado de menos desde el preciso instante en que le prometió que no lo volvería a ver. Había pedido préstamos y había trabajado en los bares de Sheffield por la noche, empeñado en acabar la carrera sin ella, empeñado en demostrarle que no la necesitaba. La había echado de menos entonces y la echaba de menos ahora.

Minnie quiso ir a la graduación, pero no se lo consintió. Nunca lo había admitido, ni siquiera a sí mismo, pero también ese día la echó de menos. Recordó que había mirado alrededor, por si había venido a pesar de todo. Todos los otros padres estaban ahí, los hermanos, las hermanas. Bebió champán a solas y besuqueó a una de las camareras.

Y luego comenzó a trabajar, y Minnie desapareció de su mente. El éxito le llegó rápido, devolvió los préstamos y compró un apartamento en Bow.

Con las manos apoyadas sobre el borde del lavabo, se inclinó, hasta ver bien sus ojos castaños. Era incapaz de comprender por qué había sentido esa furia contra ella durante tanto tiempo. Esperó más de ella: el arrepentimiento no era suficiente. Ni siquiera pensó en todo lo que había perdido antes de obligarla a perderlo a él también.

Daniel respiró hondo. Apesadumbrado por el arrepentimiento, no quería comenzar el día, aunque estaba preparado.

En la celda, Sebastian jugaba a papel, piedra y tijera con un agente de policía. Estaba arrodillado sobre la litera, vestido con traje y corbata, riéndose. «Los miembros del jurado deberían ver esto —pensó Daniel—: aquí no hay un monstruo, sino un niño que se divierte con juegos infantiles».

—¿Quieres jugar, Danny? —preguntó Sebastian.

—No, tenemos que irnos ya.

El juez aceptó que Sebastian prestase declaración, aunque ni se planteó que no fuese mediante enlace de vídeo. Además de la imposibilidad de saber cómo reaccionaría el niño ese día, había ciertas cuestiones prácticas: era demasiado bajo para el banquillo de los testigos y el jurado necesitaba ver sus expresiones faciales. El sistema de justicia penal había sido objeto de numerosas críticas a lo largo de los años debido a su indiferencia con los jóvenes acusados de delitos graves, así que el juez Baron no estaba dispuesto a ofrecer nuevas razones a los detractores. Aunque el vídeo se mostraría en la sala de audiencias, el público no podría verlo.

Mientras se dirigía al juzgado número trece, Daniel echó un vistazo al teléfono. Había recibido un mensaje de Cunningham: «La firma del contrato de la casa, a finales de la semana. Llámeme luego».

Daniel se detuvo en el pasillo, bajo los arcos de piedra del viejo tribunal. «Ahora no. Ahora no». Resopló y frunció los labios. Irene apareció a su lado.

Daniel apagó el teléfono y lo guardó en el bolsillo.

—Escucha, quiero que le prestes mucha atención esta mañana. Si piensas que no va a poder con ello, lo podemos parar. Parece que habla contigo —dijo Irene.

—No voy a estar con él. Hay una asistente social...

—Ya lo sé, pero va a haber descansos frecuentes. Échale un ojo.

—Vale... Buena suerte —dijo Daniel.

—Señoría, llamo a... Sebastian Croll.

La pantalla parpadeó y apareció el rostro de Sebastian. Estaba sentado muy recto y lucía una leve sonrisa.

—¿Sebastian? —dijo Philip Baron, que se dio la vuelta para mirar la pantalla.

—¿Sí, señor?

Daniel se reclinó en su asiento. «Sí, señor». Durante los ensayos, no le habían enseñado a Sebastian que se dirigiese al juez de esa forma. Daniel echó un vistazo a los asientos del público. La sala estaba llena, y se respiraba la inquietud. Daniel percibió la frustración de los periodistas, incapaces de ver la pantalla: los cuellos retorcidos y los dedos agarrados a los asientos de delante.

—Quiero hacerle una pregunta. ¿Sabe qué significa «decir la verdad»?

—Sí, señor, significa no contar mentiras.

—¿Y cuál es la diferencia entre la verdad y la mentira?

—La verdad es lo que ocurrió en realidad y la mentira lo que no ocurrió.

—Y si promete hoy decir la verdad, ¿qué cree que significa eso?

—Que tengo que decir la verdad.

—Muy bien —dijo Baron—. Que preste juramento.

Irene se levantó.

—Quiero que nos hables, en primer lugar, acerca de tu relación con Ben Stokes. ¿Hace cuánto que lo conocías?

—Unos tres o cuatro años.

—¿Y cómo describirías a Ben? ¿Era tu amigo?

—Era mi amigo y mi vecino, y también íbamos al mismo colegio —afirmó Sebastian con claridad.

—¿Y jugabas con él a menudo?

—Jugaba con él a veces.

—¿Con qué frecuencia?

La imagen proyectada de Sebastian se quedó pensativa. Los enormes ojos verdes miraron a un lado, sopesando la pregunta.

—Quizás unas tres veces al mes.

—¿Y qué tipo de cosas hacíais juntos?

—Bueno, en el colegio jugábamos al balón o al corre que te pillo. En casa, a veces venía a mi casa o yo iba a la suya, pero normalmente jugábamos en la calle.

—Sebastian, ¿viste a Ben el día que desapareció?

—Sí.

—¿Nos podrías decir qué pasó?

—Bueno, como dije a la policía, Ben estaba montando en la bici y le pregunté si quería jugar. Jugamos cerca de nuestras casas un rato, pero luego decidimos ir al parque.

—¿De quién fue la idea?

—Bueno, de los dos, supongo.

El juez los interrumpió, malhumorado. Sus rollizas mejillas habían enrojecido.

—Señorita Clarke, vaya más despacio. Se le ha olvidado que he de anotar todo esto.

—Sí, señoría, me he dejado llevar... Bueno, Sebastian, ahora un poco más despacio, ¿le dijiste a tu madre dónde ibais?

—No.

—¿Por qué no?

—Bueno, solo íbamos al parque. Está al lado, e íbamos a volver antes de que lo notase.

Daniel resopló. Sebastian, que ahora hablaba más despacio, hacía una pausa después de cada frase para que el juez pudiese tomar notas.

—¿Qué ocurrió cuando llegasteis al parque?

—Bueno, empezamos a correr y a perseguirnos y luego nos peleamos en broma, pero al final la pelea era un poco de verdad... Ben comenzó a insultarme y a darme empujones... Al principio le dije que parase, pero no se paró. Entonces yo le empujé. Fue entonces cuando nos habló ese hombre alto, el que llevaba un perro... El señor Rankine.

Irene titubeó un momento: Sebastian había recordado el nombre del testigo.

—Nos dijo que parásemos y paramos un rato... Fuimos corriendo a lo alto de la colina.

—¿Qué pasó a continuación? —preguntó Irene, que se aclaró la garganta.

—Bueno, llegamos al parque infantil, a los columpios. Estaba cerrado, pero es fácil entrar. Subimos a lo alto de la caseta de madera, pero entonces me acordé de mi madre. Estaba en la cama porque tenía dolor de cabeza. Pensé que debía volver a ver cómo estaba...

Daniel vio que los hombros de Irene se relajaban. Sebastian iba por buen camino.

—Pero... Ben no quería que yo fuese a casa. Comenzó a empujarme otra vez. Me dio miedo que me tirase de la caseta. Me daba puñetazos en el estómago, me tiraba del pelo y quería tirarme al suelo. Le dije que parase pero no me hizo caso, entonces le dije que ya no era divertido y que me iba a casa.

—¿Y qué pasó a continuación? —preguntó Irene.

—Bueno, yo estaba a punto de bajar, pero Ben parecía muy triste porque me iba a casa. No quería volver a su casa. Me dijo que iba a saltar del columpio. Le dije que vale, pero en realidad pensaba que no lo iba a hacer. Creo que quería impresionarme. Yo soy mayor que él —dijo Sebastian, sonriendo—. No quería que me fuese a casa...

—¿Saltó Ben?

—Sí, saltó y cayó mal. Se dio en la nariz y la frente y se hizo sangre. Se tumbó de espaldas y me bajé para ayudarlo.

—¿Cómo lo ayudaste?

—Bueno, en realidad no lo ayudé. Sé un poco de primeros auxilios, pero no mucho. Me acerqué e intenté parar la sangre. Sangraba mucho de la nariz. Se le estaba poniendo la cara roja... Pero estaba enfadado conmigo. Se puso a insultarme otra vez. No sé por qué, porque la idea de saltar había sido suya.

—¿Qué pasó a continuación?

—Lo dejé en el parque. Le dije que le iba a contar a su madre que me había pegado y me había insultado, pero no me chivé. Pensé que a lo mejor me metía en un lío por pelearme con él en el parque. Ahora me siento mal por haberlo dejado allí. No sé quién le hizo eso, pero ojalá yo no le hubiese dejado solo. Creo que podría haber hecho algo...

—¿Por qué? —preguntó Irene. Por el tono de su voz, Daniel comprendió que casi le daba miedo oír la respuesta.

«Está usando las declaraciones que ha oído —pensó Daniel—. Quiere explicar las manchas de sangre de la camiseta». También se preguntó si estaba imitando a los otros testigos que habían expresado su pesar por no haber hecho nada ese día, como Rankine.

—No sabía que alguien le iba a hacer daño. Si hubiésemos hecho las paces y hubiésemos ido a casa juntos, tal vez ahora estaría bien.

Una vez más Sebastian miró directamente a la cámara. Daniel contuvo la respiración. La pequeña sonrisa había desaparecido y los ojos verdes parecían cubiertos de lágrimas.

—¿A qué hora dejaste a Ben en el parque y volviste a casa?

—Llegué a casa más o menos a las tres.

—Gracias, Sebastian —dijo Irene.

Cuando regresó a su asiento, Irene lanzó una mirada tranquilizadora a Mark, sentado detrás de ella, y alzó una ceja a Daniel.

Tras el descanso, Gordon Jones se levantó para interrogar a Sebastian.

En los labios del niño se dibujó de nuevo esa leve sonrisa. Daniel se inclinó, absorto.

—Sebastian, ¿ha oído las grabaciones policiales que se han reproducido durante el juicio, las grabaciones de sus interrogatorios mientras estaba detenido?

—Sí, señor.

—Leo ahora unas declaraciones suyas: «Fuimos al parque y subimos al columpio más alto, pero luego tuve que volver a casa. Pensé que debía ver cómo estaba mi madre, por si necesitaba un masaje». ¿Recuerda haber dicho estas palabras a la policía?

En la gran pantalla, Sebastian asintió, sin pestañear.

—¿Sebastian? —dijo el juez Baron, que interrumpió el interrogatorio una vez más—, sé que es un poco raro aparecer... en la televisión, por así decirlo..., pero si pudiese articular sus respuestas, sería de gran ayuda. Quiero decir...

—Está bien, lo entiendo. No puedo asentir con la cabeza, tengo que decir «sí».

—Eso es —dijo Baron. El juez sonrió al volver a sus notas; fue una sonrisilla arrugada, complacida.

—¿Recuerda haber hecho esa declaración a la policía, Sebastian? —insistió Jones.

—Sí.

—Y solo más tarde, cuando la policía le informó de haber encontrado sangre de Ben Stokes en su ropa y sus zapatos, y que se trataba de sangre exhalada, cambió su versión, para incorporar la caída y la hemorragia nasal. ¿No es eso correcto?

—Estaba muy asustado en la comisaría —dijo Sebastian. Sus ojos eran enormes y Daniel tenía la mirada clavada en ellos—. Me quitaron toda la ropa y me dieron un traje blanco de papel... Me dijeron que no podía ver a mi madre, que no podría volver a entrar hasta que hubiese respondido todas sus preguntas. Estaba muy confundido. Tenía muchísimo miedo. —Una vez más, esos ojos agigantados parecieron cubrirse de lágrimas.

Daniel sonrió. Confiaba en que Sebastian superase las tretas de Gordon Jones. Los dardos del fiscal le harían daño, pero no lo derribarían. Sebastian había recordado el enfado de Daniel cuando los detectives retrasaron el regreso de su madre a la sala de interrogatorios, y ahora lo estaba usando en su provecho. Baird, el psicólogo al que había enredado la fiscalía, les había perjudicado, pero Sebastian parecía dispuesto a ganar su propio juicio. Daniel había defendido a adultos que carecían de la agilidad mental de ese niño.

—Asustado o no, sabe que le dijo a la policía una cosa y luego, cuando vio que la historia no se sostenía, cambió su versión... Usted mintió. ¿No es así, Sebastian?

—No creo que se pueda decir que estuviese mintiendo. Solo estaba asustado y confundido y mezclé las cosas un poco y olvidé otras. Solo quería ver a mi madre.

—Sebastian —prosiguió Gordon Jones—, se encontró sangre de Benjamin Stokes en su camiseta, vaqueros y zapatos; su piel apareció bajo las uñas de Ben Stokes y en el cinturón de Ben había fibras de sus vaqueros, como si (y estoy seguro de que ha oído al patólogo, que lo sugirió) se hubiese sentado a horcajadas sobre él. Le pregunto: ¿golpeó a Ben Stokes en la cara con un ladrillo?

—No, señor.

—¿Le golpeó en la cara hasta fracturarle la cuenca del ojo y causarle una grave lesión en la cabeza que resultó mortal?

—No, señor. —La voz de Sebastian era más fuerte ahora, más insistente. Tenía los ojos abiertos de par en par.

—Creo que es usted un mentiroso. ¿Reconoce que mintió a la policía?

—Me sentía confundido. No mentí.

—Y nos está mintiendo ahora, ¿no es así?

—No, señor, no —dijo Sebastian. Agachó la cabeza. Se cubrió la cara con una mano diminuta. Se llevó el nudillo del índice al ojo, como para secar una lágrima.

Todos los presentes escucharon durante unos momentos mientras el muchacho trataba de contener el llanto. El juez se dirigió a la asistente social, sentada junto a Sebastian, para preguntarle si necesitaba un descanso.

Daniel miró a la asistente social, que se acercó a Sebastian. Este negó con la cabeza y se apartó.

Jones prosiguió. Pasó las hojas de su archivador de anillas y Daniel se preguntó si iba a leer más transcripciones policiales.

La pausa pareció más larga de lo necesario. Jones era un actor consumado: con desenvoltura, aprovechaba el momento para acaparar toda la atención.

—¿Es usted inteligente, Sebastian?

—Creo que sí.

—¿Hay mucha gente que lo piensa?

—Tal vez.

—¿Sus profesores lo piensan?

—Supongo que sí.

—¿Sus padres?

—Sí.

—Yo también pienso que es usted inteligente, Sebastian. Pienso que es un chiquillo muy inteligente...

Sebastian sonrió ante el elogio, con los labios cerrados.

—Comprende muy bien todo lo que sucede hoy en el juzgado, ¿no es así? —La voz de Jones era siniestra—. Comprendió al médico que habló de las lesiones de Benjamin Stokes y acerca de la sangre y el ADN hallados en su ropa, ¿no es así?

Sebastian asintió, cauteloso, y a continuación dijo:

—Sí.

—¿Ve la televisión, Sebastian?

—Sí.

—¿Todos los días?

—Casi todos los días, sí.

—¿Cuántas horas de televisión ve al día?

—No lo sé. Tal vez dos o tres.

—¿Qué tipo de cosas le gusta ver?

—De todo un poco.

—¿Le gustan las series policiacas?

—A veces.

—¿Esos programas sobre criminales en los que tratan de encontrar al asesino?

—A veces.

—Ya veo. ¿Le interesan los asesinatos, Sebastian?

—A todo el mundo le interesan los asesinatos —afirmó Sebastian. Daniel contuvo la respiración—. Por eso hay tantos programas en la tele sobre eso. No los pondrían si no interesasen a la gente.

Daniel suspiró.

—¿Oyó antes al médico, que dijo que tenía un interés poco saludable..., una curiosidad morbosa, de hecho..., por la sangre, la muerte y las heridas?

Jones dijo cada palabra muy despacio, disfrutando de esos sonidos que invadían la sala.

—Sí, me enteré, pero creo que no sabe nada sobre mí. Solo me vio dos veces. No sabe qué me interesa ni qué me gusta o no me gusta, ni nada.

—Ya veo —dijo Jones, casi para sí mismo—. El experto no sabía nada..., pero habló de un diagnóstico anterior: síndrome de Asperger. ¿Padece usted síndrome de Asperger, Sebastian?

—¡No! —En la carita del niño apareció un mohín de disgusto. Los ojos verdes se oscurecieron y las cejas se hundieron.

— ¿Sabe qué es el Asperger?

Sebastian se quedó inmóvil, con cara de pocos amigos, cuando Irene se levantó como un resorte.

—Señoría, con su venia, el testigo afirmó que Sebastian no padecía síndrome de Asperger, a pesar de un diagnóstico previo.

Baron se encogió de hombros y torció la boca.

—Sí, señor Jones, haga el favor de reformular la pregunta.

—Permítame preguntarle, Sebastian, ¿es cierto que no tiene amigos?

—Sí tengo amigos.

—Ya veo. No es así según sus profesores. ¿Quiénes son sus amigos?... ¿Ben Stokes?

—Sí tengo amigos.

—Ya veo. Aquí tenemos su expediente escolar. En él se dice que es un abusón, que nadie quiere ser su amigo porque es antipático con todos.

—Eso no es cierto.

Sebastian transmitió una furia tranquila pero nítida al decir *no* y *cierto*. Entre dientes, Daniel comenzó a susurrar: «Está bien, tranquilo. Lo estás haciendo bien, tranquilízate».

Irene se dio la vuelta durante un breve instante y lanzó una mirada a Daniel. Este asintió para decirle que las cosas iban bien. Sin embargo, no estaba del todo seguro.

—¿Es cierto que cuando hace amigos le duran muy poco?

—No.

—Los otros niños no quieren estar con usted, Sebastian, ¿no es así?

—No. —El niño no gritaba, pero mostraba los dientes inferiores. Eran pequeños y blancos, como los dientes de un lucio.

—¿No es cierto que, en cuanto los otros niños empiezan a conocerlo, ya no quieren ser sus amigos?

—¡No!

Los presentes escuchaban absortos. En la pantalla, las mejillas de Sebastian estaban rojas de rabia.

—Tengo aquí las notas del centro de seguridad donde cumple la prisión preventiva. El director ha mencionado específicamente su incapacidad para relacionarse con los otros niños y entablar amistades...

Irene se puso en pie.

—Señoría, protesto. Mi cliente es un niño inocente que cumple prisión preventiva en un centro de seguridad donde es de lejos el más joven y está rodeado de adolescentes gravemente trastornados. Creo que no solo es comprensible, sino que dice mucho a favor de mi cliente que le resulte difícil hacer amigos en esas circunstancias.

Se hizo un breve silencio y Daniel se relajó al comprobar que tanto Jones como Baron daban la razón a Irene.

—Volvamos a hablar del asesinato de Ben... El asesinato, al fin y al cabo, es su principal interés. Tenía sangre de Ben Stokes en la ropa y los zapatos: ¿cómo se sintió?

—¿Qué quiere decir? —El mal humor de Sebastian desapareció un momento, interesado en la abstracción de Jones.

—Bueno, cuando Ben supuestamente se reventó la nariz y su sangre le manchó la ropa y los zapatos, ¿cómo se sintió?

—Bien. Es solo sangre. Todo el mundo tiene sangre.

—Ya veo, ¿así que se sentía muy bien manchado con la sangre de Ben al volver a casa?

—Me sentía normal. Era una cosa natural. —La mirada de Sebastian exploraba un rincón de la pantalla, como si intentase recordar. Había recuperado esa leve sonrisa.

—Y cuando Ben se hizo daño, ¿qué sintió entonces?

—Bueno, él se hizo daño. Yo no. Yo no sentí nada.

—¿Qué cree que sentía Ben?

—Bueno, se cayó y estaba sangrando, pero eso pasa a veces cuando te das en la nariz. A veces... no hay que darse un golpe muy fuerte..., a veces con poca cosa ya te sangra la nariz. Las narices son muy sensibles.

A Daniel le dolió el diafragma. Sebastian parecía estar lejísimos. Detrás de la pantalla, era como si estuviese en otra dimensión, ajeno a todos sus esfuerzos para salvarlo. Se había ido, irremediablemente. Todos oían a un muchacho sin empatía que hablaba sobre la violencia, pero Daniel comprendió que Sebastian se refería a King Kong maltratando a su madre.

—Sebastian, ¿golpeó a Ben y por eso le sangró la nariz? —Gordon Jones casi susurraba.

A Daniel le sorprendió que Sebastian lo oyese. Si hubiera tenido el testigo delante, Jones habría tenido que hablar más alto.

—No. —Sebastian negó con la cabeza.

—La sangre... es natural —repitió Jones—. Todo el mundo tiene sangre... Cuando se manchó con la sangre de Ben, se sintió bien. ¿Alguna vez se había manchado con la sangre de alguien, Sebastian?

—Bueno..., la mía... cuando me hecho alguna herida.

—Ya veo, ¿y la de nadie más?

Sebastian se quedó pensativo durante un momento, mirando hacia arriba, a un lado, recordando.

—La sangre de mi madre... No hablo de cuando nací, porque al nacer hay un montón de sangre y el bebé se mancha, pero más tarde, si se hacía daño y me tocaba.

—Ya veo. ¿Alguna vez ha hecho sangrar a alguien?

Irene se puso en pie.

—Señoría, he de cuestionar la pertinencia de este tipo de preguntas.

Baron asintió y se aclaró la garganta ruidosamente.

—Sí, señor Jones, si pudiese ceñirse a los hechos...

—Muy bien, señoría. Sebastian, ¿dijiste estas palabras a la policía? Paso a leer las transcripciones del interrogatorio: «¿Sabes de quién podría ser la sangre de tu camiseta?». «¿De un pájaro?». «¿Por qué? ¿Hiciste daño a un pájaro?». «No, pero una vez vi uno muerto y lo cogí. Todavía estaba caliente y su sangre era toda pegajosa».

Una vez más, Irene se puso en pie.

—Señoría —comenzó, pero Baron la silenció con una mano.

—Quiero oír la respuesta —afirmó—. Pero, señor Jones, la señorita Clarke tiene razón: debería formular la pregunta con más claridad.

—Sí, señoría. —Irene se sentó.

—¿Recuerda haber dicho eso a la policía, Sebastian? —dijo Jones.

—Sí.

—¿Por qué pensaba que la sangre de su ropa pertenecía a un pájaro y no a Ben?

—Estaba muy confundido. Lo del pájaro fue otro día.

—Ya veo, otro día. ¿Hirió a ese pájaro?

—No —dijo Sebastian, pero se detuvo. Sus ojos contemplaron la esquina superior izquierda de la pantalla mientras reflexionaba. Daniel pensó que parecía un pequeño santo, hostigado. Se mordió el labio inferior y lo chupó. Al soltarlo, casi sonó como un beso—. Lo ayudé...

—Hábleme del pájaro, Sebastian. ¿Qué le hizo?, ¿cómo se manchó con su sangre?

Una vez más, Sebastian alzó la vista al recordar. Los ojos del muchacho eran enormes en esa gran pantalla.

—Bueno..., un día me encontré un pájaro en el parque. Tenía un ala rota. Era una paloma o algo así. Daba vueltas y vueltas porque no podía volar. Iba a morirse, ¿sabe? Se la comería un zorro o un perro o un gato, o se moriría de hambre...

—Ya veo, y ¿qué hizo a continuación? —Jones había girado el cuerpo hacia el jurado, pero miraba la cámara al dirigirse a Sebastian.

—Le pisé la cabeza; quería que dejase de sufrir, pero no murió. Seguía moviendo las patas. —Como si las palabras no bastasen, Sebastian alzó ambas manos ante la cara. Imitó las patas de un animal que se retorcían—. Tuve que acabar con eso.

—¿Qué hizo? —preguntó Jones.

—Le arranqué la cabeza y entonces... se quedó quieto. —De nuevo Sebastian miró hacia arriba y a la izquierda, recordando—. Pero me manché con la sangre. —Sebastian volvió a mirar a la cámara. Se frotó las manos, como si se las estuviese lavando.

Daniel juntó las manos bajo la mesa. Estaban húmedas, sudadas.

—¿Por qué pensó que era necesario matar al pájaro, Sebastian? —susurró Gordon Jones, sin mirarlo.

—Ya se lo he dicho: habría muerto de todos modos. Tenía que acabar con ese sufrimiento.

—Podría haberlo llevado al veterinario. ¿Por qué no quiso ayudar al pájaro? ¿Por qué decidió asesinarlo?

—No creo que los veterinarios cuiden palomas con alas rotas —dijo Sebastian. Se expresaba con autoridad y condescendencia—. El veterinario la habría matado también, solo que con una jeringuilla.

La palabra *jeringuilla* pareció perforar la piel del silencio en la sala. Había murmullos y la gente se removió en sus asientos.

—¿Cómo se sintió cuando el pájaro murió? —preguntó Jones.

—Bueno, era solo un pájaro pequeño y tenía que morir, una pena. Pero era mejor que no sufriese.

—Ben Stokes solo era un niño pequeño. ¿Le afectó su muerte?

Sebastian parpadeó, dos veces o tal vez tres; inclinó la cabeza a un lado, como si esperase que los dedos de Charlotte recorriesen su pelo.

—Bueno... Yo también soy pequeño —dijo—. ¿Por qué todo el mundo se interesa tanto por Ben? Él ha muerto, pero yo sigo aquí.

Por la sala de audiencias se extendió un silencio antinatural.

—No tengo más preguntas para el testigo, señoría —dijo Jones.

—¿Señorita Clarke? —preguntó Baron.

Daniel casi no podía respirar, pero observó a Irene, que se levantó. A pesar del testimonio, su aspecto era fuerte, valeroso.

—Sebastian —dijo Irene.

Su voz era clara y despertó a los presentes. Sebastian, parpadeando, volvió a girarse a la cámara.

—Ben Stokes era tu amigo. ¿Qué era lo que te gustaba de él?

—Era divertido y... se le daba muy bien hacer volteretas de espaldas. Yo no puedo hacerlas. Acabo con dolor de cuello.

—Conociste a Ben hace casi cuatro años. A lo largo de todo ese tiempo, ¿alguna vez peleasteis de tal modo que acabaseis en el hospital o necesitaseis primeros auxilios?

—No. A veces jugábamos a tirarnos y acabábamos peleando, pero no nos hacíamos daño.

—Ya veo. ¿Mataste a Ben Stokes el 8 de agosto de este año?

—No. —Sebastian estaba inmóvil, el mentón apoyado en el pecho.

—¿Golpeaste a tu amigo Ben Stokes en la cara con un ladrillo en el parque el 8 de agosto?

—¡No! —Sebastian estaba boquiabierto y su mirada reflejaba angustia.

Daniel percibió que se producía un cambio en la energía de la sala. El jurado, incluso el público, parecían impresionados al ver que Irene confrontaba al niño de este modo. Pero Daniel se sintió orgulloso de Irene por ello. El pájaro había caído en el olvido.

—No tengo más preguntas, señoría.

Sin voz, el vídeo zumbó. Sebastian miró a la cámara, los ojos resplandecientes y una leve sonrisa en sus labios aún rosados. Se frotó los ojos y alzó la mirada. Esa cara pálida cautivó al tribunal por última vez y, a continuación, el monitor se apagó.

Daniel salió porque necesitaba tomar aire. Tendría que bajar y ver al niño antes de que se reanudase la sesión.

Para Daniel había sido difícil verlo declarar. Se aflojó el cuello de la camisa y miró las nubes, que acechaban a los edificios. En su mente se confundían los recuerdos recientes y distantes. Vio la cara de Sebastian ampliada en la pantalla; oyó el ruido del cubo y la pala por el patio de Minnie; vio a Minnie caer de nuevo: cómo perdió el equilibrio y cayó mal cuando se alejó de ella.

Le había hecho daño, ahora lo veía con claridad.

El dolor que le causó esa mentira ahora parecía casi insignificante comparado con el sufrimiento de ella. Minnie siempre supo lo que era mejor para él. No lo comprendió entonces, pero lo había protegido. Pensó en ella, agonizante, con el deseo de verlo una vez más, a sabiendas de que él no vendría. Daniel creía que había sido la única persona que lo había amado de verdad. Cerró los ojos y recordó el peso de su cálida mano en la cabeza cuando le daba las buenas noches. Ni siquiera durante esos años de furia había puesto en duda su amor. Deseó que ella también supiese cuánto la quiso. Durante años había renegado de ella, pero ahora reconocía todo lo que le debía.

Daniel fue a ver cómo estaba Sebastian, que jugaba con el agente de policía en la celda. Estaba muy hablador, cargado de energía; de pie en la litera, intentaba tocar el techo. Al parecer, el interrogatorio no le había afectado y no sabía qué había hecho mal ni qué había hecho bien.

—¿Qué tal he estado? —preguntó Sebastian, mirando con ojos parpadeantes a Daniel.

Daniel se metió las manos en los bolsillos.

—Has estado bien.

Una vez arriba, Daniel telefoneó a Cunningham.

—Qué alivio para usted cuando todo esto acabe —dijo Cunningham—. Sé que pensaba que la venta tardaría siglos, pero ha ido más rápido de lo que me esperaba. ¿Va a venir o quiere que yo me encargue de todo?

—Encárguese usted —dijo Daniel enseguida. Se pasó una mano por el pelo y se dio la vuelta en el pasillo—. O... ¿podría esperar? Quizás pueda ir el fin de semana. Quiero ver la granja una vez más, solo para... ¿Podría esperar?

—Por supuesto. Lamento que esto haya sucedido en un... momento difícil para usted.

—¿A qué se refiere?

—Lo he visto en la tele. El Ángel Asesino. Está en ese juicio.

Daniel respiró hondo. Todo el mundo se había formado una opinión acerca de Sebastian. Se preguntó qué decidiría el jurado.

30

Jones tenía un aspecto triunfal al repasar las notas. Los alegatos finales serían por la mañana, en tanto que el juez recapitularía los argumentos por la tarde. El juez llegó y se ocuparon todos
los asientos. Daniel intentó no mirar las caras de los periodistas.

Jones colocó unos papeles sobre el atril y observó al jurado,
las manos en los bolsillos, meciéndose sobre los talones. Daniel pensó que parecía satisfecho consigo mismo.

—Traten de recordar todo lo que han oído acerca de los sucesos del 8 de agosto de este año... Han oído al acusado admitir que
jugó con el pequeño Ben Stokes ese día. Un testigo vio al acusado
pelear con Ben y posteriormente lo identificó peleando en el parque
infantil donde se halló el cadáver de Ben.

»Debido al tipo de lesión, no podemos precisar a qué hora
agredieron a Ben, pero sí la hora de la muerte: en torno a las siete
menos cuarto de la tarde. Esto significa que Ben podría haber sufrido
esas heridas fatídicas en cualquier momento de la tarde, a partir de
las dos, que es cuando fue visto con vida por última vez. El acusado
alega que tiene coartada (su madre) desde las tres en adelante, pero
ya saben el cóctel de medicamentos que ingirió la madre ese día y,
por tanto, tienen motivos para preguntarse si es su testimonio fiable.

»Han oído a los científicos forenses, que han explicado cómo
la sangre de la víctima acabó en la ropa de su agresor. Les recuerdo
que el acusado tenía arañazos en los brazos, además de fibras de la

ropa de la víctima en los vaqueros, lo cual indica que se había sentado sobre la víctima. En esta postura, el acusado habría podido servirse de la fuerza de la gravedad para causar las gravísimas y brutales lesiones faciales por las cuales el pequeño Ben se desangró hasta morir.

»Han oído al experto forense aseverar que las manchas de sangre de la ropa del acusado se debieron a "una agresión en la cara o la nariz, tras lo cual la víctima sopló sangre sobre el agresor".

»No se equivoquen. —Jones hizo una pausa y aporreó el atril con el índice. Se apoyó en el dedo para realzar sus palabras, mirando sin pestañear al jurado—. No fue un asesinato sencillo. No se trata de un accidente, ni de un juego de manos, ni de un tropezón. Fue un asesinato violento, sangriento, cometido cara a cara.

»Han oído al propio acusado admitir su fascinación por el asesinato y la muerte. Han oído a los expertos asegurar que el acusado padece un trastorno leve relacionado con el Asperger: un trastorno que lo hace propenso a la violencia, que le dificulta entablar amistades, pero un trastorno que no le impide mentir sobre sus actos. Y mintió cuando declaró ante ustedes que él no había asesinado a la víctima. Hemos oído a los vecinos de la víctima, cuyos hijos estaban aterrorizados por el acusado antes de que fuese aún más lejos y asesinase brutalmente a Benjamin Stokes. El acusado amenazó a los hijos de los vecinos con cristales rotos, y de hecho maltrató físicamente a la víctima antes de asesinarla finalmente el 8 de agosto.

»"Los niños son así", dirán, pero este niño era un peligro conocido en el barrio. Está demostrado que es capaz de cometer este espantoso crimen. Las pruebas forenses lo sitúan en el lugar del crimen. Sabemos que el acusado y la víctima pelearon y la sangre de la víctima manchó la ropa del acusado.

»Sebastian Croll es un abusón con un interés enfermizo en el asesinato, y un asesinato es lo que cometió el 8 de agosto de este año.

»Sé que, cuando dediquen un tiempo a reflexionar sobre los hechos del caso, llegarán a la conclusión de que el acusado, Sebastian Croll..., es culpable.

Daniel ya podía ver los titulares: «Un abusón con un interés enfermizo por el asesinato». Pensó en el juicio de Tyrel, en cómo la condena pareció otro acto de violencia.

Durante el descanso Daniel siguió a los Croll fuera de la sala de audiencias. Incluso el cutis de Charlotte temblaba. Acompañó a la familia a la sala de espera. Kenneth Croll llevó a su esposa del codo hasta la sala. Pidió que le trajese un café, pero Charlotte temblaba tanto que no consiguió insertar las monedas en la ranura. Daniel la ayudó y llevó la taza a Kenneth, que se reclinaba en una silla, con las piernas abiertas y las manos entrelazadas tras la cabeza.

—¿Podemos apelar? —preguntó Kenneth.

—Ya hablaremos de eso si lo declaran culpable —replicó Daniel.

Los ojos de Croll resplandecieron con ira. Daniel le sostuvo la mirada.

De vuelta en la sala de audiencias, Daniel pensó que Irene parecía nerviosa. Nunca la había visto nerviosa antes. Inquieta, daba vueltas al reloj alrededor de la muñeca. No había tenido la oportunidad de hablar con ella, pero Irene lo miró. Daniel formó las palabras *buena suerte* con los labios. Irene sonrió y apartó la mirada.

Cuando la llamaron, Irene se levantó y colocó el cuaderno abierto sobre el atril. Se hizo el silencio mientras echaba un vistazo a sus notas y se recordaba a sí misma los argumentos. Cuando defendieron a Tyrel, Irene ensayó el alegato final ante Daniel. La recordó caminando de un lado a otro ante él, con sus medias.

Irene se volvió a mirar al jurado.

—Sebastian... es un niño pequeño —comenzó. Ya no parecía nerviosa: los hombros erguidos, el mentón alzado—. Sebastian... tiene once años. Si tuviese dieciocho meses menos, hoy no estaría aquí ante ustedes. Sebastian es un niño juzgado por asesinato. Lo han acusado de asesinar a otro niño, un niño aún más joven que él.

»Que Ben fuese asesinado es una tragedia, un hecho desconsolador para todos..., pero no vamos a obtener justicia para el pequeño Ben condenando a la persona equivocada, y menos aún condenando a otro niño inocente.

Culpable

»A los periódicos les encanta una buena historia, y sé que han leído sobre este proceso en la prensa, antes de llegar al tribunal, antes de saber que formarían parte de este jurado. Los periódicos han hablado de decadencia social, del fracaso de la familia... Los periódicos han empleado palabras como *malvado*, *satánico* y *depravado*.

»Pero, señoras y señores, tengo que recordarles que esto... no es una historia. No es la decadencia social lo que está en juicio, y no es su tarea solventarla. Su tarea consiste en sopesar los hechos tal como se han presentado en esta sala, y no en la prensa. Su tarea consiste en sopesar las pruebas, y nada más que las pruebas, antes de decidir si el acusado es culpable o no culpable.

»Durante este juicio han visto algunas imágenes horripilantes y han escuchado algunas declaraciones perturbadoras. Al contemplar un espantoso acto de violencia, es natural querer culpar a alguien, querer encontrar... a un responsable. Pero este niño no es el responsable de la violencia que se ha descrito ante ustedes en el transcurso de este juicio.

»Veamos, ¿cuáles son las pruebas?

»No hay testigos de este terrible crimen. Nadie vio a Ben cuando era agredido. Un testigo afirma que vio a Sebastian y a Ben pelear al caer la tarde el día del asesinato, pero su declaración no es fiable. Está el arma del crimen entre las pruebas; pero es imposible vincularla a un sospechoso. No se han hallado ni huellas dactilares ni restos de ADN en el ladrillo empleado para matar al pequeño Ben Stokes. Sufrió un hematoma cerebral, lo cual significa que sabemos aproximadamente a qué hora murió (alrededor de las siete menos cuarto de la tarde), pero no sabemos cuándo recibió el golpe fatídico. Sebastian estaba en casa desde las tres de la tarde, mucho antes de que se denunciase la desaparición de Ben.

»Sebastian admite haber peleado con Ben antes, ese mismo día, y nos contó cómo Ben saltó del columpio, debido a lo cual le sangró la nariz. En la ropa de Sebastian quedaron restos de sangre y fibras de la ropa de Ben, pero no más de lo que cabría esperar tras unas cuantas horas de juego al aire libre, una disputa infantil y un accidente. Incluso los científicos de la fiscalía admitieron que habrían esperado mucha más sangre en la ropa de Sebastian si hubiese matado a Ben de esta forma tan violenta. Aquellos de ustedes que tengan niños saben que las pequeñas cantidades de fibras y de sangre halladas en la ropa de Sebastian son muy normales tras un juego un poco brusco.

»El asesinato de Ben fue brutal, y para cometerlo se necesitó una fuerza considerable. Sé que van a poner en duda la insensata sugerencia de la fiscalía de que este niño pequeño que se encuentra ante ustedes habría sido capaz de ejercer esa fuerza. Sabemos que el testigo, el señor Rankine, es miope. Esa tarde no vio a Sebastian junto a Ben, pero ¿vio a otra persona tratando de hacer daño al niño? Él ha admitido que es posible que viese a un adulto menudo agrediendo a Ben.

Irene pasó una página del cuaderno. Respiró hondo, asintiendo hacia los miembros del jurado con un movimiento delicado. Daniel los observó. Estaban absortos, con la mirada fija en Irene, sin dudar de sus palabras.

—Han oído que Sebastian sufre de un trastorno muy leve, relacionado con el Asperger, conocido como TGD-NE, por lo cual Sebastian puede parece más... *fogoso* que otros niños de su edad, pero..., por inusual que les parezca, no permitan que eso desvíe su atención de las pruebas. Sebastian... fue lo suficientemente valiente como para contarles su versión. No tenía que hacerlo, pero quería hablar para que oyesen la verdad sobre lo ocurrido ese día, con sus propias palabras. Quizás sea fogoso, pero Sebastian no es un asesino. Quizás sea un abusón en el colegio, pero Sebastian no es un asesino.

»Los hechos: si Sebastian hubiese matado a Ben, habría vuelto a casa cubierto de sangre. No habría llegado a casa a las tres de la tarde y no se habría puesto a ver la televisión con su madre. Sebastian es un niño pequeño, incapaz de reunir la fuerza necesaria para matar a Ben con el arma del crimen. Pero, y esto es lo más importante, no existen pruebas que vinculen el ladrillo con Sebastian y nadie lo vio hiriendo a Ben. Fue visto persiguiéndose y peleándose con Ben en el parque, pero esta pelea preocupó tan poco al hombre que la presenció que ni siquiera sintió la necesidad de separar a los muchachos, ni de denunciar el incidente a la policía. El testigo de cargo se fue a su casa a ver la televisión porque lo que había visto no era un acto de violencia previo a un asesinato, sino una riña muy normal entre dos chicos, y los chicos, cuando este adulto les pidió que parasen, le hicieron caso.

»Más importante: ¿qué papel ha desempeñado la policía para asegurar que se haga justicia? El señor Rankine admitió que tal vez vio un adulto de azul celeste o blanco agrediendo a Ben. ¿Qué hizo la policía al respecto? Comprobaron las cámaras de seguridad del Ayuntamiento y no encontraron nada; entonces, ¿qué más hicieron?...

Irene alzó ambas manos ante el jurado, como si les pidiese ideas.

—Nada. —Se encogió de hombros y se apoyó en el atril, resignada a semejante incompetencia—. Por lo que sabemos, podría haber habido un agresor adulto, alguien vestido con una camiseta blanca o azul celeste, que agredió y asesinó a Benjamin cuando Sebastian se fue del parque. Esta importantísima posibilidad, que realzó el testigo de la fiscalía, no fue investigada como debiera. ¿Están convencidos de que este niño cometió el crimen o existe la posibilidad de que lo cometiese otra persona?

»Es lo que deberían preguntarse a sí mismos: ¿es justo condenar a este niño con estas pruebas? Una vez que dejen de lado los periódicos, las terribles imágenes que han visto y lo que han oído; una vez que tengan en cuenta que no existe en absoluto ninguna prueba que demuestre directamente que Sebastian asesinó a Ben (ni pruebas forenses que concuerden con una lesión de este tipo, ni huellas en el arma del crimen, ni testigos del ataque real...), tienen que llegar a la única conclusión lógica posible.

»La fiscalía tiene que demostrar, sin que quede lugar a dudas, que el acusado es culpable. La carga de la prueba recae sobre la fiscalía, no sobre la defensa. Ahora han de ponderar si ha logrado demostrarlo o si a ustedes les queda alguna duda tras las pruebas circunstanciales aquí presentadas. Ante ustedes no se encuentra un criminal curtido, con varias condenas en su historial. Se encuentra... un niño pequeño.

»Cuando vuelvan de la sala de deliberaciones, quiero que estén plenamente seguros..., plenamente seguros, de haber tomado la decisión correcta. Sé que van a ver los hechos tal como son y van a comprender que Sebastian... no es culpable.

»Si creen que Sebastian es inocente, deben absolverlo. Si creen que Sebastian quizás sea inocente, deben absolverlo. Incluso si creen que Sebastian podría ser inocente, deben absolverlo.

Irene recogió sus notas.

—Gracias por su atención.

Tal como se esperaba, el sumario del juez duró toda la tarde, tras lo cual el jurado se reunió para decidir el veredicto.

Daniel trabajó hasta tarde en el despacho y luego fue a Crown antes de que cerrase. Envió un mensaje a Irene tras beberse media cerveza: «No dejo de pensar en mañana. No sé si estoy preparado para ello. Espero que estés bien». No hubo respuesta.

Al día siguiente era viernes, y Daniel trabajó toda la mañana antes de recibir una llamada: el jurado había acordado un veredicto.

En la sala de audiencias, todos se reunieron de nuevo: abogados, familiares, periodistas y público. Sebastian se sentó junto a Daniel, a la espera de la decisión que marcaría el resto de su vida.

Daniel miró a su alrededor cuando se reanudó la sesión. Los minutos pasaron vertiginosamente, en una sucesión de procesos. Echó un vistazo al niño pequeño que tenía al lado y una vez más reparó en la desafiante inclinación del mentón, en los enormes ojos verdes, expectantes y cautelosos.

Puso una mano en la espalda de Sebastian. Vestido con una camisa recién comprada, de cuello demasiado ancho, y una corbata a rayas, el niño tenía un aspecto elegante. Miró a Daniel y sonrió.

También Baron se levantó del asiento y miró a Sebastian y a Daniel por encima de las gafas.

—El niño no tiene que ponerse en pie.

El secretario del juzgado se irguió y se dirigió al jurado.

—Por favor, que se levante el presidente del jurado.

Era una mujer. Se puso en pie, muy derecha, y cruzó las manos frente a ella.

—¿Han llegado a un veredicto con el que todos están de acuerdo?

—Sí —dijo la mujer, de mediana edad, que se expresaba con claridad.

—¿Declaran al acusado, Sebastian Croll, culpable o no culpable del asesinato de Benjamin Stokes?

Culpable

Daniel no podía respirar. El aire estaba cargado. Todas las miradas en esa sala abarrotada se dirigieron a los labios de la mujer, a la espera de sus palabras. Daniel percibió la tensión que emanaba del chico junto a él.

Cuando Tyrel se encontraba en el banquillo de los acusados, Daniel se sintió alejado de él, impotente. Sin embargo ahora, con Sebastian al lado, la sensación era peor: rozaba el brazo del niño, veía el casi imperceptible vaivén de su cuerpo, olía su pelo limpio. Ahora que su pequeño cliente estaba junto a él, era igualmente incapaz de protegerlo.

Si Sebastian era declarado culpable de asesinato, el juez no tendría más remedio que enviarlo a prisión. Después de la condena, no serían profesionales del ámbito jurídico quienes decidirían cuánto tiempo pasaría en la cárcel, sino el ministro del Interior. La vida del niño estaría sujeta a los tejemanejes políticos y sería probable que el ministro del Interior alargara la condena para calmar a la población y a los medios.

Daniel pensó en los años que el niño desperdiciaría en centros de menores y, más adelante, en cárceles de adultos; las drogas a las que tendría acceso, las amistades que aprendería a perder; la enajenación que sentiría respecto a la sociedad y su propio futuro. El futuro se convertiría en otro tipo de cárcel. La presidente del jurado alzó los ojos para mirar al secretario que se dirigía a ella.

Sebastian suspiró y, al mismo tiempo, deslizó la mano dentro de la de Daniel. Este acarició con el pulgar el dorso de la mano del muchacho, como habría hecho Minnie. Recordó ese pulgar áspero sobre su jovencísima piel. Era un acto instintivo de afecto y, al fin y al cabo, fue ella quien le enseñó a mostrar afecto.

La columna de Irene estaba completamente recta. Daniel hubiera deseado coger su mano también.

—No culpable.

—¿Y el veredicto es unánime?

—Sí.

No hubo gritos de júbilo. La impresión enmudeció la sala. Se abrió un abismo de silencio antes de que las voces despertasen, murmurantes y persistentes, como una ola a punto de romper en la orilla. De la familia de la víctima surgieron sollozos, airadas voces de protesta.

Baron silenció la sala.

—Les recuerdo que no estamos en un campo de fútbol.

—¿Qué significa esto? —preguntó Sebastian una vez que el jurado y el juez se retiraron y el público se dirigía a la salida. Aún sostenía la mano de Daniel.

—Significa que puedes ir a casa, cariño —dijo Charlotte, que atrajo al niño hacia sí. Los párpados que cubrían esos ojos enormes temblaban. Cansado y esbelto, Sebastian se apoyó en su madre, quien lo envolvió en sus brazos y le despeinó el cabello.

El juzgado comenzó a vaciarse. Daniel siguió a Irene y a Mark al gran vestíbulo del Old Bailey.

Al dirigirse hacia la salida, Daniel sintió una mano poderosa que lo agarraba del hombro y le daba la vuelta. Antes de que pudiera decir una palabra, Kenneth King Croll le dio la mano y unas palmadas en la espalda. A continuación, Kenneth le dio la mano a Mark antes de agarrar a Irene por los hombros, sacudiéndola ligeramente, y plantarle un beso en cada mejilla.

Una vez liberada del agarre de Kenneth, Irene se volvió hacia Daniel y sonrió. Daniel quiso abrazarla, pero se sintió cohibido, con sus clientes delante.

—¿Dónde vas ahora? —preguntó Daniel, mirándola, tratando de encontrar sus ojos.

—De vuelta a la oficina, supongo. No lo sé. Estoy agotada. A casa, tal vez. ¿Y tú? Tú vas a tener que vértelas con la magnífica prensa británica.

—Qué remedio.

—¿Quieres que te espere? —dijo Irene.

—Sí, espérame y vamos a tomar una copa o algo. Quizás tarde un poco. Pero acabo en cuanto pueda.

Cuando Irene se fue, Daniel volvió la vista para ver a los padres de Ben Stokes saliendo junto al agente asignado a la familia. Sintió una súbita empatía por ambos. Paul llevaba a Madeline de los hombros. Parecía ir guiándola. Los pies de ella daban pasos diminutos. Tenía la cabeza gacha, el pelo sobre la cara. Al pasar junto a Daniel se apartó el pelo de la cara y Daniel vio los ojos y la nariz enrojecidos, las mejillas hundidas. Al reparar en su presencia, se apartó de su marido. Daniel dio un paso atrás, convencido de que ella iba a lanzarse contra él. Pero era a Charlotte a quien Madeline tenía en mente. En el enorme vestíbulo se oyeron los ecos del aullido de Madeline, que estiró los brazos (los dedos como garras) hacia el hombro de Charlotte.

—¡Es un monstruo! —clamó Madeline Stokes—. Él mató a mi pequeño...

Daniel estaba a punto de llamar a seguridad, pero Paul Stokes se llevó a su esposa. Al alejarse se volvió pasiva de nuevo, permitiendo a su marido que guiase sus pasos.

—¿Está bien, Charlotte? —preguntó Daniel.

Charlotte había abierto el bolso. Buscaba algo con fervor. Varios objetos cayeron al suelo: un cepillo, un espejo, un delineador de ojos y varios bolígrafos. Con destreza, doblando las rodillas, Sebastian se agachó a recogerlos.

—Necesito, necesito... —dijo.

—Por amor de Dios, mujer, cálmate —siseó Kenneth.

Daniel estiró los brazos, pero demasiado tarde. Las rodillas de Charlotte cedieron bajo ella y cayó al suelo, junto al bolso. El bote de píldoras que había estado buscando salió rodando. Sebastian se lo entregó a su padre.

—Toma —dijo el muchacho al dárselo.

Kenneth, que ayudó a Charlotte a ponerse en pie, estaba lívido y Daniel no supo si se debía a la vergüenza o a la tensión.

Un agente de seguridad se acercó a preguntarles si necesitaban ayuda.

—Mire, estamos bien —bramó Croll. Se volvió hacia Daniel—. ¿Podría quedarse con Seb un momento? Tengo que calmarla antes de salir.

Daniel asintió y los observó mientras se alejaban. Sebastian lo miró, las manos a los costados, la barbilla inclinada para que toda esa cara redonda se girase hacia Daniel.

—¡Estaremos en esa sala de reuniones! — gritó Daniel a los Croll.

—Denos veinte minutos.

Daniel miró el reloj. El niño aún tenía la mirada clavada en él.

—Está teniendo un ataque de ansiedad. No puede respirar y se le pone la cara toda blanca y comienza a jadear así... —Sebastian comenzó a imitar la hiperventilación de su madre, hasta que Daniel posó una mano en su hombro. El niño estaba rojo y tosía.

—Vamos —dijo Daniel, que abrió la puerta de una de las salas de reuniones y saludó al guardia de seguridad—. Vamos a sentarnos aquí hasta que tu madre se encuentre mejor.

La puerta se cerró tras ellos y quedaron aislados en ese espacio opaco. No había ventanas en la sala. Daniel no pudo evitar acordarse del lugar donde Minnie fue incinerada. Los sonidos del Old Bailey (tacones sobre las losas, abogados hablando por teléfono, letrados susurrando a los clientes) se apagaron.

Se hizo un silencio cálido, floreciente. Los ojos del niño estaban secos y su pálido rostro pensativo. Daniel se acordó del día en que se conocieron, en la comisaría de Islington.

—¿Crees que la mayoría de la gente está triste porque no me han declarado culpable? —preguntó Sebastian, mirando a Daniel.

—No importa lo que piensen; has tenido una buena defensa y el jurado te ha declarado no culpable. Ahora puedes volver a tu vida de siempre.

Sebastian rodeó la mesa para acercarse a Daniel. Se quedó de pie, junto a su silla.

—No quería ir a Parklands House.

—No —dijo Daniel. Se apoyó en los codos, para tener la cara a la altura del niño—. Yo tampoco quería que tuvieses que volver allí.

El pequeño suspiró y se acercó a Daniel. Apoyó la cabeza en el hombro de Daniel. Daniel había observado a su madre consolándolo muchas veces y supo qué hacer. Al cabo de un momento, levantó la mano y pasó los dedos entre el pelo del muchacho.

—Todo ha ido bien —susurró Daniel—. Todo se ha acabado.

—¿Crees que voy a ir al infierno?

—No, Seb.

—¿Cómo lo sabes?

—Porque el infierno no existe. Al menos, yo no creo que exista.

—Pero no lo sabes de verdad. En realidad, nadie lo sabe. Creer significa que piensas que algo es así.

—Bueno, a lo mejor soy un cabezota, pero creo que lo sé. Todo eso no son más que tonterías.

—¿Y Ben estará en el cielo? Todos dicen que es un ángel.

—Seb, escucha, sé que esto ha sido muy duro para ti... El juicio ha salido en la tele y los periódicos y los otros niños de Parklands House hablaban de ti, pero tienes que intentar no prestar atención a todo eso. Solo lo hacen para vender periódicos, porque no hay ni una pizca de verdad...

—Verdad —dijo Sebastian, con calma—. ¿Te caigo bien, Daniel?

—Sí —contestó Daniel, y suspiró.

—Si te digo algo, ¿te seguiré cayendo bien?

Tras meditar un momento, Daniel asintió con la cabeza.

—Yo puse el ladrillo en la cara de Ben.

Daniel contuvo la respiración y observó al niño. La luz se reflejaba en sus ojos verdes. En sus labios se dibujaba una sonrisa casi imperceptible.

—Me dijiste que te fuiste a casa...

—No pasa nada —dijo Sebastian, que ahora sonreía abiertamente—. Todo está bien. No necesitas preocuparte por mí.

Daniel asintió. Notó la tensión en los abdominales.

—Tú también me caes bien —dijo Sebastian—. Creo que eres un buen amigo. Me alegro de que fueses mi abogado...

Daniel asintió de nuevo. Le apretaba el cuello de la camisa.

—¿Qué quieres decir... con que pusiste el... ladrillo en la cara de Ben?

—No me gustaba la cara de Ben. Solo quería taparla, para no verla más. Era un llorón y un mocoso y siempre quería ir a casa. Le dije que dejase de llorar. Le dije que si intentaba irse le iba a dar un motivo para llorar de verdad..., y cuando puse el ladrillo en su cara, no volvió a llorar. No hizo nada de ruido. Ni uno más.

Daniel sintió cómo los hombros se le encogían. Suspiró y se aflojó la corbata. Se inclinó hacia delante y se llevó las dos manos al pelo.

—Deberías habérmelo dicho, Sebastian. —Su voz sonó estridente en esa sala—. Debiste decírmelo desde el principio. Habríamos hecho las cosas de otro modo.

Sebastian sonrió y se sentó frente a Daniel. Era la inocencia personificada: todo pestañas, pecas y un pulcro peinado.

—Pensé que no te caería bien si te lo decía. Quería caerte bien.

—No importa cómo me caigas, Sebastian. Te lo dije al principio: tenías que contármelo todo, la verdad, pura y simple. Soy tu abogado... Deberías habérmelo dicho.

—Bueno, ahora ya lo sabes —dijo Sebastian. Inclinó la cabeza.

Daniel se mareó y un sudor frío le recorrió la espalda. Apretó la lengua contra el paladar, intentando serenarse.

—Tengo que irme —dijo Daniel—. Vamos a... buscar a tus padres. —El niño alzó la vista y Daniel respiró hondo. No sabía qué decir al niño.

Fuera, Charlotte, de nuevo en pie, se mecía como un girasol y unas enormes gafas de sol cubrían sus ojos. Ken seguía agarrándola del codo.

—Gracias, Dan —dijo Kenneth cuando regresó junto al niño. Daniel se crispó ante la informalidad de Kenneth, tan fuera de lugar—. ¿Qué tal estás, jovencito? —vociferó Kenneth a su hijo.

Sebastian se deslizó entre sus padres y les dio la mano. Al ver a la familia así, Daniel sintió náuseas. Quería apartar la vista.

Pero enseguida se fueron, cogidos de la mano, por las puertas del Old Bailey. Sebastian miró por encima del hombro a Daniel mientras sus padres tiraban de él con delicadeza.

Daniel se desabrochó un botón de la camisa, se quitó la corbata y la guardó en el bolsillo. Las piernas vacilaron, como cuando se alejó de Minnie por última vez. No era la primera vez que un cliente le había mentido. Daniel no comprendía por qué esta vez se sentía tan desgarrado.

En el recargado vestíbulo del Tribunal Central de lo Penal, miró en derredor. Su derrota se confundía con una extraña sensación de alivio. De una u otra forma, todo había acabado.

Daniel se acercó al enjambre de periodistas. Hacía frío y amenazaba lluvia, pero no percibió más que el calor de los flashes. Deslumbrado, no pudo ver los rostros que le hablaban, solo vio los micrófonos revestidos de espuma que lanzaban contra él.

—Estamos satisfechos con el resultado del juicio; mi cliente y su familia esperan con ansia la vuelta a una vida normal. En este momento tan difícil, acompañamos en el sentimiento a la familia de la víctima.

Daniel se abrió camino entre la multitud y uno de los periodistas gritó:

—¿Cómo se ha sentido al ganar? ¿Le ha sorprendido?

Daniel se volvió y miró al hombre que acababa de hablar, sabiendo que estaba demasiado cerca de la cámara. La emoción que reflejase su rostro se transmitiría y se comentaría en las noticias más tarde.

—Nadie ha ganado hoy. Un niño pequeño ha perdido la vida, pero agradecemos que se haya hecho justicia con mi cliente.

Hubo más preguntas, pero en ese momento salieron los Stokes. Madeline se había recuperado, pero aún parecía vulnerable; Paul tenía un gesto decidido. Daniel y el fiscal fueron abandonados por los padres de la víctima.

Daniel miró a su alrededor, pero no vio a Irene. Comenzó a caminar hacia el metro y entonces la divisó delante de él. Tenía un aspecto desconsolado, la mirada fija en el suelo.

—Pensaba que me ibas a esperar —gritó, corriendo para alcanzarla.

—Vaya, aquí estás. No sabía dónde te habías metido. —Se apartó un mechón de la cara.

—¿Estás bien? —preguntó Daniel, observando esos ojos cansados.

—No lo sé —respondió, con una extraña sonrisa—. Me siento rara. Probablemente sea el cansancio.

—Has ganado —dijo Daniel.

—Hemos ganado —precisó Irene, que puso una mano en su solapa. Daniel disfrutó el peso de la mano en el pecho. Durante un segundo pensó en acercarla, en darle un beso.

Suspiró, preparándose para contarle lo que le había dicho Sebastian, pero se contuvo. Era la única persona a quien quería contárselo, la única persona que lo comprendería. Se lo diría, pero no ahora; ambos habían tenido ya un día bastante duro.

—¿Cómo te fue? —dijo Irene, señalando a la multitud de periodistas que se veía a lo lejos.

—Bien. Ya sabes cómo es... No tardaron en irse a por los Stokes.

Irene apartó la mirada.

—Se me rompe el corazón al pensar en ellos. Qué final tan amargo. Su hijo ha muerto y no se ha encontrado al culpable.

Daniel, que trató de sacudirse el recuerdo de los susurros de Sebastian, tembló en ese frío húmedo. Se metió las manos en los bolsillos y miró el cielo oscuro.

—Somos un buen equipo —dijo ella.

La miró a los ojos y asintió. Irene volvió a poner la mano en su solapa.

De repente Daniel sintió el peso de su cuerpo acercándose. Irene se puso de puntillas y lo besó en los labios.

Los labios de ella estaban fríos. Daniel notó las primeras gotas de lluvia sobre la cabeza. Aturdido, no acertó a devolver el beso, pero se quedó cerca de ella, hasta que Irene retrocedió.

—Lo siento —dijo Irene, que dio un paso atrás, ruborizada, el pelo cayendo sobre los ojos.

Daniel le acarició el cuello con la mano y la mandíbula con el pulgar. No sabía qué ocurriría a continuación, pero presintió que sería algo importante.

EPÍLOGO

Había dejado de llover cuando Daniel aparcó en Brampton. Un extraño sosiego se apoderó de él. Antes de llegar a Cumbria, el juicio era lo único que tenía en mente.

No sabía con certeza si había creído en la inocencia de Sebastian. No le había importado, salvo en relación con el juicio. Pero, ahora que el niño era libre y había admitido su culpa, Daniel se sintió responsable. Pensó una vez más en Paul y Madeline Stokes, en esa pesadumbre a la deriva sin la brújula de una condena. El niño necesitaba ayuda, pero el papel de Daniel había tocado a su fin. Solo podía esperar que los profesionales relacionados con el caso comprendieran las necesidades de Sebastian.

Si el veredicto hubiese sido diferente, Daniel sabía que no se sentiría mejor. Gracias a su experiencia en centros de seguridad, centros de detención de menores y cárceles, no le cabía duda de que, por graves que fuesen sus trastornos y desesperados sus problemas, los menores no hacían más que empeorar en esos lugares destinados al castigo y la rehabilitación.

Ahora, aquí, en Brampton, Sebastian quedaba lejos, como una nota débil y doliente que oía a duras penas. Ya casi había llegado el invierno y los árboles de Brampton habían sido despojados de las hojas. Los árboles desnudos se alzaban severos contra el cielo, como pulmones. Oyó las salpicaduras de la lluvia contra los neumáticos al llegar al pueblo. Inspiró hondo y contuvo la respiración, preguntándose qué extraños cambios habrían sido posibles si Sebastian hubiese conocido a alguien como Minnie.

Trató de ahuyentar los recuerdos del niño. Pensó en el sabor de los labios de Irene y sonrió.

Aparcó cerca de la granja. Habían limpiado el patio y el viejo cobertizo había desaparecido. Habían excavado en la huerta y habían cortado la hierba. Daniel respiró el olor a limpio de la tierra. Hacía frío, así que cogió las llaves y entró en la casa por última vez.

Estaba diferente. Casi no quedaban rastros de ella. Los suelos estaban impecablemente limpios y el baño y la cocina olían a lejía. Nunca había visto la cocina eléctrica de un blanco tan resplandeciente. Pasó el índice por la superficie, evocando las comidas que cocinaba para él: empanadas, pescado frito con patatas, ternera asada y pudín de Yorkshire.

Las ventanas estaban recién pintadas. La mesa estaba despejada y la nevera abierta y limpia. Se reuniría con Cunningham más tarde para cerrar el contrato y entregar las llaves. Recordó la casa vacía, unos pocos meses antes, cuando todavía estaba furioso con ella y sufría por su pérdida sin admitirlo; había pedido que un profesional limpiase todas sus cosas, que las tirase. Ahora le habría gustado ver el último periódico que leyó, los frascos de botones sueltos, su ropa vieja, los discos de vinilo que había que tratar con tanto cuidado, los animales que habían compartido su vida desde que él se había alejado de ella.

Sintió un dolor en la garganta. Abrió la puerta de la sala de estar. Estaba vacía, sin el viejo sillón, ni la televisión anticuada, ni las fotografías y los cuadros, ni el taburete sobre el cual descansaba los pies encallecidos.

Habían raspado las marcas del piano y la madera era más oscura allí donde el instrumento había bloqueado el paso de la luz. Daniel se cubrió los ojos con ambas manos. «Lo siento, mamá —susurró en la granja vacía y silenciosa, con un nudo en la garganta y los ojos llenos de lágrimas—. Perdóname».

Minnie pisaba los pedales con los pies descalzos y las rodillas sepa-radas. La falda se hundía entre sus muslos. Enderezó los hombros y se recostó en el asiento, riéndose, mientras golpeaba las teclas.

—¿Cuándo aprendiste a tocar el piano? —preguntó Daniel. Estaba tumbado en el sofá, observándola con las manos detrás de la cabeza.

—De niña. A mi padre le gustaba tocar y nos enseñó a las dos... Nos llevaba a conciertos... y nos obligaba a estar quietecitas, con los dedos en los labios, al escuchar sus discos. Algunos de esos discos de ahí eran suyos, y yo los escuchaba de pequeña. —Minnie se inclinó hacia Daniel mientras hablaba, la mano derecha jugueteando con las teclas, el pulgar izquierdo apretado contra los labios—. ¿Quieres que te enseñe?

Daniel negó con la cabeza.

—¿Tu hija tocaba el piano?

Minnie no respondió.

Aunque aún no comprendía lo ocurrido con esa niña cuya ma-riposa había intentado robar, cada vez que veía esa mariposa pensaba en ella.

—Tocaba un poco —fue todo lo que atinó a decir y comenzó a tocar de nuevo, atronadora, de modo que Daniel sintió las vibra-ciones desde el sofá. Sintió un picor en el cuero cabelludo. Daniel la observó a medida que sus mejillas iban enrojeciendo y sus ojos se cubrían de lágrimas. Pero entonces, como siempre, echó la cabeza hacia atrás y soltó una carcajada. Miró por la ventana, las manos po-derosas sobre las teclas.

—Ah, vamos, anímate, Danny. Siéntate aquí a mi lado y ensé-ñame qué sabes hacer.

Una vez más, Daniel negó con la cabeza.

—Te oí tocar la otra semana, ¿sabes? Creías que yo estaba fue-ra, pero te oí intentarlo. No se va a romper, ¿sabes? Te puedo enseñar a tocar una melodía, o simplemente puedes hacer lo que quieras. No importa. A veces uno se siente bien haciendo algo de ruido. Así se paran los ruidos de la cabeza. Ya lo verás. Ven y siéntate a mi lado...

Se echó a un lado en la espaciosa butaca y dio unas palmadas en el lugar vacío, junto a ella. Solo habían pasado dos semanas desde que le dieron esa paliza, desde que salió corriendo en busca de su madre. Aún tenía una sensación rara en la nariz y olisqueó al sentarse junto a ella y mirar las teclas. Olió la lana húmeda de su ropa y sintió el suave peso de su cadera.

—¿Quieres que te enseñe una cancioncilla fácil o prefieres hacer ruido? Las dos cosas me parecen bien.

—Entonces, enséñame algo —dijo en voz baja, posando los dedos sobre las teclas. Escuchó las notas solitarias y huecas que sonaron.

—Vale, si te fijas en el teclado, ves teclas negras y teclas blancas. ¿Qué notas sobre la forma en que están situadas las teclas negras?

Daniel pasó un dedo por las teclas negras.

—Algunas van de dos en dos, otras de tres en tres.

—Vaya, estás hecho un sabelotodo, ¿verdad? ¿Por qué no me enseñas tú a mí a tocar el piano? —Minnie se rio y Daniel la miró, sonriendo. Ahí, a su lado, podía ver un espacio entre sus dientes: le faltaba un diente cerca del molar.

—Y ahora escucha esto. —Alargó el brazo a la derecha del piano, estirándose ante él, de tal forma que su cara quedó muy cerca. Pulsó las teclas y, a continuación, recorrió con los dedos el teclado, hasta llegar a las teclas situadas a la izquierda—. ¿Has notado algo diferente en el sonido? —dijo, acercándose a él, que vio los anillos azul marino que cruzaban esos ojos azules. Eran como canicas, duros y claros.

—Eso es grave y eso es agudo —dijo, señalando cada extremo del piano.

—Claro que sí, los agudos a la derecha y los graves a la izquierda... Vaya, tienes un talento innato. Ahora, vamos a intentar un dúo.

Dedicó un tiempo a enseñarle las teclas agudas del piano, a las que asignó un número, uno, dos y tres, según el orden en que debía tocarlas, y, al cabo de un rato, comenzó a tocar una melodía en el otro lado. Le indicó cuándo dar a las teclas, sugiriéndole que emplease tres dedos, pero Daniel prefería apuñalar las teclas con el dedo índice, dejándose llevar por el disfrute de esas notas frías.

En eso estuvieron unos minutos: ella tocaba a la izquierda del piano, le soltaba un codazo en las costillas y gritaba: «Ahora, ahora», con ese extraño acento irlandés, cuando quería que tocase las teclas que le había mostrado. Le dijo que la canción se llamaba *Heart and Soul*.

Pero Daniel no tardó en cansarse, y aporreó las teclas con las palmas de las manos. *Trin trin trin*, arriba y abajo. Supuso que Minnie se iba a enfadar. Aún no la conocía bien. La miró a los ojos y los vio desbordantes de alegría. Con las palmas de las manos, Minnie aporreó su parte del teclado, de modo que ese ruido grave repicaba a los chillidos y grititos agudos. A pesar de todo, seguía siendo un dúo. El ruido echó a Blitz del salón, y Minnie comenzó a cantar a pleno pulmón, viejas palabras incomprensibles, y Daniel se unió a ella, hasta que se quedó afónico y ambos se volvieron medio sordos y por las mejillas les caían lágrimas de la risa.

Se quedaron inmóviles, y Minnie lo rodeó con un brazo. Daniel, cansado, lo consintió. Al atenuarse el zumbido de los oídos, se le ocurrió un pensamiento, intenso y nítido como las notas del piano. Minnie le caía bien, quería vivir con ella. El pensamiento retumbó en su cabeza y lo dejó en silencio. Acarició la madera del piano, recubierta de marfil. Aún le hormigueaban los dedos de haber aporreado las teclas.

AGRADECIMIENTOS

En primer lugar, quiero dar las gracias a mi editora, Emma Beswetherick, por su creatividad y apoyo, y a todo el personal de Piatkus por su infatigable entusiasmo.

Varias personas han donado su tiempo para ayudarme durante la investigación de este libro, lo cual fue fundamental para que los mundos que habitan los personajes resultasen más creíbles. En especial, quiero agradecer a Kate Barrie, Tony Beswetherick, Iain Cockbain, Jason Cubbon, Jacinta Jones, Eileen Leyden, John Leyden, Sarah Long, Alastair y Juliette MacDonald, Sandra Morrison, Laura Stuart, Sarah Stuart y Scott A. Ware su ayuda en todo, desde el mundo jurídico a los acentos regionales, la música y los escenarios. Un agradecimiento muy especial a Gerry Considine, que me mostró la labor de un abogado penal, y a Liz y Alan Paterson por su asesoramiento sobre los Servicios Sociales.

Escribir conlleva pasar mucho tiempo en soledad, pero dudo que esta soledad creativa hubiese sido posible sin mis muchos amigos, mi familia y mis colegas, quienes creyeron que algún día este libro existiría, a pesar de mis dudas. En especial, me gustaría mostrar mi agradecimiento a Pablo Ballantyne, Russell Ballantyne, las hermanas Darroch: Mairi, Jane y Val, Marie Kobine, Tim Layer, Helen Leyden, Erin MacLean, Jennifer Markey, Julie Ramsay, Ian Thomson, Gordon Webb.

Culpable

Pero son los lectores quienes completan a los escritores, y mi mayor deuda la he contraído con mis primeros lectores, sin cuya crítica optimista nunca habría escrito otra palabra: Kent y Mary Ballantyne, Rita Balneaves, Mary Fitzgerald-Peltier, Mark Kobine, Phil Mason y Elizabeth McCrone. Este libro no existiría sin vosotros.

Mientras investigaba la novela, leí *As If [Como si]*, de Blake Morrison, y *The Case of Mary Bell [El caso de Mary Bell]*, de Gitta Sereny. Me gustaría agradecer a ambos escritores sus retratos, tan distintos y tan conmovedores, de niños durante un juicio.

Por último, pero no por ello menos importante, mi agradecimiento profundo a mi maravillosa agente, Nicola Barr, por su astucia, su fe y su aliento.

Este libro
se terminó de imprimir en España
en el mes de diciembre de 2012.